中学西渐丛书

史耐德与中国文化

SNYDER AND CHINESE CULTURE

乐黛云/主编 ◎ 钟玲/著

首都师范大学出版社
CAPITAL NORMAL UNIVERSITY PRESS

图书在版编目(CIP)数据

史耐德与中国文化/钟玲著. —2版. —北京:首都师范大学出版社,2019.12
(中学西渐丛书/乐黛云主编)
ISBN 978-7-5656-5368-1

Ⅰ.①史… Ⅱ.①钟… Ⅲ.①诗歌研究—美国—现代 ②文化交流—研究—中国、西方国家 Ⅳ.①I712.072 ②G04

中国版本图书馆CIP数据核字(2019)第265277号

中学西渐丛书
SHINAIDE YU ZHONGGUO WENHUA
史耐德与中国文化
钟　玲　著

项目统筹　杨林玉　　　责任编辑　王　维　钱　浩
责任设计　王征发
首都师范大学出版社出版发行
地　址　北京西三环北路105号
邮　编　100048
电　话　68418523(总编室)　68982468(发行部)
网　址　http://cnupn.cnu.edu.cn
印　刷　中煤(北京)印务有限公司
经　销　全国新华书店
版　次　2019年12月第2版
印　次　2019年12月第1次印刷
开　本　710mm×1000mm　1/16
印　张　17.5　　插页　2
字　数　286千
定　价　62.00元

史耐德（Gary Snyder）

（1930—　）

总序

乐黛云

经历了20世纪的两次世界大战，经历了原子弹轰炸广岛，经历了“古拉格群岛”“文化大革命”等无可言状的精神苦难，人类曾梦想21世纪将是一个和平发展的美好的世纪；然而没有想到头一年就发生了“9·11”这样的恐怖袭击。战乱、暴动、屠杀仍然随处可见。为什么会如此？原因当然多种多样，然而，深刻的文化冲突不能不说是众多原因中很重要的一个方面。目前，“文化霸权主义”和“文化割据主义”的冲突无疑已给世界带来了严重的灾难。前者企图以强大军事力量为后盾，强行推广他们的意识形态，以图覆盖甚至泯没其他民族文化；后者则采取文化隔绝封闭的孤立政策，不惜以恐怖灭绝手段，维护其停滞与不变，并与一切和他们的看法相悖的力量拼死抗争。随着高科技发展所带来的日益增强的武器杀伤力及其对自然生态无可挽回的破坏，这种冲突所带来的灾难还会越来越严重。

目前，全世界的有识者都在考虑如何才能化解这一场有可能将人类引向毁灭的冲突。法国前总理米歇尔·罗卡尔(Michel Rocard)曾指出：策划和平要比策划战争困难得多。同样，实行引向战争的“对抗”，也比实行引向和平的“对话”困难得多！事实告诉我们：“文化霸权主义”和“文化割据主义”的“死硬派”，恐怕是很难对话，也不大可能“化干戈为玉帛”的。但是，希望仍在于两者之间的、极其广大的、不同层次的反对战争、要求和平的人民。他们对文化冲突的遏制和对文化共存的自觉将决定世界的前程。

西方已有学者提出必须在经济全球化和科技全球化之外，寻求另一种全球化，即文化多元共生的全球化。“共生”不是“融合”，也不是简单的和平共处，而是各自保持并发扬自身的特点，相互依存，互相得益。多元文化共生的全球化，反对以一种文化打压或覆盖另一种文化，主张多种文化保持“共生”互利的状态，以收和平共处、相得益彰之效。多元文化共生的前提就是各民族对自身的文化有充分的自觉。

近世以来，西方文化始终处于强势文化的地位，西方的文化自觉首先表现在审视自己文化发展中的弱点和危机方面。早在20世纪初奥斯瓦尔德·斯宾格勒在《西方的没落——世界历史的透视》一书中已相当全面地开始了对西方文化的反思和批判，到了21世纪，这种反思和批判达到了更加深刻的程度。例如，法国著名思想家、高等社会科学院研究员埃德加·莫兰（Edgar Morin）指出，西方文明的福祉正好包藏了它的祸根：它的个人主义包含了自我中心的闭锁与孤独；它的盲目的经济发展给人类带来了道德和心理的迟钝，造成各领域的隔绝，限制了人们的智慧，使人们在复杂问题面前束手无策，对根本的和全局的问题视而不见；科学技术促进了社会进步，同时也带来了对环境、文化的破坏，造成了新的不平等，以新式奴役取代了老式奴役，特别是城市的污染和科学的盲目，给人们带来了紧张与危害，将人们引向核灭亡与生态死亡。① 波兰社会学家齐格蒙特·鲍曼在《现代性与大屠杀》一书中更是强调，在西方，高度文明与高度野蛮其实是相通的和难以区分的……现代性是现代文明的结果，而现代文明的高度发展超越了人所能调控的范围，导向高度的野蛮！

有的学者不仅对上述以贪欲和聚敛为核心的文明进行了深入的反思，还进一步指出以物质为基础的现代发展观本身即将受到修正。可持续性的全球经济之目标应该是：通过将人类的生产和消费与自然界的能力联系在一起，通过废品利用和资源的重新补充，不断再生产出高质量的生活。在这样的生活中，重要的并非个人的物质积累，而是自我修养；并非聚敛财富，而是精神的提升；并非拓宽疆土，而是拓宽人类的同情（empathy）。②可以说这是西方更深入、更触及精神方面的文化自觉。

---

① 参见《超越全球化发展：社会世界还是帝国世界?》见乐黛云：《迎接新的文化转型时期》，202页，上海，上海文化出版社，2005。

② ［美］J. 里夫金：《欧洲梦：欧洲梦是如何悄悄地使美国梦黯然失色》，杨治宜译，重庆，重庆人民出版社，2006。

如果说西方文化数百年来处于强势地位，其文化自觉在文化多元发展的大趋势下更多地倾向于审视自己文化的危机和弱点；那么，中国文化近百年来，作为一种弱势文化，不断受到西方文化的轻视和压抑，当代中国的文化自觉，首先就是与本民族文化复兴的强烈愿望结合在一起。正如我国著名的社会学家、人类学家、民族学家费孝通所说：中国的文化自觉首先是要了解自身文化的种子(基因)，也就是民族繁衍生息的最基本的特点；其次，必须创造条件，对这些基本特点加以现代解读，这种解读融会古今中外，让原有的文化基因继续发展，使其在今天的土壤上，向未来展开一个新的起点；另外，还要将中国文化置于全球化的语境之中，研究它与其他文化的关系，使其成为正在进行的全球文化多元建构的一个组成部分。这是我们过去从未遭遇，也全无经验的一个崭新的领域。

近年来，西方文化显示了对他种文化的强烈兴趣，特别是对中国文化的兴趣。他们首先把中国文化作为一个新的参照系，即新的“他者”，以之作为参照，重新反观自己的文化，找到新的认识角度和新的诠释。法国学者弗朗索瓦·于连(Francois Jullien)写了一篇题为《为什么我们西方人研究哲学不能绕过中国?》[1]的著名文章！他认为，要全面认识自己，必须离开封闭的自我，从外在的不同角度来考察。在他看来，“穿越中国也是为了更好地阅读希腊”，他认为，“我们对希腊思想已有某种与生俱来的熟悉，为了了解它，也为了发现它，我们不得不暂时割断这种熟悉，构成一种外在的观点”，而中国正是构成这种“外在观点”的最好参照系，因为“中国的语言外在于庞大的印欧语言体系，这种语言开拓的是书写的另一种可能性；中国文明是在与欧洲没有实际的借鉴或影响关系之下独自发展的、时间最长的文明……中国是从外部正视我们的思想——由此使之脱离传统成见——的理想形象”[2]。他强调指出：“我选择从一个如此遥远的视点出发，并不是为异国情调所驱使，也不是为所谓比较之乐所诱惑，而只是想寻回一点儿理论迂回的余地，借一个新的起点，把自己从种种因为身在其中而无从辨析的理论纷争之中解放出来。”[3]

---

① 参见乐黛云：《迎接新的文化转型时期》，566页，上海，上海文化出版社，2005。

② 参见[法]于连：《迂回与进入》前言，杜小真译，3页，北京，生活·读书·新知三联书店，1998。

③ 参见[法]于连：《道德奠基：孟子与启蒙哲人的对话》，宋刚译，北京，北京大学出版社，2002。

其次，不但是作为参照，还要从非西方文化中吸收新的内容。2004年里查·罗蒂访问复旦大学哲学系时说："我隔了20年再次来到上海，中国的变化简直可以用奇迹来形容。这个奇迹不是改变了我的思考，而是进一步印证和强化了我已有的看法，那就是中国是未来世界的希望。"①在北京大学比较文学与比较文化研究所举办的"多元之美"国际学术讨论会上，法国比较文学大师巴柔(Daniel-Henri Pageaux)教授特别提出："弗郎索瓦·于连对于希腊文化与中国文化的研究是一个很好的例子，它正好印证了我已经讲过的经由他者的'迂回'所体现出来的好处。"他还强调说："从这次研讨会的提纲中，我看到'和谐'('和实生物，同则不继')概念的重要性……中国的'和而不同'原则定将成为重要的伦理资源，使我们能在第三个千年实现差别共存与相互尊重。"②一些美国汉学家的著作也体现了这种认识论的改变，如安乐哲(Roger Ames)和大卫·霍尔(David Hall)合作的《通过孔子而思》(*Thinking Through Confucius*)、斯蒂芬·显克曼编撰的《早期中国与古代希腊——通过比较而思》等。类似观点的著作还很多。

另外，改变殖民心态，自省过去的西方中心论，理顺自己对非西方文化排斥、轻视的心理，这一点也很重要。意大利罗马大学的尼兹教授认为克服西方中心论的过程是一种困难的"苦修"过程。他把比较文学这一学科称为"非殖民化学科"。在《作为非殖民化学科的比较文学》一文中，他说："如果对于摆脱了西方殖民的国家来说，比较文学学科代表一种理解、研究和实现非殖民化的方式；那么，对于我们所有欧洲学者来说，它却代表着一种思考、一种自我批评及学习的形式，或者说是从我们自身的殖民意识中解脱的方式。……它关系到一种自我批评以及对自己和他人的教育、改造。这是一种苦修(askesis)!"③没有这种自省的"苦修"，总是以殖民心态傲视他人，多元文化的共存也是不可能的。

总之，许多先进的西方知识分子提出人类需要的不是一个单极统治的帝国世界，而是一个多极均势的"社会世界"，一个文明开化、多元发展的联盟。要达到这个目的，人类精神需要发生一次"人类心灵内在性的巨大

---

① 载《文汇周报》2004年7月27日。

② [法]巴柔(Daniel-Henri Pageaux)：《文化还是文化间性：从形象学到媒介》，载2001年4月"多元之美"大会文献。

③ [意]阿尔蒙多·尼兹：《作为非殖民化学科的比较文学》，载《中国比较文学通讯》，1996(1)，5页。

提升”，它表达的是对另一个全球化的期待，这就是全球的多极均衡，多元共存，也就是一个“基于生活质量而非个人无限财富积累的可持续性的文明”。从这种认识出发，他们一方面回归自身文化的源头，寻求重新再出发的途径；另一方面广泛吸收非西方文化的积极因素，并以之作为“他者”，通过反思，从不同视角更新对自己的认识。这些新发展构成了与过去的汉学（中国学）很不相同的“新汉学”。

反观中国，有关中西文化关系研究的著作日益增多，特别是汉学（中国学）研究更是蓬勃发展。新世纪以来，出现了《20世纪西方哲学东渐史》14卷（首都师范大学出版社）《跨文化沟通个案研究丛书》15卷（文津出版社）等系统总结性的大型综合丛书，引起了广泛关注，前者还获得了国家图书大奖。但总的说来，显然研究西方对中国的影响的著作较多，从反方向研究中国文化对西方文化影响的专著却相对较少，尤其缺少这方面的综合性系统研究。特别是对于西方主流文化中的中国文化因素，更是几乎付诸阙如！事实上，中国文化正是通过伏尔泰、莱布尼茨、荣格、白璧德、庞德、奥尼尔、色加楞、米肖等主流文化的哲学家、思想家、文学家的融会贯通，包括误读和改写，才真正进入西方文化的。这些西方主流文化的大家并不全面熟悉中国文化，也并不精通汉语，但却从中国文化汲取了至关重要的灵感和启迪。这是一个十分复杂的过程，包括误读、改写、吸收和重建，这种研究不是一般通行的汉学研究所能代替的。这个过程的目的首先都是为了寻找一个外在的视角，以便更好地审视和更深刻地了解自己。但要真正“外在于自己”却并不容易。人，几乎不可能脱离自身的处境和文化框架，他们对“异文化”的研究和吸取也就往往决定于其自身的处境和条件。当他们感到自身比较强大而自满自足的时候，他们在异文化中寻求的往往是与自身相似的东西，以证实自己所认同的事物或原则的正确性和普适性，也就不免将异文化纳入本文化的意识形态而忽略异文化的真正特色；反之，当他们感到本文化暴露出诸多矛盾，而对现状不满时，他们又往往将自己的理想寄托于异文化，将异文化构建为自己的乌托邦。从意识形态到乌托邦构成一道光谱，显示着西方文化主流学者对中国文化理解和吸收的不同层面。

本丛书意在对这个充满着误读、盲点和过度诠释，同时又闪耀着创意、灵性和发展的非常复杂的过程进行饶有兴味的探索，比较全面、系统地梳理中国文化进入世界文化主流的历史现象，对在这方面有重大贡献的代表性历史人物，进行系统研究。首先是对相关资料进行全面收集，其次是对于误读、吸收和重建等文化现象进行分析，最后上升到对两种文化相遇时所产生的种种理论问题进行探讨和总结。

本丛书现包括以下5种：《莱布尼茨与中国文化》《白璧德与中国文化》《卡夫卡与中国文化》《史耐德与中国文化》《庞德与中国文化》。如有可能，我们将在此基础上，继续推出相关学术著作，以期更加完善、充实。

2006年10月6日于北京大学朗润园

2006年起我们推出了中学西渐丛书第一辑5种，第一辑出版后在海内外产生了广泛影响。在此基础上，我们又着手推动丛书的后续著作出版事宜，策划了《中国禅与美国文学》《黑塞与中国文化》《伏尔泰与中国文化》《荣格与中国文化》《布莱希特与中国文化》，并根据读者的反馈对第一辑予以修订。此次一共推出10种，欢迎广大读者批评指正。

2019年9月4日

目　录

CONTENTS

导　言

中国和西方世界的交通早在两千多年前就开始发展了，在公元前1世纪汉朝时，中国丝绸已经由丝绸之路运到了欧洲的罗马帝国。13世纪威尼斯人马可·波罗(Marco Polo，1254—1324)抵达元朝，惊讶于当时都市之繁盛，政治制度之先进，财富珠宝之丰富及异兽奇禽之多样。自此西方对遥远的中国宫廷、都市及景物有很多憧憬。16世纪和17世纪耶稣会(Jesuit)教士利马窦(Ricci，1552—1610)在明朝朝廷学习经书及礼仪，成为第一位真正了解中国文化的欧洲人。17世纪耶稣会教士把四书五经译为拉丁文，此后二百年，欧洲的知识分子以中国为理想国，崇尚此圣君贤臣的礼仪之邦。加上16世纪和17世纪因为海路贸易发达，中国瓷器与丝绸大量输出欧洲，形成欧洲上流社会迸发的中国文物热潮①。19世纪中西方的接触更多，包括对中国的侵略战争和实行殖民主义，这加速了西方对中国现状的了解。但是直到20世纪，欧美才在文化上对中国有比较深广的认识，甚至主动选择并吸收中国的文化思想。其中美国诗人盖瑞·史耐德②(Gary Snyder，1930—　)就学习并大量吸收中国儒释道三家思想及古典文学、诗学、书画艺术等方面的精华，可以说是对中国文化能作比较全面或深入

---

① Hugh Honour, *Chinoiserie: The Vision of Cathay*, New York, Harper & Row, 1961, p. 5, p. 8, p. 18, p. 30.

② 其姓有人译为史奈德或斯奈德，其名有人译为加里或加利，他在日本友人之间用的是日文发音的汉字名字“砂井田”；学禅的法名是“听风”(Katsunori Yamazato, *Seeking a Fulcrum: Gary Snyder and Japan [1956—1975]*, Dissertation, University of California, Davis, 1967, p. 90, p. 99)。他曾获普利兹奖(Pulitzer Prize)、波林根奖(Bollingen Prize)和兰能奖(Lannan Award)等。

的欣赏，并可将之运用于自己创作上的几位西方作家之一。其他几位包括艾兹拉·庞德(Ezra Pound，1885—1972)、贝托尔特·布莱希特(Bertolt Brecht，1898—1956)与王红公(Kenneth Rexroth，1905—1982)等。

史耐德对中国的古代文明非常推崇，称之为“伟大的文明”(great civilization)；他认为阿拉斯加是地球上最蛮荒、最自然的地方，相对而言，中国则是所有文明之中，最彻底“富文学素养”的(the most thoroughly literary)①文明，所谓“富文学素养”，我想是指中国古代士大夫扎实的经史研读与文学修养，他们能提笔写诗的素养，还有中国各阶层中有很多人在相信的道家自然观念等。他认为虽然中国历代都严重地破坏了大自然与生态，但仍然是伟大的文明，尤其是在边疆民族的歌谣中，在禅宗的偈句中，仍然“保存了其野性”(surviving wilderness)②。

史耐德对中国文明的成就如数家珍，《为巴克写的作品》(*A Work for Burke*)③一诗显示了他充分了解中国印刷术、火药及罗盘等发明对世界文明的影响：

首次在中国，用陶版印
金刚经，泽被有情众生。

火药、罗盘，伴随印刷术，送给
欧洲的礼物，把封建社会
转化为资本主义社会。
In China first, the Diamond Sutra pressed
With type of clay, all Sentient Beings Blessed.

Gunpowder & compass, to Europe gift
Along with printing, brought about a shift
From Feudal to Bourgeois.

---

① Gary Snyder, *The Practice of the Wild*, Washington, D.C., Shoemaker & Hoard, 2003, p. 80.

② Gary Snyder, *The Practice of the Wild*, Washington, D.C., Shoemaker & Hoard, 2003, p. 80.

③ Gary Snyder, *Left Out in the Rain*, San Francisco, North Point Press, 1986, p. 203.

丹·麦克里欧(Dan Mcleod)更强调儒家与道家思想在史耐德思想体系里的重要性，他说五十岁以后的史耐德，生活融合了儒、释、道三家的处世方式，过得很像中国古代的士大夫：

> 儒家思想在史耐德生活中所占的重要性不亚于其在传统中国人生活中所占之地位：他个人的生活以道家思想为主，社会生活则以儒家思想为主。王维和其他唐代诗人的作品为史耐德所赞赏；这些诗人在把道家思想与儒家思想融合时，难道有任何困难吗？或者进一步说，他们在把这两家的价值观与佛教思想融合时，有任何困难吗？
>
> Confucianism figures in Snyder's life much as it does in the life of a traditional Chinese: Taoism for the private life, Confucianism for social living. Did Wang Wei or any of the other T'ang poets whose work Snyder admires find any difficulty in mixing Confucianism with Taoism or, for that matter, mixing both sets of values with Buddhism.①

史耐德并非是唯一努力吸收中国文化思想的西方作家，在美国文学传统中有其先行者。19 世纪的超越主义者(Transcendentalists)如爱默森(Ralph Waldo Emerson，1803—1882)及梭罗(Henry David Thoreau，1817—1862)都曾研究及吸收中国的儒家思想②。到了 20 世纪初，英美文坛的意象主义运动(the Imagist Movement)就与中国文学有密切的关系，艾兹拉·庞德与艾蜜·罗威尔(Amy Lowell，1874—1925)等诗人吸收了中国诗学、美学的观念，并且致力于英译中国古典诗歌，庞德出版了被后人誉为经典的《古中国》(Cathay)诗集，创意性地翻译了李白、孟浩然等诗人的作品和古诗十

---

① Dan McLeod, Asia and the Poetic Discovery of America from Emerson to Snyder, in *Discovering the Other: Humanities East and West*, ed. by Robert S. Ellwood, Malibu, Undena, 1984, p. 172.

② 王建元：《从超越论到人文主义：论中国对爱默森的影响》，见郑树森编：《中美文学因缘》，5—40 页，台北：东大出版社，1985；凯第：《梭罗"华尔腾"里的儒家经典》，见《中美文学因缘》，41—58 页。

九首等，艾蜜·罗威尔则全面翻译了杜甫诗。此外，庞德还英译了儒家的《大学》《中庸》《孟子》与《论语》等经典①，并在自己的诗作中吸纳儒家思想。庞德开风气之先河，不仅翻译中国古典诗及儒家经典，采用中国传统的思想，他还吸收中国文字美学及诗歌美学思想。其后有几位重要诗人都循其轨迹，成为中国古典诗之译者、中国文化思想之学习者及诠释者、中国古典诗歌美学之吸纳者与实验者，包括诗人王红公、罗拔·布莱(Robert Bly, 1926—)、史耐德、珍·贺淑菲特(Jane Hirshfield, 1953—)与罗拔·哈斯(Robert Hass, 1941—)等。

但在美国吸纳中国文化传统的众作家之中，史耐德有其独特性。其他人没有一个像他这般全面地去了解儒、释、道三家思想，也没有一个像他这般跟着大汉学家深入学习中国古典诗歌，还采用中国诗歌格律入英诗，进行英诗诗语的实验。也没有一个人像他这般深入了解中国山水画，以其为自己著作之主要题材。当赵毅衡在圣地亚哥一个文学讨论会上与史耐德话别时，问他认为自己究竟是个什么样的人，史耐德脸上露出迷人的微笑，说自己是个“儒释道社会主义者”(a Confucianist-Buddhist-Taoist socialist)②。他这种自认的身份就属中国文人(儒佛道)与西方知识分子(社会主义者)的混合体。此外，他更主动地在地理上、生活上跨出西方地，二十六岁就远赴日本到佛寺中学习禅宗多年，又以中国、日本为对门的近邻，提倡“太平洋周边意识”(the Pacific Rim consciousness)，推动太平洋文化圈，可以说是亚洲文化与美国文化结合的推手及先行者；并身体力行，不但以诗歌、文章推动这个理念，还举办相关的文学活动③。

除了史耐德个人个性的倾向造成他倾心于中国文化、中国文学和山水画外，还有什么其他的客观因素造成他这个取向呢？有地缘的因素，也有时代的因素。在地缘上，史耐德生长于美洲大陆西岸，西岸隔着太平洋就是远东，中国可以说是隔海的邻居，加上比起远东的日本、韩国，中国是泱泱大国，比起对门的大国美国，中国历史又远比美国悠久，因此史耐德对中国文

① Ezra Pound, *Confucius: The Great Digest, the Unwobbling Pivot, the Analects*, New York, New Directions, 1951.

② 赵毅衡:《儒释道社会主义者:史耐德·史耐德诗文选》,载《当代》,1990 年 9 月(53),27 页。

③ 如史耐德为夏威大学马那阿校区组织了于 2000 年 3 月在檀香山举办的一个诗歌会议“三位太平洋漫游者”(“Three Pacific Wanderers”),朗读诗歌的包括他本人、日本诗人榊七夫(Nanao Sakaki)及日裔美国诗人亚伯特·西条(Albert Saijo,1927—)。

化产生倾慕亲和之心是很自然的，加上在美国西岸与美国东岸之间除了空间的阻隔，中间还隔着山脉、高原和沙漠，西岸人感觉东岸政治文化中心的新英格兰是远亲，远东是近邻，会有远亲不如近邻亲近之感，史耐德自然会倾向认同远东文化。时代的因素是史耐德二三十岁时，正逢美国青年的逆向文化运动（counter-culture movements）风起云涌，逆向文化运动包括垮掉的一代（the Beat Generation）[①]与嬉皮士运动，这两个运动都推崇亚洲文化，尤其是亚洲宗教。史耐德因逆向文化，乘风而起，深入探讨与追求中国文化，也因此成为这两代青年人的偶像。他对中国文化的热诚与认识，感染并影响了几个世代的美国青年。

---

① Counter-culture movements 与 the Beat Generation 的中译名甚多。“Counter-culture”之“counter”原意为“对立的”、“相反的”，故可译为“对立文化”，但因为 20 世纪五六十年代之新铸词意指出当时针对美国中产阶级生活价值之社会主流而兴起的文化潮流活动，故本人译之为“逆向文化”。“逆向文化”包括“垮掉的一代”（the Beat Generation）、花孩（Flower Child）、嬉皮（hippies）、公社（Commune）、有机食物农庄（organic food farm）等活动。“The Beat Generation”的中译名非常多，包括“敲打派”[《当代》，1990 年 9 月（53），目录页]、“披头运动”[保罗 · 格布里尔：《后现代诗人史耐德》，监玉龙译，载《当代》，1990 年 9 月（53），21 页]、“比特一代”（林耀福：《“山即是心”：论史耐德的诗》，见《文学与文化》，235 页，台北，源成文化图书供应社，1977）、“垮掉的一代”（杰克 · 凯鲁亚克：《达摩流浪者》，梁永安译，扉页，台北，商务印书馆，2001）及“搜索一代”[胡菊人：《诗僧寒山的复活》，载《明报月刊》，1996（1. 11），2 页]。但胡菊人在其对此词之考据中也强调这一代年轻人的“疲倦”、“疲累”。本人认同《明报月刊》编者的意见，即“疲脱”、“疲困、求解脱”（同前文，11 页）译为“疲惫求解脱一代”。我认为探究 20 世纪 50 年代“beat”与“beatinik”两词之形成，“疲惫求解脱一代”的意思比较切合，“疲惫求解脱一代”的主将杰克 · 克洛厄说：“我们是 beat，beat 的意思是 beatific，它的意思是你有了 beat，它有某种意义。我发明了它。”（“We're beat, man. Beat means beatific, it means you get the beat, it means something. I invented it. ”）（Herbert Gold, The Beat Mystique, in *A Casebook on the Beat*, ed. by Thomas Parkinson, New York, Thomas Y. Crowell, 1961 p. 248）因此克洛厄认为是自己铸造了“beat”这个词。而那一代青年句句都挂在嘴上的“man”，是对所有对话者的称呼，因为不知对方何名（同前文， p. 248）。克洛厄解释“beat”在运动之初的含义：“指贫穷的、落魄一无所有的、完全给击败的、在流浪途中、悲伤的、睡在地下铁站的”（“Poor, down and out, dead-beat, on the bum, sad, sleeping in subways”）（Jack Kerouac, The Origin of the Beat Generation, in *A Casebook on the Beat*, ed. by Thomas Parkinson, New York, Thomas Y. Crowell, 1961, p. 73）；后来运动成形后，为社会及文化界承认以后，“beat”的含义扩充包括那些“不是睡在地下铁站的人，而是有某种新的姿势、新的态度的人”（“people who do not sleep in subways but have a certain new gesture, or attitude”）（同前文，p. 73）；而克洛厄认为“the Beat Generation”一词已“变成在美国态度上倾向革命的一种口号与标签”（“become the slogan or label for a revolution in manners in America”）（同前文， p. 73）。然而学者汤玛斯 · 巴金森（Thomas Parkinson）则认为那一代青年及其代表性的作家表现的是“对社会的拒绝，而非反叛”（“social refusal rather than revolt”）（Thomas Parkinson, Phenomenon of Generation, in *A Casebook on the Beat*, ed. by Thomas Parkinson, New York, Thomas Y. Crowell, 1961, p. 277）。综合以上引言，那一代青年被社会现实击败而有疲惫之感，他们拒绝社会主流价值而求解脱，故译为“疲惫求解脱一代”，他们的解脱之道包括拦车到处旅游、吸大麻、性滥交、打坐修禅等等。不过，由于“垮掉的一代”已为中国读者所熟悉的文学术语之翻译，故本书从国内习惯的表达法，将 the Beat Generation译为“垮掉的一代”。

本书在研究上采用文学史的实证方法，把史耐德放在其当代的社会、政治、经济背景上看他，也有部分用其传记、生平资料研究他。至于他的诗歌方面，则非常重视文本(text)的内涵及形式，更以实证的方式，研究文本的内容与文字，以发现其中所呈现的中国文化模式。在研究方法上，本书将不会系统化地采用某一种或数种西方的文学理论，因为本书的主旨是探索一文化现象，而非探索一种或数种文学理论，但是如果西方理论中有些观念有助于我们了解史耐德吸收中国文化这一现象，则会采用之。此外，本书也不采用比较文学的平行研究方式。然而我们也要避免陷入大中华文化沙文主义的陷阱，必须要注意史耐德本身是主张各种多元文化都有其独特性的，也主张多元文化之融合。中国文化绝非他所吸收的唯一非西方文化传统，他大量吸收的非西方文化传统还包括印第安文化、日本文化、古印度文化等。当然他本身所受的西方文化传统教育很扎实，对他影响也很深。史耐德曾叙述自己在诗歌方面英美文学传统的师承[①]：他在十二三岁就开始读美国诗人卡萝·桑伯格(Carl Sandburg，1878—1967)、艾德佳·李·马士特斯(Edgar Lee Masters，1868—1953)的作品；十七岁的时候，感受到劳伦斯(D. H. Lawrence，1885—1930)诗歌的力量，同时也读华特·惠特曼(Walt Whitman，1819—1892)以及美国西岸诗人罗宾逊·杰佛斯(Robinson Jeffers，1887—1962)的诗作；此外他也研读现代主义诗人艾略特(T. S. Eliot，1888—1965)、瓦勒斯·史蒂芬斯(Wallace Stevens，1879—1955)、威廉·卡洛士·威廉斯(William Carlos Williams，1883—1963)等作家的作品。他还向不同的诗人学习不同的长处，如向杰罗·曼雷·何普金斯(Gerard Manley Hopkins，1844—1889)学习到诗律，向叶慈(W. B. Yeats，1865—1939)学习其使用象征与意义的手法等。

那么，我们也会问一个关键性的问题，即何以史耐德认同非西方文化传统，而不认同西方文化传统？这当然与史耐德生长的历史、环境、文化等背景、社会条件以及他的个性都有关系。他生长在美国西岸，远离高举欧洲中心思想的新英格兰区。美国西岸在地理环境上比较接近远东，且西岸本身有丰富多样的远东、墨西哥移民及其文化，此外，仍有一些印第安人在西岸居住，所以他自幼就感受到多种非西方的文化传统。加上他的父母都是个

---

① Paul Geneson, An Interview with Gary Snyder, in *Ohio Review*, Vol. 18, No. 3, 1977, pp. 70—72.

性独立、见解先进的激进分子，他自己个性中也有强烈的反叛成分，以上诸因素都造成他反叛出身于兹的西方文化传统，去选择远东文化与印第安文化。我们可以深一层地去探究他背叛自己文化的心理因素，他是否有哈罗·布鲁姆(Harold Bloom)所说的"影响的焦虑"(anxiety of influence)呢？是否因为19世纪和20世纪美国诗人大师辈出，史耐德因为不愿承担去超越他们的责任而背弃西方传统呢？哈罗·布鲁姆列举了19世纪最后30年出生的重要诗人：埃德温·阿林顿·罗宾逊(Edwin Arlington Robinson，1869—1935)、罗拔·佛洛斯特(Robert Frost，1874—1963)、瓦勒斯·史蒂芬斯、艾兹拉·庞德、玛丽安·莫(Marianne Moore，1887—1972)、威廉·卡洛士·威廉斯、艾略特、康拉德·艾肯(Conrad Aiken，1889—1973)、约翰·克娄·兰塞姆(John Crowe Ransom，1888—1974)、罗宾逊·杰佛斯、康敏斯(E. E. Cummings，1894—1962)、哈特·克莱恩(Hart Crane，1899—1932)[①]。这些人之中史耐德真正推崇及认同的只有罗宾逊·杰佛斯一人，因为他也是定居西岸的大自然爱好者。

哈罗·布鲁姆说："透过远景的玻璃窥视，当代诗人面对他们跟前的先行者，这些身形巨大，回瞪着他们的先行者，导致一种深沉的焦虑，这焦虑藏在心中，但却无法完全避开。"("Peering in the glass of vision, contemporary poets confront their too-recent giant precursors staring back at them, inducing a profound anxiety that hides itself, but cannot be evaded totally.")[②]也许史耐德有这种潜藏的焦虑，导致他背弃西方文学传统，但我想压迫他、令他焦虑的，远比这些美国诗人群更庞大，令他焦虑的是整个西方文明中他不愿意接受的部分，像是西方传统思想二元对立与划分的倾向，如神与人的划分，又如人与大自然的二元对立。而在东方人和印第安人的传统思想中，正好偏向二元的融合与交流，如道家阴阳二极的交融、换转，佛家思想中人性与佛性之无隔。因此，我们可以说史耐德是因为焦虑而"避开"(evade)西方文明，转而进入东方文化思想之中。我们也可以正面地分析他的心理，他选择东方文明是一种积极的选择，而非消极的逃避：他是因为精神上的需要而追求东方思想。史耐德在大学读的是考古人类学，研究的是新石器时代

① Harold Bloom, *A Map of Misreading*, New York, Oxford University Press, 1980, p. 161.

② Harold Bloom, *A Map of Misreading*, New York, Oxford University Press, 1980, p. 160.

世界各地共通的宗教：萨满教（Shamanism）[①]，他很认同这种宗教，因为这种宗教多少也有一种二元交融的宇宙观。

一方面可以说史耐德个性中有兼容并蓄、统筹整合的倾向，如他把古代的萨满教、古今的环保思想加以整合与现代化。另一方面来说，他个性中也有反叛的成分，更有强烈的批判性。像他对整个西方文明的严厉批评，例如他批评达尔文的进化论，导致西方人刻意提升人的地位，凌驾大自然之上："流行的达尔文主义强调适者生存，这种思想最后流为一种看法，即大自然就是竞赛与流血的斗鸡场……这种看法间接地把人类的地位提升到道德上超越的角色，凌驾在大自然的其他分子之上。"（"Popular Darwinism, with its emphasis on survival of the fittest, has taken this to mean that nature is a cockpit of competitive bloodshed... This view implicitly elevates human beings to a role of moral superiority over the rest of nature."）[②]艾德华·赛义德（Edward Said）认为对于有"批判意识"（critical consciousness）的人而言，另外的选择会极具吸引力："在最深处，如果批判意识不是一种对另外的选择有不能抑制的偏好，那又是什么呢？"（"What is critical consciousness at bottom if not an unstoppable predilection for alternatives?"）[③]对像史耐德这么具"批判意识"的人，他"另外的选择"就是东方文化思想与印第安文化思想。

我们要注意的是，史耐德吸纳的中国文化因素有时不是纯粹的中国文化，常常是中国文化与其他文化的融合体。例如他相当了解自己所学的佛教其实是中国禅与日本禅的综合体。他亲身去日本京都的寺院中学禅，但他也充分了解禅宗成于中国，然后由中国传入日本的，也知道他跟日本禅师所学的公案，大部分是中国禅师的事迹。他也认识到在自己的思想中，中国文化与日本文化是很难划分的，而且对之已经习以为常，他说："我坐着写中国字，却用日语练习读它们，这没有什么特别的意义。"（"It is of

① Shamanism 一般翻译为萨满教，大抵指盛行于亚洲与欧洲的古老宗教，相信神灵、恶灵、祖灵，或万物灵，Shaman 能为族人与诸灵沟通。Shaman 在中国古代的古宗教传统中即巫祝，保存最多巫祝色彩的古典文学作品为楚辞。

② Gary Snyder, *A Place in Space: Ethic, Aesthetics, and Watersheds*, Washington, D.C., Counterpoint, 1995, p. 71.

③ Edward W. Said, *The World, the Text, and the Critic*, Cambridge, Massachusetts, Harvard University Press, 1983, p. 247.

no particular significance that I sit writing Chinese characters and practice pronouncing them in Japanese.")[①]1974年史耐德在他北加州的家园成立了一个小型的禅堂，他自己说明这道场所研习追求的不是他在日本所学的临济宗，而是更具包容性的中国禅："我们学的不是日本禅，而是中国禅。中国禅的意思我是指不那么狭窄的寺院中的禅、日本式的禅，而是更多'中国式'的东西——更早的、不那么法典化的、更普遍的、更生态的、更嬉戏的。"("It was not so much Zen as it was Chan. By that I mean not so narrowly monastic and Japanese, but more 'Chinese'—earlier, less codified, more ecumenical, ecological, and playful.")[②]我想这"嬉戏"应该是指许多公案中禅师和徒弟们嬉谑方式的对话或举止。如怀海大师(720—814)对徒弟们说到，以前他的师父马祖(709—788)对他大喝，"直得三日耳聋"，怀海的徒弟黄檗(？—856)听了，就对师父吐舌头[③]。日本临济宗寺院中的修行对弟子非常严格，非常重尊卑与传承，因此会令史耐德觉得过于严肃。

西方人对东方经典往往会从西方的角度来理解，或用西方的眼光来观察，这是必然的，尤其是他们大多对亚洲的历史、政治、经济、文化诸传统了解甚少或甚浅。他们的误读也是必然的，只是误读成分的多少与程度的不同而已。哈罗·布鲁姆曾探讨过误读(misreading)此一课题，他认为一位作家创作的时候，他必然以前辈作家为楷模，他们既是他的偶像，也是必要超越的对象，而许多代前辈作家巨大的影子给他很大压力，因此一位作家在自己创作时，必须要"误读"他的前辈，以开辟自己的一席之地。布鲁姆说：

> 为了生存，诗人必须要错误理解其父，方式即是这种决定性的失误动作，即是对其父之著作进行再书写。
>
> 然而，其诗传统之父是谁？是什么？是他者的声音，即恶魔的声音，总是在用一种声音发声；这声音不会死亡，因为它已从死亡中幸免——死去的诗人都活在一个声音之中。

---

① Gary Snyder, *A Place in Space*: *Ethics*, *Aesthetics*, *and Watersheds*, Washington, D.C., Counterpoint, 1995, p. 5.

② Patrick D. Murphy, *Understanding Gary Snyder*, Columbia, S.C., University of South Carolina Press, 1992, p. 14.

③ 释道原：景德传灯录，蓝吉富编：《禅宗全书》，第2册，114页，台北：文殊文化有限公司，1988。

> To live, the poet must *misinterpret* the father, by the crucial act of misprision, which is the re-writing of the father.
>
> But who, what is the poetic father? The voice of the other, of the *daimon*, is always speaking in one; the voice that cannot die because already it has survived death—*the dead poet lives in one*.[①]

布鲁姆认为误读是创作过程的一种必然现象，他是从创作者的心理这个角度来探讨，然而另一位文学批评家艾德华·赛义德却对布鲁姆的"误读"概念表示不苟同。赛义德认为创作必是对前辈作品的误读这个概念，完全简化了创作的传承，或曰简化了思想由一个文化转移到另一个文化的过程。赛义德说：

> 我们已经非常惯于以下之说法，即所有的借用，所有的阅读，所有的诠释都是误读和误解……我认为这种结论根本难以令人满意。首先，此结论是指除了毫无创意的抄袭，只有另外一种选择，就是创意的误读，而且在两者之间完全没有其他可能。第二点，如果把它提升为一种一般性的原则，在这种所有阅读都是误读的想法之下，基本上来说，批评家就不再有任何责任了。如果批评家也简简单单地说诠释就是误释，借用不可避免地涉及误读，那么批评家绝不可能严肃地对待批评的理念。相反的，我认为(如果误读发生)我们是完全可以把误读判断为一种历史转移的一部分，即思想与理论由一背景到另一背景的转移。
>
> We have become so accustomed to hearing that all borrowings, readings, and interpretations are misreadings and misinterpretations…I find such a conclusion completely unsatisfying. It implies, first of all, that the only possible alternative to slavish copying is creative misreading and that no intermediate possibility exists. Second, when it is elevated to a general principle, the idea that all reading is misreading is funda-

① Harold Bloom, *A Map of Misreading*, New York, Oxford University Press, 1980, p. 19.

mentally an abrogation of the critic's responsibility. It is never enough for a critic taking the idea of criticism seriously simply to say that interpretation is misinterpretation or that borrowings inevitably involve misreadings. Quite the contrary: it seems to me perfectly possible to judge misreadings (as they occur) as part of a historical transfer of ideas and theories from one setting to another. ①

这"历史转移"(historical transfer)的概念就是赛义德的"旅行中的理论"(Travelling Theory)之一部分。史耐德吸收中国文化思想的经验，也涉及理论的旅行，即中华文化思想由东方旅行转移至美国的文化界。赛义德认为这类"思想的流通"(circulation of ideas)非常重要，他说：

文化生活与知性的生活往往是靠这种思想的流通而增长，并时常靠它而维持；不论其形式是被承认的影响，或无意识的影响；是创意的借用，或是整体的认可；总之，思想与理论由一地移向另一地不仅是生活的现实，也常常促成知性活动条件的形成。

Cultural and intellectual life are usually nourished and often sustained by this circulation of ideas, and whether it takes the form of acknowledged or unconscious influence, creative borrowing, or wholesale appropriation, the movement of ideas and theories from one place to another is both a fact of life and a usefully enabling condition of intellectual activity. ②

史耐德大量吸收亚洲文化是在有利的思想流通情况之下发生的，也就是说他在青年时期已有种种机会通过英文学习亚洲文化，也有机会跟随著名汉学家学习中国文化。而史耐德二十多岁时，也已开始积极去促进东西方思

① Edward W. Said, *The World, the Text, and the Critic*, Cambridge, Massachusetts, Harvard University Press, 1983, p. 236.

② Edward W. said, *The World, the Text, and the Critic*, Cambridge, Massachusetts, Harvard University Press, 1983, p. 226.

想的流通，进而促成东西方文化交流的知性的活动。赛义德对思想理论由西方转移到东方，或由东方转移到西方的现象特别感兴趣，他说：

> 有关思想和理论由一个文化移到另一个文化，有些案例特别有趣，如在19世纪初期有些关于超越的东方思想输入欧洲，或如19世纪后期一些有关社会的欧洲思想传入了传统的东方社会。在这种传入新环境的转移过程中，总是会有阻碍的。一定涉及与原在地不同的表现过程与建立成俗的过程。
>
> There are particularly interesting cases of ideas and theories that move from one culture to another, as when so-called Eastern ideas about transcendence were imported into Europe during the early nineteenth century, or when certain European ideas about society were translated into traditional Eastern societies during the later nineteenth century. Such movement into a new environment is never unimpeded. It necessarily involves processes of representation and institutionalization different from those at the point of origin. ①

我们也可以说20世纪后半叶当中国的文化思想传入西方，影响到如史耐德等作家时，其过程与赛义德上述19世纪的两个例子有相似之处。它是"有阻碍的"，像史耐德就不会照单全收道家思想与儒家思想。换句话说，如儒家的忠孝思想在美国就难以"建立成俗"(institutionalization)，因为忠孝思想与美国人根深蒂固的个人主义(individualism)思想相抵触。然而，史耐德却采用了儒家"修身、齐家、治国、平天下"的观念，即士大夫以天下为己任的观念，这观念与美国的信念基本上不相违背。基督教也重视修身，西方的民主思想也赞同以天下为己任。因此，就史耐德吸收"以天下为己任"的儒家观念而论，赛义德的"旅行中的理论"可以适用，因为此理论用"历史的研究角度"(historical approach)，"因此而假定由于一些特定的历史环境，适合这些环境的一种理论或思想会因而兴起"。("Assume therefore that, as a

① Edward W. Said, *The World, the Text, and the Critic*, Cambridge, Massachusetts, Harvard University Press, 1983, p. 226.

result of specific historical circumstances, a theory or idea pertaining to those circumstances arises.")①

赛义德不认同"误读"的概念,他重视文化输入地的历史环境及社会与文化条件。我同意他的看法,认为误读固然、必然会发生,西方人阅读东方的经典一定会误读,而东方人阅读西方经典也一样会误读。我们去研究误读的原因反而是比较文学这门学科重要的课题,也就是研讨赛义德所偏重的历史环境和社会文化条件;换句话说,研究什么是输入时的美国社会所需求,什么是美国作家其本身的、精神上的需求,导致他们要吸收东方某些文化思想来填补空缺,或是美国哪些传统的信念,导致他们曲解东方文化。如果朝此方向研究,则对这位西方作者的思想内涵及其时代背景、其社会思想潮流会有更深入的了解。

由一位西方作者吸收外来思想的角度来看,西方作家的动机意向与西方的汉学学者是不同的,西方汉学家要了解东方的学说,本来就应该读原典,全面地研究此学说。西方作家研究东方经典时,研读经典本身常非其目的,其目的是为了以东方观念充实自己的思想,或填补自己精神上的需求。如果某位西方作家能够试图深入地理解某部东方经典已是非常努力之举。如以20世纪50年代后期美国"垮掉的一代"小说家杰克·克洛厄(Jack Kerouac,1922—1969)为例,他曾有几年埋头自学,研读英译的《金刚经》,杰克·克洛厄用的是杜威特·格达(Dwight Goddard,1861—1939)译的《佛教圣经》(*A Buddhist Bible*)。他甚至用心去把这英译的《金刚经》再度译为比较易解的英文,虽然此译文并没有出版②,这位作家的努力可以说已非常少见了。以史耐德为例,固然他对亚洲文化的了解比其他美国作家深,但他阅读亚洲经典时,西方传统思想与亚洲其他传统思想也一样会左右他的理解。例如说他对《道德经》的误读,并非受西方思想的影响,而是受他所吸收之禅宗思想的影响,这与他由二十岁左右起就学习禅宗有关。

在史耐德的思想体系之中,有时中国文化只是论证,用以证实几种自己信奉之主要思想。对他而言,重点是在于他的主要思想,包括他的萨满教观

---

① Edward W. Said, *The World, the Text, and the Critic*, Cambridge, Massachusetts, Harvard University Press, 1983, p. 230.

② Carole Tonkinson, ed., *Big Sky Mind: Buddhism and the Beat Generation*, New York, Riverhead Books, 1995, p. 48.

与深层生态学(depth ecology)。例如说,他采用《楚辞》作为他原始萨满教在全世界各地的众多论证之一。又例如他的深层生态学所用到的论证,包括印第安文化中人类与动物之循回观念、日本的公地观念、西藏的坛城(Mandala)象征意义以及中国的华严宗观念。因此,如同其他非西方文化传统,中国思想已经成为他主要思想的基石之一。

在推行环保生态方面史耐德是美国文化界的先行者和精神领袖,他广泛地由亚洲的宗教思想与印第安人的信仰中吸收精华,建立自己的生态观。邓肯·路肯·威廉斯(Duncan Ryūken Williams)说他是“西方人最早的发现者之一,发现佛教与生态学交互影响这潜藏的丰富宝库”(“one of the first Westerners to recognize the rich potential of the interface between Buddhism and ecology”)。[①] 不少20世纪的西方学者已体察出在为大自然的定位上,大抵东方与西方是有很大分歧的,基督教思想与佛教思想很可能是造成这两种不同世界观的主要因素。玛丽·伊芙林·图克(Mary Evelyn Tucker)与约翰·格林姆(John Grim)说:

> 与西方亚伯拉罕传统的犹太教、基督教与伊斯兰教相关的世界观,已造成了一种主要以人类为中心的道德观。因为这些世界观大抵认为人类是宇宙中心,所以大自然被认为居于次等地位。又因为坚信上帝超越于大自然,更强化了这种宇宙中心思想……另一方面,佛教后期的大乘各宗,如华严宗,强调值得我们注意的现实之关连性……同样地,东亚的禅宗花园表现在大自然世界中,佛性无处不在。
>
> The worldviews associated with the Western Abrahamic traditions of Judaism, Christianity, and Islam have created a dominantly human-focused morality. Because these worldviews are largely anthropocentric, nature is viewed as being of secondary importance. This is reinforced by a strong sense of the transcendence of God above nature… On the other hand, later Mahāyāna

① Duncan Ryūken Williams, Introduction, in *Buddhism and Ecology: The Interconnection of Dharma and Deeds*, ed. by Mary Evelyn Tucker and Duncan Ryūken Williams, Cambridge, Massachusetts, Harvard University Press, 1997, p. xxxviii.

> schools of Buddhism, such as Hua-yen, underscore the remarkable interconnection of reality… Likewise, the Zen gardens in East Asia express the fullness of the Buddha-nature (*tathāgatagarbha*) in the natural world. ①

历史学家林恩·怀特(Lynn White)也认为西方宗教对地球环境的危机要负一些责任，他说："犹太教与基督教强调上帝超越大自然，人类主宰大自然，这导致贬抑大自然世界之地位及随之而来为了功利目的对资源的摧毁。"("The emphasis in Judaism and Christianity on the transcendence of God above nature and the domination of humans over nature has led to a devaluing of the natural world and a subsequent destruction of its resources for utilitarian ends.")②

史耐德与以上两位学者的看法大抵一致，也认为东西方宗教观不同，因而导致不同的大自然观，他说：

> 虽然在善意的基督教徒及犹太人之中有些人曾试着努力扩大他们的伦理观，把大自然也包括在内(他们举行过几次"生态基督教"会议)，但是欧美精神上的主流肯定仍是以人为中心。
>
> 亚洲思想系统(虽然不尽理想)对待大自然世界则好一些。中国的道教思想、印度的"常法"观念与亚洲其他多数地区佛教的佛法，都视人类为大自然的一部分。
>
> Although there is a tentative effort among Christians and Jews of goodwill to enlarge their sense of ethics to include nature (and there have been a few conferences on "eco-Christianity"), the mainstream of Euro-American spirituality is decidedly human-centered.

---

① Mary Evelyn Tucker and John Grim, Series Foreword, in *Buddhism and Ecology: The Interconnection of Dharma and Deeds*, ed. by Mary Evelyn Tucker and Duncan Ryūken Williams, Cambridge, Massachusetts, Harvard University Press, 1997, p. xxvi.

② Mary Evelyn Tucker and John Grim, Series Foreword, in *Buddhism and Ecology: The Interconnection of Dharma and Deeds*, ed. by Mary Evelyn Tucker and Duncan Ryūken Williams, Cambridge, Massachusetts, Harvard University Press, 1997, p. xxv.

> Asian thoughts systems (although not ideal) serve the natural world a little better. Chinese Taoism, the Sanātana ("eternal") Dharma of India, and the Buddhadharma of much of the rest of Asia all see humanity as part of nature. ①

也有一些西方学者讨论到佛教与道家思想中早就存在着物我平等的生态环保观念，值得西方人借鉴，如佛教思想中万物皆有佛性的观念，与道家思想中“气”之贯穿流通全宇宙的观念。史蒂芬·奥汀(Steven Odin)认为中国道家的“气”和道教的风水观呼应了西方20世纪的生态观念，即把地球视为“一个单一的活生生的有机体”(a single living organism)②,生态环保家把希腊早期神话的盖亚(Gaia)大地女神作为这种有机体的象征。奥汀又如此陈述中国人的“气”观与“风水”观念:“远在我们发现地球磁场之前,远在现代物理学发现力的线条理论之前,(道教)已把大自然理解为由流通的气组成的能量模式,气即生命的力量,一种交叉的阴阳力量形成的网线,在风水学上说就是所谓的龙脉,或龙虎之流脉。”["Long before the discovery of the earth's magnetic field and the modern physics theory of lines of force, nature was conceived as an energy pattern comprised of flowing *ch'i* (Japanese, *ki*) or vital-power, a grid network of intersecting *yin/yang* forces, known as *lung-mei* or 'dragon and tiger' currents in the study of *feng shui*."]③奥汀的说法延伸自西方重要的深度生态学(deep ecology)的思想。深度生态学最初由挪威的阿那·纳斯(Arne Naess)于1973年提出,然后由比尔·德瓦(Bill Devall)与乔治·色雄斯(George Sessions)在他们1985年于美国出的书中发展了此概念,其书为《深度生态学:重视大自然的生活》

---

① Gary Snyder, *A Place in Space*: *Ethic*, *Aesthetics and Watersheds*, Washington, D.C., Counterpoint, 1995, pp. 77—78.

② Steven Odin, The Japanese Concept of Nature in Relation to the Environment Ethics and Conservation Aesthetics of Aldo Leopold, in *Buddhism and Ecology*: *The Interconnection of Dharma and Deeds*, ed. by Mary Evelyn Tucker and Duncan Ryūken Williams, Cambridge, Massachusetts, Harvard University Press, 1997, p. 104.

③ Steven Odin, The Japanese Concept of Nature in Relation to the Environment Ethics and Conservation Aesthetics of Aldo Leopold, in *Buddhism and Ecology*: *The Interconnection of Dharma and Deeds*, ed. by Mary Evelyn Tucker and Duncan Ryūken Williams, Cambridge, Massachusetts, Harvard University Press, 1997, p. 104.

(*Deep Ecology: Living as If Nature Mattered*)。阿那·纳斯认为环保运动有两个重要的潮流,其一是"浅的"(shallow)运动,一是"深度"(deep)运动,浅的运动基本上只关注人类的权益,例如关注自然资源的消耗等问题。相对而言,深度环保运动关注基本的哲学问题,涉及人类如何看待自己与自然的关系。深度生态学吸收了现代的物理学和现代生态学中对大自然的新理解。纳斯认为以前的西方哲学已过时了,因为它认为人类之间、人类与自然之间是分隔的。新的科学发现启发我们:人类并非是孤立的、分隔的,而是彼此相关,并与周围的一切有持续的关系;我们是"能量流动"(flow of energy)的一部分,是生命之网的一部分[①]。史耐德与西方一些学者,则在东方宗教哲学与原始宗教中找到类似"能量流动"与"生命之网"的观念。

刘易斯·兰克斯特(Levis Lancaster)认为中国佛教发展出万物皆有佛性的观念在思想上具革命性的突破,在人与自然关系的"集体观念"(collective perception)上,在佛教思想发展史上,皆具有"伟大贡献"(great contribution),他说:

> 中国有万物皆有佛性的教导是具革命性的发展。人人本有佛性,但对中国人非常重要的是无情之物有佛性的这种教导。岩石、树、莲花、溪流、山,皆有佛性。因此,人心本以佛性为本性,与无情的大自然每一部分皆有共通之处,因为大自然也有同样的佛性。由于有这种新的观念认为人的心与万物皆有佛性,中国人至少可以解释大自然的力量。禅宗僧人所写的佛教诗歌内容不限于写有关教义的文字;诗写的对象是大自然,参照的则是雪、落叶、石上清流,因为它们是佛性的外现。
>
> Teaching that everything has Buddha-nature was a revolutionary development in China. Every person has Buddha-nature, but what was of such importance to the Chinese was the teaching that insentient objects also have it. The rocks, trees, lotuses, streams, mountains—all have Buddha-nature. Therefore, one's mind, which has Buddha-nature as its essence, shares a common aspect with every part of insentient

---

① Clare Palmer, *Environmental Ethics*, Santa Barbara, California, ABC-CLIO, 1997, pp. 15—16.

> nature, which also possesses this same Buddha-nature. With this introduction of the idea that the mind and the natural objects had the same Buddha-nature, the Chinese at last had an explanation for the power of nature. Buddhist poetry written by Ch'an meditation monks was not limited to words of doctrine; it was about nature and the references were to snow and falling leaves and water running over-rocks, for this was an expression of Buddha-nature. ①

刘易斯·兰克斯特与史蒂芬·奥汀两位学者都倾心于亚洲文化思想，因为他们出身于西方基督教的文明世界，他们亲眼看见在自己传统中大自然受到贬抑、破坏，不管是西方的人类心灵还是自然环境都患了疾病，但又没有解决的药方，所以转向亚洲文明寻求精神上的解答及支柱，正好亚洲文明中不少宗教思想都以平等态度对待大自然万物，因此吸收采用之，作为其生态学的理论基础。在这一方面史耐德与他们两位的看法也是一致的，史耐德更广泛吸纳儒、释、道三家思想作为他自己生态观的理论依据，或作为他观点的例证。本人将在本书以下两节分别讨论中国文化思想如何固基、补充强化了史耐德之生态观，即第二章之“史耐德与道家、儒家思想”与“史耐德与佛家思想”两节。

一般来说如果研究某位重要作家作品中的多元文化内涵，传统的方法学是把作品中个别文化的特点加以辨识与陈述，如以下论文题目就显示出这种研究方法：《史耐德的华严佛教观》(*A Hua-yen Buddhist Perspective of Gary Snyder*)、《史耐德作品中一些中国的意象》(*Some Images of China in the Works of Gary Snyder*)等。这些论文就是采用这种传统的方法学，即研究个别文化传统对某作家产生的影响；但用这种方式会失去很多内涵，因为一位作家的文化观有其整体的视野，其中又有各个个别文化的交互融会与对话，因此对个别文化之影响加以分别陈述，固然有助于了解作家之思想脉络，却容易犯以偏概全之弊病。

本书处理的题材——史耐德与中国文化就有堕入此陷阱的危险，太专

---

① Lewis Lancaster, Buddhism and Ecology: Collective Cultural Perceptions, in *Buddhism and Ecology: The Interconnection of Dharma and Deeds*, ed. by Mary Evelyn Tucker and Duncan Ryūken Williams, Cambridge, Massachusetts, Harvard University Press, 1997, p. 13.

注于研究史耐德吸收之中国文化，会容易见树不见林，把所谓“中国影响”放大，尤其会以为史耐德只受到中国文化之影响，或认为中国文化对他的影响无可匹敌。诚然，就非西方传统的各种文化而言，以下两种文化对史耐德的冲击应该可说与中国文化不相上下，即印第安文化与日本文化。印第安文化是他所认同的美国本土文化。他尤其推崇印第安人对大自然的崇敬与生态观、其人与动物的循回观。日本是他脚踏实地生活过的地方，长驻短留，先后算来共住过十年①。他在日本的禅寺中认真学禅，先后正式拜几位日本禅师为师，也正式成为日本的“山武士”，更加入日本人所组织公社式的前卫佛教修院。他对日本能剧很着迷，观赏了许多出能剧之公演。他可以说浸润在日本文化及生活之中。然而，虽说他只短期去过大陆与台湾②，但中国文化对他的影响却是至深的。他是由有关中国思想的英文书籍、他认识的中国教师、所读之中国古典诗中文文本、所观之中国山水画中来吸取养分的。由少年时期至21世纪，已经七十多岁的他，对中国的儒释道三家思想与中国诗歌美学、书画美学都非常尊敬与认同。因此，本书在讨论中国文化对他的冲击过程中，会注意到在史耐德的思想中，或中国文化是否与其他文化有并陈或交融之现象。如果讨论的中国文化内涵涉及他的思想体系时，中国文化与其他文化有密切关系时，都会简介到其他传统文化的内涵及其与中国文化之关系。如此，不至于见树不见林，而且会对史耐德之整体思想有些认识。

比起其他研究史耐德的课题，有关史耐德与中国文化之间的关系这个课题，研究的学者并不多，到目前，以著书的形式进行论述只有区铁的 *Gary Snyder and Chinese Culture*，但有些学者发表过单篇的学术论文，或在其著作中讨论到了这个课题。讨论史耐德与道教思想关系的有舒云中(Shu Yunzhong)1987年发表的论文 *Gary Snyder and Taoism*；有关史耐德与中国佛教关系之探讨则有伯特·阿盟(Bert Almon)1970年发表的论文 *Buddhism and Energy in the Recent Poetry of Gary Snyder*；茅国权(Nathan Mao)1974年发表的 *The Influence of Zen Buddhism*；有关史耐德与

---

① 在1992年由艾略特·韦伯格(Eliot Weinberger)对史耐德作的《诗艺》(*The Art of Poetry*)专访中史耐德说他在日本住了十年左右。(Gary Snyder, *The Gary Snyder Reader: Prose, Poetry and Translations 1952—1998*, Washington, D.C., Counterpoint, 1999, p. 328.)

② 史耐德于1984年10月、11月与数位其他美国作家，包括艾伦·金士伯(Allen Ginsberg)等，应中国政府之邀请访问大陆。他于1990年10月到台湾逗留了十多天。

禅宗的探讨见林耀福出版于 1977 年的《山即是心：论史耐德的诗》(《文学与文化：美国文学论文集》)以及黄书君(Huang Shujun)于 1989 年发表的 *A Hua-yen Buddhist Perspective of Gary Snyder*。对有关史耐德译的寒山诗之探讨则比较多，见胡菊人于 1966 年发表的《诗僧寒山的复活》；钟玲 1984 年发表的《寒山诗的流传》及 1977 年发表的 *Whose Mountain is This? Gary Snyder's Translation of Han Shan*(《此山为何人之山：盖瑞·史耐德之寒山翻译》)；赫伯特·法克勒(Herbert V. Fackler)在 1971 年发表的 *Three English Versions of Han-Shan's Cold Mountain Poems*；保罗·甘(Paul Kahn)于 1986 发表的 *Han Shan in English*；奚密于 1985 年发表的《寒山译诗与"敲打集"——一个文学典型的形成》等等。有关史耐德如何吸收中国古典诗的养分则有叶维廉(Yip Wailim)于 1980 年出版之《饮之太和》与丹·麦克里欧于 1980 年发表之 *Some Images of China in the Works of Gary Snyder* 及钟玲于 1996 年出版之《美国诗与中国梦：美国现代诗里的中国文化模式》。讨论到史耐德思想与中国文化之关系见钟玲于 2003 年出版之《美国诗人史耐德与亚洲文化：西方吸纳东方传统的范例》。安东尼·韩特(Anthony Hunt)于 1999 年出版之论文 *Singing the Dyads: The Chinese Landscape Scroll and Gary Snyder's Mountains and Rivers without End* 则深入探讨中国山水画与史耐德一首长诗的关系。大陆的学者则有广州中山大学的区铁，他的博士论文 *Gary Snyder and Chinese Culture* 就研究史耐德。有关史耐德作品之中译，梁秉钧在《美国地下文学选》(1971)、翱翔在《当代美国诗风貌》(1973)及郑敏在《美国当代诗选》(1987)中都翻译过他的诗。整本的中文译作则出现于 1990 年《山即是心：史耐德诗文选》(台北：联合文学出版社)，由林耀福、梁秉钧编选。1990 年 9 月台湾的《当代》杂志也出版了专辑，评介及翻译史耐德的作品。

本书将分六章探讨史耐德与中国文化的关系。第一章陈述史耐德由十一岁开始一直到现在，在生活中所经验到的中国文化，包括他接触到的中国山水画、中国文化方面的书籍、中国生活习惯、所结交的中国友人、到台湾与大陆访问的经验。第二章探讨史耐德所吸收的道家与儒家思想。第三章分析史耐德所学的禅宗，及其所属中国禅的成分，还有他所吸收的华严宗思想。第四章讨论他喜欢的中国诗人，他在他自己的诗歌创作中所吸纳的中国古典诗歌内涵、模式及格律。第五章研究史耐德英译的中国古典诗译文之特色以及他所译的寒山诗成为美国文学经典的过程。第六章探讨他对中国传统书画之认识以及他如何把中国书画传统融入到他自己的创作美学思想里，从而成为他自己诗歌的内涵。

此书之撰成与出版，特地要感谢乐黛云教授，因为她鼓励我，并将我的书稿推荐给首都师范大学出版社出版。更要感谢史耐德先生，他接受我的访问，并以信件、电邮回答了我一些问题。也要向首都师范大学出版社为本书稿聘请的一位外审专家致谢，他认为本书应参照一些新的文学理论思潮，故依循他建议的“后殖民理论、布鲁姆的‘误读’理论，赛义德的‘旅行中的理论’以及生态批评理论等前沿理论观点”，我将本书内容加以补充及扩充。还要向我香港浸会大学的研究助理毛奕谆致谢，他尽心尽力地协助我编辑及搜查资料。这本书是我一生的心愿之一，愿为中华文化的输出研究尽一份心力，愿为东方、西方文化之融合尽一份力。

第一章　史耐德的中国经验

史耐德在少年时期及在大学念书期间曾经接触过中国文化，因而对它产生了深深的景仰之情。从他十岁或十一岁上在博物馆中观赏中国山水画的那一刻，就对中国人的世界观、自然观产生了深切的认同。在念大学期间则大量阅读英译的中国经典书籍，并向一位华裔同学学习写毛笔字，对中国文化开始有笼统的、整体的概念。大学毕业后到加州大学柏克莱校园读书，选陈世骧教授在研究所开的课，学习中国古典文学，并翻译中国古典诗歌。其所译的《寒山诗》(*Cold Mountain Poems*)风行全美，成为经典。他在生活上也采用了一些中国习惯，并曾去过大陆与台湾，也为这些中国之旅写过几首诗。总的来说，虽然实际在中国生活的经验几乎是零，但他对中国文化思想之激赏，对中国诗歌、山水画的体验倒是深刻的。

第一节　中国山水画令他目驰神迷

史耐德童年在农村长大，自幼亲近土地，成长的地方就在美国西岸大山大海的华盛顿州及俄勒冈州。他自幼喜欢在森林中、高山上游玩，对大自然一生热爱。我们要知道，他童年住在农庄里，只要走出房子，就能看见四周高耸入云的山峰，包括 10778 英尺的贝克山、六七千英尺的奥林匹斯山脉、5878 英尺的露米斯山等，这些山峰皆属美国大西部南北纵向的卡兹克兹山脉。

史耐德于 1930 年 5 月 8 日出生于大都会旧金山的史坦福大学医院，但是他的童年却是在美国西部华盛顿州西雅图城以北 7 公里的乡下度过的。1932 年在他两岁的时候，美国经济已进入大萧条时期，父亲哈罗·史耐德（Harold Snyder）和母亲鲁思·魏奇·史耐德（Lois Wilkie Snyder）为了生计，把家搬到华盛顿州乡下的农庄[①]做奶农，以养牛为生。农庄有两亩地，院子里也养鸡，后园种果树，因为他们的辛勤劳作，经济状况很快稳定下来，他们修建了房子，盖了谷仓[②]。这农庄周围的山谷就是他认同的故乡，他不以城、镇、县来界定自己的故乡，而是以河流、湖泊、山脉来界定自己的故乡，尤其是河流的流域，这种看法就源自他的生态观。他说："我来自普吉海湾和华盛顿湖北部之间大片秀丽山坡地间的一个山谷，谷中有不知名的小溪流过。这里是华盛顿湖的第二流域，小溪向南而去，我们住在源头下一里的地方，那就是我的家乡。"[③]

正如同大自然的山山水水对中国古代文人有强烈的吸引力，史耐德自幼对幽暗的森林、庞大的高山不仅没有畏惧感，反而深深被其吸引着。九岁的时候就跑到农庄后面的树林中一个人夜宿，自己走一条秘密小径通往他的营地，连家人都不知道他的营地在哪里，后来他父亲知道他会起营火、会煮食，就准许他一个人在林中过一两天[④]。美国不少 19 世纪的小说都表现对大自然的恐惧和对立的情绪，作家会把对魔鬼的恐惧，对大自然力量的恐惧投射在森林意象上，如纳萨尼尔·霍桑（Nathaniel Hawthorne）的《红字》（*Scarlet Letter*），或把上述的情绪投射在一象征大自然的生物——鲸鱼身上，如赫尔曼·梅尔维尔（Herman Melville）的《白鲸记》（*Moby Dick*）。史耐德年纪那么小就如此认同大自然，不但无畏于森林的黑暗与蛮荒，还敢在幽暗的森林中过夜，以大自然为家，是非常罕有的。在对大自然的认同方面，他所心仪的美国作家前辈则是散文家约翰·莫亚

---

① 生平基本资料可参考《编年》（Gary Snyder，Chronology，in *The Gary Snyder Reader*：*Prose*，*Poetry and Translations 1952—1998*，Washington，D. C.，Counterpoint，1999，pp. 661—614）。史耐德两岁到十二岁在农庄长大。农庄位于普吉海湾（Puget Sound）与华盛顿湖（Lake Washington）北端之间（Gary Snyder，*The Practice of the Wild*，Washington，D. C.，Shoemaker & Hoard，2003，p. 124）。

② Gary Snyder，*Regarding Wave*，New York，New Directions，1970，p. 52.

③ 尼可拉斯·奥康乃尔：《我就是森林：史耐德访问记》，杨惠君译，载《当代》，1990 年 9 月（53），32—33 页。

④ Gary Snyder，*The Real Work*：*Interviews and Talks*，*1964—1979*，ed. by Wm. Scott McLean，New York，New Direction Pub. Corp.，1980，p. 93.

(John Muir)与王红公。等他稍大一点就进入农庄后的大山谷探索，我想这是十岁到十二岁之间的事，因为他十二岁时，已经举家搬去城里住了。

> 我年龄再大一些，就到一些原生老树林中走走，这些树林位于卡兹克兹山与奥林匹斯山山脚的山谷中，那些林中阴处也生长的臭菘与魔鬼棒矮树会长得比你的头还要高，青苔层有一英尺那么厚。在这里你总是会闻到湿而碎的有机生物——蕈类浓郁的香气，闻到红色的朽木树干的香气，看到几丛红得刺目的环形草莓。
>
> When I was older I hiked into the old-growth stands of the foothill valleys of the Cascades and the Olympics where the shade-tolerant skunk cabbage and devil's club underbrush is higher than your head and the moss carpets are a foot thick. Here there is always a deep aroma of crumbled wet organisms—fungus—and red rotten logs and a few bushes of tart red thimbleberries.①

可见他童年去探索森林时，用五官、用心灵去仔细感受森林地面的植物。他游玩的森林范围其实很大，卡兹克兹山脉在西雅图城东北，奥林匹斯山脉(the Olympics)在此城之西，两山脉之间相距约有一百公里。他十二岁以后就去爬四周的大山，那些他童年时抬头就看得见的大山，山顶常年积雪，包括贝可山、冰河峰(Glacier Peak)、雷尼尔山(Mt. Rainier)。他认为"那些为雪覆盖的山峰绝非人间世界，闪亮而飘然，对精神是一种鼓舞"("Those unearthly glowing floating snowy summits are a promise to the spirit")。② 所以，对他而言，就像他所认知的宋朝至明朝的山水画中，高山是崇高脱俗的象征。

1942年史耐德十二三岁的时候，他们举家迁到美国西北部俄勒冈州首府波特兰市(Portland)。虽然迁入了城市，他对高山的狂热有增无减，不

---

① Gary Snyder, *The Practice of the Wild*, Washington, D.C., Shoemaker & Hoard, 2003, p. 125.

② Gary Snyder, *The Practice of the Wild*, Washington, D.C., Shoemaker & Hoard, 2003, p. 125.

满十五岁就加入成人的专业登山社，攀登高山山峰，登过的包括那座活火山：华盛顿州的圣海伦斯山峰，位于波特兰市东北27公里处，他登上这9524英尺高的山峰时感受如下："浸润在冰雪、岩石、严寒、高旷的空间，可以说是体验到一种奇异的、生动的启蒙与转化。"("To be immersed in ice and rock and cold and upper space is to undergo an eery, rigorous initiation and transformation.")①可见从少年时期开始，攀登高山在史耐德身上产生了一种近乎宗教的提升和转化的作用。他对这些高山的感受与西方传统的大自然观是不同的。在西方思想中，大抵人与大自然有物我之分，并常视自然为人类征服的对象。史耐德在大自然之中除了敬畏，还感受到在其中的自在与完全的归属，这种提升感与归属感反而与中国文人的大自然观相近，甚至可以说他是因为登山而开始写诗的，他说："登山经验对我是绝大的教诲，是大自然众神赐予的启蒙，从此我开始写诗。"②

他十岁到十二岁间由他父亲带着③，从农村进城到西雅图的艺术博物馆去参观，他发现中国古代山水画的意境竟然与他所倾心的美国西部太平洋岸边的壮观山景以及他所露营过、爬过的山非常近似④。

> 我十一二岁的时候，进入西雅图艺术博物馆的中国馆，看到中国山水画；我为之心驰神迷。那令我震惊的原因很简单："那看起来就像卡兹克兹山。"那瀑布、那松树、那云、那雾都非常像美国西北部的山水。中国人的眼睛所看到的世界，正是我视之为真的世界。旁边的馆中展出的是英国风景画与欧洲风景画，对我毫无意义。这不是上了什么一门了不起的课，而是在那一刻我对中国文化中的某些部分产生了很深的敬意，而且长存我心……
>
> When I was eleven or twelve, I went into the Chinese room at the Seattle art museum and saw Chinese landscape paintings;

---

① Gary Snyder, *The Practice of the Wild*, Washington, D.C., Shoemaker & Hoard, 2003, pp. 125—126.

② 尼可拉斯·奥康乃尔：《我就是森林：史耐德访问记》，杨惠君译，载《当代》，1990年9月(53)，34页。

③ 叶维廉："中国古典诗和英美诗中山水美感意识的演变"，见《饮之太和：叶维廉文学论文二集》，179页，台北，时报文化出版事业有限公司，1980。

④ Gary Snyder, *Mountains and Rivers without End*, Washington, D.C., Counterpoint, 1996, p. 153.

> they blew my mind. My shock of recognition was very simple: "It looks just like the Cascades." The waterfalls, the pines, the clouds, the mist looked a lot like the northwest United States. The Chinese had an eye for the world that I saw as real. In the next room were the English and European landscapes, and they meant nothing. It was no great lesson except for an instantaneous, deep respect for something in Chinese culture that always stuck in my mind …[①]

可能我们很难想像一个十一二岁的小孩对异国文化会有这么深刻，甚至可以说是刻骨铭心的感受。但是史耐德不仅自幼聪慧，而且早熟，主观性也很强。他很坚定地选择他认为是对的、是美好的东西，而且我想当他面对这些中国画时真的会有发现新大陆的感觉，因为他所接受的小学教育学到的是西方的观念，包括人与物对立的大自然观念，对这些观念他没有认同感，他小学所看到的艺术教材，上面也都是他没有认同感的西方艺术品。他认同的是他看到的、体验到的、周围气势雄伟的大山。而中国山水画中，尤其是挂轴中的高山流水，大都气韵生动，山有山势，水有水韵。也难怪史耐德会一见倾心，"为之心驰神迷"，而且这些画令他对中国文化产生了好奇与崇敬之心。

2001 年 7 月，本人在台湾国家科学委员会资助之下，赴美进行本人"多元东西文化之汇集：美国西岸文学运动"研究计划的田野调查，于 7 月 12 日亲自去西雅图找寻六十年前(即 1941 年左右)史耐德在博物馆所看过、并为之惊艳的中国山水画。此博物馆已迁入城中，但其分馆，即亚洲艺术馆，仍设在旧址，已改名为"西雅图亚洲艺术博物馆"(Seattle Asian Art Museum)，位于城东的义勇军人公园(Volunteer Park)。我要求博物馆的研究员玛丽·贺淑茨(Mary Hirsch)把博物馆中 1943 年前馆藏的中国画找出来给我看，因为史耐德在 1942 年就随家人搬离西雅图了。1943 年之前他们馆藏的中国画其实很少，只有七幅，她说根据记录，1943 年前也没有举办过中国山水画的借展，所以可以肯定大大感动史耐德的画就是这七幅

---

① Gary Snyder, *The Real Work: Interviews and Talks, 1964—1979*, ed. by Wm. Scott McLean, New York, New Direction Pub. Corp., 1980, pp. 93—94.

中的一幅。她给我看了那七幅，其中有五幅是山水画。

此馆在1943年以前收藏的五幅中国山水画，全都是挂轴[①]。看来全部都是清朝的画，我把这五幅画录下来。编号34.176挂轴的画家名为蓝立(或生或玄)，画中山势峥嵘，并有一瀑布飞流而下；有两个文人坐在亭子外的山石上，树上、凉亭顶上还有不少猴子在嬉戏。编号34.178挂轴则是远处有山与云雾，近处为画之主体，即两棵长在水边的大树。编号34.179挂轴为气势雄伟的层山，云雾腾腾，画家署名关槐恭，在名字之上有臣字，画的上方盖了三个乾隆皇帝的印，应该是宫廷画师之作。编号35.589挂轴为山水画，但画的中心部分画了山中的富贵豪宅，许多文人在台榭中雅聚。编号38.160挂轴更有趣了，画的是江边的悬崖；水上有一舟，舟上共五人，三人坐着相谈，一舟子划船，一书僮烹茶，三位座谈者中有一秃头的僧人，我想此画内容应该是苏轼(1036—1101)与友人同游赤壁。那么这五幅之中是哪一幅震撼了史耐德呢？纵观这五幅画，令史耐德"心驰神迷"的比较可能是编号34.176与编号34.179的画轴。因为这两幅是以层层气势雄伟的高山为主。这两幅都有史所说的"那瀑布、那松树、那云、那雾"的意象。其他三幅画中，山不是画的主题，编号35.587的画中富豪别墅之文人雅聚才是主题；编号34.178是以江边两棵树为主体。编号38.160的画则是以月夜水上泛舟为主题。

2001年7月17日至18日我去史耐德北加州的奇奇地斯(Kitkitdizze)[②]山居访问他时，我给他带来一个意外的惊喜，告诉他我去看了六十年前令他感动的画。接着我把用录像机录好的五幅画放给他看。当时我们坐在他房外的棚架下，他在我录像机的小屏幕上一幅幅仔细看，我侧头看见他瘦长的脸上岁月刻画了许多垂直的沟线，一张非常有个性的脸，他深陷而闪烁的眼中有一点湿润，脸上线条柔和下来，我想他受了感动，正追溯着自己六十年前的经验。他看过这五幅画以后，指出编号34.176就是当年深深感动他的画。

---

① 它们的西雅图亚洲艺术博物馆编号为34.179(34×15英寸)、35.589(52×24.5英寸)、38.160(46×19.5英寸)、34.176(46×19.5英寸)、34.178。

② 采用的是印第安语名之，那是指一种加州西野拉山脉西向阳山坡上长的一种矮树丛，属蔷薇科(Katsunori Yamazato, Kitkitdizze, Zendo, and Place: Gary Snyder As a Reinhabitory Poet, in *Isle*, Vol. 1, No. 1, 1993, p. 51)，他不以英文为家园之名，而以印第安语，必是以此表示对印第安文化的认同。

果然这幅巨画(46 英寸高，19.5 英寸宽)气韵非常生动、灵活，山势峥嵘，气势逼人，一团团云雾似在行走，瀑布成群，层层泻下，好像可以听见轰轰的水声。高山上有许多松树，这幅画中的山水一定类似北美西北部的高山深谷，才令年幼的史耐德震惊于中国古代画家竟能捕捉到如此活生生的大自然。另一幅画编号 34.179 中的高山虽雄伟，但其视野是远眺，不如编号 34.176 的近距离之逼人。我又告诉史耐德他喜欢的这幅画其实另有寓意：画中有十几只猴子、许多蜜蜂，是采其谐音，即“封”(蜂)与“侯”(猴)，祝人出任高官之意。画左下角写着“壬辰秋七月蓝立(或生或玄)写于东部之石林”。我查不出这位叫蓝立的画家，如果是蓝生，则是清代一女诗人张玉珍的字，但也不知她画不画画。西雅图博物馆也没有作任何考据，只按画的内容登录“有人物群猴的山水”(“Landscape with figures and monkeys”)。史耐德对这幅画一生念念不忘，不仅在文章中提到，在专访中也提起这幅山水画[①]。的确，童年的经验，如弗洛伊德(Sigmund Freud)的学说所说，对人一生的影响极大。高山可以说是史耐德心目中的父亲，一辈子与之并比，且将它视为要超越的对象。

史耐德不仅如前所述，喜欢爬山，而且一有机会就去山上打工，既能赚生活费，有机会劳动，又能名正言顺地居住在高山上、深山中，正如所愿。他在大学和研究所时，每年放暑假，他都会上山打短工，1949 年 19 岁时在森林局(Forest Service)的哥伦比亚国家公园(Columbia National Park)任山径工作人员(trail crew)；1950 年夏加入美国公园局(U. S. Park Service)，在其温哥华旧堡(Old Fort Vancouver)的考古工作队工作。1951 年夏天在俄勒冈州温泉印第安保留区(Warm Spring Indian Reservation)的木材厂做木材抛光工作，1952 年和 1953 年夏天都在贝克山国家森林任山火瞭望员；1954 年又在俄勒冈州的木材公司工作；1955 年他在优胜美地国家公园(Yosemite National Park)打工。这些经验更加深了他对高山生活的体验与爱好。其实他一生不只爱爬高山，还爱到各国、各地的博物馆观赏中国山水画。他 1996 年出版的重要诗集《山河无尽》(*Mountains and*

① 有关此段的专访见 Gary Snyder, The East West Review, in *The Real Work: Interviews and Talks, 1964—1979*, ed. by Wm. Scott McLean, New York, New Direction Pub. Corp., 1980, pp. 93—94；提这件事的他自己的文章见 Gary Snyder, The Making of Mountains and Rivers without End, in *Mountains and Rivers without End*, Washington, D. C., Counterpoint, 1996, p. 153。

Rivers without End），就是以一幅宋人的山水画为主题，表达他大自然观的作品。

第二节　青年时期学习中国文化

1947—1951年间史耐德在俄勒冈州波特兰市的李德学院（Reed College）念大学，主修人类学与文学。在李德学院念书的时候，他已读到厄尼斯特·佛纳罗沙（Earnest F. Fenollosa）撰写的《中国与日本艺术世纪》（*Epochs of Chinese and Japanese Art*），还有艾兹拉·庞德译的中国古诗翻译集《古中国》，因而对中国与日本的古典文学与古代艺术兴趣大增；此外还认识一位同学，即第二次世界大战退伍的华裔美国人查理·梁（Charles Leong）（音译），梁教他如何用毛笔写书法①。可见在他大学时代就已开始学习中国与日本的古典诗歌、中国山水画与书法了。此外，在大学时代还大量阅读中国文学与印度文学著作的英译本，包括亚瑟·韦理（Arthur Waley，1889—1966）译的中国古典诗歌，还有英译的《道德经》《论语》、印度文化经典《奥义书》《吠陀经》《薄伽梵歌》以及中国和印度的其他佛教文学②。

韦理的《中文作品翻译》（*Translations from the Chinese*）出版于1919年，由纽约的Alfred A. Knopf公司出版，译文流利动人，翻译了中国古今多位名作家的作品，包括屈原、宋玉、左思、陶潜、鲍照、陈子昂、王维、李白、白居易等，尤其是白居易的诗译得特别多，这本译集对20世纪美国作家影响很大，不少美国诗人跨越时空，写诗与白居易唱和，就是受这本书的影响。史耐德在十九岁时读到英译的中国古典诗，引发了他重新反省自己童年、少年时期的大自然观的过程，因为他少年时期心目中渴念的大自然只是狂野的高山，如"火山口结了冰雪的45度斜山坡"（a 45° ice slope on a volcano），他说中国诗歌帮助他重新看"田野、农村……它们（指中国诗歌）把我从对蛮荒山脉的过度执着中解放出来，他们几乎是以下意

---

① Gary Snyder, *Mountains and Rivers without End*, Washington, D. C., Counterpoint, 1996, p. 153.

② Gary Snyder, *The Real Work: Interviews and Talks, 1964—1979*, ed. by Wm. Scott McLean, New York, New Direction Pub. Corp., 1980, p. 94.

识的方式呈现，即使是最蛮荒的山也是人们居住其中的地方……”（“fields, farms… They freed me from excessive attachment to wild mountains, with their almost subliminal way of presenting even the wildest hills as a place where people, also, live.”）[①]我想他是指许多中国古代文人大都在山中隐居，中国山水画中，高山也是文人与游人游玩与欣赏的对象，因此高山不只是仰望的对象，也是生活在其中的地方。

1952 年夏他在贝克山国家森林的克雷特山（Crater Mountain）当山火瞭望员，独自住在高山绝顶上的小木屋中，原来他在山顶的岁月并不清闲，竟然是在努力学中文，并学写毛笔字。有一位叫杰勒米·安德森（Jeremy Anderson，1934—1987）的人嗜好登山，后来成为地理学教授，他曾很生动地描写过 1952 年在他年轻的时候，如何与史耐德偶然相遇。安德森的登山队登贝可山国家森林六千多英尺的克雷特山时，意外发现此山峰的山腰有缆车，还设有拉绳帮助爬上峰顶，他们顺着拉绳爬了几百公尺，登上山顶，发现有一个观测站：

> 然而更令我们惊讶的是电缆线上飘舞着许多面布条，上面写了一些奇怪的文字，这些电缆是用来固定那间栖立在颠峰上的观测站小木屋的……最令我们惊奇不已的是瞭望员本人，光着脚，穿着短裤，在他的窄床上四肢舒展地躺着，用一只没有把手的陶杯喝茶，学习说中国话的诗……然后他给我们泡了些绿茶……他是位诗人，学中文，因为要翻译几位他崇拜的中国古代诗人……我知道我们遇见了一位不平常的瞭望员，但是等二十年后，我发现了《土地家园》这本书，读了才知道 1952 年夏天在克雷特山顶遇见的就是诗人盖瑞·史耐德。
>
> Even more surprising were the many pieces of cloth with strange writing on them flapping from the guy wires that steadied the lookout cabin on its summit perch… Most surprising of all was the lookout ranger himself, barefooted and in shorts, stretched

---

① Dan McLeod, Asia and the Poetic Discovery of America from Emerson to Snyder, in *Discovering the Other: Humanities East and West*, ed. by Robert S. Ellwood, Malibu, Undena, 1984, p. 167.

> out on his cot, sipping tea from a handleless ceramic cup and studying conversational Chinese… Then he made us some green tea. He was a poet studying Chinese in order to translate the work of some ancient Chinese poets whose work he admired … We knew we'd met an unusual ranger, but not until I discovered and read *Earth House Hold* twenty years later did I realize I'd met the poet Gary Snyder on top of Crater Mountain in the summer of 1952. [①]

整个夏天史耐德孤独地一个人在六千英尺以上的山顶居住，学习中文，居然主要是为了要英译中国古典诗人的作品。他是个很有毅力的人，果然一年以后，他如愿地追随陈世骧教授学习中国古典诗，翻译中国古典诗。那些绑在电缆线布条上的文字则非汉字，而是密宗的藏文神咒。

此外，年轻的他对中国食物颇为倾心，在山上自炊都用酱油调味，吃白米饭，并且用筷子进食[②]。而且他不只是好吃中国食物，在心理上也认同中国人，或认同在美国的华人的习惯。有一个例子可以作为证明，1954年夏他再度到俄勒冈州的温泉印第安保留区的温泉木材公司（the Warm Springs Lumber Company）任绑木工人[③]，入山的路上他的白人伙伴嘲笑他像“中国佬”（Chinaman），在 20 世纪中叶，华工仍是美国一般民众眼中低人一等的有色人种，“Chinaman”一词有歧视贬抑的意味，但史耐德不仅不以为忤，而且后来还把此事写入诗中。这首诗名为“致中国的同志们”（“To the Chinese Comrades”）[④]。

> 哥伦比亚河峡谷雾笼的群峰、断崖，
> 老伐木工人消失在岩石间。
> 他们不肯捎我的米和酱油

---

① Jeremy Anderson, My First Encounter with a Real Poet, in *Gary Snyder: Dimensions of A Life*, ed. by Jon Halper, San Francisco, Sierra Club, 1991, pp. 30—31.

② Jack Kerouac, *The Dharma Bums*, New York, New American Library, 1959, p. 130.

③ Gary Snyder, *The Practice of the Wild*, Washington, D. C., Shoemaker & Hoard, 2003, p. 128.

④ Gary Snyder, *The Back Country*, New York, New Directions, 1968, pp. 111—114.

越过水坝

"史耐德你越来越像
下地狱的中国佬了!"
Misty peaks and cliffs of the Columbia,
Old loggers vanish in the rocks.
They wouldn't tote me rice and soy-sauce
cross the dam
"Snyder you getting just like
a damned Chinaman."

史耐德对 19 世纪起移民至美国西部的华工非常关注，大概因为他自幼就对太平洋彼岸的远邻特别感兴趣。在西雅图城外乡下的童年岁月里，他有一位玩伴是祖籍日本的男孩，他的父亲也是农夫，两个男孩都知道印第安人与远东有关，是从亚洲经过阿拉斯加迁移到美洲来的，而且他们知道常有日本船、中国船来到附近的海港，所以他很早便有一种东方与西方"持续交流之感"(a constant sense of exchange)①。而且他在波特兰市读中学、大学，大学毕业后在旧金山住了三四年(1952—1956)，这十多年间他常接触到华人社区。记得在 1976 年我初次到北加州探访史耐德，在圣克里满都市(Sacramento)下飞机，他接了我的机以后没有直接开车去他的山居，反而是带我去看早期华工兴建的玛丽村(Marysville)，我们到这个村子时，这卒三条街的小村镇已经没有华人住了，但村外却有一座中国小庙，因为锁上了，我看不见庙名，也看不见里面供的是什么神。史耐德告诉我，里面供的是北极仙翁以及旁边那条玉伯河(Yuba River)的河神。他对中国宗教如此留意，应该是因为中国传统宗教中的大自然崇拜观念，令他深感认同。此外，他对华人在美国西部开拓史中所占的地位也研究过，他说：

如追溯加州、俄勒冈州、华盛顿州的历史，从 1850 年起，我们会发现大批中国人曾来过以上地区。有些人在矿区工作，有些人做生意经营商店。很多中国人在越州铁路这项大工程里当工

① Timothy Gray, Gary Snyder: Poet-Geographer of the Pacific Rim, in *Studies in the Humanities*, Vol. 26, No. 1—2, 1999, p. 20.

> 人。他们还深入加州许多山区，在里面种菜种田。那个时候在加州海岸几个小镇住的全是中国人。他们还发展捕鱼业……但是到1890年发动了排华运动。中国的移民人口就离开了农村地区，离开了山区，也离开了他们建设的村庄。他们撤退到旧金山跟其他城市的唐人街里去。然而一直到第一次世界大战期间，仍然有中国人住在这一带（指北加州）的河谷地区。①

他对中国文化的兴趣应该是萌发于十一二岁参观中国山水画时，然后读大学期间又加以培养并生根的。当他大学毕业后，本来要继续深造他大学所主修的人类学，1951年秋他到印第安纳大学布隆明村校区的考古人类学系研究所就读，但读了一学期，发现学非所愿，就决定不走学术界任教授学者的路子，立志当诗人，而且要学习中文，翻译中国古典诗歌，所以他便中途辍学，回到旧金山。1953年秋，进入加大柏克莱校区的东亚语文系研究所，选读陈世骧教授的中国古典文学课程。他一连选了四个学期的课，课程研读的内容包括《昭明文选》《古诗源》《唐诗三百首》等②，史耐德课堂上的功课除了研读中国文学的中文原文，还包括把中国诗歌翻译为英文。后来他把《唐诗三百首》的翻译功课加以修改润饰，四十五年以后在《盖瑞・史耐德选读：散文、诗歌与翻译1952—1998》③（*The Gary Snyder Reader*：*Prose*，*Poetry and Translation 1952—1998*）（1999）一书中出版，这本书共收了十七首唐诗，包括白居易（《长恨歌》）、孟浩然、王维、杜牧、元稹、杜甫、王之涣、刘长卿、柳宗元、王昌龄等的诗作。

史耐德最脍炙人口的译作是《寒山诗》（*Cold Mountain Poems*）④。1953—1955年间，史耐德对中国禅产生了很大的兴趣，1955年秋上课前见陈教授时，他告诉陈教授他想研究及翻译一位中国禅宗诗人，陈教授就

---

① 钟玲：《盖瑞・史耐德访谈录：美国西岸文化意识与亚洲文明》，载《中外文学》，2002(12)(31.7)：202页。

② Gary Snyder, Letter to Ling Chung, 12 January 2001.

③ Gary Snyder, *The Gary Snyder Reader*: *Prose*, *Poetry and Translations 1952—1998*, Washington, D.C., Counterpoint, 1999, p. 537.

④ "Cold Mountains Poems"先后收在《常青评论》（*Evergreen Review*）、史耐德的《砌石与寒山诗》（*Riprap and Cold Mountain Poems*）及《诗的排列》（*A Range of Poems*）、汤玛斯・巴金森编的《垮掉者的个案纪录》（*A Casebook on the Beat*）等中。

介绍他译寒山的诗[①]。他翻译的寒山诗后来收入几种英译中国文学最重要的选本，在选本中所占的篇幅不少于李白、杜甫、王维等名人的诗，史耐德译的《寒山诗》遂成为中国文学英译的经典。此外，在 1955—1956 年间，史耐德在旧金山的时候，小说家杰克·克洛厄是他的好朋友，1955 年 10 月史耐德正在译寒山诗，他把寒山诗的英译读给克洛厄听，并且向他解说寒山的精神及经验。克洛厄不但把这件事写入他 1958 年出版的小说《得道流浪汉》(*The Dharma Bums*)中，还把寒山与史耐德写成小说中的英雄，而且是一古一今两人一体。克洛厄是美国 20 世纪 50 年代后期与 60 年代最重要的小说家之一，是垮掉的一代与嬉皮士(Hippies)两代年轻人的代言人。《得道流浪汉》一书长销不衰[②]，史耐德与寒山也双双成为几代年轻人的偶像。20 世纪 60 年代以后辈出的新兴作家几乎都读过史耐德英译的寒山诗。试举一例，盖瑞·罗力士(Gary Lawless，1951—　)，一位诗人及环境保护者，曾说“我的生命因为发现《得道流浪汉》这书而改变了，从这本书中我发现了史耐德的诗”(“My life was changed by finding *The Dharma Bums* and，from there，Gary's poems”)；“寒山诗又引领我们读中国及日本诗歌”(“The Han Shan translation led us on to Chinese and Japanese poetry”)[③]。史耐德翻译中国唐代诗人寒山的诗已经成为中西文学史上的一则传奇。

有趣的是在《得道流浪汉》一书中，史耐德被描写成为相貌很像中国人的禅修者。当然在文学技巧上，克洛厄借形似的手法，把寒山与史耐德两个英雄形象重叠，但我想在克洛厄心目中，史耐德外表与行为真的都很像中国人。《得道流浪汉》书中这么描写杰费·莱德(Japhy Ryder，史耐德的化身)：用筷子吃饭，喝中国茶，读陆羽(733—804)的《茶经》。当杰费在六画廊朗诵诗歌时，他双眼“闪烁，如同中国哈哈笑智者[④]的眼睛”(“twinkled like the eyes of old giggling sages of China”)[⑤]。小说中间部分有一段描写史耐德笑起来“像一个满面笑容的中国男孩，他双眼两侧出现了鸦足

① Gary Snyder，Letter to Ling Chung，12 January 2001.

② 此书的初版由北欧海盗出版社(Viking Press)于 1958 年出版，自 1959 年起 New American Library/Signet 至少把此书重印了九次；北欧海盗罗盘(Viking Compass)在 1971—1973 年印刷了三版；而企鹅丛书(Penguin Books)自 1976 年起至少印刷了六版。

③ Gary Lawless，My Apprenticeship at Kitkitdizze：Summer of 1973，in *Gary Snyder：Dimensions of a Life*，ed. by Jon Halper，San Francisco，Sierra Club，1991，p. 126，p. 123.

④ 此处的“智者”(“sages”)是指中国古代外表疯癫的禅修者。

⑤ Jack Kerouac，*The Dharma Bums*，New York，New American Library，1959，p. 18，p. 12.

迹一样的纹路，他的宽嘴张得大大的”(“like a Chinese boy laughing, crow's tracks appearing on each side of his eyes and his long mouth cracking open”)。[1] 我想克洛厄认为史耐德模样像中国人，一定跟史耐德瘦小的个子有关，跟他斜飞而细小的眼睛有关，但更关键的是史耐德表现出来的对中国文化思想、中国诗歌、书画及中国生活习惯的认同的气质。

史耐德不仅认同中国文化与中国式的生活习惯，而且他切身体验及深爱高山上的生活，在山上活得自由自在，活得充满愉悦。他在中国画中找到了类似的大自然美感经验，也在寒山诗中找到了类似他自己的山中生活经验。大抵他以自己的生活感受来翻译寒山诗，所以译文才会如此生动感人。我们可以由史耐德自己的诗作来印证他如何与寒山的经验相通，感受类似，如果我们对比他的诗《十月底在梭突齿山露营》(“*Late Octolzer Camping in the Sawtooths*”)[2]和他译的第十四首寒山诗《寒山多幽奇》[3]，就发现有明显的相似之处：

日光登攀雪峰
　闪出淡红
寒冷沉入峡谷
　阴影浮现。
架小松枝起一堆火
　在断崖下，
用锡杯饮热茶
　冰凉的空气中——
套上毛衣卷支烟
　　营火后面
　　一片叶
共夜霜闪烁。

---

① Jack Kerouac, *The Dharma Bums*, New York, New American Library, 1959, p. 142.

② Gary Snyder, *Left Out in the Rain*, San Francisco, North Point Press, 1986, p. 53. 梭突齿山位于爱达华州中部的梭突齿山国家休憩区(Sawtooth National Recreation Area)，远古时期由于冰川冲刷而形成与梭突齿相似的形状，并因此得名，此外也号称美国阿尔卑斯山。梭突齿山国家休憩区于1972年成立，目的是保存区内自然景观，为爱达华州最受欢迎的旅游点之一。

③ 项楚：《寒山诗注：附拾得诗注》，386页，154首，北京：中华书局，2000。

Sunlight climbs the snowpeak
  glowing pale red
Cold sinks with the gorge
  shadows merge.
Building a fire of pine twigs
  at the foot of a cliff,
Drinking hot tea from a tin cup
  in the chill air—
Pull on sweater and roll a smoke.
  a leaf
  beyond fire
sparkled with nightfall frost.
寒山多幽奇，登者皆恒慑。月照水澄澄，风吹草猎猎。
凋梅雪作花，杌木云充叶。触雨转鲜灵，非晴不可涉。

两位诗人一中一西、一古一今，都在诗中描写寒冷的高山上所感受到的美感，两者都享受孤绝高处的孤独，两者都细腻描绘大自然特异的美，如史耐德描写之雪峰的淡红色，或寒山笔下白雪化为花朵的意境等。可见史耐德对大自然的感受与中国古典诗人的大自然经验，在深层有相通之处。

然而，有时他在翻译时，不守信实的原则，把自己在北美的生活经验注入寒山诗的英译中，他译的第九首诗可以说是一首充满史耐德经验的诗，根本不能算是寒山诗了。

杳杳寒山道，落落冷涧滨。
啾啾常有鸟，寂寂更无人。
淅淅风吹面，纷纷雪积身。
朝朝不见日，岁岁不知春。①
Rough and dark—the Cold Mountain trail,
Sharp cobbles—the icy creek bank.

① 项楚：《寒山诗注：附拾得诗注》，86页，31首，北京：中华书局，2000。

Yammering, chirping—always birds
Bleak, alone, not even a lone hiker.
Whip, whip—the wind slaps my face
Whirled and tumbled—snow piles on my back.
Morning after morning I don't see the sun
Year after year, not a sign of spring.

许多史耐德在译文中选择的字，涵义与原文殊异，远比原文强烈、粗豪，以至于诗中人与自然的关系呈现出了原文所无的对立与拉紧的效果。原文形容山道遥远的"杳"字，他译为"rough"(崎岖的)；原文形容为石头众多的"落落"，他译为"sharp cobbles"(尖锐的卵石)；涧滨之"冷"，译为"icy"(冰冷)；描写孤寂无声的"寂寂"译为"bleak"(荒凉的)；形容清风的拟声字"淅淅"，译为"whip, whip"(鞭打声)；"风吹面"译为"the wind slaps my face"(风掴我耳光)；形容雪盛的"纷纷"，译为"whirled, tumbled"(急旋的、翻滚的)。

史耐德这一系列意义偏离原文的字眼，表达了原文所没有的粗犷气概和暴力倾向。于是史耐德译文中人与自然的关系也与原文大不相同。原文中的主角应该是一位心境平和、静观世界的隐者，如第六行"纷纷雪积身"大概是描写主角在雪中坐禅的景象，而在史耐德的译文中，那个人在"急旋的翻滚的"雪之中，则大概正在爬山，与风雪奋斗。寒山笔下的大自然，固然原始而神秘，但绝对不会有暴力倾向与敌对意识，而史耐德译文中的大自然则是对人采取侵略性的敌对态度：它鞭打他、掴他耳光、要用雪埋他。换句话说：寒山一诗的诗境是平和而安静的，史耐德译文的诗境则是激荡而充满抗争意识的，那是源自史耐德自己在北美山脉中的生活经验，也源自西方物我对立的思想传统。史耐德爬过的、住过的北美大山，高度远比寒山所住的天台山高。当然史耐德本人表示他并不同意我的看法①；批评家如贾可·李德(Jacb Leed)在这一点上也指明他并不同意我的看法②。

① Ling Chung, Whose Mountain is This? Gary Snyder's Translation of Han Shan, in *Rendition*, Vol. 7, 1977, p. 100.

② Jacob Leed, Gary Snyder, Han Shan, and Jack Kerouac, in *Journal of Modern Literature*, Vol. 11, No. 1, March, 1984, pp. 178—179.

我认为他们很可能是站在西方人的立场为自己辩护。

有趣的是，史耐德对此"窜改"竟是振振有词，上一段我对他译文的评论是改写自我在威士康辛大学硕士论文《寒山：寒山诗及西方对他的接纳》（*The Cold Mountain：Han Shan's Poetry and Its Reception in the West*），史耐德看过那一段后，他回了我一张明信片，说：

> 我想你对作品的批评基本上是对的，然而我笔下粗野、严苛的大自然意象并非源自一种严苛的感觉，而是因为我的群山是西野拉斯山脉、卡斯克兹山脉——非常狂野，也非常美丽的山脉，有赖这些山脉，我感受到寒山的世界。
>
> I think your criticisms of the work are basically right，though my images of rough，harsh' nature are not from a sense of harshness，but because my mountains are the Sierras and Cascades—very wild—and also very beautiful—the mountain I drew on for a sense of 寒山之 world.①

所以，史耐德其实是把他自己的高山经验渗进寒山的文本之中了，我想他大概很满意这种与中国古人合璧的创作经验。

20世纪初期与中叶在美国诗人之中已有数位诗人从东方文化中吸取哲学思想、美学原则以及诗歌创作技巧，如艾兹拉·庞德与王红公，那么史耐德有没有受这些前辈的影响呢？汤玛斯·巴金森（Thomas Parkinson）②认为他向艾兹拉·庞德学习其写作之风格，尤其是他的《诗章》（*The Cantos*）中的《中国诗章》（*The Chinese Cantos*）中用的短行、行内及行尾押韵、头韵的手法等。我想庞德译的《古中国》诗集导致史耐德对中国古典诗产生深厚的兴趣，还有，《古中国》译集也令他心中兴起翻译中国古典诗的念头，好与庞德一比高下。对史耐德影响最大的美国现代诗人应该是王红公。王红公在许多方面可说是史耐德的先行者；他长史耐德二十五岁，早就研究道家思想，并翻译出版中国古典诗及日本古典诗，早就爬过许多美

① 史耐德写给钟玲的明信片，邮戳日期为1969年2月。

② Thomas Parkinson，Poetry of Gary Snyder，in *A Casebook on the Beat*，ed. by Thomas Parkinson，New York，Thomas Y. Crowell Company，1961，p. 22.

国的大山。史耐德在加州大学柏克莱校园念书期间，已读过王红公翻译的日本古典诗(应是指《日本诗百首》*100 Poems from the Japanese*)。在《雨季》(*The Rainy Season*)①一诗中史耐德说："读王红公的《日本诗》。/ 淋湿的单车放在阳台上晾干 / 华特・惠特曼，人麿②，寒山，/ 在此 / 十二月二十日于柏克莱"("Reading Rexroth's *Japanese Poems*. / The wet bike dries on the porch. / Walt Whitman，Hitomaro，Han Shan，/ here / In Berkeley December twentieth")。1971 年春天，我在加州圣芭芭拉城(Santa Barbara)的王红公家中作客③，史耐德开车带着太太上原雅(Masa Uehara)④和两岁大的长子开(Kai)来看王红公，感觉上好像是儿子来探望老爸似的，他对王红公既亲切又尊敬。

王红公对亚洲诸文化及印第安文化都很倾心，史耐德在这一点上完全认同，也身体力行。而两人同样对中国文化，尤其是中国古典诗最为推崇。王红公崇拜杜甫，译杜甫诗。史耐德喜欢寒山，译寒山诗；两人的译文皆成为美国英译中国文学的经典，不只读者多，也有许多学者研究他们的译文。但两位美国诗人在研究中国文学文本上有不同之处，王红公完全靠自修自学来读中文，当他译杜甫诗时，用法文译本做基础，再看哈佛燕京学社出版的《杜诗引得》(*A Concordance to the Poems of Tu Fu*)的中文杜甫诗版本⑤，并靠查 *Mathew* 中英词典来揣摩原意。史耐德则决心脚踏实地学中文，并寻求名师，到加大柏克莱校区追随陈世骧教授学习中国古典诗。两位美国诗人同样对儒、道、释三家的思想都学习过，由于个人性格不同，王红公对儒家思想影响下的中国官僚系统不表同意，只推崇道家、佛家思想，史耐德则对儒、道二家都推崇，并深入学习及研究禅宗。总的来说，在对中国文化之尊重，对中国古典诗歌之倾心这两点上，史耐德是

---

① Gary Snyder，*Left Out in the Rain*，San Francisco，North Point Press，1986，p. 50.

② 沛本人麿(Kakinomoto Hitomaro)(第 7 世纪)为日本最伟大的诗人。

③ 本人之博士论文以王红公为题材："Kenneth Rexroth and Chinese Poetry：Translation，Imitation and Adaptation"，University of Wisconsin(1972)，Madison，并与王红公合作英译出版中国古代女诗人诗集，故 1969—1972 年曾数度赴加州访问他和进行翻译工作。

④ 上原雅是史耐德第三任妻子，于 1967 年结婚，1989 年离婚，她是日本人。史耐德第一任妻子为艾丽生・葛斯(Alison Gass)，1950 年他们于尚在念大学时结婚，1952 年离婚。茱安・凯葛(Joanne Kyger)是他第二任妻子，1960 年结婚，1965 年离婚，她是位作家。卡萝・国田(Carole Koda)是他第四任妻子，于 1991 年结婚，她是日裔美国人。

⑤ 哈佛燕京大学图书馆引得编纂处：《杜诗引得》，北平，哈佛燕京学社，1940。

亦步亦趋地追随王红公的。

第三节　大陆与台湾之旅

我们由上面两节中可以了解，从史耐德十一二岁与中国山水画面对面接触的那一刻开始，他就对中国文化深深地倾慕起来了，这种倾慕强烈到似乎学习中国语文、研读中国古典诗歌、翻译中国诗人作品已经成为他生命的重心，这是1952—1955年，即他二十三岁至二十六岁之间的事。那么为什么他1956年却去了日本学习禅宗呢？当然他从大学开始接触到的佛教与禅宗书籍大都是日本人写的英文著作，如铃木大拙（D. T. Suzuki，1870—1966）写的佛学书籍，他认识的佛教徒也大都是日本人，或日裔美国人，如他1955年左右去加州柏克莱佛教教堂（Berkeley Buddhist Church）做礼拜，主持人Kanmo Imamura[①]就是日本人。又如垮掉的一代的诗人之一，亚伯特·西条（Albert Saijo，1927— ）曾在美国的禅堂跟日本师父正式学过打坐，就是西条传授史耐德如何打坐的。但话又说回来，熟悉佛教传播史的史耐德当时早已知道禅宗是成于中国，日本的禅宗也是由中国传去的。我想他没有去中国学禅主要是政治因素。1949年以后，大陆各种宗教都已被禁，各寺的出家僧人也全都被令还俗。即使史耐德有机会进入大陆，他也是找不到师父学禅的。1992年10月26日艾略特·韦伯格（Eliot Weinberger）在纽约市对史耐德所作的访谈《诗艺》（*The Art of Poetry*）中，韦伯格问了一个有趣的假设性问题，涉及他1956年赴日本学禅的选择。他问道："如果当时政治情况不一样，你会不会（不去日本而）去中国呢？"（"Would you have gone to China if the political situation had been different at the time?"）所谓"政治情况"是指1949年以后，中国禁宗教信仰的事。史耐德答道："我肯定会去（中国）。"（"I certainly would have."）[②]可见史耐德如果早生十年，应该会去中国学禅。

史耐德1956—1968年间在日本先后共住了十年，他能说流利的日语，

---

① Gary Snyder, *Mountains and Rivers without End*, Washington, D.C., Counterpoint, 1996, p. 154.

② Gary Snyder, *The Gary Snyder Reader: Prose, Poetry and Translations 1952—1998*, Washington, D.C., Counterpoint, 1999, p. 327.

有许多日本朋友自不必说，他对日本宗教、文学、能剧了解透彻，也习惯于日本的生活方式，更踏遍了日本的名山大川。但他对中国文化及中国土地之远慕，始终不竭。每去一个大城市，不论是美国国内的或世界其他各国的城市，他都会兴致勃勃地去观看其博物馆或佛教寺院中收藏的中国山水画；只要有关于中国文化的英文书籍出版，或有中国文学的英译本出版，他都会买来抽时间阅读；他也关心中华文化在美国的落地生根，包括研究19世纪在美国西岸的华人小社团及其宗教信仰，还有唐人街文化。连他与第二任太太茱安·凯葛(Joanne Kyger)同友人在旧金山唐人街吃点心，史耐德也记载入诗，并对“点心”之来源考据一番，说明其来自广东，而且诙谐地描绘点心也传入并流行于日本的情况，诗中出现十位日本禅僧，史耐德可能暗示日本禅如点心一样，源自中国禅。此诗题目《点心》①(*Tenjin*)为“点心”之日文发音：

我们请十位禅僧
　　下来午餐——
“tenjin”方丈这么说
在中国不过是一种小包子(点心)
其意为“那颗心”
　　今天在日本
却是一顿大餐。
“在中国仍有小包子
叫‘点心’”——
广东发音是Dimsum。

茱安、亚若诺微之、我
曾经一同吃tenjin(dim-sum)
在唐人街，旧金山
在一个安静的星期日早上。
We had ten Zen monks

① Gary Snyder, *Left Out in the Rain*, San Francisco, North Point Press, 1986, p. 94.

  down for lunch—
"tenjin" the head monk said:
in Chinese it was just a bun("t'ien-shin")
means "that the heart"
it means a real feed
  in Japan today.
"they still have buns in China
called t'ien-shin,"—
Dimsum, in Cantonese.

Joanne, Aronowitz, and I
once had tenjin(dim-sum)
on a quiet San Francisco
Sunday morning, Chinatown.

即使史耐德充分体验过日本生活与文化，仍然念念不忘中国文化，在20世纪80年代他五十岁左右时，还打算深入研究中国文化，写一本书，提出他对中国文化的看法，这本书连题目都想好了，叫"Great Clod"，我想中文应译为"大块"，史耐德在1980年写给我的一封信中说此题目典出庄子。《庄子·齐物论》中说"子綦曰：夫大块噫气，其名为风"①。"大块"就是指大自然、大地。但这本书他只写了一半，到90年代他似乎放弃了。他把写成的部分收在《盖瑞·史耐德选读》一书中，此辑名为"'The Great Clod' Project"("大块"计划)②，其中包括三篇文章《中国的"野"观念》("*Wild*" *in China*)、《墙里墙》(*Walls within Walls*)以及《毛笔》(*The Brush*)。

他一直到五十四岁(1984年)才真正踏上中国大陆的土地，也许正因为之前没有与现实中的中国面对面接触，所以在他心目中的文化中国多少有理想国的意味。他是透过英文的材料来了解古代中国的历史、城市的兴

① 庄周：《庄子》，四部备要，第342册，卷一，11页，台北：中华书局，1965。

② Gary Snyder, *The Gary Snyder Reader*: *Prose*, *Poetry and Translations 1952—1998*, Washington, D.C., Counterpoint, 1999, pp. 287—318.

起、文明的进步，他看过的书包括段义孚（Yi-fu Tuan）的*China*（Chicago：Aldine，1970）、张光直（Kwang-chi Chang）的*The Archeology of China*（New Haven：Yale University Press，1977）、马克·俄纹（Mark Elvin）的*The Pattern of the Chinese Past*（Stanford：Stanford University Press，1973）、白顿·华特生（Burton Watson）英译的《史记》、杰克·加那（Jacques Gernet）的*Daily Life in China on the Eve of the Mongol Invasion*（Stanford：Stanford University Press，1962），还有马可·波罗的游记等[①]。他把这些研究中国文化的书籍中的资料整理、消化，加以自己的诠译和看法，写成"大块"计划中的文章。

他心目中全世界最美轮美奂的城市就是古代的杭州，尤其是南宋时代的杭州，处处是餐馆、剧院，常常有节庆活动，繁华无比。他认为中国禅与杭州两者是东亚最伟大的文化遗产，在《青山不断行》（*Blue Mountains Constantly Walking*）一文中他说："如果禅代表远东对大自然的爱，杭州就代表理想的城市。"（"If Zen stands for the Far Eastern love of nature, Hang-zhou stands for the ideal of the city."）[②]他说在南宋末年，即1275年，杭州人口远远超过一百万，可能是全世界当时最大的人类群聚地。四年以后蒙古人进城，不久之后，马可·波罗抵达杭州，曾对它详细描绘，盛赞其都容之盛，水乡之美[③]。

我想杭州那么吸引史耐德是因为其有文学上之联想，其吸引力也与当地佛寺众多有关，如灵隐寺等。他在《墙里墙》文中多次提过文人白居易、苏轼等都跟杭州都有很深的缘分，前者任过杭州刺史，后者出任杭州知府，还筑堤并疏浚西湖[④]。在古代，西湖又是文人作家聚会之地，诗社众多，诗歌酬唱日日有之，美女如云，令史耐德非常向往[⑤]。他又如此描绘

---

① Gary Snyder, Walls within Walls, in *The Gary Snyder Reader: Prose, Poetry and Translations 1952—1998*, Washington, D. C., Counterpoint, 1999, pp. 296—312.

② Gary Snyder, *The Practice of the Wild*, Washington, D. C., Shoemaker & Hoard, 2003, p. 122.

③ Gary Snyder, *The Gary Snyder Reader: Prose, Poetry and Translations 1952—1998*, Washington, D. C., Counterpoint, 1999, pp. 301—302.

④ Gary Snyder, *The Gary Snyder Reader: Prose, Poetry and Translations 1952—1998*, Washington, D. C., Counterpoint, 1999, p. 301.

⑤ Gary Snyder, *The Gary Snyder Reader: Prose, Poetry and Translations 1952—1998*, Washington, D. C., Counterpoint, 1999, p. 304.

南宋杭州之宗教活动："夏天早上三点钟，冬天四点，城郊佛寺的钟声响起。早上四五点钟，僧人与道士已经走入街巷，手持木鱼，合节拍地敲打，喊出那天早晨的天气状况'小雪初落'……"("About three a.m. in the summer, and four in the winter, the bells of the Buddhist temples on the outskirts would begin to boom. At four or five in the morning, Buddhist and Taoist monks were walking down the lanes, beating a rhythm on the hand-held 'wood-fish' and calling out the morning's weather—'alight snow just starting'。"[①])史耐德敬佩的日本僧人道元禅师(1200—1253)就是在南宋时期到中国来学禅的，他在1225年出山经过杭州，回去日本，史耐德如此想像他走过杭州的街道："杭州有平坦、宽阔、垂直的街道，旁边并排的是运河。他一定看见过多层的楼房，干净的青石街道，戏院、市场，无数的餐馆。城中有三千家公共澡堂。马可·波罗……二十五年后来访。"("Hang Zhou had level broad straight streets paralleling cancels. He must have seen the many-storied houses, clean cobbled streets, theatres, markets, and innumerable restaurants. It has three thousand public bath. Marco Polo…visited it twenty-five years later.")[②]史耐德不只自己神游杭州，还设身处境体会古代日本人道元禅师与意大利人马可·波罗游杭州的感受。

在史耐德五十四岁踏上中国内地的土地以前，也到过中国人居住的地方。1961年他三十一岁的时候，与当时的妻子茱安·凯葛赴印度途中，曾在香港逗留了两三天，这段旅程记载在《穿越印度之旅》(*Passage Through India*)一书中。他对香港的人多拥挤，晒衣架多，餐厅、中药房多，印象深刻。由于他在日本长住过，因此就对日本食物与中国食物进行了比较："日本人简直完全不像中国人那么爱烹饪，吃东西也没有大快朵颐的感觉(如果日本人上馆子，像是晚宴，常常先饮米酒，一直拖，拖到大家都醉醺醺了，放松了，才开始吃，中国人就不同了，上馆子当然是吃许多道的丰盛大餐)。"["The Japanese simply don't have the Chinese sense for cook-

---

① Gary Snyder, *The Gary Snyder Reader: Prose, Poetry and Translations 1952—1998*, Washington, D.C., Counterpoint, 1999, p. 305.

② Gary Snyder, *The Practice of the Wild*, Washington, D.C., Shoemaker & Hoard, 2003, p. 122.

ing and eating (and a Japanese meal out, dinner party, say, is always a drag until people are finally drunk enough on sake to loosen up; whereas the Chinese have glorious multi-course banquets as a matter of course.)"][1]但让史耐德在香港两天念念不忘的还是去落马洲遥望大陆。他与妻子同一个友人一起登上边界的一座小山，透过松树枝叶间望大陆，看到以河为界长长的铁丝网[2]，后来他写的一首诗《致中国的同志们》[3]其中就描写了这段遥望大陆的经验，显示了他对中国的关切：

在香港新界从一座松林山丘
望另一边：片片田野
听见鹅、鸭和儿童
　　远远的的叫声。
河的下游，小小的人影
　走上木板——可能是
　　　　在小船上装货。
那就是中国吗，
　　平坦、棕色，而辽阔?
From the Hongkong N. T. on a pine rise
See the other side: stub fields.
Geese, ducks, and children
　　far off cries.
　　Down the river, tiny men
　　Walk a plank—maybe loading
　　Little river boat.
　　Is that China
　　Flat, brown, and wide?[4]

---

① Gary Snyder, *The Gary Snyder Reader: Prose, Poetry and Translations 1952—1998*, Washington, D.C., Counterpoint, 1999, p. 131.

② Gary Snyder, *The Gary Snyder Reader: Prose, Poetry and Translations 1952—1998*, Washington, D.C., Counterpoint, 1999, p. 131.

③ Gary Snyder, *The Back Country*, New York, New Directions, 1968, pp. 113—114.

④ Gary Snyder, *The Back Country*, New York, New Directions, 1968, p. 112.

这首《致中国的同志们》简短地回顾了中国共产党的建国史，并与作者自己的成长过程呼应。他说长征开始的时候自己才四岁，1949 年新中国成立时，他正在念大学，忙于谈恋爱，此后两年他仍在念大学，跟一位华裔同学查理·梁学用筷子，学写毛笔字[①]。诗中也对中国几千年来对大自然的破坏表示不满。“无数吨的土壤流失了。/ 群山变成沙漠 / 冲去泥土现出岩石的大水，把山冲秃 / 没有效益的、总是易位的河口。”(“tons of soil gone. / Mountain turns desert. / Stone croppt flood, strippt hills. / The useless wandering river mouths.”)[②]但在理念上，史耐德颇认同马克思主义的一些想法，他说“马克思主义是关于人与人平等的科学”[③]。

在概念上他对中国共产党的理念有两点认同之处。这些是他在 1970 年左右的想法。他认同李约瑟(Joseph Needham，1900—1995)的想法，认为中国共产党的革命有民间道家思想之成分。因为“道家的政治传统是反封建、反父权的”，这个力量支持中国共产党的革命，因此道家思想“跨越了铁器时代文明的声音障碍，而原封不动地从另一头出来”[④]。而且他很认同中国注重劳动。他认为他应该写诗赞美中国群众的劳动精神。他说：“我喜欢和别人为伍做工。一边劳动一边号叫。我真的乐此不疲……建一座土坝，或剥树皮，或运沙砾。”[⑤]在 20 世纪 70 年代“文革”期间，史耐德对中国的看法是赞成其合作精神、造林的努力，不赞成其“灭麻雀运动”；还有他认为在消除地主阶级、整理税制、重农业等方面中国可作为第三世界的模范[⑥]。

1984 年 9 月至 11 月史耐德与其他美国作家应中国作协之邀，到中国大陆访问一个多月，去过北京、上海、保定、杭州、苏州、广州、昆明等

---

① Gary Snyder, *The Back Country*, New York, New Directions, 1968, pp. 113—114.

② Gary Snyder, *The Back Country*, New York, New Directions, 1968, p. 112.

③ 陈明山：《逃避中的追求：访美国“垮掉派”诗人斯奈德》，载《览》，1985，28 页。

④ 盖瑞·史耐德：《民族诗学的政治》，见《山即是心：史耐德诗文选》，265 页，台北：联合文学出版社，1990。

⑤ 基纳生·保罗：《史耐德访问记》，见《山即是心：史耐德诗文选》，43 页，台北：联合文学出版社，1990。

⑥ Gary Snyder, *The Real Work: Interviews and Talks, 1964—1979*, ed. by Wm. Scott McLean. New York, New Direction Pub. Corp., 1980, p. 127, p. 129.

地，除了参观、交流，还在各地朗诵作品[①]。同行的作家还有美国著名作家东妮·莫利森（Toni Morrison，1931—　）（后为诺贝尔奖得主）、汤婷婷（Maxine Hong Kingston，1940—　）和艾伦·金士伯（Allen Ginsberg）等。一路上与中国各地作协的作家见过面，包括刘冰雁、蒋子龙、张洁、柯岩等[②]，在北京还私下见过北岛[③]。

史耐德撰写的《禅在中国》[④]中也描写过1984年的中国之旅，主要是写他在大陆寻访禅宗信仰是否仍然存在，在本书第三章第一节“大乘佛教和中国禅”中详细讨论了《禅在中国》一文。有趣的是，他到了苏州寒山寺，拿出他的《砌石与寒山诗》（*Riprap and Cold Mountain Poems*）诗集，把其中的寒山诗英译给寒山寺的僧人看，“后来数百名满怀好奇的朝圣客围拢过来，倾听我的译者用中文讲述整个内文”[⑤]。此外，他还写了两首诗，是受此行所见所闻而发，即《柿子》（*The Persimmons*）[⑥]与《在枫桥》（*At Maple Bridge*）[⑦]。《柿子》一诗描写他1984年10月由北京去长城的路上，看见柿果园，也看见收柿子的繁忙情况，地上到处放着一堆堆收好的柿子，路上一列三轮小货车正把柿子送往各地，路两旁也有人在卖柿子。当他去参观明陵的时候，惊喜地发现陵墓周围也种了柿子树，他把明朝皇帝与柿子作了比较，柿子显然占了上风：

……惊喜地发现在
去逝的明朝皇帝皇陵
有好几亩地的柿园
环绕帝王的坟墓
帝王们要确定即使一切空无了

---

① 文楚安：《“垮掉一代”及其他》，14及35页，成都：四川大学出版社，2002；盖瑞·史耐德，《禅在中国》，高寒梅译，《当代》，1990年9月(53)：62—64。

② Snyder, Letter to Chung Ling, 15 November 1984.

③ 北岛：《盖瑞·施耐德》，载《联合报》，1998年2月26日。

④ 盖瑞·史耐德，《禅在中国》，高寒梅译，《当代》，1990年9月(53)：62—64。

⑤ 盖瑞·史耐德：《禅在中国》，高寒梅译，《当代》，1990年9月(53)：63。

⑥ Gary Snyder, *Left Out in the Rain*, San Francisco, North Point Press, 1986, pp. 149—151.

⑦ Gary Snyder, *The Gary Snyder Reader: Prose, Poetry and Translations 1952—1998*, Washington, D. C., Counterpoint, 1999, p. 344.

他们还要继续消耗
柿子们比他长久
……
人民与柿园胜出
…found by surprise at
the tombs of the dead Ming emperors
Acres of permissions
Surrounding the tumuli
of kings who saw to it they kept on consuming
even when empty and gone
The persimmons outlive them
…
People and permission orchards prevail[①]

我们要注意的是，史耐德描写去走访中国的名胜古迹，却没有写到长城，也没有写明陵的文物、石人、石马，诗的重点反而放在柿子和农民身上，甚至在诗一开头就仔细描写柿子树的生态情形："这 / 成长缓慢的硬木 / 要吸收如此多的氮，/ 要七年才长成果实 / 整个夏天需要许多水。"（"this / slow-growing hardwood / that takes so much nitrogen / and seven years to bear, / and plenty of water all summer".）他最关注的还是树林生态之保护，还有，他在长城上漫步也不忘抨击中国古代的滥伐："在成吉思汗时代以前 / 橡树早被砍掉作木材或炭了"（"the oaks had been cut for lumber or charcoal / by Genghis Khan's time"）。他对与土地、植物接近的中国农民致意；在路边卖柿子的摊上，找到熟透的柿子，就跟农民买柿子：

轻轻敲它像婴儿肌肤的皮
确定它真熟了，
老人笑了，

① Gary Snyder, *Left Out in the Rain*, San Francisco, North Point Press, 1986, p. 150.

他知道我喜欢我的柿子。
我付他硬币
买到这秋天丰硕的果实
在路边排成一堆堆地卖给游客
他们来参观陵墓，
长存的人民与树木
也在呈献之列。
tapping its infant-soft skin
to be sure that it's ready,
the old man laughing,
he sees that I like my persimmons.
I trade him some coin
for this wealth of fall fruit
line up on the roadside to sell to the tourists
Who have come to see tombs,
And are offered as well
the people and trees that prevail.[1]

史耐德的《在枫桥》是首唱和的诗，因为此诗与唐朝诗人张继的《枫桥夜泊》相呼应。他在翻译的文本中插入了与译文关系密切的自己的创作文本，形成西方与东方的对话，现代与古代的对话。1984 年史耐德游苏州到过枫桥，即因唐朝诗人张继的诗《枫桥夜泊》而出名的枫桥。史耐德在《枫桥夜泊》自己的英译文下面，加上了自己的创作 *At Maple Bridge*（《在枫桥》）。他还把张继诗的英译文与自己的英文创作辑在一起，称之为《在苏州附近枫桥写的两首诗》（*Two Poems Written at Maple Bridge Near Su-Chou*）[2]。用这种并列法，拉近了古与今、东方与西方的时空距离，令人有张继与史耐德为同时代人的错觉。罗拔·布莱为陶潜写的诗《菊花》

---

① Gary Snyder, *Left Out in the Rain*, San Francisco, North Point Press, 1986, pp. 150—151.

② Gary Snyder, *The Gary Snyder Reader: Prose, Poetry and Translations 1952—1998*, Washington, D. C., Counterpoint, 1999, p. 544.

(*Chrysanthemums*)[①]，也有这种“时代错置”(“anachronism”)的效果。张继头两句“月落乌啼霜满天，江枫渔火对愁眠”描写的是 8 世纪苏州枫桥附近之景色，史耐德的《在枫桥》头几句也写枫桥的人文景致：“在枫桥 / 人们正搅混沙石和水泥， / 于寒山寺外， / 在一个茶摊旁的小巷子中”(“Men are mixing gravel and cement / At Maple bridge, / Down an alley by a tea stall / From Cold Mountain temple”)。张继的后面两句描写寒山寺的钟声：“姑苏城外寒山寺，夜半钟声到客船”；史耐德的最后几句也写钟声：

在那儿张继听钟声。
石阶渡口
空无人，波拍岸，
钟声远传
跨越海。
Where Chang Chi heard the bell.
The stone step moorage
Empty, lapping water,
And the bell sound has traveled
Far across the sea.

虽说是同一座枫桥，同一座寒山寺，古代清寂绝美的夜景与现代的水泥工程却形成强烈的对比；但是佛寺的钟声却能超越古今、横越东方和西方。此处引出“跨越海”的意象，暗示中国古代的诗情画意、中国古代发人深省的钟声，正横跨太平洋向美洲传去。这钟声本身即具一种文化混杂性(hybridity)，它虽是 20 世纪末苏州城外寒山寺的钟声，却是延续了千年的中国文学观与美学价值，所以是属于中国文化传统的；然而亲访苏州的美国诗人史耐德却在自己的创作中，为四面八方扩散的钟声定向——东向跨越太平洋传去美洲——所以此定了向的钟声也是西方的，故可视此钟声具有中西文化的混杂性。《在枫桥》这首诗中，工人正在进行造桥的工程，史耐德在这一辑译作中也筑成一道坚实美观、中西合璧的桥梁，以跨越东西

① Robert Bly, *Jumping Out of Bed*, New York, White Pine Press, 1987.

方文化的鸿沟。

他在1990年曾短期到过台湾。是年9月28日至10月1日，台北的辅仁大学举办了“诗与超越”第二届国际文学与宗教会议，其中有两场讨论会专探讨史耐德的诗歌与思想，史耐德自己还现身说法演讲。其中一场是史耐德的演讲《静坐、（禅）与诗》，并由以下学者讨论史耐德与“诗与超越”主题：宋泽莱、高天恩、钟玲、罗门；另一场有三篇论文发表，包括派屈克·墨菲(Patrick D. Murphy)的《无处不见山：史耐德之攀登超越》(*A Mountain Always Practices in Every Place*: *Spirit in the Poetry of Gary Snyder*)，朱丽亚·马丁(Julia Martin)的《原野传奇：史耐德的生态政治学中的空灵观》(*Writing the Wild*: *Sunyata in Gary Snyder's Ecological Politics*)及林耀福的《史耐德的超越之政治性》(*Un/American Snyder*: *The Politics of the Transcendent*)。

就在会议之前一个月，联合文学出版社出版了《山即是心：史耐德诗文选》，此书由林耀福及梁秉钧编辑，其中有香港、台湾的许多学者把史耐德作品及有关史耐德之评论、访问译为中文。《山即是心：史耐德诗文选》相当全面地介绍史耐德的作品，包括访问记，译成中文的诗和六篇散文。其中中文译文诗则选自以下诗集：《砌石》(*Riprap*)、《神话与文本》(*Myths and Texts*)、《后面的国度》(*The Back Country*)、《有关浪》(*Regarding Waves*)、《龟岛》(*Turtle Island*)、《斧柄》(*Axe Handles*)、《遗留雨中》(*Left Out in the Rain*)，此外，《当代》杂志也于1990年9月号(五十三期)刊出“诗人史耐德：从敲打派到后现代”专辑，其中包括保罗·盖布里埃尔(Paul Gabriel)、赵毅衡、丹·麦克里欧、朱丽亚·马丁对史耐德的专论，一篇史耐德访问记及一篇史耐德的散文中译。

辅仁大学会议之后史耐德偕女友卡萝·国田(Carole Koda)[1]，由台湾摄影家、登山家王庆华陪同，攀登阿里山。他既然来过台湾，有没有写过诗描绘台湾呢？有两首，其中一首诗叫《奇夏巴顿》[2](*Kisiabaton*)[3]；史耐

① 卡萝·国田是史耐德第四任妻子，于1991年结婚。

② 钟玲之国科会助理陈思安请教邹族的郑信得先生，采用他所提供的汉字；根据邹族的郑政宗先生，邹族语“红桧”之发音为 *fahsu*。邹族居住在阿里山地区。不知史耐德使用之 *kisiabaton* 是哪一族之语言。

③ Gary Snyder, *No Nature*: *New and Selected Poems*, New York, Pantheon Books, 1992, p. 379.

德说 kisiabaton 是台湾原住民语，意思是“红桧”。此诗中译与英文原文如下：

> 槎枒、分叉、蔓延的树巅，一棵温带雨云密林区的树
> 　　　*扁柏属红桧*——
> 　　　　台湾桧
> 　　　　　红桧　红色的柏类
>
> 部族的人民称之为　*奇夏巴顿*
> 　　　我们来探望的
> 　　　就是这棵罕有的古树。

> Snaggy, forked and spreading tops, a temperate cloud-forest tree
> 　　　*Chamaecupar is foromosiana*—
> 　　　　Taiwan hinoki,
> 　　　　　hung-kuai　red cypress
>
> That the tribal people call　*kisiabaton*
> 　　　this rare old tree
> 　　　is what we came to see.

其实这首诗的主角就是阿里山神木；诗的最后两行，显示出以其深层生态学为中心思想的史耐德不只重视树木，还视树木为比人更重要的主体，是他在台湾登山探访的首要对象。就像他 1984 年访大陆写的诗《柿子》一样，主题其实是生态学，而非中国文化。特别重要的是诗的题目《奇夏巴顿》，此词是台湾原住民语，充分表现出史耐德对原住民之尊重，我想因为原住民与那棵神木一样，都是山的居民，都是大自然浑然天成的一分子。

他为台湾之旅写的另一首诗是《空中的猕猴》(*Macaques in the Sky*)①，这也是一首生态诗，描写他在南台湾与台湾猕猴面对面的情况。那次是由

① Gary Snyder, *Mountains and Rivers without End*, Washington, D.C., Counterpoint, 1996, pp. 114—115.

台湾的摄影家王庆华带路去台湾南端垦丁国家公园的南仁湖一游，同行的尚有诗人罗青和美国翻译家红松(Red Pine，即比尔·波特 Bill Porter)[①]。他们看见树枝高处有一群猕猴，其中一只母猴，飞跃空中，一只小猴子抱住她的腰，母子飞向另一棵树的树枝：

然后，哇！——她跳出来在空中
小猴子吊挂在她腹部
……
她
像银河拱在空中
重天之母
　　由一个领域到另一个领域
　　布满群星的领域。
而我们在其下继续活着，尽我们所有

感受她的飞跃
吸入她的光明。

Then—*wha*! —she leaps out in the air
the baby dangling from her belly
…
Her
arching like the Milky Way
mother of the heavens
　　crossing realm to realm full of stars
as we hang on beneath with all we have

enjoy her flight.
Drink her light.[②]

---

① 红松译过寒山、拾得、石屋的诗以及《金刚经》。

② Gary Snyder, *Mountains and Rivers without End*, Washington, D.C., Counterpoint, 1996, pp. 114—115.

在这首诗中，雌性台湾猕猴在他们头顶上凌空飞跃，给史耐德一种震撼的感觉，因为她已化身为天上的女神，化为道家宇宙生生不息的“阴”的力量。

由于史耐德在日本定居过，因此他有很多日本朋友。有的成为他的知己之交，如榊七夫(Nanao Sakaki)，史耐德在1967年就曾加入他的修行社团，是年史耐德与上原雅的婚礼也是由榊七夫主持，榊七夫出英文诗集时，就由史耐德写序[①]。还有史耐德在日本爬山的日本山友森永宗兴(Morinaga Soko，即Ko-Sau)在史耐德之名诗《旅程》(*Journeys*)[②]中，在生死大关上成为史耐德的引导者。史耐德的妻子上原雅也常出现在他诗中。虽说史耐德也有几位中国友人，但像上述几位日本人对他的生活和作品都产生过非常重大影响的中国人，只有陈世骧教授，陈世骧教导他中国文化和古典文学。史耐德称赞他是“一位了不起的学者、书法家、诗人及评论家”，而且史耐德译的一辑唐诗，就是献给陈世骧教授的[③]。此外，陈世骧传授史耐德陆机的《文赋》，影响了史耐德的文学艺术观。还有他曾多次提到他在李德学院的大学同学，华裔美国人查理·梁，甚至在诗《致中国的同志们》[④]中也提及他：“查理·梁教我怎么拿筷子／像拿毛笔——／在一家楼上的中国馆子……”

Chas. Leong showed me how to hold my chopsticks
　　　　like the brush—
upstairs a Chinese restaurant….

史耐德的中国朋友还有诗人北岛、钟玲、叶维廉。1984年史耐德访华时就认识北岛，从20世纪80年代起，史耐德在加州大学戴维斯校园任教，北岛在1987年也到该校任驻校作家，他们有时共进午餐，史耐德也请北岛到他课堂上去讲过诗。北岛如此形容史耐德：“盖瑞有一张令人难忘的脸。深深的皱纹基本上是纵向的，那是烈日暴雨雕刻成的。若不笑，给人的印

---

① 此榊七夫之诗集，名为*Break the Mirror*(North Point Press，1987)。

② Gary Snyder，*Mountains and Rivers without End*，Washington，D.C.，Counterpoint，1996，pp.52—56.

③ Gary Snyder，Note for Sixteen T'ang Poems，in *The Gary Snyder Reader*：*Prose*，*Poetry and Translations 1952—1998*，Washington，D.C.，Counterpoint，1999，p.537.

④ Gary Snyder，*The Back Country*，New York，New Directions，1968，p.113.

象多半是严厉的。但他很爱笑，笑把那些纵向的皱纹勾连起来，像个慈祥的祖父。他的眼睛总是眯缝着，似乎有意遮住其中的光亮。那眼睛是用来眺望的，属于水手和守林员，眺望大海和森林；属于诗人和圣者，眺望更广阔的内心。”①

本书作者钟玲与史耐德则相识很久。1969年史耐德应邀到威士康辛大学麦地生校区来朗诵诗歌，钟玲是该校比较文学系的研究生，方写完硕士论文《寒山：寒山诗及西方对他的接纳》(*The Cold Mountain: Han Shan's and Its Rception in the west*)，其中有一章讨论史耐德译的寒山诗，当时就把那一章请友人转交给史耐德。1969年开始，史耐德与钟玲通信。1971年春，钟玲在美国诗人王红公家中作客，史耐德与太太上原雅带着儿子开·史耐德来探望王红公，钟玲与他初次正式见面。1975年钟玲在纽约州立大学艾伯尼校区任教，她邀请史耐德到学校来朗诵诗歌。其后1976年夏，1999年夏及2001年夏，钟玲三度到北加州史耐德的山居奇奇地斯探访史耐德，并都随后发表文章，描写探访诗人的经过。在《沉稳的深情：记三访美国诗人史耐德》②一文中如此描绘犹如动物园的奇奇地斯：

> 就在我们看山水画录像带的那段时间，我听见凉棚的屋顶上每隔一两分钟就噗的一声，非常响；既然周围都是松树，必然是风吹落松果所致。可是怎样那么刺耳？史耐德示意我关上录像机，带我走出棚外，指着高耸的松树说：“看见斜枝上那只松鼠吗？他正在啃松果，方才就是他们啃完，把果核用力丢下才那么响。这上面怕不下上百只松鼠正在大餐。我这里是‘松鼠天堂’(squirrel paradise)”。
>
> 凉棚外的池塘边上有三只火鸡正踱方步。记得四十年前住高雄内惟的眷村中，许多左邻右舍的后院子里，都养了火鸡。没想到史耐德也养火鸡！他好像读得透我心中的想法，说：“他们是野生火鸡，来池塘喝水的。”正说着，三只火鸡拍翅飞起来了，冲上天去！唉呀！没见过会飞的火鸡！他怡然自得地说，由黄昏开始，鹿群、浣熊都会来这个大池塘饮水。史耐德三十年前开辟这

---

① 北岛：《盖瑞·施耐德》，载《联合报》，1998年2月26日。

② 钟玲：《沉稳的深情：记三访美国诗人史耐德》，载《联合报》，2001年9月26日。

个家园时挖的人工池塘，帮助他实践了利益众生的理想。

叶维廉于 1972 年曾与史耐德见面讨论诗歌，他问史耐德何以对中国山水诗兴趣如此浓厚，史耐德答说，就是因为年幼时去西雅图博物馆看过中国山水画的缘故①。叶维廉在《中国古典诗和英美诗中山水美感意识的演变》一文中也多次引用史耐德的诗歌为例证，说明美国诗之中出现了中国古典诗的山水美感意识。与史耐德交换思想、看法的中国学者，除了钟玲、叶维廉，还有赵毅衡与区铁等。

① 叶维廉：《中国古典诗和英美诗中山水美感意识的演变》，见《饮之太和：叶维廉文学论文二集》，179 页，台北，时报文化出版事业有限公司，1980。

第二章　史耐德与道家、儒家思想

在亚洲诸文化传统之中，史耐德吸收思想养分最多的包括禅宗、道家的观念及儒家伦理观。他不仅在自己的诗作中表现了他所吸收的道家思想，而且把道家思想融入他信奉的重要观念之中，如生态环保观念及萨满教思想。他自己则表示非常认同一些儒家的观念，并且在生活中身体力行。以下将在第一节及第二节中讨论他所吸收的各种道家观念，包括《道德经》思想，庄子的寓言思维、阴阳观念、太极观念与大自然观。第三节将探讨史耐德吸收的儒家思想及儒家伦理观以及他如何在自己诗作中呈现儒家的观念。

第一节　《道德经》

史耐德对《道德经》的推崇和喜爱绵延一生，1950 年左右他在念大学时就阅读《道德经》之英译本，即亚瑟・韦理译作的《道及其德：〈道德经〉研究及其在中国思想中的地位》(*The Way and Its Power: A Study of the Tao Te Ching and Its Place in Chinese Thought*)。三十多年后在 1987 年他应邀深入冰天雪地的阿拉斯加州去朗诵自己的诗歌创作，随身就带着一本《道德经》英译本，还把它借给一位当地的女权运动领袖看，以推广道家思想[①]。丹・麦克里欧在他的文章《史耐德作品中的中国意象》中则由史耐

① Gary Snyder, *The Practice of the Wild*, Washington, D. C., Shoemaker & Hoard, 2003, p. 70.

德的个性来分析他的道家风格："他有道家的神秘主义，随性所之的幽默况味，且行事衣着皆不拘礼，还有无为而治，对左右两派的各个官僚政治皆有微词。"①

史耐德中文的阅读程度不如日文好，他对《道德经》内容的理解，主要通过英文翻译本。史耐德虽说重视《道德经》，但他吸取的《道德经》思想是片面的，换句话说，他只采用他所需要的。因为他自己的主要观念形成得相当早，在30岁前已大致成型，包括他的宗教观、生态环保观、伦理观和诗观。《道德经》的思想常被他用来补强他自己的主要观念。严格说来，在《道德经》的许多重要观念中②，史耐德主要只采用了"相反相成"，"相互包含、相互转化"及"抑阳举阴"③等观念。

史耐德有时也研读《道德经》原文，他去查典故、查字典，以深入了解其中一些重要的单字。他两个儿子的英文名字都取自《道德经》的单字，以日语来发音：大儿子叫"Kai"(开)，二儿子叫"Gen"(玄)："开"出自"天门开阖"(第十章)④，"玄"出自"玄之又玄"(第一章)。史耐德还曾详细探讨过关键字"道"之字义：

> "道"字本身的意思指道路、路、径、或领导／追随。哲学上是指真理的本质与门径。(早期的中国佛教翻译家采用了道家的一些专用术语，修佛法或道家的人都被称为"道人"⑤。)
>
> The word *dao* itself means way, road, trail, or to lead/follow. Philosophically it means the nature and way of truth. (The terminology of Daoism was adopted by early Chinese Buddhist translators. To be either a Buddhist or Daoist was to be a "person

---

① 丹·麦克里欧：《史耐德作品中的中国意象》，陈圣仪译，载《当代》，1990年9月(53)，48页。英文刊于 *Tamkang Review*, Vol. 10, No. 3, 1979—1980。

② 根据卢育三的《老子释义》(天津：天津古籍出版社，1987)，《道德经》的重要思想包括：道是"无"，是"一种超形象、超感觉的精神性存在"(3页)；"道"是"无有的统一"，"在无中潜存着有"(6页)；道是万物存在的根据，道有"相反相成"，"对立的相互包含、相互转化"(15页)；主张"小国寡民社会"(21页)等，当然还有"抑阳举阴"的观念，以颠倒儒家"所建立的尊卑、上下、强弱诸等级关系"(蔡宗济：《〈文心雕龙〉与儒、道、佛的中道思维》，中国文心雕龙学会编：《论刘勰及其文心雕龙》，98页，北京：学苑出版社，2000)。

③ 卢育三：《老子释义》，15页，天津：天津古籍出版社，1987。

④ 《道德经》引文用四库全书版之王弼注本，因早期英译皆用此本。

⑤ 史耐德的说法正确，《石林燕语》中说晋、宋之间佛教初行，未有僧称，通曰道人。

> of the way.")[①]

史耐德以上对"道"字的理解，即"真理的本质与门径"(the nature and way of truth)，大抵与中国学者之见有点相近。高明认为"道"是"老子所用之专词"，为"永存法自然之道"[②]。卢育三认为"道"可理解为"或作本源，或作本质，或作法则，它的基本规定是无，是一种超形象、超感觉的精神性存在"[③]。

由于史耐德在日本佛寺中学禅，在日本先后住过共约十年，他日文的听、说、读、写能力都很好，很可能他查的是日英字典，所以接着他讨论的"道"都是在日文词汇里的定义。

> "道"的另一个延伸之含义为一种艺术或工艺之训练。日语"道"的发音是 dō，如 kadō，即"花道"，bushidō，即"武士道"，或 sadō，即"茶道"。
>
> Another extension of the meaning of *dao* is the practice of an art or craft. In Japanese, *dao* is pronounced *dō* - as in *kadō*, "the way of flowers," *bushidō*, "way of the warrior," or *sadō*, "tea ceremony".[④]

史耐德是一位积极的生态主义者，他认为西方对大地、大自然的观念是偏颇的，这个思想的缺陷，就用他所理解的《道德经》概念来补足，在《自由的规矩》(*The Etiquette of Freedom*)[⑤]一文中，他试着以《道德经》中他所理解的"道"字来为"nature"(大自然)重新下定义。当他吸收一种外来思想时，他常会把这种新接触到的思想放在他比较熟悉的文化思想体系之中并比。他认为西方传统文化对大自然常以"wild"一字来形容，然后他以

---

① Gary Snyder, *The Practice of the Wild*, Washington, D.C., Shoemaker & Hoard, 2003, p. 155.

② 高明：《帛书老子校注》，222 页，北京：中华书局，1996。

③ 卢育三：《老子释义》，3 页，天津：天津古籍出版社，1987。

④ Gary Snyder, *The Practice of the Wild*, Washington, D.C., Shoemaker & Hoard, 2003, p. 155.

⑤ Gary Snyder, *The Practice of the Wild*, Washington, D.C., Shoemaker & Hoard, 2003, pp. 3—26.

《牛津英语字典》中"wild"一字的定义着手，发现都有负面的含义，如果动物是"wild"的，则指他们"没有被驯服、或非饲养的、难以控制的"(not tamed，undomesticated，unruly)；如果人的行为是"wild"，则为"暴力的、毁灭性的、残酷的，难以控制的"(violent，destructive，cruel，unruly)等等；史耐德认为这些有关大自然的定义是偏颇的，应该反转过来重新下定义，故野生动物应该是"自由的个体，各自有本身的天赋，活在大自然系统之中"(free agents，each with its own endowments，living within natural systems)；人类"野"的行为应该界定为"单纯的、自由的、自发的、没有条件的……"(artless，free，spontaneous，unconditioned…)等[①]。史耐德认为如果把"野"字如此重新下定义，反转了西方传统对"wild"的观念，"野"反而很近似《道德经》中的"道"字的内涵：

> 第二组定义大部分的内容很接近中国人对"道"一词——即大自然之道——的定义：它是无法分析的，不能归类的，自己形成的，自学的，嬉戏的，令人讶异的，无常的，非实质的，独立的，完整的，有秩序的，未经预谋的，随意呈现的，本身能印证的，坚持的，复合的，相当简单的。既是空的，也同时是真实的。有些情况下，我们可称之为神圣的。
>
> Most of the sense in this second set of definitions come very close to being how the Chinese define the term *Dao*，the way of Great Nature：eluding analysis，beyond categories，self-organizing，self-informing，playful，surprising，impermanent，insubstantial，independent，complete，orderly，unmediated，freely manifesting，self-authenticating，self-willed，complex，quite simple. Both empty and real at the same time. In some cases we might call it sacred.[②]

---

① Gary Snyder，*The Practice of the Wild*，Washington，D. C.，Shoemaker & Hoard，2003，pp. 9—11.

② Gary Snyder，*The Practice of the Wild*，Washington，D. C.，Shoemaker & Hoard，2003，p. 11.

让我们回过头来探讨《道德经》原文中的大自然观。“自然”一词出现过五次[①]，但它应该是指“自然而然”之意，并非指大自然。《道德经》中形而下的大自然应该是“天地”，形而上的大自然可以说是“有物混成，先天地生”（第二十五章）的“道”。“天地”的特征是“不能久”（第二十三章），即不能持久，会持续变化、生灭。但“道”则有持久的特性，其内涵非常复杂多面。史耐德在《自由的规矩》一文中，他列举的那一大串形容词很多的确适用于描写《道德经》中的“道”。《道德经》中这么形容“道”：“道可道，非常道”（第一章），史耐德的理解“无法分析的”、“不能归类的”是可以接受的诠释。“有物混成，先天地生，寂兮寥兮，独立不改”（二十五章），史耐德的理解“自己形成的”、“独立的”也是可以接受的诠释。“大制不割”（二十八章），他理解为“完整的”可以接受。“朴虽小，天下莫能臣也”（三十二章），他的理解“相当简单的”、“独立的”、“本身能印记的”也可接受。但史耐德引文中也有一些形容词则源自自己思想中的其他观念，并掺杂其中。如“嬉戏的”与禅宗有关；“无常的”、“非实质的”、“既是空的，也是真实的”这些概念则与他信奉的佛教思想有关。有趣的是他是把另外一种泛亚洲观念，即佛教观念，融合在他心目中的道家思想之中。大致上来说《道德经》与史耐德自己笃奉的大自然观、生态观念都有密切关系，可以说是其理念背后的基础之一。

《道德经》之中有“无用之为大用”的哲理，第三十二章曰“朴虽小，天下莫能臣也。侯王若能守之，万物将自宾”。大意是说：一块木头料没什么用，正因为没有用，才没有任何人要去“臣服”它、利用它，此内含真理，君王获得这种真理，万民万物会归顺他。史耐德曾以生态保护的思维来探索这种“无用之为大用”的观念：“道家的哲学家告诉我们‘无用之物’能生令人讶异的、精妙的教导。美国西部的荒野正是如此……这‘无用的’土地变成19世纪及20世纪初一些男士女士的梦土。”（“Daoist philosophers tell us that surprise and subtle instruction might come forth from the Useless. So it was with the wastelands of the American West ... The Useless Lands became the dreaming place of a few nineteenth-and early-twentieth-

① “自然”二字出现于《道德经》第十七、二十三、二十五、五十一、六十四章。

century men and women.")[①]史耐德以道家"无用之为大用"的观念来印证他自己固有的大自然观：即没有开发的大自然才是人类的梦土，人类生存的依赖，开发土地其实就是破坏大自然；这观念属于史耐德的生态学思想之范畴，因此他是用道家思想来确立自己的生态观。我想这可以说明当文化移入新地区时，通常是由吸收者主动来筛选。史耐德采用《道德经》的目的，是用之印证他自己对美洲大自然的看法。而《道德经》原文中有关"朴"的观念[②]，原本是用来比喻政治上的统治之道。舒云中另有一种说法，他反过来认为史耐德对道家思想的理解，深受自己生态观念的影响："他读道家思想时是采用现代生态的角度"("he reads Taoism in the light of modern ecology")[③]，并举史耐德之文《四易》(*Four Changes*)[④]中的概念为例。舒云中的看法也不无道理，其实吸纳与影响互为表里，有时很难区分。

史耐德不止一次试图以禅宗的理念来理解道家经典，例如针对《道德经》开宗明义第一章第一句"道可道，非常道"，他如下解释：

> 它是指"一条可以追随的路径就不是精神的路径"。事物之真实不可能受路这种线形意象的限制。只有当"追随的人"被忘却了，训练之意图才能达成。路是没有困难的：路本身并没有对我们造成障碍，它朝所有方向开放。
>
> It is saying: "A path that can be followed is not a spiritual path." The actuality of things cannot be confined within so linear an image as a road. The intention of training can only be accomplished when the "follower" has been forgotten. The way is without difficulty—it does not itself propose obstacles to us, it is open in all directions.[⑤]

---

① Gary Snyder, *The Practice of the Wild*, Washington, D.C., Shoemaker & Hoard, 2003, p. 135.

② "朴"字见第十五、十九、二十八、三十二、三十七、五十七章。

③ Yunzhong Shu, Gary Snyder and Taoism, in *Tamkang Review*, 1987(17.3), p. 246.

④ Gary Snyder, *Turtle Island*, New York, New Directions, 1974, pp. 91—102.

⑤ Gary Snyder, *The Practice of the Wild*, Washington, D.C., Shoemaker & Hoard, 2003, p. 161.

“道可道”的第一个“道”字，史耐德把它理解为“路径”，我们传统的解释大致是指“法则”、“真理的本质”等。“道可道”的第二个“道”字，我们传统的解释是“可以用语言解释出来”，即“以言述明”①，史耐德却把它理解为“可以追随的”。实际上，史耐德在此声东击西，是引用《道德经》以说明他的习禅之道，以印证他推崇的日本道元禅师所说的“我们学习自我，以忘却自我。当你忘却自我，你即与万物合一”。（“We study the self to forget the self … When you forget the self, you become one with the ten thousand things”.）②史耐德所说的“障碍”(obstacles)也是学佛之语。因此，对开宗明义第一章，史耐德就采用了有意的误读，尤其是他所研读的韦理版本之译文是相当忠实于原文的，其译文为“The way that can be told of is not an unvarying way”（“可以说明的道不是不变的道”）③，由于史耐德明明知道原意为何，所以是有意的误读。

史耐德不少诗歌创作中可以说直接或间接都有《道德经》的痕迹。他在自己诗中多次采用《道德经》的字眼，还有他采用其入诗的方式，与他的前辈诗人、他精神上的导师王红公是一脉相承的。例如说他们两人都认为《道德经》的内容流露了不少中国古代母系社会思想的痕迹。20 世纪初在西方由于神话仪式学(myth and ritual)盛行，学者会在东方古籍中搜寻古代仪式或母系社会之证据，如神话学大师莫西亚·伊里亚德(Mircea Eliade, 1907—1986)就广由世界著名宗教典籍及习俗中采集证据，包括道教典籍与道教习俗④。又如汉学家爱德华·沙弗(Edward H. Schafer)就认为《道德经》中出现繁殖女神的象征，是一位女性水神(water-goddesses)，因为《道德经》崇尚水德，而且沙弗还举第二十五章为证，“有物混成……可以为天下母。吾不知其名，字之曰道”⑤，他认为“天下母”就是位最重要的女性水神。王红公与史耐德二人都把第六章“谷神不死，是谓玄牝，玄牝之门，是谓天地根，绵绵

---

① 高明：《帛书老子校注》，222 页，北京：中华书局，1996。

② Gary Snyder, *The Practice of the Wild*, Washington, D.C., Shoemaker & Hoard, 2003, p. 160.

③ Arthur Waley, *The Way and Its Power: A Study of the Tao Te Ching and Its Place in Chinese Thought*, New York, Grove Press, 1958, p. 141.

④ Mircea Eliade, Iaon P. Couliano and Hillary S. Wiesner, *The Eliade Guide to World Religions*, San Francisco, Harper San Francisco, 1991.

⑤ Edward H. Schafer, *The Divine Woman: Dragon Ladies and Rain Maidens in T'ang Literature*, Berkeley and Los Angeles, University of California Press, 1973, p. 33.

若存，用之不勤”当作是中国古代母系社会曾存在的证据。他们把“玄牝”释作古代的重要女神，以“女阴”来解释“天门”，“绵绵若存”则解释为子息后代之繁殖、之生生不息。这种看法即使在中国古代学者的注释中也有蛛丝马迹：对“玄牝”的“牝”字之解释，卢育三引《说文》曰：“牝，畜母也”，即“鸟兽之雌性”[①]；现代学者高明则注曰：“牝为母性之生殖器”[②]。王红公与史耐德两位都熟悉西方20世纪前半叶兴起的神话仪式学。他们更把“玄牝”解释为母系社会崇拜的母牛女神。王红公尝试不着痕迹把他自己理解的第六章融入他的长诗《心之园、园之心》（*The Heart's Garden, the Garden's Heart*）中[③]，把“谷神”译为“the valley's soul”（谷之魂），把“玄牝”译为“dark woman”（黑女人，玄女）。我想王红公一定查过字典，知道“玄”字又可作黑色解，所以他在此故意误读，以推出异国情调的（exotic）、神秘的黑色女神意象。

史耐德则明言《道德经》有远古时代女神崇拜的留痕：“《道德经》充满了一位伟大女神祇的回响：谷神、万物之母，在有与无之先已存在的玄妙空无。”（“*Tao Te Ching* is full of the echo of a great goddess: spirit of the valley, mother of the ten thousand things, marvelous emptiness before being and nonbeing.”）[④]而王红公、史耐德以母系社会女神崇拜来切入《道德经》的这种观点，在当代中国学者中也有呼应。萧兵与叶舒宪《老子的文化解读》一书中，也认为《道德经》中的“大母神原型”发挥了“十分重要的作用”[⑤]。两

---

① 卢育三：《老子释义》，60页，天津：天津古籍出版社，1987。

② 高明：《帛书老子校注》，249页，北京：中华书局，1996。

③ 王红公这首长诗最后四行为引用《道德经》第六章之译文，译文并不信实，有创意之成分：

…A man of
Sixty years, still wandering
Through wooded hills, gathering
Mushrooms, bracken fiddle necks
And bamboo shoots, listening
Deep in his mind to music
Lost far off in space and time.
The valley's soul is deathless.
It is called the dark woman.
The dark woman is the gate
To the root of heaven and earth. (Kenneth Rexroth, *The Heart's Garden, the Garden's Heart*, Cambridge, Massachusetts, Pym-Randall Press, 1967, p. 3)

④ Gary Snyder, *A Place in Space: Ethics, Aesthetics, and Watersheds*, Washington, D.C., Counterpoint, 1995, p. 87.

⑤ 萧兵、叶舒宪：《老子的文化解读》，171页，武汉：湖北人民出版社，1993。

位学者说，"'谷神'、'玄牝'都是跟生殖崇拜、女性崇拜有关的生命之意象"[1]，又用马王堆出土帛书《老子·道篇》中"谷神"作"浴神"来证明谷神为溪谷之神，象征灌溉农业的"水原文化"[2]。他们还引用清朝学者俞正燮对"牝"字的解释，即"有穴而可受入者为牝"，从"穴"的意象引申其意，加上根据弗洛伊德的看法，认为"牝"是指阴道，而"入穴出穴都是性交的象征"[3]。总的来说，不少东西方学者都把《道德经》第六章解释为是对丰饶女神即谷神之生殖器崇拜。史耐德的看法有其学理之依据。

史耐德在他的诗《沐浴》(*The Bath*)[4]中，就把西方所理解《道德经》第六章的象征，如"谷"(valley)，"门"(gate)加以伸延变化，用以形容神圣的女阴。《沐浴》一诗写住在北加州山上奇奇地斯家园的诗人、妻子(即上原雅)、两个小儿子，一家四口点着油灯，在一间独立的日本浴室洗澡的情境。诗人先细细描写如何替老大开儿洗身，儿子抗议不让父亲给他洗头，此刻妻子打开浴室门进来，轻而易举地一个动作，开儿就服服帖帖了[5]。接着诗人替太太洗身，悟到女人的身体是道家的开阖天门，也是西方传统的圣杯。

我女士的身体，是弯曲山谷的骨脊，
　　大腿之间的空间是我要穿越的，

---

① 萧兵、叶舒宪：《老子的文化解读》，551页，武汉：湖北人民出版社，1993。
② 同上书，552页。
③ 同上书，601页。
④ Gary Snyder, *Turtle Island*, New York, New Directions, 1974, pp. 12—14.
⑤ 这段英文与中译文如下：
雅进来，清凉的空气
由打开的门扫下来
甘美沁人的微风
干净利落地抓紧开儿令他弯身
她单膝跪地，长发垂泻
遮住半边的肩、乳房、小腹
熟练地洗开儿的头发
Masa comes in, letting fresh cool air
Sweep down from the door
a deep sweet breath
And she tips him over gripping neatly, one knee down
her hair falling hiding one whole side of
shoulder, breast, and belly,
Washes deftly Kai's head-hair (Gary Snyder, *Turtle Island*, New York, New Directions, 1974, p. 12)

捧住她女阴弯弯的拱门，由背后握住它，
涂了肥皂痒痒的　　一手握住的圣杯
令人敬畏的重门
开向背后一个旋转的双面镜之世界
这世界是子宫中有子宫，成许多圈
以音乐开启
The body of my lady, the winding valley spine,
the space between the thighs I reach through,
cup her curving vulva arch and hold it from behind,
a soapy tickle　　a hand of grail
The gates of Awe
That open back a turning double-mirror world of
wombs in wombs, in rings,
that start in music ①

诗人视其妻之女阴为道教及基督教之圣器。“山谷”及“门”的概念应是源自《道德经》第六章。“圣杯”(grail)则影射耶稣在最后晚餐上用的圣杯(Holy Grail)，也是后来十字军东征寻求的圣杯。这种以女阴来解读圣杯的比喻，源于艾略特的名诗《荒原》(*The Waste Land*)②中使用的象征。艾略特是借神话仪式学与丰饶女神(Goddess of Fertility)的观念，把大地的干旱，把渔人王的性无能，与十字军东征武士寻求圣杯作联想，即如果能寻获圣杯就能解除旱灾与性无能的问题，容器圣杯遂成为女性生殖器之象征。在20世纪初艾略特以圣杯为女阴象征被批评为反叛传统之举，是冒渎之举，但到史耐德写此诗的60年代末期，以圣杯喻女阴已是被接受的文学比喻。

《沐浴》诗中的“旋转的双面镜”意象则应源自佛教华严宗的佛教思想。诗人在《沐浴》整首诗中试图突破禁忌，把形而下、平常的，甚至有些人视之为不应入诗的情色意象——如夫妇共浴，描写太太的身体等——化为神

① Gary Snyder, *Turtle Island*, New York, New Directions, 1974, pp. 12—13.
② T. S. Eliot, *The Waste Land and Other Poems*, London, Faber and Faber, 1972, pp. 25—43.

圣。诗的后半部，他由为妻为母的身体，写到代代生息不断的祖母、曾祖母，写到儿子未来为人父，反哺母亲，点出生命的代代相传。一家人清洗完后，在热腾腾的蒸汽中或坐或卧，然后浴毕步出浴室：

黑色的夜、满天星斗
用冷水冲背部和大腿
进屋里——在屋中央火堆旁站着冒汗
……
这是我们的身体。靠近火焰盘膝坐
　　喝喝冰水
抱娃娃，吻肚肚
在大地上笑开怀
沐浴完出来
black night & all the stars.
Pour cold water on the back and thighs
Go in the house—stand steaming by the center fire
…
This is our body. Drawn up crosslegged by the flames
　drinking icy water
　hugging babies, kissing bellies,
Laughing on the Great Earth
Come out from the bath. ①

读完这首诗，我们会觉得能够一家人共浴，清洗彼此，该是多么自然、多么欢乐的事！这种自然的欢愉就有道家自适自在的意味。

卢育三所谓《道德经》中"抑阳举阴"的看法，应该是指推崇"阴"因素之美德与功用，包括对水、柔弱，空间等因素以及对"无为"、"不恃"等观念的肯定。如《道德经》中所说的"生而不有，为而不恃"（二章）、"上善若水"（八章）、"见小若明，守柔曰强"（五十二章）、"强大处下，柔弱处上"（七

① Gary Snyder, *Turtle Island*, New York, New Directions, 1974, p. 14.

十六章）、“埏埴以为器，当其无，有器之用”（十一章）。在前面也谈到东方及西方有些学者或作家，认为《道德经》保存了母系社会思想，书中有女神形象的痕迹。有趣的是史耐德的诗歌之中，女神的出现频率远多过男性神祇，如女神盖亚、印度女神萨克蒂（Shakti）、西藏密宗信仰的度母（Tara）、印度具阳刚力量摧毁恶魔的时母（Kali），与中国古代神话中的巫山神女。他认为巫山神女与西方的女神、印度的女神都不同，后二者的形象身材丰满，巫山神女却只呈现“一种云、雾、光的微亮身形”（a glimmering figure of cloud, mist, and light）；他说“巫”应指“女巫师”（female shaman），所以此女神的前身应该是新石器时代与铜器时代的女巫师，在她们那个时代曾掌有部族大权[1]。在对女神之呈现与对其推崇上，史耐德有“抑阳举阴”的意味。此外，在他的原始萨满教思想中，认为男神与女神性别之分是有限的、暂时的，宇宙的力量可以二分为阴阳，但亦会互换或合一，这与《道德经》中“道生一，一生二”（四十二章）“和其光，同其尘”（五十六章）之观念是相通的。

有关史耐德采用《道德经》的关键词，可用史耐德的诗《无》（*Without*）[2]为例，光看以下《无》一诗之英文原文我想读者不会觉得用了《道德经》的典故，但他的确引用了《道德经》中之文字，即引用其英译文的词汇：

the silence
of nature
within.
the power within.
the power
without.
the path is whatever passes—no
end in itself.
the end is,
grace—ease—

---

① Gary Snyder, *A Place in Space: Ethics, Aesthetics, and Watersheds*, Washington, D.C., Counterpoint, 1995, pp. 87—88.

② Gary Snyder, Without, in *Turtle Island*, New York, New Directions, 1974, p. 6.

healing,
not saving.
singing
the proof
the proof of the power within.

他这一段英诗之中，用了五个《道德经》中常用词的英译，“the silence”，典出“静”字；“the path”，典出“道”字；“the power”，典出“德”字；“without”，典出“无”字；“no end”典出“无极”、“不勤”[①]。韦理即把“德”字译为“power”，并解释为“一种潜藏的力量，在事物中本就存在的美德”(“a latent power, a ‘virtue’ inherent in something”)[②]。

如果把那些英文字还原为《道德经》中的字眼，则此英诗之中文译文如下：

自然的
静
在其中有之
德在其中有之
德
在其外无。
道即所有逝去之物——本身
无终极。
终极是，
谦和恬适——
是治疗
不是救赎。
歌咏

① “道”、“德”、“无”在《道德经》中出现颇繁，自不必说，“无极”出现于第二十八章，“静”作“silent”解出现于第十五、十六(两次)、二十六、三十七、四十五(两次)、五十七、六十一(两次)章，“静”字共出现十次。

② Arthur Waley, *The Way and Its Power: A Study of the Tao Te Ching and Its Place in Chinese Thought*, New York, Grove Press, 1958, p. 32.

其信实
德之信实其中有之。

在史耐德这首诗《无》中明显地呼应了以下《道德经》的思想："自然的 / 静"("the silence / of nature")呼应"希言自然"(二十三章)；"德在其中有之 / 德 / 在其外无"("the power within / the power / without")似乎与"天下万物生于有，有生于无"(四十章)的思想有关；"道即所有逝去之物——本身 / 无终极"("the path is whatever passes—no / end in itself")呼应"字之曰道，强为之名曰大，大曰逝，逝曰远，远曰反"(二十五章)；"德之信实，其中有之"("the proof of the power within")呼应"其精甚真，其中有信"(二十一章)。而史耐德点出的"谦和恬适——"("grace-ease-")及"治疗"("healing")的确与《道德经》主张的"恬淡为上"(三十一章)"澹兮其若海"(二十章)相合。可见《无》这首诗中，史耐德试图把他心目中《道德经》的一些精髓集中呈现出来，真是言简意赅。

他也曾把道家"无为"的思想写入自己的诗作：《高品质资讯》(*High Quality Information*)[①]。他先描写"有为"，一种有行为、有行动的状态："一辈子用来寻求它 / 像在土中的蚯蚓 / 像一只秃鹰。"("A life spent seeking it / Like a worm in the earth, / Like a hawk.")这个寻求的"它"就是"道"、"路"("road")，然后史耐德引用老子《道德经》以为寻求之方法：

老子说
最好忘却你知道的。
那就是我要的：
把这些景象记下来，
清晰地，一直记到
它们消失的地方
回到我的时代之心。
用同样的，古老的迂曲之法
但有些道路有彩色的密码

① Gary Snyder, *Left Out in the Rain*, San Francisco, North Point Press, 1986, p. 130.

空无
然后我们获得自由处处可行。
Lao-tzu says
To forget what you knew is best.
That's what I want:
To get these sights down,
Clear, right to the place
Where they fade
Back into the mind of my times.
The same old circuitry
But some paths color-coded
Empty
And we're free to go. ①

此处他所引用的"老子"应该是《道德经》第四十八章的内容："为学日益，为道日损，损之又损，以至于无为。无为而无不为。"《道德经》此段之含义应是指追求道、追求真理，就要"日损"，不断地减却已经所学的方法，最后全部都已减却，就达到"无为"的境界。在这境界中真的要做什么，则无不合乎道，就是"无为而不为"之意境。

但史耐德有关"迂曲之法"与"获得自由处处可行"的观念却有些近似禅的观念，如果以道家观念来解释也行得通。但是史耐德"日损"的方法也是"有为"的，有所作为的，例如他要去把"景象""记下来"。因此，史耐德是故意误读了《道德经》四十八章。这因为他在本质上比较接近儒家思想，积极地以天下为己任，努力在他生活中、写作中推行生态环保，推行精神的觉悟等，所以即使是引用老子的观念，也不可能完全吻合，在减却忘却中，仍有追寻及记载。而在政治上他则多少认同《道德经》中小国寡民的主张。在他所定居的北加州山上的社区，他就推动环保政策，与社区民众推行立法规，限制大量人口之移入。史耐德对大自然本质的看法上，可以说道家与佛教思想成分两者兼具。他说："大自然为一组完全武断的规律，

① Gary Snyder, *Left Out in the Rain*, San Francisco, North Point Press, 1986, p. 130.

一组每一秒钟成形的图象和重点；这些任何一刻都可能完全消失，只以一种游戏的形式继续存在……”（“Nature a vast set of conventions, totally arbitrary, patterns and stresses that come into being each instant; could disappear anytime; and continues only as a form of play…”）[①]在这一段文字中我们可以看到道家思想的痕迹。《道德经》第二十四章说：“故飘风不终朝，骤雨不终日，孰为此者？天地。天地尚不能久，而况于人乎？”这一段话直指大自然中万物“任何一刻都可能完全消失”的变易本质。但史耐德的自然观也有佛教思想的影子，即“无常”（auitya）观念，此观念的一个定义是指每一刹那都有生、住、异、灭的变化。《无常经》曰“未曾有一事不被无常吞”[②]。此无常观念也是史耐德大自然观的基石。

第二节　阴阳二元思想与庄子的寓言

史耐德有些诗在思维上，像王红公的诗一样，采用阴阳二元的辩证，此思维主要源自《易经》，部分源自《道德经》的观念。由20世纪开始，道家阴阳二元说在西方人中相当受欢迎。阴阳二元说实是源自《易经系辞上》中的太极观念，后由宋朝周敦颐（1017—1073）发展为《太极图说》[③]。《易经系辞上》第十一篇中说“是故易有太极，是生两仪”[④]。这观念又与《道德经》第四十二章中“道生一，一生二，二生三，三生万物，万物负阴而抱阳”呼应；“一生二”可解为“太极”生“阴阳二仪”；此章中“负阴而抱阳”暗示类似太极图的形象，某种生物背驮着阳，怀抱住阴的形象。《道德经》中其他表现阴阳二元观念的还有第二十八章的“知其雄，守其雌”。《道德经》提倡阴柔之道，如第八章的“上善若水”，但又不只是提出阴的美德，而且行动上也守于“雌”，如第八章曰“上善若水，水善利万物而不争”，如“见小曰明，守柔曰强”（第五十二章）。

---

① Gary Snyder, *Earth House Hold: Technical Notes and Queries to Fellow Dharma Revolutionaries*, New York, New Directions, 1969, p. 21.

② 《佛说无常经》，见《大藏经》，大正新修版，第17册，745页，台北：新文丰出版社，1973。

③ 周敦颐：《太极图说》，上海：上海古籍出版社，1992。

④ 朱熹：《周易系辞上传》，见《原本周易本义》，第7卷，景印文渊阁四库全书，经部六，易类，61页，台北：商务印书馆，1983。

史耐德的二元观先强调二元的对等与对立，然后推动二者之交流互动。他更以阴阳的看法来了解中国山水画背后的理念：山是阳的象征，令人有神话方面的联想，如“垂直，神灵，高耸，超越，坚硬，抗拒，及雄性”（“verticality, spirit, height, transcendence, hardness, resistance, and masculinity”）；水是阴的象征，令人联想到“流动但强韧，寻求（及切向）最低处，灵魂的，赋予生命的，形体变化的”［“fluid-but-strong, seeking (and carving) the lowest, soulful, life-giving, shape-shifting”］[①]，所以他说：“中国人对大地的感觉总是加入了这种岩与水的辩证，即水流向下，岩石向上的辩证，这种能量与土地形状‘慢慢流动’之间的辩证。”（“The Chinese feel for land has always incorporated this sense of a dialectic of rock and water, of downward flow and rocky uplift, and of the dynamism and ‘slow flowing’ of earth-forms.”）[②]在此他实在是以阴阳二元说来诠释地质学中的地形变化观念。

此外，史耐德对生命的认知也很强调二元之分，但同时也追求二元的兼容并蓄，他说：“诗人把黑暗面及光明面都一起放在心中。推而论之，也可说是指整体的生与死。”（“The poet holds the dark and the light in kind, together. Which, by extension, means birth and death in its totality.”）[③]史耐德如此强调生命二元的看法，应是受了西方传统的二元对立思维的训练，大体说，西方思想二元之分，可以包括他提出的“生”与“死”、“黑暗”与“光明”以及一般西方人观念中的“天堂”与“地狱”、“天使”与“魔鬼”、“人”与“大自然”等等。但史耐德并不以此满足，而到东方思想中寻求圆融与交汇，故追求《道德经》中卢育三所谓的“相互依存、相互包含、相互转化的”思想[④]，又追求把二元“一起放在心中”。

他一首著名的诗《溪山无尽》（*Endless Streams and Mountains*：*ch'i*

---

① Gary Snyder, *The Practice of the Wild*, Washington, D. C., Shoemaker & Hoard, 2003, p. 108.

② Gary Snyder, *The Practice of the Wild*, Washington, D. C., Shoemaker & Hoard, 2003, p. 109.

③ Paul Geneson, An Interview with Gary Snyder, in *Ohio Review*, Vol. 18, No. 3, 1977, p. 103.

④ 卢育三：《老子释义》，15 页，天津：天津古籍出版社，1987。

shan wu chin)[1]能具体呈现他的山水阴阳观念和山水辩证思想，这首诗的题材是挂在美国克里夫兰艺术博物馆(The Cleveland Museum of Art)中的一幅北宋无名氏画家的横轴手卷“溪山无尽”图。史耐德还把此画的部分在此诗集之前面几页印出。此诗前半部以文字描绘全幅画，顺着画轴的卷舒展开来描写。后半部描写历代收藏家在此画面上所题之诗，最后以史耐德本人在克里夫兰博物馆外所看到的湖景及他心中的山水画作结。此诗即是以山水二元的辩证开始，诗人描写画中的山和水、岩石和溪流，但画中人，即在画中观山水的人却身在水上，坐在水面的小舟上，观者不是行走在山径上的人，因为水为“雌”，山为“雄”，所以采用在水面上观物的角度基本上是遵从《道德经》“守其雌”的观念：

洗清内心，滑入
　　到这创造出来的空间，
水流的网络越众岩石流下来，
空中充满雾气，但没下雨，
　　在湖上一小舟观此大地
Clearing the mind and sliding in
　　to that created space,
a web of waters streaming over rocks,
air misty but not raining,
　　seeing this land from a boat on a lake[2]

而此诗结束之前则呈现出山水二元交流交汇的画面：

深谷与断崖像一阵阵风扫过的叶浪——
　　踏足，跟着走，答一声！转弯，
　　溪水出现了，啊！

---

① Gary Snyder, *Mountains and Rivers without End*, Washington, D.C., Counterpoint, 1996, pp. 5—9.

② Gary Snyder, *Mountains and Rivers without End*, Washington, D.C., Counterpoint, 1996, p. 5.

在巨岩之间冲泻，
群山在水上行走，
水吹皱每一座山。

ravines and cliffs like waves of blowing leaves—
stamp the foot, walk with it, clap! turn,
the creeks come in, ah!
strained through boulders,
mountains walking on the water,
water ripples every hill. ①

此诗最后这一段中，刚硬的断崖却形似柔软的叶浪，可说是化阳刚为阴柔；溪水在“巨岩之间冲泻”的画面则呈现了水与岩（阴与阳）二者拉紧的密切关系。到了“群山在水上行走，/ 水吹皱每一座山”的画面，阴与阳都已经交融了，山不再是陆地上的山，而是水中的山，因为是山的倒影在水上行走；在倒影中，水又化为陆上的风，可以吹皱群山。这两句诗呼应了《道德经》第四章的“挫其锐，解其纷，和其光”的境界。就英美诗歌传统而言，这一首诗可说是因为加入了《道德经》的二元交汇的哲思，创造了英语文学山水诗的新境界。

史耐德如此欣赏道家思想，跟他在其中找到许多观念能呼应自己建立的生态观有关。第一，如本章第一节中所言，史耐德心目中的大自然是野的（wild），是荒野（wilderness），是北美西北岸狂野的高山大海，这是他要维护保持的生态状况和生态系统，是他的梦土。而《道德经》中的“道”字正好具有他推崇的大自然之各种特性，因此《道德经》的一些基本观念如“道”、“朴”等都成为他生态学的基石。史耐德针对流行的深度生态学（deep ecology），自创了一个新的名词“深层生态学”（depth ecology），内涵包括能量转换的观念；因为人类为食物链之一环，故应该对自己的食物感恩之观念；动物、植物、矿物都应该有与人类同等的地位之观念。他所理解的生态学本身是一种科学，研究大自然各系统之“关系、能量转换、相互关系、相互之关联以及因果网络”（relationships, energy transfers, mutuali-

① Gary Snyder, *Mountains and Rivers without End*, Washington, D.C., Counterpoint, 1996, p. 8.

ties，connections，and cause-and-effect networks)；此科学之研究目的是昭示世人，生物世界已面临崩溃的危险，生态学是针对欧美的资本主义那种“重发展文化之流弊，而产生的抗争科学”(counterscience generated by the abuses of the development culture)①。在这个生态系统中，能量总是在流动，尤其是二元之互换融汇，这思想正源自史耐德吸收的道家阴阳观念，也就是前面讨论过史耐德所说的“中国人对大地的感觉总是加入了这种岩与水的辩证，即水流向下，岩石向上的辩证，这种能量与土地形状‘慢慢流动’之间的辩证”②。

史耐德常引用《庄子》一书中的寓言、典故，可见他曾细读过《庄子》，他读的应该是白顿·华特生 1964 年出版的英译文 *Chuang Tzu*：*Basic Writings*。史耐德常强调工艺的技术与窍门之重要性，他就引用庖丁解牛的故事以为说明。

> 庖丁为文惠君解牛……合于《桑林》之舞……“依乎天理，批大郤，导大窾，因其固然。技经肯綮之未尝，而况大軱乎……今臣之刀十九年矣，所解数千牛矣，而刀刃若新发于硎。彼节者有间，而刀刃者无厚，以无厚入有间，恢恢乎其于游刃必有余地矣。是以十九年而刀刃若新发于硎。”……文惠君曰：“善哉！吾闻庖丁之言，得养生焉。”③
>
> The Cook Ting cut up an ox for Lord Wenhui with dance-like grace and ease. “I go along with the natural makeup, strike in the big hollows, guide the knife through the big openings, and follow things as they are. So I never touch the smallest ligament or tendon, much less a main joint…I've had this knife of mine for nineteen years and I've cut up thousands of oxen with it, and yet the blade is as good as though it had just come from the grindstone. There are spaces between the joints, and the blade of the

---

① Gary Snyder, *A Place in Space*: *Ethics*, *Aesthetics*, *and Watersheds*, Washington, D.C., Counterpoint, 1995, p. 75.

② Gary Snyder, *The Practice of the Wild*, Washington, D.C., Shoemaker & Hoard, 2003, p. 109.

③ 庄周：《庄子》，四部备要，第 342 册，卷二，2—3 页，台北：中华书局，1965。

> knife has really no thickness. If you insert what has no thickness into such spaces, then there's plenty of room. That's why after nineteen years the blade of my knife is still as good as when it first came from the grindstone." ..."Excellent!" said Lord Wenhui. "I have heard the words of Cook Ting and learned how to care for life."[①]

他也引用了《逍遥游》一词"free and easy wandering"[②]来表现禅宗修行在严格的规律中获得解脱与自由的境界。

更有趣的是，史耐德模仿庄子的《说剑篇》写了一则寓言[③]，《土狼人、总统先生和众枪手》(*Coyote Man, Mr. President & the Gunfighters*)[④]，采用非常逗趣的"模仿讽刺体"(parody)手法。在此寓言中，《说剑篇》的主角庄子化身成为土狼人，土狼人其实就是传播史耐德思想的人，他塑造此角色其实是为了宣扬他有关人类文明的理念。这篇模仿寓言大致上是亦步亦趋追随庄子原文的思维，只省略了原文一些句子。以下摘录庄子的《说剑篇》原文与史耐德文并列，以为对照。原文开头陈述赵文王喜好剑术，宫中剑客有三千人，日夜比剑，文王遂观比剑而不理政事，太子为此而担心；史耐德的《土狼人、总统先生和众枪手》把场地换到白宫，剑客变成枪手：

庄子原文：

> 太子悝患之，募左右曰："孰能说王之意，止剑士者，赐之千金。"左右曰："庄子当能。"[⑤]

---

① Burton Watson ed. and trans., *The Columbia Book of Chinese Poetry: From Early Times to the Thirteenth Century*, New York, Columbia University Press, 1984, pp. 50—51; Gary Snyder, *The Practice of the Wild*, Washington, D.C., Shoemaker & Hoard, 2003, pp. 156—157.

② Gary Snyder, *The Practice of the Wild*, Washington, D.C., Shoemaker & Hoard, 2003, p. 160.

③ 在《土狼人、总统先生和众枪手》的结尾，史耐德向白顿·华特生(Burton Watson)致谢，因为他翻译了《庄子》(Gary Snyder, *Left Out in the Rain*, San Francisco, North Point Press, 1986, p. 209)，所以我们明确知道是模仿《庄子》。

④ Gary Snyder, *Left Out in the Rain*, San Francisco, North Point Press, 1986, p. 206—209.

⑤ 庄周：《庄子》，四部备要，第342册，卷十，1页，台北：中华书局，1965。

史耐德的模仿：

大盆地来的国会议员患之，召集他的助理说："有人能与总统说理，让他放弃比枪之赛，我就给他一篮子的松绿石，一货车堆肥！"他的助理说："土狼人能做到！"

The Senator from the Great Basin was troubled by this, and summoning his aides, said, "I'll give a basket of turquoise and a truckload of compost to any man who can reason with Mr. President and make him give up these gunfights!" "Coyote Man is the one who can do it!" said his aides. ①

"大盆地来的国会议员"的选区应该就是印第安人居住的区域，所以才用印第安人珍惜的宝石松绿石作报酬。庄子的"千金"变成了"一篮子的松绿石，一货车堆肥"，读来很逗趣，但重要的是其背后的理念，印第安人认为松绿石具有神性，用堆肥则是史耐德针对化学肥料而提倡的环保方法。此寓言充分展现史耐德借用典故的高明技巧，尤其是说客土狼人所说的内容特别精彩。庄子的三种剑是天子剑、诸侯剑、庶人剑，以说明治理天下之道。土狼人的三种枪则是"宇宙枪、人类枪、政府枪"（the revolver of the cosmos, the revolver of mankind, and the revolver of state）②，史耐德的三种枪其范畴与眼界都更广阔。以下试比较庄子的"诸侯剑"与史耐德的"人类枪"：

庄子原文：

诸侯之剑，以知勇士为锋，以清廉士为锷，以贤良士为脊，以忠圣士为镡，以豪杰士为夹……③

史耐德的模仿：

---

① Gary Snyder, *Left Out in the Rain*, San Francisco, North Point Press, 1986, p. 206.

② Gary Snyder, *Left Out in the Rain*, San Francisco, North Point Press, 1986, p. 208.

③ 庄周：《庄子》，四部备要，第342册，卷十，3页，台北：中华书局，1965。

人类枪吗？枪柄是十二个种族，枪管是三千种语言……轮盘是国家的兴起、衰落，照准是各类哲学、宗教与科学，子弹是无数男人女人越过无知与旧习，显示出真性的光明镜。

The revolver of mankind? The twelve races are the grip; the three thousand languages, the barrel… The cylinder is the rise and fall of nations, the sights are the philosophies and religions and sciences, the bullets are countless men and women who have pierced through ignorance and old habits, and revealed the shining mirror of true nature. ①

庄子说诸侯剑能教导诸侯知人善任，说的是人才；史耐德的人类枪却包含更广的内涵，把整体的文明包涵在内，并积极提升人类的道德与反省自觉。可见史耐德善于以自己之主张为体，中国思想为用。

第三节　儒家思想之吸纳

史耐德在其生活模式上与中国古代士大夫有些相似。士大夫大抵抱持入世的、求仕的态度服务社稷，但如没有机会在仕途发展，则采用道家的思想，隐居山林或农舍，试图在大自然中自适地生活。史耐德也抱持入世的、服务社稷的儒家观，他并不积极求官，但如果在位者请他出仕，也不会拒绝。他不仅像古代士大夫那样可以隐居山林，自适地生活，而且以他的诗笔、文笔积极参与改善世界的活动，包括提倡生态环保与文化融合，积极为山林发言，为树木、山川、动物请命等。本节将探讨他如何广义地理解儒家一些观念，并且如何自己采用所需地在作品中应用他所谓的儒家观念。史耐德并非像庞德一样，系统化地研究儒家经典，然后系统化地吸收儒家经典中的重要观念。史耐德是挑选性地择取少数几个儒家经典学说中的观念。他更重视的是在中国及亚洲其他国家的社会上，一般人思想中已经接纳的一些儒家生活哲学。

古代中国的儒家制度和思想曾随着帝国势力之数度扩张而流传亚洲各

① Gary Snyder, *Left Out in the Rain*, San Francisco, North Point Press, 1986, p. 206.

地区，包括日本、朝鲜半岛与越南等。这些国家都采用过中国的典章制度，朝廷贵族、官员、士大夫都必须学习汉文及儒家经典。因此许多儒家观念深入渗透日本、朝鲜半岛、越南等地的统治阶层与民间生活，包括忠孝仁义等思想，以及大众对社稷、家庭伦理、子女教育等问题之重视。史耐德不仅观察20世纪的中国、日本、韩国社会上仍存在的儒家生活哲学，而且也考查由这些国家到美国来的移民是否保留这些生活信念。此外他自己也信奉一些儒家的观念，并在自己的生活中体现出来。他说他在加大戴维斯校区(University of California, Davis)英文系教诗歌课时，除了各国诗歌，也教一些儒家的思想①。更有趣的是他点醒一些美籍亚裔的移民后代，他们其实仍是儒家理念的实践者而不自知。以下摘自本人2001年7月访问北加州史耐德山居时，对他进行的访谈录：

史耐德：……我太太的姊姊是日裔的美国人，她是位科学家，主修化学和药剂学。现在她是旧金山一所大学里头药剂学学院的院长。她常到世界各地参加学术会议。有一天她读我那本书，《盖瑞·史耐德选读》(*Gary Snyder Reader*)②，读到前面的引文："To learn and then put it in practice, isn't that a delight? / To have friends come from afar—isn't that a joy?"

钟玲：这出自孔子的话："学而时习之，不亦悦乎？有朋自远方来，不亦乐乎？"③

史耐德：我没有写"孔子"(Confucius)，我只是写K'ung，也写下*Lun Yu*。所以我的大姨子来电说："我正在读你的书，那本选集。我在书里头前面那几页，读到非常精彩的引文。请问这个K'ung是谁？"我就告诉她说："玛丽安，那就是孔夫子。"她接着问："什么是*Lun Yu*呢？"我说："那就是《论语》。"她又问说："《论语》又是什么呢？"我就告诉她说："就是孔夫子的言行录。"她是第三代的日裔美国人。其实他们整个家族都非常保守，非常有

---

① 钟玲：《盖瑞·史耐德访谈录：美国西岸文化意识与亚洲文明》，载《中外文学》，2002年12月(31.7)：215页。

② Gary Snyder, *The Gary Snyder Reader: Prose, Poetry, and Translations, 1952—1988*, Washington, D.C.: Counterpoint, 1999.

③ 《学而》第一，见《论语》。

礼貌，而且彼此照顾。他们注重教育，而且全心地栽培他们的孩子。

钟玲：这就是我们东方人的生活方式。

史耐德：他们孩子常常称呼某某姑妈、某某叔叔，从来不会直呼对方的小名，戴维啦、约翰啦。于是，我就跟她说："玛丽安，你过的就是儒家的生活方式啊！也许你不知道，儒家的思想在你生活中影响最大。我说的是真话。你一定以为那是日本文化。其实那不是日本文化，那是儒家思想。在日本人的意识之中，已经根深蒂固了。你做任何事，都受它的影响。"我的大姨子就说："喔！这真是精彩透了。原来我刚刚读的是儒家思想。"现在许多亚洲人也像我大姨子一样。

钟玲：一般人不知道源头在哪里，但是他们生活在其中。

史耐德：我有许多亚洲学生，加州大学戴维斯校园百分之四十的学生都是亚裔学生。我一直试着告诉他们这一点。

钟玲：他们结果发现自己是儒家的门徒。①

史耐德本身就很注重家庭生活也很注重制定自己社区内之制度与生活模式。他这些信念与他所了解的儒家思想有关。林耀福在1977年发表的《"山即是心"：论史耐德的诗》中讨论到史耐德的禅宗人生观实与儒家的"修身、齐家、治国、平天下"观念相似。禅宗追求"法道"(The Dharma path)，史耐德把"坐禅、道德与智慧等"三种法道结合为一，并强调道德上以身作则，然后再将道推向社会，因此林耀福认为"兼具智能、静思与道德三者的'法道'颇类似儒家的修齐治平之道，系从近而远，从个人而导向社会"②。史耐德1970年起在北加州山区定居期间，一直努力实践"齐家"观念。1967年他在日本与琉球裔的日本人、东京御茶之水女子大学(Ochanomizu Women's University)英文系硕士研究生上原雅结婚，1968年长子开·史耐德在京都出生，1969年老二玄·史耐德出生，于1970年他在北

① 钟玲：《盖瑞·史耐德访谈录：美国西岸文化意识与亚洲文明》，载《中外文学》，2002年12月(31.7)，215—216页。

② 林耀福：《"山即是心"：论史耐德的诗》，见《文学与文化》，239—240页，台北：源成文化图书供应社，1977。

加州西野拉山脉(the Sierra)的山脚大斜坡上买了一大片林地，在那儿建立的山居叫“奇奇地斯”，这多少像中国古代士大夫在大自然中所盖的隐居庐舍，如王维在辋川建别墅，杜甫在成都江边结庐。史耐德虽忙于文化界的活动，忙于自己的创作，却悉心教育两个儿子，自幼带他们游泳、爬山，认识大自然。另一个实例是在 20 世纪 80 年代，他带次子玄到北加州位于千里达海岬(Trinidad Head)的公园，观看一种叫冠羽海鹦(tufted puffin)的鸟，因为这种鸟的栖息地北起阿拉斯加，南到日本，遍及北太平洋岸，因此他教导儿子说，在北加州观察这种鸟，“我们自然而然会感受到我们触及整个北太平洋与阿拉斯加的生活场域”(“We could not help but feel that we touched on the life realm of the whole North Pacific and Alaska”)①。在此他教给儿子一种结合各东亚文化的太平洋周边意识。也许他教的内容与一般中国家庭、华人家庭不同，但在注重下一代教育这一点上，与受儒家观念影响的东方家庭是一样的。即使儿子们长大以后，史耐德也常与他们见面，不像一般美国人，一年大约只有在圣诞节亲人才相见。1999 年 7 月我去奇奇地斯探访史耐德时，正好他的大儿子开・史耐德也来探访他的老爸。开 31 岁了，已结婚生子，还老远开车来看父亲，我们中国人就会称赞他很孝顺，他们家庭在这点上比较像东方人，或曰重儒家的孝道。

自从他 1970 年在北加州定居，就很投入地做社区的规划，即重社稷，可以说是狭义地治国，广义地齐家。丹・麦克里欧就说“近几年来(作者按，指 20 世纪 70 年代中期)，史耐德已经开始躬行儒家理念中诗人对社会应尽之责。他在自己的社区里已经是个领袖，尤其留意教育和土地使用的问题”②。他的社区就是北加州山上的圣璜(San Juan)区，该区面积广大，大部分是荒山野岭，还有野生树林。史耐德在海拔 1000 米的地方买了一大片山林，建立家园奇奇地斯。根据陈明山的访问，这个社区共有 2000 人，思想接近的有 400 人，职业有伐木工、锯木工、拖拉机运木工、木匠、建筑师、家具工人、手工艺、教师、画家、作家、政府职员等③。1976 年我

---

① Gary Snyder, *A Place in Space: Ethics, Aesthetics, and Watersheds*, Washington, D. C., Counterpoint, 1995, p. 221.

② 丹・麦克里欧：《史耐德作品中的中国意象》，陈圣仪译，载《当代》，1990 年 9 月(53)，50 页。

③ 陈明山：《逃避中的追求：访美国“垮掉派”诗人斯奈德》，载《览》，1985，28 页。

首次拜访奇奇地斯时，曾跟着史耐德去观察他们圣璜区居民开会的情形，我曾在《群山呼唤我》一文中描写这次会议。

> 下午史耐德到他近邻开会，我顺便去见识了一下大西部的民主地方自治。这位近邻住得可真远，要开二十分钟车。邻人的家坐落在山角下，是一座普通的西式洋房。客厅中已经有五位与会者到了。他们的打扮与史耐德差不多，破牛仔裤一条，脚踏鹿皮鞋。不论是男是女，一律长发披肩，算来算去还是史耐德梳妆最整齐：他在后脑梳了个髻，只要再梳高些，就像中国古代男子的发式了。这些三四十岁的壮年人当年都是反叛青年，自我放逐，浪迹江湖，现在大多定居下来，有些在山中垦荒种杂粮，有些在几十里外的镇里工作，干木匠、开食品店等。他们已经融入美国社会成为生产力的中坚分子，但他们依然向往东方的宗教哲学，修炼坐禅、瑜伽术等。他们给美国社会注入了一些新的价值观念。
>
> 他们这群人是圣璜山区居民推选出来的代表。整个下午，他们都在研究一个方案：为了要保持这一区天然的美，及自然的生活，阻止工业、工厂或大量居民拥入这一区，决定下个月开县议会时提出这个方案：圣璜山区只可作住宅地用，而且规定每一户占地面积的最低额，以限制大量人口拥入。①

此外，他们在建设自己家园及社区学校时，都群策群力。史耐德在下面一首诗中具体呈现了他理想的社群活动：《建筑》(*Building*)②一诗描述他与友人如何建设他家的大木屋及社区的学校；1970 年前后大陆的“文化大革命”、越战及 1990—1991 年的波斯湾战争皆写入此诗中，成为其历史背景，主题是表明美国加州一个社群中的民众应如何代代相传其教育理念。有趣的是这些居民盖的学校建筑，不论是其外观或是破土时举行的仪式，都充满了亚洲文化及印第安文化的特色：

---

① 钟玲：《群山呼唤我》，见《群山呼唤我》，16—17 页，台北：远景出版事业公司，1981。

② Gary Snyder, *No Nature: New and Selected Poems*, New York, Pantheon Books, 1992, pp. 366—367.

盖一间学校，用一百个手推车，
　　午餐时我们开会讨论加州远古时代的印第安人。
我们在房屋天花板吊下铁匠做的架子
　　铸上“无”的周朝字体
在教室之间埋下一个五股的金刚杵[①]
　　同时一面祈祷，一面以烟草祭拜。
Built a schoolhouse, with a hundred wheelbarrows,
　　held seminars on California paleo-Indians during lunch.
We brazed the Chou dynasty form of the character “Mu”
　　on the blacksmithed brackets of the ceiling of the lodge,
Buried a five-prong vajra between the schoolbuildings
　　while praying and offering tobacco.

根据史耐德在信中提供给我的资料[②]，这个“mu”是“无”字，发音“mu”应是根据“无”字的日语发音，他们铸的字应是用大篆体，自殷朝到周朝用的文字是钟鼎文，铭在古铜器上，即所谓大篆。我想他们采用的是近似曶鼎上的“无”字。史耐德则以萨满教观来解释此大篆体“无”字之意义，说是“持舞‘羽’的人”（“a man with dancing ‘plumes’”）（图 1）。他们在加州社区盖学校时，除了采用中国古代的篆字，还在开工期间学习印第安文化，并用密宗的法器金刚杵来作镇屋之宝。金刚杵的五股代表五种智慧：存在的意义、现象之鉴照、万物一同、万物之特色、完成饶益众生之举等智慧[③]。把象征这五种智慧的法器埋在学校建筑旁边的泥土中，以表示他们要传给下一代的，不只是知识，更重要的是教他们生命的意义和人生的智慧，这的确有深远的意义。在此，史耐德推行小社群理想国的教育建设。这个理想国具有印第安文化、日本文化、中国周朝文化、西藏密宗等的特色。我们要注意的是他采用的大篆体是周朝金文，周朝的制度就是儒家礼乐思想

---

① 金刚杵为西藏密宗之法器。梵语为 vjara，两头分三枝者为三股，五枝者为五股等。

② Gary Snyder, Letter to Ling Chung, 12 January 2001.

③ Katsunori Yamazato, Kitkitdizze, Zendo, and Place: Gary Snyder As a Reinhabitory Poet, in *Isle*, Vol. 1, No. 1, 1993, p. 59.

的基石。史耐德也知道音乐与教化、音乐与政治的关系都很密切。他在1967年接受访问时说："孔子还有柏拉图都说过，只要改变音乐的形式，即可改变政府。政治和音乐是相通的。"①

他在1974—1979年(44—49岁)出任加州州政府艺术委员会(Board of the California Arts Council)的主席，实现了他出仕治国的理想。可以说这五年史耐德在加州政府掌有大权，这个委员会共有九位委员，大多是艺术家，他们并非民选出来，而是加州州长杰利・布朗(Jerry Brown)委任的。布朗州长是激进的民主党员，他上任后把艺术经费增加了十三倍，此外他积极推动环保法案，把中国针灸合法化，任用女性与少数民族人士为官员及法官。任州长两任卸任后，去日本学禅，并短期去印度当为最贫苦人服务的德雷莎修女的义工。因为他作风开明，与史耐德成为好友是可以想见的。史耐德曾这么向我描写这位州长与艺术委员会的工作：

> 杰利是个谦让君子。前几天他才到我山居来，跟我们一起坐禅。我为这个议会花了近千个工作时。这份工作是没有薪金的。可是我认为非常值得，因为实现了我一些理想。不像从前，把钱派给名交响乐团、芭蕾舞团，我们的方针是，把钱拨给一向被忽略的人们，像精神病院、监狱、老人院、民间艺术家、学校，好让他们有经费办艺术活动。②

在全美国而言，这是首次艺术家被聘为政府要员，以负责分配经费。史耐德说：

> 艺术局的成员并无薪酬。我投入的时间属义务公众服务，而且用了我很多时间。……我们都是艺术家这个事实可以当作是个正数，因为我们处于有利地位，我们内心知道推动的可能性及应该推动什么。……全州所有艺术家之中也只有我们这些艺术局的成员是不允许申请经费的！

---

① 丹・麦克里欧：《史耐德作品中的中国意象》，陈圣仪译，载《当代》，1990年9月(53)，50页。

② 钟玲：《群山呼唤我》，见《群山呼唤我》，17页，台北：远景出版事业公司，1981。

> Arts Council members don't get paid. The time I give it is public service time; and it takes a lot of my time… The fact that we're artists should be seen as a plus, because we're in a position to know from inside with our own hearts how things can and should be…we members of the Arts Council are the only artists in the state who cannot apply for grants![1]

史耐德曾在1977年一次专访中说“孔子很赞成把诗人纳入政府中，让诗人管理政府”(“Confucius was all for bringing poets into government and letting them run it”)；接着他引孔子的话说“研究诗歌首先可以教你花、树、动物的名字，其次是你会有正确的礼仪观念，第三，诗歌可以锻炼你的人格，所以懂得诗歌的人可以当好的地方首长”(“the study of poetry teaches you the names of flowers and trees and animals, then it gives you a proper sense of decorum, and thirdly it trains your character, so that people who know poetry can be good governors”)[2]。以上史耐德所引述的孔子之言，其实并非引述，而是改写，应该是把孔子的话，即《论语》中《季氏》第十三和《阳货》第九，加以重组，再添加现代之观念而成。

《季氏》第十三中说：陈亢问于伯鱼曰：“子亦有异闻乎?”对曰：“未也。尝独立，鲤趋而过庭。曰：‘学诗乎?’对曰：‘未也。’‘不学诗，无以言。’鲤退而学之。他日，又独立，鲤趋而过庭。曰：‘学礼乎?’对曰：‘未也。’‘不学礼，无以立。’鲤退而学礼。闻斯二者。”陈亢退而喜曰：“问一得三，闻诗，闻礼，又闻君子之远其子也。”《阳货》第九中说：子曰：“小子何莫学夫《诗》?《诗》可以兴，可以观，可以群，可以怨。迩之事父，远之事君；多识于鸟兽草木之名。”史耐德所谓“诗歌”其实是特指《诗经》一书，因为“小子何莫学夫诗”(《阳货》第九)及“学诗乎?”(《季氏》第十三)中的“诗”字都是指《诗经》，而非泛指诗歌。史耐德的“花、树、动物的名字”应该典出“多识于鸟兽草木之名”(《阳货》第九)。史耐德认为诗歌可以令人

---

① Gary Snyder, *The Real Work: Interviews and Talks, 1964—1979*, ed. by Wm. Scott McLean. New York, New Direction Pub. Corp., 1980, p. 133.

② Dom Aelred Graham, *Conversations: Christian and Buddhist*, New York, Harcourt, Brace and World, 1968, pp. 55—56.

“有正确的礼仪观念”似乎是诠释《诗经》之“可以群”(《阳货》第九)；但“群”应是指春秋时会盟，因为宴飨者都要赋诗见志，故可合群，史耐德似乎把学《礼记》的效果移植到学《诗经》上去了；他又说学诗歌可以“锻炼你的人格”，好像是把“可以兴，可以观，可以群，可以怨”(《阳货》第九)的意思结合起来，如果一个人读诗歌可感兴奋起、激发意志，又能泄露怨气、舒发郁结，结果必能锻炼出高尚的人格，所以史耐德的看法也讲得通。至于懂得诗可以做地方首长的想法，大概是源自“远之事君”一句；《论语》思想以忠君为尚，到史耐德口中则变成“诗人从政”的理念了。可见史耐德主见很强，他重组《论语》的话来宣扬自己的看法，也就是学习诗歌不只是知识，也有道德效用，而且诗人可以做很好的官员。当然这一段不是他自己文章中的引文，而是他人的访问纪录，所以与《论语》原文有些出入也是可以理解的。

我们都知道布朗州长不但任命史耐德为州政府的决策要员，他们两人还是好朋友。布朗州长曾多次到北加州史耐德山居奇奇地斯来与他谈公务，也一同打坐，有时还一同射箭。1976 年的夏日州长来访，史耐德写了一首诗以志其事，又由副题点明诗的题目出自《论语》：诗的题目是《弋不射宿：〈论语〉七章第二十六节》(*He Shot Arrows*, *But Not at Birds Perching*, *Lun Y*, *VII*, 26)[①]。诗中描写因为有州长这位老朋友要来访，史耐德先洒扫山居，然后写州长因由美国东部飞来，睡眠不足，所以在他家里小睡，史耐德则忙自己的事，喂鸡、浇苹果树，第二天他们才谈事情，一起运动：

第二天我们看报纸，谈农务
谈石油，谈汽车的议题

然后在水池旁边我们开怀笑，
拿起弓与箭，我们拉弓
在夏日的微风中一箭又一箭
在松树下飕飕飞闪而去

---

① Gary Snyder, *Axe Handles*: *Poems*, San Francisco, North Point Press, 1983, p. 83.

深深射入谷仓旁一捆捆草里。
Next day we read the papers, spoke of farming,
of oil, and what happen to the cars.

And then beside the pond we started laughing,
got the quiver and bow and strung the bow.
Arrow after arrow flashing
hissing under pines in summer breeze

Striking deep in straw bales by the barn.

史耐德的诗描绘他们两人射箭的愉快经验不是就够了吗？为什么要引《论语》中一句作为题目呢？让我们先看所引之典故，此句引自《述而》第二十六，“子钓而不网，弋不射宿”，描述孔子在捕鱼时只用钩钓，不用大绳接网去绝流拦取，打鸟时只射空中飞鸟，不射林中宿鸟。这一方面是儒家“仁”的观念，凡事存仁心，不赶尽杀绝，但又含有不贪取的观念，因为以网捕鱼，鱼会有大量伤亡，射林中宿鸟，由于易射杀而伤亡会太多。史耐德的题目英译“弋不射宿”——“He Shot Arrows, But Not at Birds Perching”——其英译文是正确的，相信他也认同儒家的“仁”观，但可能更认同的是打猎不贪求这个观念，因为这呼应他提倡的深层生态学(depth ecology)中的一个观念，就是根据印第安人思想，杀生是必须的，因为人类没有食物无以生存，但是必定要对猎杀的物种心存深深的感激，以自己未来死后的生命图报，此外打猎应该只取生活所需，而不滥杀。所以《论语》“钓而不网，弋不射宿”这两句话对史耐德极具吸引力，成为他一首诗的主题。他们的射箭动作还实践了儒教的六艺“礼乐射御书术”之一；诗人和州长不仅不射宿鸟，连飞的鸟也不打，因为生活在现代他们根本没有必要靠猎鸟而生，所以他们射草捆，由于射箭纯粹为了运动与自娱，射草捆也一样会感到快乐。其实这是讽刺欧洲传统贵族的围猎。欧、英、美上流社会直到今天仍有打猎的习俗。这位州长虽然也属统治阶级，一样射箭，却不杀生，也不游猎。

史耐德二十几岁在山顶上任山火瞭望员时，曾读《孝经》的英译本，他认同其中提到的一些政治措施："If you keep the taxes just low enough, the people will not revolt, and you'll get rich"，他说这是一种"恶魔式的自由主义"(a devilish sort of liberalism)[①]，史耐德所看的《孝经》英译本必定是汉朝郑玄注本的英译，因为以上之英文引文应该是引自郑玄之注，而非完全是《孝经》的原文。出自《孝经》诸侯章，郑玄的注为"薄赋敛"，应指"you keep the taxes just low enough"。《孝经》诸侯章之"富贵不离其身，然后能保社稷和其民人"[②]应是译文"the people will not revolt, and you'll get rich"所本。言下之意，史耐德似乎不反对这种治国之术，因为他所支持的美国民主党也是主张减税的。

丹·麦克里欧则特别强调儒家的观念在史耐德思想体系里的重要性："虽说史耐德是佛教徒，他的佛法观念相当近似于儒家修齐治平的主张(即社会的发展是由自我的发展而来)。"["Although Snyder is a Buddhist, his conception of the Buddha Dharma is remarkably similar to the Confucian doctrine of *hsiu chi chih p'ing* (the development of society leading from the development of the self)."][③]丹·麦克里欧所说的"修齐治平"观念是广义的，是由人与社会关系这个角度来理解的。诚然史耐德是佛教徒，但却不像一般社会大众印象中的佛教徒那么消极出世，他是行动积极的大乘佛教徒。他吃荤，注重家庭生活，也注重社团生活；还注重个人之修养，努力成为社会之表率；又以天下为己任，为大自然及生态环保运动大声疾呼，以改变社会的风气。他除了有"修身、齐家、治国、平天下"之志，其理想又与儒家"士"的观念相近；可以引用曾子的话来形容其理想，"士不可以不弘毅，任重而道远。仁以为己任，不亦重乎！死而后已，不亦远乎"[④]。他呼吁生态环保、尊重大自然中的动物、植物，就以身作则地由自己的生活做起。根据我的观察，他山居木屋的周围，庭院不大，周围小小的空地外都是野生的树林；可见他坚持理想，不为自己的家居而伐林清地。由这

---

① Gary Snyder, *Earth House Hold: Technical Notes and Queries to Fellow Dharma Revolutionaries*, New York, New Directions, 1969, p. 21.

② 《孝经》一卷，郑玄注，续修四库全书，第151册，8页，上海：上海古籍出版社，1995。

③ Dan McLeod, Asia and the Poetic Discovery of America from Emerson to Snyder, in *Discovering the Other: Humanities East and West*, ed. by Robert S. Ellwood, Malibu, Undena, 1984, p. 170.

④ 《泰伯》第七，见《论语》。

个例子可以知道他至少实践了“修齐治平”的前两项：修身，齐家。至于“治国”一项则在加州参政一点上得到实践。“平天下”方面我想他是透过他的文学著作来实践，透过他的诗歌与散文，把众生平等、动植物生态保护、东方西方文化之结合、回归大自然、内心之觉醒这些观念传布天下。

在他的散文《有关法的问答》(*Dharma Queries*)[①]中他曾把孔子列为世界上最重要的，有关政治、社会制度与管理方面的精神导师之一。他说“针对纯社会的，主战的神秘崇拜之对策为：提供社会之管理方法的导师——孔子，拜火教主[②]，犹太教的改革；精神的社会的戒律，如古印度经典。”(“A reaction to pure social and warrior-power mystiques: Confucius, Zoroaster, Judaic reforms; spiritual-social disciplines like the *Gīta*.”)[③]在此，他认为对付像希特勒，美国发展核武器之类的“主战神秘崇拜”者，孔子的伦理观如果化为风俗，深入民心，则为最佳的破解武器。例如如果每个人都重修养、重仁义、以天下为己任，则一些伤害人类、伤害地球的事自然会减少。史耐德重视的是儒家在中国两千年来成为政治制度的一部分，成为民众生活的一部分，有其成效、有其优益之处，但他不那么注重有系统地研究“四书五经”中的思想。此外，他也很重视孟子的思想，认为孟子具人性的明智(human sanity)，虽然孟子特别谦虚，但他认为将来孟子得到的评价会更高[④]。

在史耐德诗歌中，各种思想的融合是很平常的现象，以下这首诗中他就把儒家与道家的一些观念融合在一起：《与州长深夜谈预算》(*Talking Late with the Govermpr about the Budget*)[⑤]。诗中描写诗人在深夜进入位于旧金山的州政府大楼，去与州长谈公事。他如此描绘在午夜仍努力处理公务，勤政爱民的州长布朗：

---

① Gary Snyder, *Earth House Hold*: *Technical Notes and Queries to Fellow Dharma Revolutionaries*, New York, New Directions, 1969, pp. 131—134.

② 拜火教(Zoroastrianism)是公元前6世纪古波斯的宗教，传入伊朗后，成为古伊朗未有回教前最重要的宗教。而透过伊朗，拜火教对希腊许多哲学家都产生过深刻的影响。拜火教最主要的经文是《阿吠陀经》(*Avester*)，信奉善神阿胡拉·马兹达(Ahura Mazda)。此教有两个重要的特征，就是二元论和十分着重信徒的道德生活。

③ Gary Snyder, *Earth House Hold*: *Technical Notes and Queries to Fellow Dharma Revolutionaries*, New York, New Directions, 1969, p. 131.

④ Gary Snyder, *The Real Work*: *Interviews and Talks*, *1964—1979*, ed. by Wm. Scott McLean. New York, New Direction Pub. Corp., 1980, p. 104.

⑤ Gary Snyder, *Axe Handles*: *Poems*, San Francisco, North Point Press, 1983, pp. 81—82.

在许多房间的尽头
一个人在一间棕色的大房间中
州长坐着，没吃晚餐。
在堆如山的律法、预算、代码册页中查资料
在此二千万人口的土地之上
从沙漠到大洋。
At the end of many chambers
Alone in a large tan room
The Governor sits, without dinner.
Scanning the hills of laws—budgets—codes—
In this land of twenty million
From desert to ocean.

加州是美国最富裕、最繁荣的州，加州州长的权势实大于许多古代国家之君王，以上这段诗呈现的州长形象，很符合儒家的贤君形象，如《论语》中，孔子说“道千乘之国，敬事而信，节用而爱人”（《学而篇》第五），州政府的人全下班了，州长一人工作到早上两点，不可谓不“敬事”；约其下属史耐德主席午夜见面谈公务，不可谓不“信”；连晚餐也不吃，不可谓不“节用”；为二千万人谋福利，不可谓不“爱人”。早上两点钟，诗人与州长谈完正事，两人到街上散步，仰望星月，诗人怀念起山中的家。

竭尽心力为民谋福
已经累了。
弦月西行
木星与金牛座双星
优雅地相随。

在东边，西野拉山脉之上
远远有雷电的闪光——
今夜我的山居正在下雨吗？

Tired of the effort
Of thinking about "the People."
The half-moon travels west
In the elegant company
Of Jupiter and Aldebaran.

And east, over the Sierra,
Far flashes of lightning—
Is it raining tonight at home?

诗人说"今夜我的山居正在下雨吗"这种身在仕途，却追求安然隐居大自然的心态，十足是道家情怀。史耐德所熟读的《唐诗三百首》就有这类诗，如韦应物的《东郊》，写他走出任职的衙门，到郊林散心，生归隐之心："吏舍局终年，出廓旷清曙。杨柳散和风，青山澹吾虑……终罢斯结庐，慕陶直可庶。"又如柳宗元的《溪居》，写他任京师官职的拘束，贬谪到地方当官，反而可享隐居之乐："久为簪组束，幸此南夷谪。闲依农圃邻，偶似山林客。"因此正如一些中国古典诗一样，在史耐德《与州长深夜谈预算》这首诗中儒家的观念与道家情怀并列，而且并存于诗人的心中。

他又说"基督教、佛教、儒教把政府和城堡对权力的饥渴加以调和节制，因其重视个人的责任及个人的解放"("Christianity, Buddhism, Confucianism, temper the power hunger of states and castles; with emphasis on individual responsibility and liberation")。[①] 这些引文显示史耐德认为掌有政治权力的政府对权力的欲求是无穷的，幸亏有基督教、佛教的力量及儒家精神和思想的力量，把这种欲望加以控制，这种力量不是透过制度和团体，而是深入人的思想和信念，令个人会因责任感和追求精神解放，而对权力有自律或会对之反抗。史耐德对这三种宗教和信念的入世观持肯定的态度。他把儒家思想列为三者之一，可见其重视之程度。

① Gary Snyder, *Earth House Hold: Technical Notes and Queries to Fellow Dharma Revolutionaries*, New York, New Directions, 1969, p. 131.

第三章　史耐德与佛家思想

20 世纪佛教传布到美国和欧洲，欧美人士对佛教产生兴趣并学习的时候，他们大多把佛教笼统地视为一种亚洲文化的传统，其实佛教在亚洲分枝散叶，在各国又发展出各种宗派。对于其复杂性，除了宗教学的学者，欧美人士很少去细细分辨。例如由 20 世纪 50 年代至 21 世纪初在美国流行的禅宗，大抵是属日本的临济宗或曹洞宗，但欧美人士甚少研究日本的禅宗延续了哪些中国禅宗的特色，也很少人研究日本禅与中国禅有何不同。史耐德是努力去学习佛教的历史及传播过程的少数人之一，他还学习各宗各派的不同及同一宗派在不同国家的发展等。他吸收的中国大乘佛教思想则包括禅宗、华严宗以及密宗。他所推崇的中国佛教大师有玄奘（602—664）和百丈怀海等。

史耐德扼要地说明佛教各宗共同采用的观念有“无常、无我、苦之必然、关联性、空、心识之无限及觉悟之法门”（“impermanence, no-self, the inevitability of suffering, connectedness, emptiness, the vastness of mind, and a way to realization”）[①]等。他对佛教传布的历史也非常感兴趣，因此诗中常描写佛教如何由印度传到中国，又如何再传到日本；他还会比较佛教与其他宗教彼此相似之处。总之，他的佛教观念本身就有融合各另类文化的特色，具跨越时空的特色。20 世纪许多西方思想家在佛教思想中找到救赎之道，大抵因为佛教教义中有许多西方传统思想原本所无的观念，如

---

① Gary Snyder, *A Place in Space: Ethics, Aesthetics, and Watersheds*, Washington, D.C., Counterpoint, 1995, p. 115.

认为人要为自己行为的后果负完全责任，即因果观念；又如所有人类及动物甚至植物皆有佛性的看法；大慈大悲的观念等。史耐德不是单独的案例，艾伦·金士伯也信仰佛教，还有神话学大师乔瑟夫·坎伯（Joseph Campbell）认为："今日唯一真实而有效的神话是此行星的神话——然而我们尚未有这样的神话。我所知道最接近行星神话的，就是佛教。佛教视所有生物皆具佛性。"（"The only mythology that is valid today is the mythology of the planet—and we don't have such a mythology. The closest thing I know to a planetary mythology is Buddhism, which sees all beings as Buddha beings."）[①]史耐德也持类似的看法，他认为相对于追求人与人平等的马克思主义，"禅主张整个地球、自然界都不受剥削，因此具有更博大的胸怀"，而且禅宗属大乘佛教，"考虑他人的利益，普度众生"[②]。

在史耐德所吸收的诸亚洲文化传统中，最彻底贯彻于他自己生活之中的则是佛教。他本身是一位虔诚的佛教徒，由二十多岁起几十年几乎每天都打坐，他说坐禅会变成"你生命的一部分，你生命中非常有用而美妙的一部分"（"a part of your life, a very useful and beautiful part of your life"）[③]。他每天早上至少打坐二十到二十五分钟。此外，在家庭教育上，就以佛教徒的生活方式来教育子女，他举例说他与他妻子卡萝·国田领养了一个韩国女儿京珍·史耐德[Kyung-jin Snyder（音译）]，1992年这女儿十三岁时，他教她如何烧香礼佛，如何谢饭等。史耐德又说他的两个儿子开和玄长大以后，别人问他们信仰什么，他们会回答："我们属佛教徒这个族群。我们不知道我们是否真正信仰它，但那是我们的文化。"（"We are ethnic Buddhists. We don't know if we really believe it or not, but that is our culture."）[④]可见史耐德已经把佛教化为他家庭的生活文化，使其对子女产生了深远的影响。

---

① Joseph Campbell and Bill Moyers, *The Power of Myths*, ed. by Betty Sue Flowers, New York, Doubleday, 1988, p. 22.

② 陈明山：《逃避中的追求：访美国"垮掉派"诗人斯奈德》，载《览》，1985，28页。

③ Gary Snyder, The Art of Poetry, in *The Gary Snyder Reader*: *Prose, Poetry and Translations 1952—1998*, Washington, D. C., Counterpoint, 1999, p. 328.

④ Gary Snyder, The Art of Poetry, in *The Gary Snyder Reader*: *Prose, Poetry and Translations 1952—1998*, Washington, D. C., Counterpoint, 1999, p. 328.

第一节　大乘佛教和中国禅

由于史耐德关怀社会，又以生态保护者自居，提倡保护动物、森林、山川，所以他对追求慈悲、利他为主的大乘佛教会感到契合。史耐德如此解释大乘佛教的博大和包容性，尤其是对未出家人与出家人一视同仁。他认为在公元前 6 世纪—公元前 5 世纪，释迦牟尼就已经有这种主张了：

> 一般人相信在家居士是不可能真正悟道的。在家者可以帮助佛教僧团，自己过有德行的日子，以积其福，但他们没有资格感受比较深刻的经验……在大乘宗派，男居士与女居士也可以成为可敬的修行者，甚至在修习上几乎可以媲美僧人，或至少在理论上虽过的是在家人的生活，也可以悟道。
>
> It was held that one could not really achieve enlightenment as a householder. Laypersons might build up a store of good merit by helping the Buddhist Order and living virtuous life, but deeper experiences were not for them …In the Mahayana, or "Great Vehicle" branch, layman and women are also considered worthy aspirants and almost equal practicers with monks, or, at the very least, theoretically capable of achieving enlightenment while living the householder's life. ①

大乘佛教各派之中他最推崇的是禅宗，尤其是中国禅，而非日本禅。在 1977 年的一次专访之中他说"中国文化的精神遗产基本上就是佛教禅宗"("The spiritual legacy of Chinese culture is essentially Zen or Ch'an Buddhism")②。他在 1952 年二十二岁时就已研读六祖慧能的《坛经》了。史耐德赴日本习禅之前三年，已经努力地学习体会禅宗的境界，并以禅的体验

---

① Gary Snyder, "Wild" in China, in *The Gary Snyder Reader: Prose, Poetry and Translations 1952—1998*, Washington, D.C., Counterpoint, 1999, p. 289.

② Gary Snyder, *The Real Work: Interviews and Talks, 1964—1979*, ed. by Wm. Scott McLean. New York, New Direction Pub. Corp., 1980, p. 104.

入诗了。以下是他 1952 年 7 月 9 日在贝可山上的日记中的诗文：

开矿者法兰克·毕伯所盖的小木屋已倾斜
　　由路的一端要走两天才到这里。
　　　　日本的艺术：望月
　　　　　　听虫
读慧能的经[1]。

A ramshackle little cabin built by Frank Beebe the miner
Two days walk to here from roadhead.
　　arts of the Japanese: moon-watching
　　　　insect-hearing
Reading the sutra of Hui Nêng. [2]

凡是喜欢到森林游玩的人，大都会自然而然地欣赏林间的月亮，倾听虫声，然而史耐德在此却试以禅宗的专注方式，以日本的美学观点，来体验大自然的景致与声音之美。这位身在美国西岸高山顶上的青年，读中国的禅宗大师六祖慧能的经传，心中可能意识到慧能固然是中国的禅宗大师，但要学习正统的禅宗就一定要去日本，因为在 20 世纪 50 年代大陆已废除了所有的宗教。所以他实际修炼的是日本禅宗的临济宗。他是在 1956 年赴日本学禅，在 1956—1968 年间多次去日本，先后在京都相国寺追随三浦一舟（Miura Issu，1903—1978）禅师，及在大德寺（Daitoku-ji）追随小田雪窻（Oda Sessō，1901—1966）禅师。这些禅师指导的修行非常严谨。史耐德如此描述他在大德寺的学习经验：

每天盘腿打坐至少五小时。在打坐与打坐之间的时间，每个人都要劳动——种菜、腌菜、砍木柴、清洁浴室、轮流在厨房工作。一天与老师小田雪窻至少小参两次。我们指定了公案功课，

---

① 应是指读《六祖大师法宝坛经》，即《坛经》。六祖慧能生平见《景德传灯录》卷五及《宋高僧传》卷八。

② Gary Snyder, *Earth House Hold: Technical Notes and Queries to Fellow Dharma Revolutionaries*, New York, New Directions, 1969, p. 2.

在会见时，我们必须提出对公案的领悟……睡眠时间少，食物也少，房间简陋，没有暖气……

We sat cross-legged in meditation a minimum of five hours a day. In the breaks everyone did physical work—gardening, pickling, firewood cutting, cleaning the baths, taking turns in the kitchen. There are interviews with the teacher, Oda Sessō Rōshi, at least twice a day. At that moment we were expected to make a presentation of our grasp of the koan that had been assigned us … Sleep was short, the food was meager, the rooms spare and unheated …[①]

这种严谨的训练不仅只是令人身体辛苦——既要劳动，又要长时间打坐，精神上也是严格的考验，但这些都难不倒史耐德。就我拜访史耐德北加州奇奇地斯家园时的观察，史耐德天生就很有条理，很严谨。记得1976年到他山崖上独幢的小木屋书房中，看见他有个档案柜，征得他同意后，打开抽屉，看见里面整齐地排放着几十个活页夹，分类详尽，有二十多年前他在大学念考古人类学系时每一门课的笔记和报告，有北加州西野拉山脉树林的资料，有他家所处圣璜区的地质报告等，可见他个性非常有条理。我想佛教那么多宗派他选择注重打坐、做功课的日本禅宗，一个重要的原因就是这与他天性相合。另一方面，禅宗也有开放的一面，每个人都可寻求自己对公案的体会，每个人都有可能体验到顿悟。还有公案中的偈也非常吸引他，即此宗派有其诗歌、艺术成分。尤其是史耐德的个性有特立独行的一面，他常反叛传统，另求新路，最明显的当然是他宁向东方，而不是向本身西方传统吸取文化思想的泉源。因此他对日本寺院禅宗的严谨和规范也有不满意之处，而且会向往中国禅比较自在、自发的一面。1970年回美国在奇奇地斯开办禅修班时，表示更认同中国式的禅，因为中国禅是“不那么法典化的、更普遍的、更生态的、更嬉戏的”（“less codi-

---

① Gary Snyder, *The Practice of the Wild*, Washington, D.C., Shoemaker & Hoard, 2003, pp. 158—159.

fied, more ecumenical, ecological, and playful")[①]；他所认同的禅与日常生活之关系非常密切，可以说是一种生活的方式，不是与世隔绝的苦修，不只强调要修炼到内心空的境界，更强调劳动的重要与对众生的承担；他如此解释"禅"：

> 那是一种使用你心智的方式，实践你生活的方式，与其他人一起朝它努力的方式。它有一种使别人也投入的风格。它令大家特别集中于工作上，注意工作。它重视日常生活。它重视这类古老的名词如责任与承诺。同时没有外在之法去实践它。所以你必须深入你自己去寻找禅的基础。
>
> It's a way of using your mind and practicing your life and doing it with other people. It has a style that involves others. It brings a particular kind of focus and attention to work. It values daily life. It values such old-fashioned terms as responsibility and commitment. At the same time it has no external law for doing it. So you must go very deep into yourself to find the foundation of it.[②]

史耐德认为中国禅"不那么法典化、更普遍"是有其道理的。慧能在《坛经》《疑问第三》中就说过"善知识。若欲修行在家亦得，不由在寺"。[③]因此根据六祖的说法，在家居士也可以修行、悟道。日本禅却规定只有寺中的出家人才有资格传授修行之法，若在家连自行修炼也做不到，更不必说悟道了。其实日本禅不一定合六祖之原意，况且日本的僧人很多是可以娶妻生子的，寺院住持的位置则可父子相传[④]。这是当初佛教传入日本的

---

① Patrick D. Murphy, *Understanding Gary Snyder*, Columbia, S. C., University of South Carolina Press, 1992, p. 14.

② Gary Snyder, *The Real Work: Interviews and Talks, 1964—1979*, ed. by Wm. Scott McLean. New York, New Direction Pub. Corp., 1980, p. 153.

③ 慧能：《六祖师法宝坛经》，见《大藏经》，大正新修版，第48册，352页，台北：新文丰出版社，1973。

④ 在史耐德的散文《相国寺里的春接心》("Spring Sesshin at Shokoknoji")中，他提到禅院寺院中的和尚(Osho)大部分都结婚生子。(Gary Snyder, *Earth House Hold: Technical Notes and Queries to Fellow Dharma Revolutionaries*, New York, New Directions, 1969, p. 44)

吸收了当地神道教(Shintoism)的习俗所致。因此日本出家二字的意思并非切断世俗之关系，了断尘缘，只是守一些戒律而已，也难怪史耐德对日本禅的习俗会有些不服气。

史耐德回到美国后，立志在美国人的生活中推广禅宗之道。1970 年他在北加州西野拉山中建立家园奇奇地斯，与朋友一起盖一幢木屋以为居所，他们在盖房子期间就集体坐禅，盖好后大家在屋中坐禅；1974 年把这木屋起名为 Ring of Bone Zendo(骨圈禅堂)，这个名字是为了纪念他过世的诗人朋友卢·韦曲(Lew Welch，1926—1971)①，骨圈禅堂之名引自卢·韦曲的一首诗“我看见自己 / 一圈骨头 / 在清澈溪水中”(“I saw myself / a ring of bone / in the clean stream”)；后来史耐德在木屋附近盖了一个谷仓，坐禅就在谷仓中举行②。山里胜己列举史耐德道场中所讨论的议题：“迈度神话③，西藏颂歌与生态议题”(“Maidu mythology，Tibetan songs，and ecology articles”)；山里胜己认为“这些明显超越了日本模式，指向处于萌芽阶段的美国禅堂的性质”(“These clearly transcend a Japanese model and point to the character of an American zendo in its embryonic stage”)④。1982 年在家居木屋邻近，史耐德拥有的土地上，由附近的美国佛教徒合作盖了一间规模相当大的禅堂(图 2 及图 3)，正式成立骨圈禅堂，其后定期开禅修班。根据 1984 年的一个访问记录，他们每星期一晚上集体坐禅两小时，每月一次从星期五晚上办打坐班一直到星期六中午。一年还有两三次集体坐禅，每次连续五天⑤。禅堂的神坛上供了三个神像，即不动明王、释迦牟尼佛、度母。

我于 2001 年 7 月探访史耐德山居时，他带我去参观过这个骨圈禅堂。不论是其建筑、设备，表面上都是日本式的，但其实许多都是中国传到日

---

① 卢·韦曲也毕业于李德学院，是史耐德二十年的好友。1971 年他正在戒酒，打算在史耐德家附近起个木屋，是年 5 月他在车上留下打算自杀的字条，带着枪进入林中，就此消失[Katsunori Yamazato，*Seeking a Fulcrum*：*Gary Snyder and Japan*（*1956—1975*），Dissertation，University of California，Davis，1967，pp. 131—132]。

② Katsunori Yamazato，*Seeking a Fulcrum*：*Gary Snyder and Japan*（*1956—1975*），Dissertation，University of California，Davis，1967，pp. 128—133.

③ 迈度(Maidu)为美国印第安族，原住加州河谷，20 世纪晚期只有不足两百人住在山区中。此族人原居住地区即在史耐德家园之附近。

④ Katsunori Yamazato，*Seeking a Fulcrum*：*Gary Snyder and Japan*（*1956—1975*），Dissertation，University of California，Davis，1967，p. 129.

⑤ 陈明山：《逃避中的追求：访美国“垮掉派”诗人斯奈德》，载《览》，1985，28 页。

本的体制，如敲打以集合会众的云板（石磬），还有禅师用来打学员，令其醒悟用的“棒”。此棒为一长而扁平的木条，有点像中国官员上朝用的笏。日本寺院中打坐的时候，负责监督的和尚手持这种棒子，看见坐势不对的、心神不属的、打瞌睡的，则用棒打其肩部，因为木板扁平，会发出很大的声音，多少会收棒喝之效。有时打得用力，打坐的和尚或学员会被打倒在地上[①]。这与中国禅宗传统里的“棒”不同，中国禅多是徒弟问问题的时候，禅师用棒打他的头来促其不要钻牛角尖。当然设立骨圈禅堂本身就是反传统的。在日本禅宗传统要变成一个开堂讲道的禅师是有制度的，是要经由禅师考验，加以任命[②]才可以的。史耐德在日本学禅的身份是俗家居士，没有接受其禅师的任命，回到美国也开道场传佛法，是违反日本传统的。但他只是偶而说法，主持祥修斑则为任命之禅师骨圈禅堂中所供的神像也显示出他佛教信仰的多元性。不动明王是日本佛教的重要神祇，度母则是西藏密宗的重要神祇。

史耐德非常重视佛教由印度东传的历史，因此特别推崇玄奘在世界佛教史上的地位。他认为玄奘为人类求智慧，发了大愿，才能千辛万苦去印度，把大乘佛教成唯识论的智慧带回中国，并广为传布《心经》。他如此介绍玄奘：“佛教学者、朝圣者，带回著名的《心经》，在他的背包中带回这一页长度的经典，浓缩了全部超凡智慧哲理。据说他把它译为中文后，是首部用活字版印出来的文本。”（the Buddhist scholar—pilgrim, brought back the famed “Heart Sutra”—the one-page condensation of the whole philosophy of transcendent wisdom—in his pack. Once he had translated it into Chinese it was set in movable type—the first text to be printed this way, it is said.）[③]其实玄奘是第二位译《心经》的法师，他把经的全名译为《般若波罗蜜多心经》，一千多年来玄奘的译本是在中国、朝鲜、日本最常用的版本。第一位译者是鸠摩罗什（344—413），经之译名为《摩诃般若波罗蜜大明咒经》。

---

① Gary Snyder, *Earth House Hold: Technical Notes and Queries to Fellow Dharma Revolutionaries*, New York, New Directions, 1969, p. 50.

② Gary Snyder, *Earth House Hold: Technical Notes and Queries to Fellow Dharma Revolutionaries*, New York, New Directions, 1969, p. 45.

③ Gary Snyder, *Mountains and Rivers without End*, Washington, D. C., Counterpoint, 1996, pp. 160—161.

玄奘也是史耐德一首重要的诗《驼背的吹笛者》(*The Hump-backed Flute Player*)[1]的主角之一。我想此诗的主旨是以四位传播智慧的人为象征，他们都本着无我利他的精神传播智慧，他们四人传播的多少都与玄奘的"色即是空"理念有关。安东尼·韩特的论文《"驼背的吹笛者"：史耐德〈山河无尽〉中空的结构》("*The Hump-backed Flute Player*": *The Structure of Emptiness in Gary Snyder's Mountains and Rivers without End*)主要提出此诗的中心概念，即大乘佛教唯识宗(即法相宗)及华严宗的观念。韩特认为《驼背的吹笛者》一诗的主旨是"佛教'空'的教义持续地跨越时间与空间的传播"("the continuous transmission across time and space of the Buddhist doctrine of Emptiness")[2]。全诗一共有四位主角，即印第安巫师驼背的吹笛者可可比列(Kokopéle)、中国唐僧玄奘法师、诗人自己、印第安先知沃吾卡(Wovoka)；每人背上都有一个背包，可可比列的背包是他自己的驼背，沃吾卡的背包是他的帽子，玄奘则是我们平常画图中看到的竹子编的背包(图4)，而诗人必然背了个现代的帆布背包。但如果我们细读此诗，可以体会背包中携带的都是"空"观的智慧：

他带着
　　"空"
他带着的
　　"只有心识"
　唯识论
he carried
　　"emptiness"
he carried
　　"mind only"
vijñaptimātra[3]

---

① Gary Snyder, *Mountains and Rivers without End*, Washington, D.C., Counterpoint, 1996, pp. 79—82.

② Anthony Hunt, "The Hump-backed Flute Player": The Structure of Emptiness in Gary Snyder's Mountains and Rivers without End, in *Isle*, Vol. 1, No. 2, 1993, p. 8.

③ Gary Snyder, *Mountains and Rivers without End*, Washington, D.C., Counterpoint, 1996, p. 79.

就在这五行诗的右边，就是可可比列的素描像（图 5）；而包围这五行之上下文谈的都是可可比列，这五行之前谈的是他行经的地方，其下之行是“驼背的吹笛者 / 可可比列 / 他的驼背就是一个背包。”（“The Humpbacked flute player / Kokopéle / His hump is a pack.”）[①]可见史耐德是借着并列法显示唯识论有关“空”的真理，此真理是跨时空的，在其他文化中原本就存在，包括印第安文化。此处所谈的“空”应该是指后来法相宗的“唯识无境”之说。《成唯识论》（*Vijnamatrasiddhisastra*）为古印度十大论师对佛陀之《唯识十三颂》所做的注释，共十卷。《成唯识论》后来成为中国成立之法相宗的重要论书。玄奘所译的《成唯识论》卷一曰“外境随情而施设故，非有如识，内识必依因缘生故，非无如境”[②]，简单地说，是指外境随着我们的情感、情绪反应而设立，所以是空的、无的，唯有由了悟因缘而产生的内识，才比较真实。所以史耐德诗中的四位智者，都带着一个有空间的背包，背包本身是空的，可以装东西的，即他们领悟到“空”与“心识”的重要性，而行走传播之。

史耐德也很重视智慧及思想之传播过程及其所跨越的时空。就《驼背的吹笛者》一诗之文本（text）而言，四位智者其实来自两个文化传统，玄奘法师属中国文化传统，可可比列与沃吾卡则属印第安文化传统，第四位即诗人自己，他是中国文化与印第安传统的融合者。四位智者之中，玄奘的地位应该是最重要的，不仅因为他在四者之中跨越的空间最大，传播智慧影响的人最多，也因为本诗揭举的智慧“空”观，源自玄奘由印度带回来的唯识论经典。史耐德详细描绘玄奘由印度回中国途中的旅者形象：

玄奘

　　公元六二九年去印度
　　六四五年回到中国
　　携带六百五十七种经、佛像、曼荼罗，
　　及五十种圣物——

---

① Gary Snyder, *Mountains and Rivers without End*, Washington, D.C., Counterpoint, 1996, p.79.

② 玄奘译：《成唯识论》，3—4 页，台北：老古出版社，1990。

背一个架子弯曲的背包，附有一把伞，
有刺绣、雕刻，
他行走的时候，香炉在摆动。

Hsüan Tsang
went to India 629 AD
returned to China 645
with 657 sūtras, images, mandalas,
and fifty relics—
a curved frame pack with a parasol,
embroidery, carving,
incense censer swinging as he walked[①]

这个形象应该是根据玄奘最出名的一张图描绘而成的，诗中说“他行走的时候，香炉在摆动”，玄奘图中，他背包的顶上悬了一个小香炉(图 4)，史耐德的诗应该是描绘这幅画的。

史耐德很注重这四位主角的旅程，一一呼唤旅程路过地方的现代地名，借以表现空间之辽阔及主角传教信念之坚定；呼唤地名的另一目的是要唤起古代的时空，带领读者一同经验古代的迁移仪式，传扬智慧的仪式，包括玄奘行经的中亚地名及可可比列行经的美国西部的各个地点[②]。以下为诗中玄奘所经地点之地名：

帕米尔高原　塔里木　吐鲁番
旁遮普区　两河汇流夹地，
恒河与亚穆纳之夹地
The Pamir the Tarim Turfan
the Panjab　the doab
of Ganga and Yamūna

① Gary Snyder, *Mountains and Rivers without End*, Washington, D. C., Counterpoint, 1996, p. 79.

② Gary Snyder, *Mountains and Rivers without End*, Washington, D. C., Counterpoint, 1996, p. 80.

以上史耐德所呼唤的是今日新疆地区及北印度区在唐朝的交通要道上的城市，文化先进的河流流域，也是玄奘行经之处，包括今日新疆之塔里木河流域和吐鲁番城、帕米尔高原；今日分属印度与巴基斯坦的旁遮普平原，其中现属巴基斯坦东北部之旁遮普省区为古代文明发达地区；最后当然是玄奘法师参学的佛学盛传地区以及佛教圣地的印度北部中心之恒河中上游，恒河与穆纳河汇流之夹心地带。

《驼背的吹笛者》是散文体诗，详述的佛教盛传的地区及佛教圣地，则是位于印度东北的比哈尔（Bihar）平原，此平原北邻尼泊尔，为恒河所横贯。诗文如下：

> 在比哈尔平原，近王舍城，是那烂陀寺废墟所在。比哈尔其名源自“佛寺”之意，金刚座在比哈尔，鹰峰也在比哈尔，西藏朝圣者下山来到此平原。当土耳其人攻入，那烂陀寺六英尺厚的高墙倒塌了，僧人四散，经书烧毁，旗帜破碎，塑像倒塌了。玄奘描写到高处的蓝色大砖瓦，空观理论者精妙的辩论……
>
> In the plains of Bihar, near Rajgir, are the ruins of Nalanda. The name Bihar comes from “vihara”—Buddhist temple－the Diamond Seat is in Bihar, and Culture Peak—Tibetan pilgrims come down to these plains. The six-foot-thick walls of Nalanda, the monks all scattered—books burned—banners tattered—statues shattered—by the Turks. Hsüan Tsang describes the high blue tiles, the delicate debates—logicians of Emptiness…①

这一段地理上的陈述有引人深思之处，即释迦牟尼成佛之处的佛陀加雅（Bodhi Gaya，或菩提伽耶）位于今日的加雅市（Gaya）城南 11 公里处，但史耐德不提今日的加雅市，而是提古代释迦牟尼在世时期的古城王舍城（Rajgir），又名 Rajagriha，即“罗阇”城，玄奘的《大唐西域记》中作曷罗阇姞利呬，王舍城在今比哈尔巴特那之南，古印度摩揭托国悉苏那加王朝（公元前 6—4 世纪）曾建都于此。玄奘经此地时，王舍城已毁，但附近仍保

① Gary Snyder, *Mountains and Rivers without End*, Washington, D.C., Counterpoint, 1996, p. 80.

存古迹。史耐德这一段诗虽不长，但在时空的处理上用了年代错综法（anarchronism）。玄奘明明活在一千四百多年前，他写《大唐西域记》用的动词"describes"却用现在式，土耳其人攻入的一句，故意省略了动词。因此造成唐朝为现代的错觉。头两句用的动词是现在式"are"，指的时空是作者写诗时的现代或指史耐德1961—1962年访印度佛教圣地的时刻，又因为其中说到西藏朝圣者时动向时，"come"也用现在式。1961—1962年史耐德与当时的妻子荣安·凯葛、艾伦·金士伯和彼得·柯洛夫斯基（Peter Orlovsky）同赴印度朝圣。他们去探访过佛陀加雅这些古迹。在史耐德的《穿越印度之旅》一书中，他提到访佛陀加雅"周围有……西藏密宗的信徒一堆堆的营地"（"with the ... Tibetan pilgrim throngs camped around it"）[①]，并说他们一行人去参拜佛陀得道的地方。有棵菩提树据说是原来荫盖佛陀打坐得道那棵树的后代，他们夫妻离开那天还一大早起来，到这棵菩提树旁打坐。接着他们去参观了其他圣地：包括佛陀得道后去的萨尔纳特（Sarnath），在那儿他引渡以前跟他一起苦修的修士；他们还去过鹿野苑，即佛陀讲道的地方之一[②]。

我上面所说的年代错综法是指在《驼背的吹笛者》一诗中述及佛陀加耶的一段，头两句的现在时空有两种可能，可以是诗写成之20世纪80年代，史耐德在美国，也可以是史耐德亲访佛陀加耶的1962年。两句中又出现玄奘访印度时已成废墟的古城、王舍城、提到这佛陀时代之城时的语气又犹如它存于20世纪之今日。到第三句陈述土耳其攻入印度，毁了那烂陀寺，此历史之史实发生于12世纪，即由土耳其回教领袖固尔穆罕默德、穆沙丁（Mohammed of Ghur，Mu'izzad-Din）所率的大军于1192年击败了印度各族的盟军，并于1193年占领德里（Delhi），于1197年摧毁了比哈尔地区所有佛寺，包括那烂陀寺，连根铲除了佛教。这一段散文诗所处理的时空非常多，但史耐德把它们单纯化为容易体验的现在经验。

正因为在12世纪印度的佛教被回教徒全面铲除，玄奘才特别重要，他不仅是在中国传布佛教方面与唯识宗（法相宗）之成立方面，都有很大的建树，而且他对印度的佛教史贡献也极大。所以史耐德《驼背的吹笛者》一诗的第三节中才把时空由12世纪的印度推到7世纪的唐朝，因为玄奘的《大

---

① Gary Snyder, *Passage Through India*, San Francisco, Grey Fox Press, 1983, p. 38.

② Gary Snyder, *Passage Through India*, San Francisco, Grey Fox Press, 1983, p. 47.

唐西域记》中曾描写过那烂陀寺的盛况与佛学研究之发达，因此他为印度那烂陀寺当时的历史、社会，寺院之规模及佛学之研究留下史料，这段史迹可以不至于淹没。更重要的是，唯识论的佛法得以传至中国，成为法相宗，也全靠玄奘，否则此佛法将在12世纪土耳其回教徒攻入时，随佛寺、佛教被毁而消失。可见史耐德对玄奘是全面肯定的，包括他求法的决心，跨越广大空间和险阻的勇气和毅力，他在印度所得之法，经由翻译文字，无论是《心经》或唯识宗理论都泽被无数人。还有，因为他写的《大唐西域记》及他传布的唯识论，使7世纪印度佛教宝贵的历史及一些佛经得以保存，流传后世。

1984年史耐德五十四岁去中国大陆访问两三个月，去了中国的许多城市，中国作家协会请这个美国文学家访问团，主要是安排他们与中国作家交流，但史耐德心中却另有目的，他打算探访经过三十多年的教禁，佛教在中国是否仍存在，禅宗思想在中国是否仍存在。他的文章《禅在中国》[①]就是纪录他访求的书。他说他与艾伦・金士伯二人一有机会就跟中国人说他们正在“习佛并打坐”，以试探中国人对佛教的态度，结果是“多数中国大陆的知识分子都认为佛教是‘封建’时代残留的迷信，而今不过是老年人以及一些出世僧尼的心灵慰藉”。但是一些中国的女性作家与翻译界人士则曾参加过“静坐玄想，相信打坐有益于健康和成圣成道”[②]。他去过一些佛教寺院，如北京的喇嘛寺和苏州的寒山寺，很欣慰地发现两处都访客上千，非常热闹。

史耐德自年轻时代就熟读六祖慧能的《坛经》和六祖慧能常用之以说法的《金刚经》与《心经》。因利乘便，史耐德有机会踏上中国的土地，当然是去探求祖山，他去的是在广州城西北的光孝寺(Guang Xiao 寺)[③]。《坛经》之中六祖说过法的寺院有广州的法性寺，韶州、曹溪的宝林寺及新州的国恩寺，没有提到光孝寺。光孝寺即是法性寺，创寺于东晋隆和年间，即公元362—363年，当时名为王园寺，慧能(638—713)是七八世纪人，他在此剃发戒与初次说法，此寺后来成为奉六祖慧能禅宗的祖庭。令史耐德大失所望的是光孝寺当时(1984年)已非佛寺，并无出家僧人长驻其中，而且已经

---

① 盖瑞・史耐德：《禅在中国》，高寒梅译，载《当代》，1990年9月(53)，62—64页。
② 盖瑞・史耐德：《禅在中国》，高寒梅译，载《当代》，1990年9月(53)，62页。
③ 盖瑞・史耐德：《禅在中国》，高寒梅译，载《当代》，1990年9月(53)，64页。

改装为自然博物馆，他说："昔时的佛坛也改放上一座恐龙的骨架。几名中国老者看我们朝那恐龙骨架朝拜，善意地笑了出来。"[1]这一段文字显示史耐德的幽默感。寺里另一个殿放了六祖的塑像，四面墙上以白话写了慧能的生平，《心经》的选文，还写了神秀与慧能的偈子，但是是以博物馆的方式展出，而非佛殿的布局。史耐德的寻访并没有落空：虽然佛寺圣地已成了自然博物馆，禅宗仍在中国人心中根深蒂固，到处流传。当他由自然博物馆回到广州，向广东作家协会代表告别时，告诉广东作家他们去过光孝寺，广东作家的领队随即背出神秀的偈子："身如菩提树，心如明镜台，时时勤拂拭，勿使惹尘埃。"接着女作家袁晓明背诵出慧能的偈子："菩提本无树，明镜亦非台，本来无一物，何处惹尘埃?"这令史耐德与金士伯惊喜莫名，才知道慧能大师实在是中国南方人的共同文化遗产。更有趣的是史耐德离开中国，途经香港，去一位上海裁缝师傅那儿取他订做的西装，他如此形容这位师傅："眼睛炯炯有神，骨瘦如柴却十分健康。"[2]史耐德跟他一谈，才知道这位师傅正在研读《心经》。中国在 1984 开放初期，佛教的种子已经有萌芽迹象，这是令史耐德欣慰的事。

第二节　重要的中国禅师

史耐德年轻时透过铃木大拙与艾伦·瓦兹(Alan Watts，1915—1973)的英文著作，研读过许多中国禅宗之公案。释道原(第 11 世纪)编的《景德传灯录》部分之英译本在 1969 年已出版，即张锺元(Chang Chung-yüan)译的 *Original Teachings of Chan Buddhism：Selected from the Transmission of the Lamp*[3]，他透过中文原典研究过的中国禅师则包括六祖慧能、百丈怀海禅师及赵州禅师(785—897)，还有《景德传灯录》中许多公案。

在 1952 年夏他二十二岁时在贝克山国家森林(Mt. Baker National Forest)任职山火瞭望员，住在克雷特山(Crater Mountain)山顶的瞭望站。一个人在高山绝顶上用心研读英译本的《金刚经》和《六祖大师法宝坛经》，六

---

① 盖瑞·史耐德：《禅在中国》，高寒梅译，载《当代》，1990 年 9 月(53)，63 页。

② 盖瑞·史耐德：《禅在中国》，高寒梅译，载《当代》，1990 年 9 月(53)，64 页。

③ Daoyuan Shi，*Original Teachings of Chan Buddhism：Selected from the Transmission of the Lamp*，trans. by Chung-yüan Chang. New York，Pantheon Books，1969.

祖慧能从五祖弘忍禅师所习的就是《金刚经》，在《坛经》中，五祖看到了慧能的“菩提本无树”偈之后，密召慧能到他禅室中，“以袈裟遮围不令人见，为说《金刚经》。至应无所住而生其心，惠(慧)能言下大悟，一切万法不离自性”[①]。五祖弘忍给慧能讲解的法就是《金刚经》之法，慧能悟道也由《金刚经》中的一句话“应无所住而生其心”，而来可见禅宗依据的主要经典就是《金刚经》。因此史耐德在山上自习用的就是中国禅宗的主要经典。他所读的英文版本《金刚经》可能是杜威特・格达编的《佛教圣经》(初由 Open Court Publishing Co. 印于 1906 年；后重印于 1934 年)。史耐德的《瞭望员日记》(“Lookout's Journal”)[②]，1952 年 8 月 15 日记了如下一则：

如果一位菩萨保留自我的、人的、生命的、或灵魂的
想法，则他不再是菩萨
你做菩萨
我做出租车司机
载你回家
It a Boddhisattva retains the thought of an ego, a person,
A being, or a soul, he is no more a Boddhisattva.
You be Bosatsu,
I'll be the taxi-driver
Driving you home. [③]

我想上面一段诗的前两行应该源自《金刚经》中的“若菩萨有我相、人相、众生相、寿者相，即非菩萨”[④]，意指要做到、修到菩萨的境界，人是不能对任何表相有所执着的。这首偈诗的最后三行说：“你做菩萨 / 我做出租车司机 / 载你回家”；此偈诗显示史耐德读了《金刚经》与《坛经》的英

---

① 慧能：《六祖师法宝坛经》，见《大藏经》，大正新修版，第 48 册，349 页，台北：新文丰出版社，1973。

② Gary Snyder, *Earth House Hold: Technical Notes and Queries to Fellow Dharma Revolutionaries*, New York, New Directions, 1969, pp. 1—24.

③ Gary Snyder, *Earth House Hold: Technical Notes and Queries to Fellow Dharma Revolutionaries*, New York, New Directions, 1969, p. 10.

④ 《大乘正宗分第三》，见朱棣集注：《金刚经集注》，35—36 页，上海：上海古籍出版社，1995。

译本已颇得禅的意趣，虽说当时他还没有去日本学禅。他这首偈诗是《六祖大师法宝坛经》其中一段的现代版。《坛经》曰："祖相送直至九江驿。祖令上船五祖把橹自摇。惠能言。请和尚坐。弟子合摇橹。祖云。合是吾渡汝。"[①]这一段的大意是，五祖送慧能（即惠能）到江边，叫他上船后，五祖还替徒弟摇船。慧能执弟子礼，要自己划，五祖说"本来就是应该我来渡你"。五祖弘忍是六祖慧能的师父，《坛经》此段中他摇船渡徒弟，"渡"不仅只指摆渡过河，也指把人由执迷渡到开悟。现代诗人史耐德做出租车司机，渡完全没有接受过禅宗思想的美国乘客，呼应了《坛经》中这段事迹，所以史耐德在英文短偈中引用了此《坛经》典故。在此英文偈诗之中，诗人史耐德应该想修到《金刚经》中"无我相，无人相"的境界，因为不执着于自我，所以自己可以是任何身份，做出租车司机也无不可；因为不执着于人的表相，所以看得出所有人都有佛性，故任何人都可以成就菩萨，这是大乘佛教的基本概念之一。所以一位完全不识佛法的出租车乘客，也可以是菩萨，故诗人对乘客说"你做菩萨"。史耐德说"载你回家"，表现了大乘佛教救人渡人之愿望。

史耐德在自己的文章中也引用了慧能最出名的偈作为典故，就是令慧能成为五祖弘忍传人的偈："菩提本无树，明镜亦非台。本来无一物，何处惹尘埃?"史耐德用此偈中的意象来解释被妄念所蒙蔽的"佛性"："没有开悟的意识层非常复杂的——并不简单。它已经被许多条件和意见、喜欢和厌恶的浸透所遮蔽。就此而言，开悟的，原本的心就更单纯，犹如我们熟悉的意象：明镜本无尘埃。"（"Unenlightened consciousness is very complicated—it's not simple. It's already overlaid with many washes of conditioning and opinion, likes and dislikes. In that sense, enlightened, original mind is just simpler, like the old image of the mirror without any dust on it."）[②]史耐德说明人不能开悟的原因就是"意识层"被许多"条件和意见，喜欢和厌恶的浸透所遮蔽"，就应该是指《坛经》中所说的"起邪迷妄念颠倒。

---

① 慧能：《六祖师法宝坛经》，见《大藏经》，大正新修版，第48册，349页，台北：新文丰出版社，1973。

② Gary Snyder, *The Real Work: Interviews and Talks, 1964—1979*, ed. by Wm. Scott McLean. New York, New Direction Pub. Corp., 1980, p. 99.

外善知识虽有教授……”[①]人执着于“邪迷忘念颠倒”，就会生爱恨之心，人执着于“外善知识”（以表面的善为真善知识）就会有许多条件和意见。如《坛经》所说，只要用“善知识、智能观照内外明彻，识自本心”就能回到原本的开悟的心了。史耐德这一段对“佛性”的诠释，深得六祖慧能之偈的要旨。

1955 年史耐德翻译寒山诗的时候，他选了几首含有禅宗思想的诗来译。《坛经》中曰“本性是佛，离性无别佛……心量广大犹如虚空无有边畔”[②]，这段指的是人的本性中就有佛性，佛性发扬，则心量可以无限大。史耐德选的寒山诗之中呼应《坛经》这一段内涵的是“寒山顶上月轮孤，照见晴空一物无。可贵天然无价宝，埋在五阴溺身躯”[③]。这首诗呼应了六祖的思想，因为寒山顶上的明月可以象征人的自性，本来就有佛性，虚空而光明。只是受了“色、受、想、行、识”五种造作（即“五阴”、“五蕴”）的影响，而被蒙蔽，堕入迷惑之中。所以应当如《坛经》中所说的“当用大智慧”来“打破五蕴烦恼尘劳”[④]。

史耐德自己有些诗作也呈现了禅宗的悟道境界，像他的诗《表面的涟漪》（*Ripples on the Surface*）[⑤]就针对如何破除执着于相，并把其破除的心理过程呈现出来。“相”（梵文 laksana）是指事物的相状，表于外而令我们想像于心者。不论是对这些事物之相或对外在的情境，我们都常会有执着的看法和情绪。《金刚经》中说“凡所有相，皆是虚妄。若见诸相非相，即见如来”[⑥]。大意是说所有我们心目中认为某人某物有某种面貌，全都是虚妄的，如果我们能看破各种面貌都有不是那种面貌的一面，就能成佛了。《坛经》中也说“前念着境即烦恼。后念离境即菩提”[⑦]。意思即是指如果我们心生一个念头，这念头执着于某种意境，就会有烦恼。如果接下来的念

---

① 慧能：《六祖师法宝坛经》，见《大藏经》，大正新修版，第 48 册，351 页，台北：新文丰出版社，1973。

② 慧能：《六祖师法宝坛经》，见《大藏经》，大正新修版，第 48 册，350 页，台北：新文丰出版社，1973。

③ 项楚：《寒山诗注：附拾得诗注》，521 页，202 首，北京：中华书局，2000。

④ 慧能：《六祖师法宝坛经》，见《大藏经》，大正新修版，第 48 册，351 页，台北：新文丰出版社，1973。

⑤ Gary Snyder, *No Nature: New and Selected Poems*, New York, Pantheon Books, 1992, p. 381.

⑥ 《如理实见分第五》，见朱棣集注：《金刚经集注》，56 页，上海：上海古籍出版社，1995。

⑦ 慧能：《六祖师法宝坛经》，见《大藏经》，大正新修版，第 48 册，350 页，台北：新文丰出版社，1973。

头是离开这种执着，就得到觉悟。史耐德的诗《表面的涟漪》如下：

广大的荒野
　　孤零零，一个房子。
在荒野中的一个小房子，
　　在房子中的那片荒野。
两样都忘掉。
　　无自然
两样同在，一个大的空房子。
The vast wild
　　the house，alone.
The little house in the wild，
　　the wild in the house.
Both forgotten.
　　No nature
Both together，one big empty house.

“荒野中的一个房子”可以是一个相，也可以视为一种意境。这首诗的第一步，先把对“荒野中的一个小房子”的相或意境打破，除去执着于虚妄之想的固念。打破之后会出现不是那种面貌的面貌，如“在房子中的那片荒野”。表面上看“在房子中的那片荒野”不合逻辑，因为广大的荒野不可能挤在小房子之中，但如果我们能不执着于内外之分、大小之分，外在之物实是内心之物，故广大的荒野当然可以存在于小房子中。接着史耐德要把房子和荒野“都忘掉”，也是一种破执着，即“离境”的念头。也因为他做了这第二层工夫，最后就到达一个“空”的悟境，“两样同在，一个大的空房子”类似《坛经》中的境界：“心量广大犹如虚空无有边畔……世界虚空能含万物色相。日月星宿山河大地。”①

在中国历代禅宗大师之中，史耐德只翻译了百丈怀海大师的传记，也翻译了百丈怀海定下来的禅门规矩，取材自《景德传灯录》卷六、《百丈怀

① 慧能：《六祖师法宝坛经》，见《大藏经》，大正新修版，第48册，350页，台北：新文丰出版社，1973。

海禅师行传》，他的英译过程也曾经过名师指点，即名古屋大学（Nagoya University）的中文系主任，大汉学家入矢义高（Yoshitaka Iriya）[①]。史耐德的英译包括百丈怀海的小传、公案及“禅门规式”[②]。

我想他选择百丈怀海的第一原因是宗门的关系，史耐德在日本学的是临济宗（Rinzai），他追根溯源，百丈怀海是临济宗开山祖临济禅师（？—867）的师祖。在译文的前面，他把临济禅师以上三代的祖谱列出来：

|

Ma-tsu（Ta-chi）（？—788）

|

Po-chang Huai-hai（720—814）

|

Huang Po（？—850）

|

Lin-chi（？—867）

（Rinzai）[③]

其传承为马祖（大寂）禅师传百丈怀海禅师，百丈怀海禅师传黄檗禅师，黄檗禅师传临济禅师，再由临济禅师开临济宗派。第二个原因是百丈怀海像寒山一样，也住在高山上，这一定很对史耐德胃口。他甚至戏谑地译大师的法号怀海为“whyhigh”[④]，意为“何以如此之高?”怀海是在被其师大喝之后开悟的，开悟之后就受信众所请，到“洪州、新吴界，住大雄山。以居处岩峦峻极，故号之百丈”[⑤]。他的法号“百丈”就是百丈高山之意。第三个原因是因为他奠定了禅宗的清规，他生于8世纪，所写的《禅门规式》是禅门最古的规范，开创了禅门的仪轨和制度，他的师父马祖就说：“禅门独

---

① Gary Snyder, *Earth House Hold: Technical Notes and Queries to Fellow Dharma Revolutionaries*, New York, New Directions, 1969, p. 81.

② Gary Snyder, *Earth House Hold: Technical Notes and Queries to Fellow Dharma Revolutionaries*, New York, New Directions, 1969, pp. 69—82；释道原：《景德传灯录》，见蓝吉富编：《禅宗全书》，第2册，117—118页，台北：文殊文化有限公司，1988。

③ Gary Snyder, *Earth House Hold: Technical Notes and Queries to Fellow Dharma Revolutionaries*, New York, New Directions, 1969, p. 69.

④ Gary Snyder, *Earth House Hold: Technical Notes and Queries to Fellow Dharma Revolutionaries*, New York, New Directions, 1969, p. 69.

⑤ 释道原：《景德传灯录》，见蓝吉富编：《禅宗全书》，第2册，114页，台北：文殊文化有限公司，1988。

行，由百丈之始”[1]，也就是指禅这个宗派能独立，是百丈怀海开其端，因为在百丈之前，禅门师徒通常依附律宗，住同一寺院中。史耐德在日本禅寺学习时，参加其严格的训练，由早到晚都有严格的、重细则的规范[2]。史耐德本身的生活习惯原来就严谨，对禅宗的规范自然深感兴趣，所以才对临济宗清规作探源，回到源头去翻译百丈怀海的《禅门规式》。他对唐代禅宗[3]最欣赏的有两点，其一是经济上禅寺自食其力的传统，不完全靠化缘或布施来维持寺院的生活费用和建筑维修，这是史耐德把中国佛教与印度佛教作一对比而产生的结论。他最欣赏的另一点是《禅门规式》讲求寺院内出家人的平等，故很有民主精神。

《禅门规式》中有曰“行普请法，上下均力也”[4]，“普请”为佛家用语，指全部所有人每个人都同样出力之意，“行普请法”就是通告全寺人都要劳动之意。史耐德译这九个字为“when working outside, those of high and those of low rank work equally hard”（“在户外工作时，地位高与地位低的人一样地辛勤工作”）[5]，我想这是因为身为美国人的他，受美国民主思想的影响，特别注重在寺院中实施民主。而怀海的行传中的确描述过禅寺中上下都在菜园辟土的情形：“因普请镢地次，忽有一僧闻饭鼓鸣，举起镢头大笑，便归。师云：‘俊哉。此是观音入理之门。’师归院，乃唤其僧问：‘适来见什么道理便恁么？’对云‘适来只闻鼓声动归吃饭去来。’师乃笑。”[6]

史耐德的英译如下：

---

① 释道原：《景德传灯录》，见蓝吉富编：《禅宗全书》，第2册，117页，台北：文殊文化有限公司，1988。

② 见其描写在日本禅寺中学习的文章：“Spring Sesshin at Shokoku-ji”(Gary Snyder, *Earth House Hold: Technical Notes and Queries to Fellow Dharma Revolutionaries*, New York, New Directions, 1969, p. 44—53)；“On the Path, Off the Trail”(Gary Snyder, *The Practice of the Wild*, Washington, D. C., Shoemaker & Hoard, 2003, pp. 154—165)；有关打坐见“The Zen of Humanities”(Gary Snyder, *The Real Work: Interviews and Talks, 1964—1979*, ed. by Wm. Scott McLean. New York, New Direction Pub. Corp., 1980, pp. 83—84)。

③ Gary Snyder, *Earth House Hold: Technical Notes and Queries to Fellow Dharma Revolutionaries*, New York, New Directions, 1969, p. 72.

④ 释道原：《景德传灯录》，见蓝吉富编：《禅宗全书》，第2册，114页，台北：文殊文化有限公司，1988。

⑤ Gary Snyder, *Earth House Hold: Technical Notes and Queries to Fellow Dharma Revolutionaries*, New York, New Directions, 1969, p. 80.

⑥ 释道原：《景德传灯录》，见蓝吉富编：《禅宗全书》，第2册，114—115页，台北：文殊文化有限公司，1988。

> Once everyone was working together hoeing, a comrade heard the dinner drum and suddenly putting up his mattock with a big laugh he left. Po-chang said "Brilliant! This is the gate where Avalokitesvara enters the principle." The Master returned to his quarters and sent for that comrade, asking "what truth did you perceive just now to act thus?" "—I just heard the dinner drum pounding and went back to eat." The Master laughs. ①

"镢"是大锄，用以开辟荒土；"普请镢地"表示全寺所有僧人，不论地位高低都在锄地开荒。由于百丈怀海也在场，应该表示连他这位住持也在劳动。史耐德说明百丈怀海注重劳动与寺院经济独立，是突破传统之举，而印度佛教与中国禅宗有一点不同就是在印度修行者有接受施主施食之习惯，在家人要积福，要来生享受善报，就要施食给修行者：所以修行者求施舍是自然的事，禅门则不全靠施舍，主张自食其力，史耐德说：

> 百丈显然表示求施舍非我们维生的主要方式，我们维生之道是靠自己种粮食，自己盖房子，而且叫每个人都工作，包括大师也要工作。只要他身体情况还做得到，大师也要出勤，与他的子弟们一齐动手劳动。即使后期中国及日本禅宗添增了高雅的风格与精锐主义，这个传统习俗至今依旧实行。
>
> Po-chang ... makes clear that begging is not a main part of our way of self support. Our way of self-support is to grow our own food, build our own buildings, and make everybody, including the teacher, work. As long as he's physically able, the teacher must go out and labor with his hands along with his students. For all of the later elegance and elitism that crept into Ch'an and Zen, this is a custom that has not broken down". ②

---

① Gary Snyder, *Earth House Hold*: *Technical Notes and Queries to Fellow Dharma Revolutionaries*, New York, New Directions, 1969, pp. 72—73.

② Gary Snyder, *The Real Work*: *Interviews and Talks*, *1964—1979*, ed. by Wm. Scott McLean. New York, New Direction Pub. Corp., 1980, p. 105.

史耐德对中国禅宗还有以下观察，就是其“民主”特色：“在中国禅宗行政架构上，寺院内之事项，在做某些决定时，其民主相当令人讶异。”（“There are other things within the Ch'an administrative structures, within the monasteries, which are quite amazingly democratic when it comes to certain kind of choices.”）即是所有的出家人“不论是新近出家或久出家者——人人都有权利相同的一票”。（“All of the monks—whether novices or elders—have an equal vote.”）。史耐德赞美之为“在其精神传承上，属于中国的平等精神”。（“This is a Chinese quality in that spiritual legacy.”）[①]因为找不到古代禅宗寺院内部是否实施平等精神的民主制度，在此用深入民心的儒家思想来诠释。所谓“中国的平等精神”，我们可以用孟子所说的话来说明，即“民为贵，社稷次之，君为轻”[②]。孟子一反封建社会之看法，即贵族统治的社会之见解，他认为君王反而没有民众重要，地位高并不代表他比地位低的人重要，这可以说是一种儒家的平等精神。史耐德在他描写1956年去日本学禅的日记《第一次去日本》（*Japan First Time Around*）6月28日的记载中，说到他看见文殊菩萨像，领悟到即使是菩萨，成道也一样要经过“意志力，努力，多年的挣扎与奋斗”（“Will, effort, years of struggle and intensity”）[③]，所以菩萨不是高高在上的，不像基督教的上帝。

此外，史耐德在日本学禅时经验过集体坐禅，在师傅或资深和尚的监督下，同侪心灵上互相鼓舞，他在集体形成的磁场中，感受打坐的效果不同，受益良多，他追溯此修行方式到中国禅，即在中国禅寺之规式：“就我所知，另一在中国的新发展是集体打坐。在印度与西藏，打坐修行大多是用个别方式进行。在中国与日本集体打坐成为他们修行的重要部分。”（“Another development that is Chinese, as far as I can tell, is group meditation. In India and Tibet, meditation is practiced primarily in a solitary form. The Chinese and Japanese made group sitting a major part of their

---

① Gary Snyder, *The Real Work: Interviews and Talks, 1964—1979*, ed. by Wm. Scott McLean. New York, New Direction Pub. Corp., 1980, p. 105.

② 《尽心篇》第十六，见《孟子》。

③ Gary Snyder, *Earth House Hold: Technical Notes and Queries to Fellow Dharma Revolutionaries*, New York, New Directions, 1969, p. 36.

practice.")[1]

史耐德在日本禅寺中学习的功课之一就是思索禅师派发的公案功课，即"参禅"(sanzen)，而且每天要接受禅师考核其功课，资深的弟子还要在答话时提出他由公案推出的佛理。他们参的大多是唐代中国禅师的公案[2]。参公案是日本临济宗的重要修行方式。史耐德深为中国禅师之公案所吸引，他说受到吸引有几个原因，第一是参公案富有挑战性，犹如"武士之道"(warrior's path)，因为修行者应该对自我作战，即"佛法之搏斗"(Dharma combat)；我想他是指借公案与自己的执着、迷惑、障碍搏斗。他喜欢公案之第二个原因是想透过公案去了解中国文化的精华，而且去追求深入内心，并追求开悟："公案是中国文化资讯的宝藏。他们不仅处理一些基本的谜，心灵的结，了解佛法之途径，而且以最高雅、精简的中文达成，公案又常引用诗(一个对句，一行，甚至整首诗)为其一部分。"["the koans are a mine of Chinese cultural information. Not only do they deal with fundamental riddles and knots of the psyche and ways of unraveling the Dharma, it's done in the elegant and pithy language of Chinese at its best, in which poetry (a couplet, a line, or even an entire poem) is employed often as part of the koan."][3]

史耐德非常推崇公案高雅、简洁的语言。他在日本学禅时，就研读公案的中文原文[4]。在史耐德的散文"生存与圣礼"("Survival and Sacrament")[5]中，其前言与结语都引用中国禅师洞山(807—869)的话。史耐德是用洞山禅师的公案来印证他的深层生态学(depth ecology)。他的生态学说主张生物物种要延续下去，食物最不可缺，因此为了"生存"就不免涉及杀猎物，人类应深入了解这层道理，而向自己猎杀的食物谢恩，因此他在

① Gary Snyder, *The Real Work: Interviews and Talks, 1964—1979*, ed. by Wm. Scott McLean. New York, New Direction Pub. Corp., 1980, p. 105.

② Gary Snyder, *Earth House Hold: Technical Notes and Queries to Fellow Dharma Revolutionaries*, New York, New Directions, 1969, p. 45.

③ Gary Snyder, *The Real Work: Interviews and Talks, 1964—1979*, ed. by Wm. Scott McLean, New York, New Direction Pub. Corp., 1980, p. 98.

④ Gary Snyder, *The Real Work: Interviews and Talks, 1964—1979*, ed. by Wm. Scott McLean, New York, New Direction Pub. Corp., 1980, p. 98.

⑤ Gary Snyder, *The Practice of the Wild*, Washington, D. C., Shoemaker & Hoard, 2003, pp. 187—198.

这章开头引用洞山禅师的话"One time when the Master was washing his bowls, he saw two birds contending over a frog. A monk who also saw this asked, 'Why does it come to that?' The Master replied, 'It's only for your benefits'"。此段英文的中文原文见《景德传灯录》第十五卷"师洗钵次，见两乌争虾蟆，有僧便问曰，遮个因什么到恁么地，师曰，只为阇黎[1]僧。"[2]洞山的话非常简洁地说明了史耐德的信念，即动物之间为了生存而争食物（两只乌抢一个青蛙），修行的人应该看到此景，就能悟到食物链因果关系的道理。洞山禅师这一段公案的文字就非常简洁，直中要害。

史耐德所重视的另外一派禅宗则是牛头禅，贞观年间法融禅师在牛头山（即今南京市以南，双峰树立，状如牛头）创牛头山派。我想史耐德重视它是因为牛头禅派亲近大自然，常与山林、动物为伍，与史耐德之性情、爱好相近。史耐德说：

> 这些僧人不只赞赏山水之美——他们还与当地的野生动植物非常亲近，包括老虎。牛头宗禅师道林在树上筑巢；以在其中打坐。有一次他在其上打坐时，与诗人白居易对话，着官服的白问道："上面不是很危险吗？"牛头禅师的回答是："你所在之处危险多了。"
>
> These monks did more than just admire the scenery—they were on intimate terms with the local wildlife, including tigers. The Oxhead Master Tao Lin built a nest in a tree for his meditation. Sitting up in it, he once had a conversation with the poet Po Chü-i: "Isn't it dangerous up there?" Po asked, in his government official's robes. "Where you are is far more dangerous" was Tao-Lin's response. [3]

此段的白居易典故之中文原文为《景德传灯录》中之："元和中，白居易出

---

① "阇黎"为梵文，即指出家人之意。

② 释道原：《景德传灯录》，见蓝吉富编：《禅宗全书》，第2册，292页，台北：文殊文化有限公司，1988。

③ Gary Snyder, *The Gary Snyder Reader: Prose, Poetry and Translations 1952—1998*, Washington, D.C., Counterpoint, 1999, p. 290.

守兹郡。因入山礼谒。乃问师曰，禅师住处甚危险。师曰，太守危险尤甚。”[1]牛头禅师必是指官场风云变化，危机四伏。这也是史耐德欣赏的公案，其文字可谓高雅而精简。

史耐德在《神话与文本》一书中两次引用赵州的公案，其中一次是影射“赵州狗子”的公案。此公案是：“又有僧问：‘狗子还有佛性也无。’州曰：‘无’。僧云：‘一切众生皆有佛性。狗子为什么却无。’州云：‘为伊有业识在。’”[2]赵州这么答是为了打破人们常会陷入有与无二者之执见，如认为一切生物都有佛性，会只看见人人能成佛的一面，而忽略了业的影响。业，梵语羯磨 karma，即每个人的造作，其身所为，其口所说，其心所想，而造成或善或恶之因果。故此公案又称为“赵州无字”、“赵州狗子”。史耐德在《神话与文本》中说“(坐在赵州‘无’上 / 我双足入睡)”[“(sitting on Chao-Chou’s *wu* / my feet sleep)”][3]，他这首诗描写他自己苦苦思索这个“赵州无字”公案的情景，因为连脚都麻了。另一次引用赵州却是出现《神话与文本》中释迦牟尼出生的故事那一段，出生时释迦牟尼即说“唯吾独尊”(“I alone am the honored one”)；史耐德接着写：

> “如果那婴儿真的那么说，
> 我就把他切碎丢给狗！”
> 赵州禅师这么说。
> “If that baby really said that,
> I’d cut him up and throw him to the dogs!”
> said Chao-chou the Zen Master.[4]

此典故应该非出自赵州从谂禅师之公案。这个把身为婴儿的释迦牟尼切碎喂狗的典故应出自禅宗之云门宗的祖师文偃禅师[5]。清朝瞿汝稷编的

---

① 释道原：《景德传灯录》，见蓝吉富编：《禅宗全书》，第 2 册，68 页，台北：文殊文化有限公司，1988。

② 《从容录》，见蓝吉富编：《禅宗全书》，第 86 册，33 页，台北：文殊文化有限公司，1988。

③ Gary Snyder，*Myths and Texts*，New York，New Directions，1977，p. 42.

④ Gary Snyder，*Myths and Texts*，New York，New Directions，1977，p. 33—34.

⑤ 林耀福指出此典故出处，在此致谢。

《指月录》中，在释迦佛传略中的两句“天上天下，唯我独尊”之后，注释曰“云门云，我当时若见，一棒打杀与狗子吃”[①]。云门宗文偃禅师大胆地建议把以后将成为佛祖释迦牟尼的悉达多太子杀死切碎，用意大概是颠覆尊卑之想，令读者悟出众生本平等，而且不应借由佛陀之色身求佛法。

对史耐德影响最大的古代日本禅师为道元[②]，道元禅师留学中国，追随多位禅师后，受教于中国禅宗曹洞宗十三代祖如净禅师，受禅法与法衣之后，归日本传教，自不必说深受其师父之影响。道元更喜欢由中国禅师或诗人的诗句来研发公案。史耐德津津乐道的一段是道元如何受苏轼诗的启发而发挥禅理，苏轼有一首禅偈《赠东林总长老》[③]七绝：“溪声便是广长舌，山色岂非清静身，夜来八万四千偈，他日如何举似人。”[④]史耐德把前两句译为“Valley sounds: / the eloquent / tongue— / Mountain form: / isn't it / Pure Body?”并说道元即根据此两句写出他论禅思想的文章《溪声山色》(*Valley Sounds, Mountain Form*)[⑤]。

第三节　华严宗和天台宗

2001年我在北加州史耐德的奇奇地斯家园探访他时，他说他正在研究《华严经》的要义，1977年费城州立大学出版社出版了法兰西斯·古克(Francis Cook)评介华严宗的书，*Hua-yen Buddhism: The Jewel Net of Indra*。1984年《华严经》的英译本已由汤玛斯·克里利(Thomas Cleary)译出：*The Flower Ornament Scripture: A Translation of the Avatamsaka Sutra*，由波士顿的Shambhala出书，长达一千六百多页。我对史耐德很佩服，因为《华严经》本身非常长，经义也深奥。史耐德在我访他时正在研

① 瞿汝稷、聂先编：《指月录，续指月录》，卷一，32页，台北：新文丰出版公司，1980。

② 史耐德在《青山不断行》(“Blue Mountains Constantly Walking”)中讨论道元的思想(Gary Snyder, *The Practice of the Wild*, Washington, D.C., Shoemaker & Hoard, 2003, p.110, pp.116—117)。

③ 史耐德此诗之英译与中文差别很大，如他把“广长舌”简译为“the eloquent tongue”。把“溪声”误译为“valley sounds”，刘昭明教授听我把史耐德英译意译为中文，猜出是苏轼这首偈诗，特此致谢。

④ 苏轼：《苏轼诗集》，第4册，1218—1219页，北京：中华书局，1982。

⑤ Gary Snyder, *A Place in Space: Ethics, Aesthetics, and Watersheds*, Washington, D.C., Counterpoint, 1995, p.104；道元：《正法眼藏》，大藏经，续诸宗部十三，第82册，第9卷，38页，台北：中华佛教教文化馆影印大藏经委员会，1959。

读的应该是1995年夏威夷大学出版社所出汤玛斯·克里利所写的评介华严宗及此宗中国诸法师所著之相关论述：*Entry into the Inconceivable*：*An Introduction to Hua Yen Buddhism*。

像禅宗一样，华严宗[①]也是在中国发展完备并由中国传入日本的。佛教的华严宗思想对史耐德影响也相当久远。在此引用学者黄书君的华严宗思想简介，他说此宗的重要理念“法界缘起”是“肯定所有的现象都是相对的，都依赖其他的现象”（“asserts that all phenomena are relative and dependent upon other phenomena”）[②]；史耐德认为法界缘起观主张“所有的法都由因果而来”（“all dharmas are dependent upon causation”），且显示“世界是由所有的法相互连接成为一个不可分的整体组成”（“a world composed of all dharmas interlinked into an inseparable whole”）[③]；且华严宗是正面的，对俗世、人的存在都持正面态度。早在他去日本前三年，在《瞭望员的日记》1953年7月17日的日记中就描写自己从另外一个瞭望台望他驻守的克雷特山，有一种空间错位的感觉，好像他同时也站在对面的克雷特山顶上，接着感悟到华严宗的“事事无碍”的境界：“光与云的变动，混乱的完美，庄严的‘事事无碍’正在交织中的互动”（“shifting of light & cloud, perfection of chaos, magnificent *jiji mu-ge* / interlacing interaction”）[④]。

史耐德引用的“事事无碍”四个字，不是用汉语的拼音，而是用日语拼音“*jiji mu-ge*”，可见他早年是透过日本媒介学习华严宗思想。山里胜己指出史耐德早年是由铃木大拙的书学习到有关华严宗的观念；这个世界就是“事事无碍法界”，日文这六个字的罗马字拼音是“*jijimuge-hokkai*”。山里胜己用“互相渗透融会”（interpenetration）此英文字来解释华严宗的中心

---

① 华严宗以《华严经》为宗依，六朝杜顺作华严法界观，为本宗始祖，法藏为国师，大弘此宗。

② Shu-chun Huang, A Hua-yen Buddhist Perspective of Gary Snyder, in *Tamkang Review*, Vol. 22, No. 2, 1989, p. 197.

③ Shu-chun Huang, A Hua-yen Buddhist Perspective of Gary Snyder, in *Tamkang Review*, Vol. 22, No. 2, 1989, p. 198.

④ Gary Snyder, *Earth House Hold*: *Technical Notes and Queries to Fellow Dharma Revolutionaries*, New York, New Directions, 1969, pp. 15—16.

观念，并认为史耐德受此思想影响甚巨[①]。黄书君在论文《史耐德的华严佛教观》中也列举许多实例证明史耐德的作品深受华严宗的影响[②]，并认为此宗之思想可作为史耐德的"融合观之哲学基础"("a philosophical ground for his syncretism")，黄书君又说华严宗的世界观有"无所不包、融合的特色，又特别重视事物之间无阻，互相渗透的关系"("all-embracing, syncretic characteristic and its particular stress on the non-obstructive and interpenetrative relationships among things")，此观念有助于史耐德建立他的生态环保观[③]。

评论家翁冰金·何拉德(Woon-Ping Chin Holaday)认为史耐德组诗成书的《山河无尽》即采用了华严宗里有形与无形两者无分别这个观念[④]；还有，史耐德本人说过《巴布斯溪剪头发》(*Bubbs Creek Haircut*)[⑤]这首诗的"关键意象"(key image)即是"双面镜"(double mirrors)，何拉德认为这个意象也是华严宗的一个重要意象。何拉德引用法藏大师(643—712)带武则天进入镜室的典故：室中四面都是镜子，中间放一尊佛，借佛之无数反射映象对武则天说明什么是法界之相，即说明《华严一乘教义分齐章》中的道理："圆融自在，一即一切，一切即一"[⑥]。《巴布斯溪剪头发》一辞第一行与最后几行都有这"双面镜"意象，在诗的现实里，这双面镜是指小理发店中墙上的镜子，大概因为其正后方墙上有另一面镜子，故会镜中有镜，同一个人的映象会无穷地重叠反映。而这理发店反映的不只是史耐德的头像，而且是他的心像，包括上山前所做的各种准备，如理发，到救济店买

① Katsunori Yamazato, *Seeking a Fulcrum: Gary Snyder and Japan (1956—1975)*, Dissertation, University of California, Davis, 1967, pp. 123—124.

② Shu-chun Huang, A Hua-yen Buddhist Perspective of Gary Snyder, in *Tamkang Review*, Vol. 22, No. 2, 1989, p. 200, pp. 206—208.

③ Shu-chun Huang, A Hua-yen Buddhist Perspective of Gary Snyder, in *Tamkang Review*, Vol. 22, No. 2, 1989, p. 205.

④ Woon-Ping Chin Holaday, Formlessness and Form in Gary Snyder's Mountains and Rivers without End, in *Sagetrieb*, Vol. 5, No. 1, 1986, pp. 41—52.

⑤ Gary Snyder, Mountains and Rivers without End, Washington, D. C., Counterpoint, 1996, pp. 33—38.

⑥ Woon-Ping Chin Holaday, Formlessness and Form in Gary Snyder's Mountains and Rivers without End, in *Sagetrieb*, Vol. 5, No. 1, 1986, p. 42. 此典经考证，出于《宋高僧传》卷五《周洛京佛授记寺法藏传》："又为学不了者设巧便，取鉴十面，八方安排，上下各一，相去一丈余，面面相对，中安一佛像，燃一炬以照之，互影交光。学者因晓刹海涉入无尽之义。"见赞宁：《宋高僧传》，上册，89—90 页，北京：中华书局，1987。

便宜的御寒衣物等，还有山上的景物、人与自然的交融、宇宙之神透过大自然来展现神性等等。在理发店双面镜的鉴照中，诗人体会到宇宙“无所不包，融合的特色”及“事物之间无阻，互相渗透的关系”，即“事事无碍法界”的华严世界观。可见史耐德是透过日本宗教思想家如铃木大拙的英文著作以及法兰西斯·古克及汤玛斯·克里利的英文译介，接触到华严宗思想，并引用之为自己思想体系之主干。

他又以华严宗思想来强调“生态系统”(ecosystem)中每一个生物的重要性。华严宗认为“所有的现象都是相对的，都依赖其他的现象”，且“世界，是由所有的法，相互连接成为一个不可分的整体组成”[①]。史耐德在他的文章《珠网、细胞之网：生态系统，有机体与佛教之首戒》(*Nets of Beads, Webs of Cells: Ecosystems, Organisms, and the First Precept in Buddhism*)中引用过戴维·邦希(David Barnhill)所描写华严宗因陀罗神之网的意象：

> 我们可以把宇宙当作是一个巨大的网，由多面的、磨得闪亮的珠宝组成，每一颗都可以作为多重的镜子……我们看一颗珠宝的时候，我们只看到其他宝石的映射，而那些映射则是其他珠宝的映射等等，这是在一种无穷尽的映像系统中。因此每一颗珠宝就是整个网的意象。
>
> The universe is considered to be a vast web of many-sided and highly polished jewels, each one acting as a multiple mirror … when we look at a jewel, we see nothing but the reflections of other jewels, which themselves are reflections of other jewels, and so on in an endless system of mirroring. Thus in each jewel is the image of the entire net. [②]

我想邦希阐释的应该是杜顺的华严五教的“止观法门”：“明多法互入，犹

---

① Shu-chun Huang, A Hua-yen Buddhist Perspective of Gary Snyder, in *Tamkang Review*, Vol. 22, No. 2, 1989, p. 200, pp. 197—198.

② Gary Snyder, *A Place in Space: Ethics, Aesthetics, and Watersheds*, Washington, D.C., Counterpoint, 1995, p. 67.

如帝网天珠重重无尽之境界也。……即此一珠能顿现一切珠影。此珠既尔。余一一亦然。……如是重重无有边际。有边即此重重无边际珠影皆在一珠中。"[1]史耐德认为不论是一棵松树或一只鹿都是这样一颗珠宝，一样也可映照出整个宇宙；而且除了其代表整体的特质，每一个个体也都是重要的角色。

在《驼背的吹笛者》中，就出现了每颗露珠中有都有佛的意象，露珠也可看作是华严思想中的"珠"，即钻石的意象。以下为这一段诗：

> 在多重彩虹之上升起
> 并落下发光的雨
> 每一滴雨——
> 小小的人们斜斜地溜下来：
> 　　每一滴珠上坐着一位小佛——
> 并加入地面上的
> 百万位摇动的青草—种子—佛
> rise on rainbows
> and falling shining rain
> each drop—
> tiny people gliding slanting down:
> 　　a little buddha seated in each pearl—
> and join the million waving grass-seed-buddhas
> on the ground. [2]

因此，有生命情绪反应的(有情众)与无生命情绪反应的(无情众)全部打通了，一视同仁。有情众包括天神、人类、鬼类、动物、昆虫及在地狱中受苦的生灵；无情众包括植物、矿物等。此诗中，每一叶青草都是佛，每一颗雨珠都映着佛，是一个广大包容、事事平等、无限庄严的世界。史

① 杜顺：《华严五教止观》，见《大藏经》，高本钊发行，513 页，台北：新文丰出版公司，1981。

② Gary Snyder, *Mountains and Rivers without End*, Washington, D.C., Counterpoint, 1996, p. 81.

耐德认为中国佛教发扬光大大乘教义，把可能得到开悟的层面推广，认为不止人类有佛性，一切有情众皆有佛性，但当然要获人身才可以修行[①]。史耐德推崇天台宗[②]第八世纪的湛然禅师(711—782)，因为他把范围推得更广，认为连无情众也有佛性。史耐德引湛然之说法："the single mind of a single particle of dust comprises the mind-nature of all sentient beings and Buddhist"及"The man who is of all round perfection knows from beginning to end that truth is not dual and that no objects exist apart from mind, who then, is 'animate' and who 'inanimate'? Within the assembly of the Lotus, all are present without division?"[③]引文应出自湛然《金刚錍》的"一尘一心即一切生，佛之心性"及"圆人始末知理不二，心外无境，谁情无情，法华会中，一切不隔"[④]。史耐德引用湛然的话及杜顺的观点，都因为华严宗及天台宗这些思想可以作为他生态观的基础论证。他的生态观认为地球上的无情众是受尽剥削的，包括树木、动物、山石。它们也有生命，也应该受到尊重。

史耐德在他的诗《沐浴》[⑤]中把子宫比喻为"令人敬畏的重门 / 开向一个旋转的双面镜之世界 / 这世界是子宫中有子宫，成许多圈"。("The gates of Awe / That open back a turning double-mirror world of wombs in wombs, in rings".)此"双面镜"即用了华严宗之"帝网天珠重重无尽"之典故。在此，"旋转的双面镜"应意指子宫的内部，四面包住胎儿，有如四面装有镜的墙。此意象不只是三度空间，而且是四度空间，即加上时间。"子宫中有子宫"应意指母亲的子宫生下婴儿，女婴长大，她子宫又生下婴儿。代代繁殖，延续种族和文明。由华严宗思想来看，一位女子的子宫就可以现出全世界由古到今的人类文明。21世纪最新的现代科学文明可以说为华严宗思想又提出一个例证，例如研究一个小小基因排列，就可以推溯人类物种的起源及散布。

---

① Gary Snyder, *The Gary Snyder Reader: Prose, Poetry and Translations 1952—1998*, Washington, D.C., Counterpoint, 1999, p. 290.

② 天台宗又名法华宗，由天台山智者大师成立，以《法华经》为本，《智度论》为旨趣，以《涅槃经》为辅，以《大品经》为观法。

③ Gary Snyder, *The Gary Snyder Reader: Prose, Poetry and Translations 1952—1998*, Washington, D.C., Counterpoint, 1999, pp. 289—290.

④ 湛然：《金刚錍》，王志远释译，42页、88页，台北：佛光文化事业有限公司，1998。

⑤ Gary Snyder, *Turtle Island*, New York, New Directions, 1974, pp. 12—14.

其实在史耐德的思想中，大乘佛教各宗派的观念与意象是融合在一起的，尤其是禅宗、华严宗与密宗。我们可以由他第一次顿悟的经验来探讨。史耐德说他在追随小田雪窗禅师学习期间，在京都大德寺的图书馆中曾获得顿悟。1960 年 6 月 11 日他正在思索如何回答小田雪窗禅师给他的公案功课，当他把一本书推回它架上的位子时，突然他完整地看见自己跟其他宇宙万物，每一个都“在其位”(in place)，而且美哉在位，所有的方向都结合无间，每一个都充满智慧，都透亮[①]。这是他在禅寺中追随禅宗师父，学习公案而得到顿悟，一刹那间大大提升自己的精神境界，所以这是一种修行禅宗的精神境界。但是如果我们仔细考查他顿悟感受的内容，其处理的不是对自我行为因果的透彻理解，重点反而是放在自我与宇宙万物的关系上，因为他完整地看自己跟其他宇宙万物都各在其位。前面讨论过黄书君《史耐德的华严佛教观》一文中史耐德引用过的“法界缘起”的华严观，即“世界，是由所有的法，相互连接成为一个不可分的整体组成”[②]。其实史耐德这次顿悟经验就是这种感受，所以他顿悟之内容有很深的华严宗思想色彩。

另一方面来说，由于这次顿悟经验相当图像化，是视觉的，诗人“看见”自己与宇宙万物都各“在其位”。这种视觉经验可以说是呼应了密宗的檀城图像(即曼荼罗)[③]的。我们以西藏 12 世纪下半叶或 13 世纪上半叶绘制的“阿弥陀佛”[④]曼荼罗来作例子说明(图 6)，中间画的是阿弥陀佛的巨像。其上为迭坐之佛陀释迦牟尼，周围上下四方为药师佛、无量寿佛、观音菩萨、佛母、大日如来、宝生如来、四大天王等等。诸佛彼此有相生相长的关系，每位佛、王都有其地位。而史耐德那次顿悟的视觉经验，类似一个各在其位的檀城图像。只是他的檀城图中不只是佛、菩萨在其位，各种生物，连他自己，还有图书馆、城市以及图书馆中每一本书都各在其

---

① Katsunori Yamazato, *Seeking a Fulcrum: Gary Snyder and Japan* (*1956—1975*), Dissertation, University of California, Davis, 1967, p. 89.

② Shu-chun Huang, A Hua-yen Buddhist Perspective of Gary Snyder, in *Tamkang Review*, Vol. 22, No. 2, 1989, pp. 197—198.

③ 曼荼罗(mandala)，意译为“坛”、“坛场”，有译为“坛城”。印度密教修密法时为防止魔众侵入，在修法处画圈或建土坛，坛上画佛、菩萨像，此圆形场为曼荼罗。后在西藏、中国、日本，把佛、菩萨像画在纸帛上，亦称曼荼罗。

④ 马利林·莱(Maryline M. Rhie)：《慈悲与智慧：藏传摩教艺术大展画集》，185 页，台北，时广企业有限公司，1998。

位。由史耐德这次的顿悟经验我们可以知道，他虽然是身在日本的禅寺，跟一位日本师父学禅，但他的心灵，他的精神境界远超过时空的限制，不只超越日本的时空，也超越中国的时空，而是融会贯通了几种大乘佛教宗派的世界观。

史耐德的生态学深受大乘佛教的影响，第一是他采用了天台宗万物皆有佛性的说法，延伸为物我平等的观念，第二是采用了佛教“僧伽”(*sangha*)的观念，第三是他的大自然“复元原居”(reinhabitation)论，则用了佛教的谢恩说法及承受果报这些概念。在本章第三节“华严宗和天台宗”中讨论过天台宗的湛然禅师把佛性的观念推广至无情众身上，如石头、树木、山泉等身上。中国佛教这种平等主义的精神也受到其他西方学者的赞许，刘易斯·兰克斯特就说“教导万物皆有佛性是在中国具革命性的发展的。”(“Teaching that everything has Buddha-nature was a revolutionary development in China.”)[①]

梵文“*sangha*”一词及其中文音译词“僧伽”，都是指出家众，即比丘、比丘尼、沙弥、沙弥尼。20世纪后期北美流行的禅宗教派不尚出家，寺院的修行人可有妻、有夫、有子女，根本没有出家众，故“*sangha*”意指受戒的信众或就是指信众。而史耐德却把“*sangha*”一词用来指地球上所有的生物及无生物。戴维·兰迪士·班希尔(David Landis Barnhill)认为史耐德的*sangha*是指“此星球的生态范围。在这个意象之中，表现了他思想的两种基本特性：第一是把佛教与生态学两者都扩张了，各自以对方的角度去看自己，是一种创意的扩张；第二是一种对社团的全神关切。”(“the ecosphere of the planet. In this one image is suggested two fundamental characteristics of his thought: a creative extension of both Buddhism and ecology by seeing each in terms of the other, and an overriding concern with community.”)[②]的确史耐德在他一首诗《啊水》(*O Waters*)[③]中就把大地比

---

① Lewis Lancaster, Buddhism and Ecology: Collective Cultural Perceptions, in *Buddhism and Ecology: The Interconnection of Dharma and Deeds*, ed. by Mary Evelyn Tucker and Duncan Ryūken Williams, Cambridge, Massachusetts, Harvard University Press, 1997, p. 13.

② David Landis Barnhill, Great Earth *Sangha*: Gary Snyder's View of Nature as Community, in *Buddhism and Ecology: The Interconnection of Dharma and Deeds*, ed. by Mary Evelyn Tucker and Duncan Ryūken Williams, Cambridge, Massachusetts, Harvard University Press, 1997, p. 187.

③ Gary Snyder, *Turtle Island*, New York, New Directions, 1974, p. 73.

做僧伽："大 / 地 / 僧伽"（"great / earth / sangha."）。史耐德的僧伽团包括生物（人类、动物、鸟类、爬虫、昆虫等等）与无生物（树木、森林、山石、海洋、河流等等）。身为生态环保者，无生物也是他保护的对象，是大社团中的一分子。史耐德就采用"万物乡村议会"（"Village Council of All Beings"）的概念，此概念认为以一个地方水域（"local watershed"）的乡村为单位，乡村的成员除了人类还包括绵羊、山羊、牛、牦牛，与高原上的野生动物，如巨角羊、盘羊、羚羊等①。他认为印第安人部族，或西藏的村落都有类似的概念，他说："那么，我们一定要找出一种办法，让其他的种族加入[政府的各议会]——苏族印第安人称这些种族为攀爬种族、站立种族、飞翔种族、游泳种族……"（"What we must find a way to do, then, is incorporate the other people—what the Sioux Indians called the creeping people, and the standing people, and the flying people, and the swimming people ..."）②但是在此他提倡的不只是大乘佛教的观念，强调万物皆有佛性，且渗入美国的民主与政治的观念，代言人、民主代理人的概念。

而史耐德的大自然"复元原居"观念则与一些佛教思想息息相关，他认为在现代社会中，有不少人离开城市，回到他认同的山林中，因为他们透过理性和科学了解到万物的"交互关联关系"（inter-connectedness）与"星球的极限"（planetary limits），而那片他们选择的土地有"阳光绿色植物的能量"（sunshine green plant energy），他们的选择也是一种"道德上与精神上的选择"（moral and spiritual choice）③。史蒂芬妮·卡萨（Stephanie Kaza）认为史耐德所谓"复元原居"的民族，是那些实践以地方为基础的生活的民族，把原居民原本的生活方式"作为共同的原则"（making common cause）④的民族。卡萨说："这种生活就是认同一个特定的地方，了解本地植物、动物社团，并视他们为人类生活的同伴、邻居与支持者。"（"This means a life identified with a specific place, understanding the local community of

---

① Gary Snyder, *A Place in Space: Ethics, Aesthetics, and Watersheds*, Washington, D.C., Counterpoint, 1995, pp. 79—80.

② Gary Snyder, *Turtle Island*, New York, New Directions, 1974, p. 108.

③ Gary Snyder, *The Old Ways*, San Francisco, City Lights Bookstore, 1977, p. 65.

④ Stephanie Kaza, American Buddhist Response to the Land: Ecological Practice at Two West Coast Retreat Centers, in *Buddhism and Ecology: The Interconnection of Dharma and Deeds*, ed. by Mary Evelyn Tucker and Duncan Ryūken Williams, Cambridge, Massachusetts, Harvard University Press, 1997, p. 226.

plants and animals as companions, neighbors, and supporters of human life.")①而且要把这种认知代代相传下去。为了推广这种"复元原居生态伦理"(reinhabitory ecological ethic),史耐德提出实践的三种方法,三种之中有两种与佛教思想有关,第一是"对一切感恩"(feeling gratitucle to it all),第二是"对你自己的行为负责"(taking responsibility for your own acts)。我想以上史耐德所说的两点应源自佛教基本的"因果报应"说,也就是说任何思想行为,都必然导致相应的后果,"因"未得到"果"之前,不会自行消失,造善恶诸业必导致以后的罪报应或福报应。因此对凡有恩于己者,一定要感激或回报,即史耐德所言之"感恩"。因此凡做了坏事,自己必定承受恶果,没有神,也没有其他人能代受,也就史耐德所说的"对你自己的行为负责"的理由。

---

① Stephanie Kaza, American Buddhist Response to the Land: Ecological Practice at Two West Coast Retreat Centers, in *Buddhism and Ecology: The Interconnection of Dharma and Deeds*, ed. by Mary Evelyn Tucker and Duncan Ryūken Williams, Cambridge, Massachusetts, Harvard University Press, 1997, p. 226.

第四章　史耐德与中国诗歌

艾兹拉·庞德与王红公都对中国古典诗歌深感兴趣，他们英译的中国古典诗也脍炙人口，在英语世界历久弥新。但是这两位的中文程度都不高，不能阅读中文书籍，只能用汉英字典逐字查，来了解一些字句，他们也曾与几位中国友人合作翻译。史耐德则不同，他要学就追根究底地学，决定要学禅就远赴日本到京都的禅寺中追随日本禅师学，与其他日本弟子一同学习。要学习中国古典诗就找到在美国的重要汉学家，加大柏克莱校区的陈世骧教授，正式注册选研究所的课学习，因此他对中国古典诗的了解比其他美国诗人深入。他翻译中国诗歌时，也是在陈世骧的指导下根据原典翻译，因此对中文原文的理解也应相当透彻。以下分节讨论他对中国古典诗歌之理解与看法，他自己诗作中采用的中国古典诗歌模式与典故，以及他自己的英文诗创作中采用的中国文字与古典诗格律。

第一节　对中国古典诗的看法

我们都知道史耐德在日本长住过，不但学禅，而且深入学习日本文化，包括日本文学和日本戏剧，但相较之下，他更爱好中国古典诗歌。当艾略特·韦伯格访问他时问道："我觉得中国诗对你的吸引力大大强于日本诗。"("I get the sense that you are much more attracted to Chinese poetry than Japanese poetry.")史耐德答道："在某个程度上来说是对的。一种不能解释的，缘分上的认同。我也爱好日本文学和日本诗，但对中国诗我更能感到一种深刻的共鸣。"("To some extent that's true. It is a karmic empathy that is inexplicable. I love Japanese literature and Japanese poetry too, but I feel a deep resonance with Chinese poetry.")①可见正如史耐德对中国山水画一见倾心，他对中国古典诗歌的一些意境也觉得深深契合。大概是因为描写自然的中国山水诗气魄较大，日本的和歌与俳句处理的题材较小；写人际关系的中国古典诗，以文人之友情为主，都对了史耐德的胃口。

中国诗歌之中史耐德最喜欢的当然是山水诗，他知道"山水"即指大自然风景②，我想由于山水诗符合他的生态理念，所以他会特别喜欢，因为中国山水诗直接反映了大自然的生态面貌，而且是经过几百年整个民族慢慢地体会，内涵才越来越丰富的，他说："直到第3世纪山水诗才开始在中国出现，这种诗经过几个世纪的发展，最后扩充了，丰富了，探索季节、河川、瀑布、群山，创造出一个指涉与典故的传统，此传统涉及植物在季节中的面貌，以及相应于人事各季节之属性。"("It wasn't until the 3rd century A. D. in China that landscape poetry began to emerge, poetry which developed over a number of centuries and ultimately amplified, informed, explored the seasons, the rivers, the waterfalls, the mountains, creating a lore of reference and allusion to plants, each in their season, and the qualities of those seasons in relations to human affairs.")③

他又用地质学的观点来解释山与水彼此相成，水由高处泻下，刻出新的地形，或因沉积也会形成新地形，由于沉积物堆积在海岸外，在大陆板块的边上，最后会因重量的压力而推高地形成山④。史耐德最欣赏的是晋诗、唐诗和宋诗，尤其是描写大自然的山水诗，他由西方的角度来观察，把中国山水诗放在世界文学之中，提出三种中国山水诗的优胜之处。第一是中国诗人大多属士大夫阶级，由于他们深涉于世事，故对大自然之感受会更加深切。第二是大自然的空间就是人生哲理的空间。第三是诗人的大

① Gary Snyder, The Art of Poetry, in *The Gary Snyder Reader: Prose, Poetry and Translations 1952—1998*, Washington, D. C., Counterpoint, 1999, p. 328.

② Gary Snyder, *The Practice of the Wild*, Washington, D. C., Shoemaker & Hoard, 2003, p. 109.

③ Gary Snyder, *The Old Ways*, San Francisco, City Lights Bookstore, 1977, p. 42.

④ Gary Snyder, *The Practice of the Wild*, Washington, D. C., Shoemaker & Hoard, 2003, p. 109.

自然是有伸缩性的，大至全宇，小至茅庐庭院。士大夫退隐的山居生活对史耐德特别有吸引力。以下分述史耐德心目中中国山水诗的三个优点。

史耐德对中国政治和历史有一些认识，他知道不只重要的诗人多属士大夫阶层，而且士大夫大多好游名山大川，官员到地方上任也要长途跋涉，僧人更常至名山的寺院中挂单去参学，他说“官员与僧人(大部分诗人属这两类人)是文人之中流动性特别大的”[“The officials and monks (and most poets were one or the other) were an especially mobile group of literate people”]。因为长江与黄河流域的文人亲自游历过山水，所以对他们自己地区之地形会有相当的了解。史耐德说：

> 因为这些男女[①]诗人处理过预算、税务、刑罚法令以及进行过推翻政府，所以他们对种种矛盾会有锥心的体认，即虽然他们对大自然非常爱好，但又需投身文明制度，他们面临两者之间的种种矛盾。这大概是何以当代许多西方人欣赏中国诗的原因之一。
>
> Because these poets were men and women who dealt with budgets, taxes, penal systems, and the overthrow of governments, then had a heart-wrenching grasp of the contradiction that confront those who love the natural world and yet tied to the civilized. This must be one reason why Chinese poetry is so widely appreciated by contemporary Occidentals.[②]

有趣的是，史耐德眼光独到，由西方人的观点来分析何以中国古典诗歌对西方文人有那么大的吸引力，是因为其中有西方人不曾经验过的，但可以理解的大矛盾。史耐德提出中国古典诗的第二个优点是，山水诗不只描写山水景物，它还能表达出内心的意境。史耐德说：“远山的空间变成了生命中的空间”(Space of distant hills become space in life)，他说陆机称之为“calm transparency”，“calm transparency”此一英文词引自陈世骧英译

---

① 我想此处是史耐德之笔误，处理过政务的女诗人实在很少，大抵只有武则天与她的女官。

② Gary Snyder, The Art of Poetry, in *The Gary Snyder Reader: Prose, Poetry and Translations 1952—1998*, Washington, D.C., Counterpoint, 1999, p. 293.

陆机《文赋》的句子，其英译文为"not until the heart attains calm transparency does thought crystallize/into such words as no man before fancied or pronounced."[1]《文赋》这两句的中文原文为"罄澄心以凝思，眇众虑而为言"[2]。"calm transparency"是指"罄澄心"。史耐德是用道家思想的"虚"、"静"、"无"来解释这种诗的美学：

> 山川成为肉眼可见宇宙道理的现形；这种宇宙道理复归于静、于无、于空；一种无，可以产生万物，而万物之中心仍又有那玄妙的空。因此诗也是"静"的。言外之意甚多……
>
> Mountains and rivers were seen to be the visible expression of cosmic principles; the cosmic principles go back into silence, non-being, emptiness; a Nothing that can produce the ten thousand things, and the ten thousand things will have that marvelous emptiness still at the center. So the poems are also "silence." Much is left unsaid ...[3]

他在此段中引申的道家观念包括《道德经》中的"致虚极，守静笃，万物并作"及"归根曰静"(第十六章)；"万物生于有，有生于无"(四十章)；"道生一，一生二，二生三，三生万物"(四十二章)。我想如果用史耐德以上一段的看法来分析像陶潜、王维等诗人的作品，特别恰当。

史耐德提到中国古典诗歌第三个优点则是其中的宇宙观伸缩自如，诗中常有无穷的大宇宙，而诗人又能在隐居的小茅屋中自成一世界。他说："中国诗能步出狭窄的、以人为中心的事务，而进入长久时间、长远观点及自然运行的一个广大的心灵世界；而后又回到篱笆旁的小屋片刻。"(Chinese poetry steps out of narrow human-centered affairs into a big spirited world of long time, long views, and natural process; and comes back to a brief moment in a small house by a fence.)他认为隐居山林的士大夫，其山

---

① Chi Lu, Essay on Literature, trans. by Shih-hsiang Chen, *Anthology of Chinese Literature*, ed. by Cyril Birch, New York, Grove Press, 1965, p. 206.

② 陆机：《文赋》，见杨明撰：《文赋诗品译注》，7页，上海：上海古籍出版社，1999。

③ Gary Snyder, The Art of Poetry, in The Gary Snyder Reader: Prose, Poetry and Translations *1952—1998*, *Washington*, *D.C.*, *Counterpoint*, 1999, pp. 293—294.

居不再是狂野的自然，而是省思自我的地方，享受亲情及友情的地方："不仅只是你修习静思，追求悟境的地方，也是种菜、与孩子游戏、与朋友饮酒的地方。"（"a place where you not only practice meditation or strive for a vision，but grow vegetables，play games with children；and drink wine with friends."）他又认为中国古代的山水诗人隐居山中所追求的道家思想，源于新石器时代的村庄文明①。学考古人类学的史耐德，一定是研究过中国新石器时代的彩陶文化、黑陶文化，发现其为重农业与工艺的村庄生活，与士大夫的隐居生活有些相似。

我想我们可以在史耐德熟悉的《唐诗三百首》中找到他以上看法的例证。李商隐的《北青萝》可以表现宇宙观之"伸缩自如"。此诗中的叙述者去山中探访一位独居的和尚，到达其小茅屋，和尚却不在家，但叙述者的心灵却进入一个广大的世界。此诗如下："残阳西入崦，茅屋访孤僧。落叶人何在？寒云路几层。独敲初夜磬，闲倚一枝藤。世界微尘里，吾宁爱与憎。"首先叙述者的视野由茅屋推广到大自然山水："寒云路几层"，然后缩回茅屋，即"闲倚一枝藤"，然后又推到佛教哲理的内心世界，即"世界微尘里，吾宁爱与憎"。另外一首脍炙人口的王维的诗《汉江临眺》，则由无穷的视野，"江流天地外，山色有无中"，缩回到隐居的生活："留醉与山翁"。杜甫的《赠卫八处士》中则描写隐居之处也是种菜、与孩子游戏、与朋友饮酒的地方：杜甫探访的隐居朋友，就亲自为他去菜园子剪菜，与杜甫共饮话旧，"问答未及已，驱儿罗酒浆。夜雨剪春韭，新炊间黄粱。主称会面难，一举累十觞"。

而这种描写隐居山林生活的中国古典诗改变了史耐德的大自然观。他十几岁时心目中伟大的大自然是"火山口四十五度斜的冰坡或最原始的雨林"（"a 45 degree ice slope on a volcano，or an absolutely virgin rain forest"）。因为他读了中国古典诗才了解有人生活于其中的山林，也属美丽的大自然，他说这些诗"帮助我'观看'田野、农村、一丛丛矮树、老砖房后院的杜鹃花。它们解放了我，令我不再过分执于狂野的大山，它们显示出即使是最狂野的山也是人们可在其中生活的地方"（"helped me to 'see' fields，farms，tangles of bush；the azaleas in the back of an old back apart-

---

① Gary Snyder，The Art of Poetry，in *The Gary Snyder Reader：Prose，Poetry and Translations 1952—1998*，Washington，D. C.，Counterpoint，1999，p. 294.

ment. They freed me from excessive attachment to wild mountains, with their way of suggesting that even the wildest hills are places where people, also, live")[①]。

史耐德也探讨中国不同时代诗人眼中的大自然有什么不同之处。他根据的应该是他跟陈世骧所上过四门课的功课，还有他所广泛阅读有关中国诗歌的英文著作及中国古典诗之英文翻译。他说《诗经》反映人们眼前的土地和树林。汉诗、汉赋中描述大自然时，会"把狂野的大山世界写得恐怖吓人"("the wild mountains world as horrible and scary")；六朝诗中写的自然很广，从"田野、城郊的园林到真正的深山"("from the fields and gardens of the suburbs to the really deep hills")都写，他也读过陶潜的田园诗[②]，可见史耐德不但全面地阅读中国诗歌，由《诗经》一直到宋诗宋词，而且特别注意到诗歌中大自然形象的发展。

在中国古典文学理论方面，影响史耐德最深的是陆机的《文赋》，他的老师陈世骧就是研究《文赋》的专家。史耐德仔细研读过陈世骧英译的《文赋》。除了采用《文赋》中"澄心"、"凝思"，即"calm transparency"的观念[③]，以说明山水画画家必有的道家精神境界，还采用《文赋》中"操斧伐柯"的比喻，阐明文艺技术之重要及其传承之重要。《文赋》中曰："至于操斧伐柯，虽取则不远。"陈世骧的译文为"In making an axe handle by cutting wood with an axe, the model is indeed near at hand."[④]意思是指要做斧柄，去砍一条木头，带着斧头去砍，有斧头做样本，砍木头作柄可以有样学样。陆机的句子典故出于《诗经》的"豳风"之"伐柯"，此诗曰："伐柯伐柯，其则不远。"[⑤]史耐德有一首诗即以"Axe Handles"[⑥]（即"斧柄"）为名，"Axe Handle"也是此诗集的名字，可见此诗之重要。诗中叙述诗人教儿子开如

---

① Gary Snyder, The Act of Poetry, in *The Gary Snyder Reader: Prose, Poetry and Translations 1952—1998*, Washington, D. C., Counterpoint, 1999, p. 295.

② Gary Snyder, Wild in China, in *The Gary Snyder Reader: Prose, Poetry and Translations 1952—1998*, Washington, D. C., Counterpoint, 1999, p. 287.

③ Chi Lu, Essay on Literature, trans. by Shih-hsiang Chen, in *Anthology of Chinese Literature*, ed. by Cyril Birch, New York, Grove Press, 1965, p. 206；陆机：《文赋》，见杨明撰：《文赋诗品译注》，7页，上海：上海古籍出版社，1999。

④ Chi Lu, Essay on Literature, trans. by Shih-hsiang Chen, *Anthology of Chinese Literature*, ed. by Cyril Birch, New York, Grove Press, 1965, p. 204.

⑤ 陆机：《文赋》，见杨明撰：《文赋诗品译注》，3页，上海：上海古籍出版社，1999。

⑥ Gary Snyder, *Axe Handles: Poems*, San Francisco, North Point Press, 1983, pp. 5—6.

何用印第安人的短柄小斧，如何甩小斧。儿子学得开心，方好家中有斧，又有旧木柄，诗人带着儿子削木柄，替儿子做他自己用的短柄小斧。此时艾兹拉·庞德译的《诗经》之伐柯跳入诗人脑中“when making an axe handle the pattern is not far off”，他老师陈世骧译《文赋》的句子也出现在他脑海。因此这首诗表现了传承的主题，即《诗经》传陆机，再传陈世骧、庞德，再传史耐德，最后传到儿子开·史耐德的身上。代代相传的是保留工艺的方法及对文化传承的重视。

史耐德非常喜欢谢灵运(385—433)的诗。我想他喜欢谢灵运主要是因为他们古今二人的爱好与思想有相通之处。史耐德爱爬山，爱在山中长住及露营，他说，由于谢“对南中国茂密的林木、陡峭的大山特别着迷(这些山峰高达4000—6000英尺)，他会花很长的时间来爬山、游山，包括有一次劈山径探索之旅长达一个月”[“His fascination with the densely wooded, steep hill of South China (peaking between 4000 and 6000 feet) took him on long climbs and rambles, including one month-long trail-cutting exploration”]，而且谢灵运常“探溪源，入森林，独自去山顶露营，在月光中散整夜的步”(“plunged into the watercourses and thickets, camped in the heights alone, walked all night in the moonlight”)①。不但两人都爱山如狂，而且两人都信奉佛教。史耐德更赞许谢灵运的一篇赋——《山居赋》②(*Living in the Mountain*)，赋中描写的是今日杭州附近，即会稽地方的景物，史耐德称赞此赋中远近的山水都描绘详尽，其他鱼、鸟、植物、动物亦记之甚详③。史耐德说得很对，谢灵运写遍山居附近的山水，分为“近东”、“近南”、“近西”、“近北”，以及“远东”、“远南”、“远西”、“远北”，详细陈述，草木由水草、药草，写到树木、鱼、鸟、兽每类都写一二十种。《宋书·谢灵运传》中描写他的确是个登山迷：“寻山陟岭，必造幽峻，岩障千重，莫不备尽。”④史耐德对谢灵运可说是山友对山友，惺惺相惜。

---

① Gary Snyder, Wild in China, in *The Gary Snyder Reader: Prose, Poetry and Translations 1952—1998*, Washington, D. C., Counterpoint, 1999, p. 289.

② 谢灵运：《谢灵运集》，卷三，见刘殿爵、陈方正、何志华编：《谢灵运集逐字索引》，42—57页，香港：中文大学出版社，1999。

③ Gary Snyder, Wild in China, in *The Gary Snyder Reader: Prose, Poetry and Translations 1952—1998*, Washington, D. C., Counterpoint, 1999, p. 288.

④ 沈约：《谢灵运》列传第二十七，见《宋书》，第3册，第67卷，1775页，北京：中华书局，1974。

我想谢灵运写山景的诗，是亲身体验过才写得出来的，当然对了史耐德的胃口，如《初去郡》中的“溯溪终水涉，登岭始山行”[①]，生动地写出他爬山的情景，溯山溪到源头，就徒步渡水，登到山岭之上，才开始在山脊上爬行。

唐朝的诗人除了寒山，他还推崇杜甫，他说“中国人认为他是他们最伟大的诗人，他无疑也是全世界最伟大的诗人之一”。他又提到杜甫的名诗《春望》，他对这首诗第一句“国破山河在”的诠释如下：这首诗是长安“陷于叛贼安禄山后写的，当时看起来像整个朝代已被推翻了，他说‘国破山河在’。我们在这个社会有什么狗屎舆论没关系，山河在就行，那就是国家，那就是爱国，那就是我们爱的东西，那就是起点”[②]。在此史耐德以他信奉的生态观念来曲解杜甫的诗句，《春望》中表现的伤感，源于亡国之痛，重点不在“山河在”，而在“国破”。诗中后来的句子“感时花溅泪，恨别鸟惊心”，都是亡国后对时事之感伤，与亡国所造成别离之痛心。史耐德可以说是犯了断章取义的毛病。

史耐德钦佩的另一位诗人是苏轼，他赞赏苏轼对空间变化的描写。其实他自己的诗就注重空间的变化。他说苏轼的诗《江上看山》[③](*On the Yangtze Watching the Hills*)描写其长江之游，“为我们打开了那个空间的源泉”(“opens source of that space for us”)。以下为他所引用白顿·华特生《江上看山》的英文译文：

From the boat watching hills—swift horses:
a hundred herds race by in a flash.
Ragged peaks before us suddenly change shape,
Ranges behind us start and rush away.
I look up: a narrow trail angles back and forth,
A man walking it, high in the distance.
I wave from the deck, trying to call,

---

① 谢灵运：《谢灵运集》，卷一，见刘殿爵、陈方正、何志华编：《谢灵运集逐字索引》，18页，香港：中文大学出版社，1999。

② 保罗·基纳生：《史耐德访问记》，陈次云译，见《山即是心：史耐德诗文选》，26页，40页，台北：联合文学出版社，1990。

③ 苏轼：《苏轼诗集》，第1册，16—17页，北京：中华书局，1982。

But the sail takes us south like a soaring bird. ①

我找到苏轼《江上看山》的原文为："船上看山如走马，倏忽过去数百峰。前山槎牙忽变态，后岭杂沓如惊奔。仰看微径斜缭绕，上有行人高缥缈。舟中举手欲与言，孤帆南去如飞鸟。"这种人在舟上，快速穿越空间的感觉，史耐德必有同感，因为他自己喜欢在急流中划舟。也写过同类急流划舟的诗，即《峡谷鷦鷯》(*The Canyon Wren*)②。在急流的水上行舟看山水，的确会出现新的向度，新的面貌，新的时空观。

史耐德认为宋诗充满禅意，包括杨万里、北宋以及陆游的某些诗③。他引用一首苏轼的诗来说明宋诗的禅意。

I greet the breeze that happens along
And lift a cup to offer to the vastness:
How pleasant—that we have no thought of each other! ④

这三句出自苏轼的"适与风相迎，与杯属浩渺，乐此两无情"⑤，史耐德认为苏轼所说的"that we have no thought of each other"其实是一种禅悟之境："我们不应该把它当作无情的表现，或当作大自然之遥不可及。在两相忘之中，天空与自我之相忘之中，禅修者体现了活泼的能量，体现了每一片叶子、每一颗小石头的形状。"("It should not be taken as an expression of the heartlessness or remoteness of nature. Within the mutual mindlessness: of sky and self the Ch'an practicer enacts the vivid energy and form of each blade of grass, each pebble.")⑥我想苏轼在这诗中要表现的

---

① Gary Snyder, *The Gary Snyder Reader: Prose, Poetry and Translations 1952—1998*, Washington, D.C., Counterpoint, 1999, p. 308.

② Gary Snyder, *Mountains and Rivers without End*, Washington, D.C., Counterpoint, 1996, pp. 90—91.

③ Gary Snyder, *The Gary Snyder Reader: Prose, Poetry and Translations 1952—1998*, Washington, D.C., Counterpoint, 1999, p. 309.

④ Gary Snyder, *The Gary Snyder Reader: Prose, Poetry and Translations 1952—1998*, Washington, D.C., Counterpoint, 1999, p. 309.

⑤ 苏轼：《苏文忠公诗合注》，冯星实辑订，393页，京都，中文出版社，1979。

⑥ Gary Snyder, *The Gary Snyder Reader: Prose, Poetry and Translations 1952—1998*, Washington, D.C., Counterpoint, 1999, p. 310.

是：当人的情感寄托在宇宙上，人与人之间的感情反而会转淡。他的诗词的确常出现禅悟的境界，一种自在的、解放的心境，如他《临江仙》的词中，与友人饮酒，回到家夜已三更，童仆已经入睡，他敲门没人应，接着他没有大声叫醒仆人，反而“倚杖听江声”[①]，或是《南歌子》中“自爱湖边沙路、免泥行”[②]一句，都表现了禅悟的洒脱。

史耐德还认为唐代诗歌在禅境上，其开悟之境界不如宋代诗歌，因为唐代诗人太过执着于“无常”(impermanence)，而那只是大乘佛教一种“短暂”(transience)、“易散”(evanescence)的观念，他认为唐代诗人反应过度，太伤感了。而一代代的禅师们就不会如此自怜，对无常的现象，他们是以“戏谑与勇敢的方式”(playful and courageous style)来面对它[③]。唐诗对无常现象表示伤感的名句非常多，史耐德所熟悉的《唐诗三百首》中就有很多例子，如王翰的《凉州曲》：“醉卧沙场君莫笑，古来征战几人回”，或是王维的《九月九日忆山东兄弟》：“遥知兄弟登高处，遍插茱萸少一人”。至于禅师以不自怜的方式面对无常，则我们可以举史耐德译过的《百丈怀海行传》中的公案来做例子。

> One day a comrade came into the lecture hall weeping. The Master said “What's up?” He replied “My father and mother have both died. Will the Master please set a date for their funeral service?” The Master said “Come tomorrow and we'll bury them both at once.”[④]

其中文原文为：“一日有僧哭入法堂来。师曰，作么。曰，父母俱丧，请师选日。师云，明日来一时埋却。”[⑤]这一段显示出，百丈怀海禅师教导弟子面对死亡这种“无常”大事时，不要拘泥于仪式礼节习俗，重要的是面对

---

① 唐圭璋编：《全宋词》，第1册，287页，北京：中华书局，1965。

② 唐圭璋编：《全宋词》，第1册，293页，北京：中华书局，1965。

③ Gary Snyder, “Wild” in China, in *The Gary Snyder Reader: Prose, Poetry and Translations 1952—1998*, Washington, D. C., Counterpoint, 1999, p. 310.

④ Gary Snyder, *Earth House Hold: Technical Notes and Queries to Fellow Dharma Revolutionaries*, New York, New Directions, 1969, p. 71.

⑤ 释道原：《景德传灯录》，见蓝吉富编：《禅宗全书》，第2册，114页，台北：文殊文化有限公司，1988。

它，办完它。而我们也可以明白史耐德对中国古典诗的评价特别注重其心灵的解放及其时空之扩充经验，这与他自己修习禅宗有关。他又特别喜爱谢灵运、寒山、王维等诗人，因为他们像他一样喜欢在高山三中徜徉。

第二节　诗歌中采用的古典诗主题与典故

美国学者丹·麦克里欧指出，史耐德和几位美国诗人以自然为题材是属于"中国隐士传统"，此传统显示了一种和谐，把人搁放在与宇宙合一的地方，但人只是山水的一部分而已(the Chinese hermitic tradition that reveals that harmony …that places man at one with the universe but only as part of a landscape)[①]。丹·麦克里欧的看法很有见地，在西方文学传统与艺术传统之中，大自然常常只是人类活动的背景，或是人类表现其心智沉思的对象，后者可以英国 19 世纪诗人威廉·华滋华士(William Wordsworth，1770—1850)所写有关大自然的长诗为例。但在中国道家传统文学与艺术之中，所认知的自然通常就是宇宙整体的存在，人类只是其中一个很小的部分；这在中国山水画及山水诗中都很明显。史耐德的诗《八月中旬于沙窦山守卫站》[②]中，人类只是大自然中很渺小的部分：

山谷下面，一阵似烟的雾
三天的热，在五天雨之后
树脂长在枞树锥果上
在岩石上、草地上
一群群新生的苍蝇

我记不得我曾读过的东西
只有几个朋友，但是都在城里。
用一只锡杯饮冷冷的雪水

① Dan McLeod, The Chinese Hermit in the American Wilderness, in *Tamkang Review*, Vol. 14, No. 1, 1983, p. 170.

② Gary Snyder, Mid-August at Sourdough Mountain Lookout, in *A Range of Poems*, London, Fulcrum Press, 1966, p. 9.

往下望好几里地
穿越高旷静止的空气。
Down valley a smoke haze
Three days heat, after five days rain
Pitch grows on the fir-cones
Across rocks and meadows
Swarms of new flies.

I cannot remember things I once read
A few friends, but they are in cities.
Drinking cold snow-water from a tin cup
Looking down for miles
Through high still air.

史耐德此诗中叙述者的心智溶化在山谷清冽的空气之中。丹·麦克里欧认为这种自我之泯灭具有后现代主义之色彩，并把作品归为后现代时期的诗歌，他说："很多后现代诗人发现，必须要把武断的自我溶解掉，才能写出一种以最佳方式获得自我真实的诗歌，由于太多的文明因素，夹其各种复杂的人之角色，已把自我真实变得模糊了。"["(A)ny number of post-modern poets find the dissolution of assertive ego necessary to produce such poetry the best means at getting at the truth of self that too much civilization with its complex of human roles, has obscured."][①]那么，我们也许可以说在这类西方的隐士模式诗歌中，中国隐士诗论述与后现代论述(post-modern discourse)交汇融合了。丹·麦克里欧又说"中国诗人'人景交融'的精神，成为史耐德诗作中的传统"[②]。

如何断定一首美国诗歌中有中国隐士模式呢？如果这首诗引用了中国古典隐士诗歌的英译文文本为典故，并且也出现了描述美国诗人本身类似经验的文本，那么就应该可以断定此诗含有中国隐士模式。另外一种例子

---

① Dan McLeod, The Chinese Hermit in the American Wilderness, in *Tamkang Review*, Vol. 14, No. 1, 1983, 170.

② 盖瑞·史耐德：《禅在中国》，高寒梅译，载《当代》，1990年9月(53)，46页。

是，即使没有引用汉诗英译的句子，但美国诗人明显亦步亦趋地模仿中国诗中的经验模式或思维模式，也可以算是诗中含有中国隐士模式。这种模仿的论述方式可以用米哈依尔·巴赫汀(Mikhail Bakhtin 1895—1975)的想法来阐明："一个作者能把各种论述分配在相异的声音之中，包括'作者之形象'的声音，至少在这一方面，是否可以说每一个作家(甚至包括是纯粹的抒情诗人)，都可以算是'剧作家'呢……作家这种人，他懂得如何运作语言，又同时置身于语言之外；他有运用间接语言的天分。"["Isn't every writer (even the purest lyric poet) always a 'play-wright' insofar as he distributes all the discourses among alien voices, including that of the 'image of the author' …The writer is a person who knows how to work language while remaining outside of it; he has the gift of indirect speech."][1]当美国诗人试图把古代中国的论述与经验同化为自己的经验，而古代中国文化无论在时间和空间上都与当代美国文化大有区别，如果他不是个优越的"剧作家"，如果他不会应用"间接语言"，又如何办得到呢?

在史耐德的创作《仿陶潜》[2]之中，他引了两行陶潜诗句，其实他引用的典故不止如此。史耐德全诗共八行：

"Swiftly the years, beyond recall:
Solemn the stillness of this spring morning."
I'll put on my boots & old levis
& hike across Tamalpais.
Along the coast the fog hovers,
Hovers an hour, then scatters.
There comes a wind, blowing from the sea,
That brushes the hills of spring grass.

以下为此英文诗之中译文：

① Tzvetan Todorov, *Mikhail Baktin: the Dialogical Principle*, trans. by Wlad Gadzich, Minneapolis, University of Minnesota Press, 1984, p. 68.

② Gary Snyder, After T'ao Ch'ien, in *Left out in the Rain: New Poems 1947—1985*, San Francisco, North Point Press, 1986, p. 195.

"迈迈时运：
穆穆良朝。"
我会穿上我的靴，旧利瓦伊牛仔裤
并徒步爬越塔玛巴斯山。
雾沿着海岸盘桓，
盘桓一小时，然后散了。
有风，自海上吹来
扫过春草的群山。

表面看来，史耐德的诗分成两部分：第一部分是头两行的陶潜诗英译"swiftly the years，beyond recall：/ Sohemn the stillness of this spring morning"。其英文用得比较典雅，呼应中文的四言诗的风格；第二部分是后面六行，写的是叙述者20世纪在美国的山林经验，用的是美式口语如"hike"及流行的美国服装产品的字眼"Levis"等，这首诗的叙述者想像自己是在美国西岸的山上徒步行走。以上两部分似乎是不相连贯的，然而如果读陶潜全诗的原文，则会有令人讶异的发现。陶诗诗题为《时运》①，全诗如下：

迈迈时运，穆穆良朝。
袭我春服，薄言东郊。
山涤余霭，宇暧微霄。
有风自南，翼彼新苗。

对比之下，很明显的是，史耐德的诗由头到尾都在仿效《时运》的经验模式与思维模式。陶诗的第三句中，诗人穿上春衣，史耐德第三行中，诗人穿裤、穿靴；陶诗的第四句，诗人跑到郊外去，史耐德的第四行，诗人爬山；陶诗第五句中，有云霭在山上飘行，史耐德第五行中有云雾盘桓；陶诗第六句中，天暗下来，史耐德的第六句中，聚云散了；陶潜第七句有风自南来，史耐德的第七行有风自海上来；陶诗第八句，风吹新苗，史耐德

① 陶潜：《陶渊明集卷》，郭知达集注，景印文渊阁四库全书，第1063册，卷1，474页，台北：商务印书馆，1983。

的第八行中，风吹春草。可见史耐德真的亦步亦趋地仿效《时运》的经验模式。而史耐德的诗表面上看来，头两行与后面六行，在文字风格上不相连贯，而且一是引文，一是正文，想来此结构应该是史耐德有意的安排，很可能是为了掩藏英文诗中的中文文本《时运》的经验模式与思维模式，这样，这首诗读起来才像是道地的美国诗歌。因此，史耐德的"仿陶潜"可以说是充分表现了他在文化同化（cultural assimilation）的过程之中，高度地自觉，而且非常擅长运用"间接语言"，他可以说是位一流的"剧作家"。

什么是语调呢？用米哈依尔·巴赫汀的解释："语调不是由发言的客观内容来决定的，也不是由叙述者的经验来决定的，而是由叙述者对他对象本人（即其阶级、重要等）来决定的。"["The tone is not defined by the objective content of the utterance, nor by the experiences of the speaker, but by the relation of the speaker to the person of his partner (his rank, importance, etc.)."][①]换句话说，语调主要是呈现一种关系，是叙述者对他特定的对象，即他的听者之间的关系。如果是中国古典诗歌中友谊的语调，则是指诗人对他诗友倾诉的一种语调，呈现了诗人对诗友情谊，表现了他与一位和他在文化、思想上相通者的关系。

美国诗人所采用的另一种中国隐士模式，即是男性文人之间的友谊，此模式用了语调的技巧。中国古典诗中这种友谊模式并非集中描写文人之间的情谊，或友人的种种，而是借山水景物来写两人的情分。收在《唐诗三百首》中的李白的《送孟浩然之广陵》就是一个极佳的例子："故人西辞黄鹤楼，烟花三月下扬州，孤帆远影碧空尽，唯见长江天际流。"从这首诗，读者无从得知这位离去的"故人"之任何细节，也无从得知诗人与他之间是什么关系，但却因为诗人对景物之描绘，因为诗人目睹故人之帆船融入大自然之中，读者应该是可以感受到诗人浓厚的情谊及惜别之情。这首诗庞德就翻译过，题目是 *Separation on the River Kiang*[②]（《江上别》）。在史耐德的诗《八月沙窦山上：迪克·布楼瓦来访》（*August on Sourdough, a Visit from Dick Brewer*）中，借自然山水描写两人的友情也非常明显：

---

① Tzvetan Todorov, *Mikhail Baktin: the Dialogical Principle*, trans. by Wlad Gadzich, Minneapolis, University of Minnesota Press, 1984, p. 52.

② Ezra Pound, Separation on the River Kiang, in *The Translations of Ezra Pound*, New York: New Directions, 1963, p. 198.

我们在我们的睡袋之中
　　　　倾谈至半夜；
风吹电缆线　　夏日山雨。
第二天早上我送你
　　　　直至群崖之上
借你我的防雨披风——雨横洒页岩——
你步下雪原
　　　　在风中衣裳飘飘
最后挥手道别　　身影云半掩
……

We lay in our sleeping bags
　　　Talking half the night;
Wind in the guy-cables　summer mountain rain.
Next morning I went with you
　　　As far as the cliffs,
Loaned you my poncho—the rain across the shale—
You down the snow field
　　　Flapping in the wind
Waving a last goodbye　half hidden in the clouds
...①

在这首诗中读者无从知道这位迪克·布楼瓦(Dick Brewer)是怎么样的人，也无从获知诗人与布楼瓦之间以前的种种关系，然而读者却能感受到诗人对布楼瓦的情谊，因为有诗人借披风之举，更因为诗人以怀念的语调陈述布楼瓦的身影如何没入大自然的风与云之中，诗人是用非常投入的声音来写，故很感人。当然，在这种中国古典诗的友谊模式之中，大自然的角色很吃重：在诗人的眼中大自然即远行朋友融入的大宇宙(microcosm)，此外，大自然还是诗人默想(meditation)与神入(empathy)的对象。换句话说，大自然好像能发出一种和谐的力量，不但能把两位好友结合在一起，

① Gary Snyder, *The Back Country*, New York, New Directions, 1968, p. 19.

而且能紧扣住叙述者的心智。

叶维廉认为比起西方文学作品，中国古典诗中之万物更有其自主性，史耐德一些诗也表现这种自主性。叶维廉说："利用了物象的演出，任其共存于万象、涌现自万象的存在和活动来解释它们自己，任其空间的延展及张力来反映情境和状态，不使其服役于一既定的人为的概念。"[①]叶维廉认为美国诗人威廉·卡洛士·威廉斯、王红公与史耐德有些诗也达到中国古典诗的这种境界。他为他们能"剔除人主义的包袱"，"脱去诡变的心机"[②]。我想史耐德许多诗都能表现这种道家式的脱去机心的境界，如前面讨论过的《八月中于沙窦山守卫站》[③]之第一节：

山谷下面，一阵似烟的雾
三天的热，在五天雨之后
树脂长在枞树锥果上
在岩石上、草地上
一群群新生的苍蝇

这种表现模式当然与道家思想的顺其自然说有关，但也与史耐德的深层生态学有关，即在这个世界之中"各种物种都扮演不同的、但不可或缺的角色"（"the species all play different but essential roles"）[④]。他的诗《革命中的革命中的革命》（*Revolution in the Revolution in the Revolution*）[⑤]即明言最受剥削的是大自然，诗人要作它的代言人，也就是说动物、植物、山石、河流比少数民族、原始部落受到更大的剥削。因此他在自己诗创作中给他们更中心、更自主的地位是其来有自。

如丹·麦克里欧所言，史耐德作品中用典最多的是他早期的诗集《神话与文本》，而其中所用多为中国文化方面的典故，想是因为当时史耐德

---

① 叶维廉：《中国古典诗英美现代诗——语言、美学的汇通》，见《饮之太和：叶维廉文学论文二集》，53页，台北：时报文化出版事业有限公司，1980。

② 叶维廉：《中国古典诗英美现代诗——语言、美学的汇通》，见《饮之太和：叶维廉文学论文二集》，79页，台北：时报文化出版事业有限公司，1980。

③ Gary Snyder, *A Range of Poems*, London, Fulcrum Press, 1966, p. 9.

④ Gary Snyder, *A Place in Space: Ethics, Aesthetics, and Watersheds*, Washington, D. C., Counterpoint, 1995, p. 76.

⑤ Gary Snyder, *Regarding Wave*, New York, New Directions, 1970, p. 39.

正在研习中国文化。丹·麦克里欧说此诗集之后便少用中国典故了[①]。诚然《神话与文本》里中国文化的典故处处都有，包括《诗经》、老子和孔子的相关书籍、赵州禅师的公案、梦周公的典、八大山人的画等等。丹·麦克里欧又说，在《神话与文本》之后，“亚洲式的态度和意象正融入他的诗作架构中，用典自然不会是零星片断的”[②]。但丹·麦克里欧的话也不尽真实，史耐德后来还是多次引经据典地把中国古典诗引入他的英诗创作。如他的诗《光的各种用途》(*The Uses of Light*)[③]。结尾中就说：

A high tower
on a wide plain,
If you climb up
one floor
You'll see a thousand miles more.
高楼
在一广阔的平原上
如你再爬
一层楼
你将多看见一千里。

这明明是引用收入《唐诗三百首》中王之涣《登鹳雀楼》的最后两句：“白日依山尽，黄河入海流。欲穷千里目，更上一层楼。”史耐德《光的各种用途》这首诗不只是陈述人应该扩大视野，他是把人放在有情与无情的各种物之中，包括石头、树、飞蛾与鹿，以宣扬众生平等之义。

在史耐德 20 世纪 80 年代初写的诗《峡谷鹪鹩》[④]中，他巧妙地引用了苏轼的诗《百步洪》，如今试深入地探讨苏轼诗的典故如何融入史耐德的诗

① 盖瑞·史耐德：《禅在中国》，高寒梅译，载《当代》，1990 年 9 月(53)，51 页，54 页。
② 盖瑞·史耐德：《禅在中国》，高寒梅译，载《当代》，1990 年 9 月(53)，54 页。
③ Gary Snyder，*Turtle Island*，New York，New Directions，1974，p. 39.
④ “The Canyon Wren”首次于史耐德之诗集 *Axe Handles*(1983)中，后来也收在 *Mountains and Rivers without End*(1996)与 *The Gary snyder Reader*(1999)中。*Mountains and Rivers without End* 版本略有不同。

之中。史耐德的《峡谷鹪鹩》[1]全诗中译如下：

我抬头望崖岸
但我们被激流扫下去
这几只木筏
在水的骚乱上摆荡、溜动
巨石闪闪发光
在拱起的溪水之下。
两旁崖壁树立。
一只秃鹰横切狭窄的天空，被太阳击中，

我们向前划，反手划，转弯，
打着转，穿过涡流、浪头
搅动的白色水流之阶梯。
在吼声之上
听见一支峡谷鹪鹩的歌声。

一片平静的水，飘流着休息着。
又听见它了，顺流而下细致的歌声。

得得得得笛笛笛

穿越层层古远的河床而下。
一只落单的雌野鸭溯流而来——

顺百步洪而疾下
苏东坡刹那间看见
水全部静止不动。
“我凝视水

① Gary Snyder，*Mountains and Rivers without End*，Washington，D.C.，Counterpoint，1996，pp. 90—91.

它不可言喻地缓慢移动。”

道元在子夜写
“山流
水为龙宫
水不流走。”

我们在中国营靠岸
在一堆堆石头之间
那些黑发淘金者堆的石头，
在黑暗中煮饭
整夜在流水旁沉睡。

那些歌声曾在此，又消散了，
曾在此，又消散了，
可以清净我们的耳朵。
I look up at the cliffs
But we're swept on by downriver
the rafts
wobble and slide over roils of water
boulders shimmer
under the arching stream
rock walls straight up on both sides.
A hawk cuts across that narrow sky hit by sun,

we paddle forward, backstroke, turn,
spinning through eddies and waves
stairsteps of churning whitewater.
Above the roar
hear the song of a Canyon Wren.

A smooth stretch, drifting and resting.
Hear it again, delicate downward song

ti ti ti ti tee tee tee

descending through ancient beds.
A single female mallard flies upstream—

Shooting the Hundred-Pace Rapids
Su Tung P'o saw, for a moment,
it all stand still.
"I stare at the water:
it moves with unspeakable slowness."

Dōgen, writing at midnight,
"mountains flow
water is the palace of the dragon
it does not flow away."

We beach up at China Camp
between piles of stone
stacked there by black-haired miners,
cook in the dark
sleep all night long by the stream.

These songs that are here and gone,
here and gone,
to purify our ears. ①

① Gary Snyder, *Mountains and Rivers without End*, Washington, D.C., Counterpoint, 1996, pp. 90—91.

史耐德与詹姆斯、卡萝·卡兹夫妇(James and Carol Katz)在1981年去河道弯曲的史丹尼斯劳斯河(Stanislaus River)的激流划舟。此河位于加州西北部西野拉内华达(Sierra Nevada)山脉中，出游回来后史耐德写了这首诗。他们特地去划舟主要是因为新莫隆斯坝(New Mellones Dam)已于1978年盖好，它将在1983年启用，启用后他们去划舟的那段史丹尼斯劳斯河将永沉水底。《峡谷鷦鷯》先由划舟者的角度来看峡谷的峭壁，体验到被搅动的河流，并与三种鸟不期而遇：一只秃鹰，一只野鸭，一只鷦鷯。诗中说“峡谷鷦鷯的歌声一直都陪伴着我们”(“The song of the canyon wren stayed with us the whole time”)①。然而诗中大自然的歌声却有二，一是鷦鷯之歌，一是河流之歌。当他们三人在水边夜宿，听的却是河流的歌声，因为鸟已歇息。

史耐德在诗中处理水这种元素的本质问题及其形而上的变化问题时，他并没有引用英国文学或美国文学的典故，反而用了中国宋朝诗人苏轼与日本禅师道元的典故来阐明。他选这两位远东作家不仅只因为他们的典故切题，与水的本质有关，而且还因为他们的作品都饶有禅味和哲理，此外史耐德也了解中日两位作家的关系，即道元常在苏轼的诗作中寻求指引与灵感。百步洪位于今日江苏省徐州附近，为泗水的支流。史耐德把百步洪译为“Hundred Pace Rapids”，颇为传神。《百步洪》全诗为：

> 长洪斗落生跳波，轻舟南下如投梭。水师绝叫凫雁起，乱石一线争磋磨。有如兔走鹰隼落，骏马下注千丈坡。断弦离柱箭脱手，飞电过隙珠翻荷。四山眩转风掠耳，但见流沫生千涡。崄中得乐虽一快，何意水伯夸秋河。我生乘化日夜逝，坐觉一念逾新罗。纷纷争夺醉梦里，岂信荆棘埋铜驼？觉来俯仰失千劫，回视此水殊委蛇。君看岸边苍石上，古来篙眼如蜂窠。但应此心无所住，造物虽驶如吾何。回船上马各归去，多言哓哓师所呵。②

史耐德引用了其中一句“回视此水殊委蛇”，他把此句英译为“I stare at the

---

① Gary Snyder, *Mountains and Rivers without End*, Washington, D.C., Counterpoint, 1996, p.161.

② 苏轼：《苏轼诗集》，第3册，891—892页，北京：中华书局，1982。

water: / it moves with unspeakable slowness"，他的英译没有翻译原文中"回视"二字。他省略了"回视"这两个字，主要因为《峡谷鷦鷯》的叙述者并没有在他的想像之中跨越了很大的时间空间，所以他无从由另一空间来"回视"史丹尼斯劳斯河。而在苏轼的《百步洪》之中，叙述者在想像中天马行空，由南中国的徐州，飞越空间到今日的韩国，("坐觉一念逾新罗")，然后由大宋的11世纪回溯七百年，到第4世纪的晋朝皇宫洛阳外，看见铜驼周围生了荆棘("岂信荆棘埋铜驼")，因为晋朝文武双全的名臣索靖预见叛乱将至，皇宫将成废墟。《晋书》索靖传说："靖有先识远量，知天下将乱，指洛阳宫门铜驼，叹曰'会见汝在荆棘中耳！'"[①]苏轼因舟行之速，进而以高速跨越更大的空间和时间，感受历史之兴衰，感受天下之大。正因为他跨越广大的时空，才能"回视"百步洪，觉其水流缓缓委蛇。

《峡谷鷦鷯》一诗也跨越时空，但范围不那么大。在空间上跨越的是一小段史丹尼斯劳斯河，在时间上回溯仅一百多年到淘金热(Gold Rush)时代，因为史耐德与朋友在华工百年前的营地露宿。但是《峡谷鷦鷯》自另有其优胜殊异之处，一样令人动容。此诗表现了在经验客观现实与对此现实不同之透视，两者之间对比强烈。换句话说，一方面是史丹尼斯劳斯河的急流意象，另一方面却是在苏轼与道元的灵视之中的缓慢水流，甚至水会停顿不动。史耐德呈现苏轼之灵视："我凝视水，/ 它不可言喻也缓慢移动"，而道元的灵视在他笔下则为"山流 / 水为龙宫 / 水不流走"。因为史耐德呈现了两位远东古代智者殊异的观点，因此东西方在水的本质上进行了有趣的对话。

史耐德的《峡谷鷦鷯》与苏轼的《百步洪》有一点是相似的，即前者也试图扩大个人的视野。他引用了苏轼的"此水殊委蛇"，的确能跨越九百年的时空，由第11世纪到20世纪，来鉴照史丹尼斯劳河的湍流，因为在不久的将来，当新莫隆斯坝蓄满了水，原来河床上的水自然不再是急流，而是"殊委蛇"了。道元的话"山流"初看不合逻辑，但如果换个角度，由宇宙亿万年的岁月来看，高山夷为平地也是刹那间的事，故山当然可流去。如果我们化身为龙为鱼，周围总有水，水当然是不会流走的。换句话说，如果我们能以此心，泯入他人或其他生物的意识或心灵，则必能扩大自己的视

① 房玄龄等：《晋书》，第3册，第60卷，1648页，北京：中华书局，1974。

野。因此史耐德在诗中融入两位远东智者透彻的看法，会令西方人对西方的景物有更深刻的体会。

有些评论家认为这两则典故有令人开启智慧之效。西方评论家里奥那·西格（Leonard M. Scigaj）在 Dōgen's Boat，Fan，and Rice Cake：Realization and Artifice in Snyder's Mountain and Rivers without End 文中认为这两则典故会令读者作验到"自我与所居住之环境，为一单独之整体，穿流过连续的、暂时性的片刻"（"self and lived environment as a single totality flowing through the succession of temporal moments"）①。另一位评论家拉吉夫·巴德克（Rajeev S. Patke）在 *Response to "Gary Snyder，Dōgen" and "The Canyon Wren"* 一文中认为这两则典故显示了"短暂"（transience）与"无常"两个佛教观念，也表现了"果决"（resolution）和"矛盾"（paradoxes）这些观念②。我想这两则典故主要的作用是令人对我们固有的一些逻辑性的观念，不再执著，尤其是打破我们固有对速度的认知，对时间与流动性之关系的认知。而在美的感受上，这两则典故令水的面貌多姿多彩，令白花花的激水，多了透明缓流及水晶般的静谧这些美丽的意象。

《峡谷鷦鹩》一诗也涉及 20 世纪 80 年代美国一个考古上的、历史上的政治议题。因为由于兴建水坝工程，有不少淘金热时代的历史古迹将会淹没水底。中国营③就是将被淹没的古迹之一。史耐德特别在诗中描写这个营地与他的历史社会观有关，他认为在加州的历史上不同的族群都有其贡献，他特别描写这个中国营，因为这是华工对加州贡献的历史见证，且中国营已成为北加州风景不可分的部分。史耐德和卡兹夫妇，三位白人"整夜在流水旁入睡"的地方，也正是一百多年前黄种华人入睡的地方。两群露营者跨时间重叠于同一些空间，听一样的水声，也呼应了本诗所探讨的水的本质，即看起来流逝，其实没有流逝，看起来改变了，其实没有改变。

---

① Leonard M. Scigaj，Dōgen's Boat，Fan，and Rice Cake：Realization and Artifice in Snyder's Mountain and Rivers without End，in *Studies in the Humanities*，Vol. 26，No. 1－2，June－Dec. 1999，p. 133.

② Rajeev S. Patke，Response to "Gary Snyder，Dōgen，and 'The Canyon Wren'"，in *Connotations*，Vol. 8，No. 2，1998/99，p. 263.

③ 中国营位于"往帕洛特渡轮的第九营"（"camp 9 to Parrott's Ferry"）（Gary Snyder，*Axe Handles：Poems*，San Francisco，North Point Press，1983，p. 112）。此营现时应该在新莫隆斯坝北端的水底，帕洛特的加龙省渡轮路的那座桥就在此处。

《峡谷鹪鹩》中还有另外一个中国古典文学的典故，隐藏在最后几行："那些歌声曾在此，又消散了 / 曾在此，又消散了 / 可以清净我们的耳朵。"由诗文本本身来理解，"清净"耳朵的"歌声"应是那些鹪鹩的歌声，但露营者夜宿时耳边的水声，也可以是清净耳朵的歌声。两种歌声一昼一夜，歌声充满了所有时间。然而史耐德最后几行所暗藏的中国古典诗典故并不容易辨认。最后一行的英文是"To purify our ears"。在他写这首诗的二十六年前，1955 年他二十五岁时，译寒山诗就用过这组字。他译的"Cold Mountain Poems" 第十二首曰 "Today I am back at Cold Mountain / I'll sleep by the creek and purify my ears"①。寒山诗的原文整首诗为："出生三十年，尝游千万里。行江青草合，入塞红尘起。炼药空求仙，读书兼咏史。今日归寒山，枕流兼洗耳。"②

寒山的句子"枕流兼洗耳"引用了"枕流漱石"的典故。《晋书 · 孙楚传》曰："孙楚字子荆……才藻卓绝……少时欲隐居，谓济曰：'当欲枕石漱流。'误云'漱石枕流'。济曰：'流非可枕，石非可漱。'楚曰：'所以枕流，欲洗其耳；所以漱石，欲砺其齿。'"③。孙楚原先要说的是"枕石漱流"，即描写归隐之后的清静生活，可以用石头作枕头，用山溪水漱口。但他脱口说错了字序，说成"漱石枕流"，他就自圆其说地答，把头枕在流水上，是为了洗耳，表示要洗净所听的争权夺利之言语，隐居山中就可以做到。《峡谷鹪鹩》间接采用孙楚"所以枕流，欲洗其耳"的典故，为这首诗添加了中国节操高洁的传统诗境。由史耐德整体诗的思想而论，流水可以洗去污染了的语言，包括商业挂帅的语言，工业文明的语言，跨国企业的语言，源于自私自利、贪念的语言。

此外，还有一位西方的评论家认为此诗的一个关键词有中文的含义。约翰 · 韦伦-布力治（John Whalen-Bridge）在 Gary Snyder，Dōgen，and "The Canyon Wren"一文中说 "wren"（即鹪鹩），与"人"字同音，他认为这个同音的安排意指人类自以为上天赐予的知觉，其他生物也可以拥有，如鹪鹩；他说"用鹪鹩的歌声洗耳，可洗清以下的想法，即我们错误地称自己活生生的知觉为我们的人性，以之为人类专有的、独特的所有物。华

① Gary Snyder，*A Range of Poems*，London，Fulcrum Press，1966，p. 38.
② 项楚：《寒山诗注：附拾得诗注》，777 页，302 首，北京：中华书局，2000。
③ 房玄龄等：《晋书》，第 3 册，第 56 卷，1539 页，1543 页，北京：中华书局，1974。

工，不同时代的诗人，及鸟全都有这种知觉，这种知觉可以共有。”(“The wren's song purifies our ears of the notion that our lively awareness, which are mistakenly call our humanity, is the singular, unique possession of human being. Chinese workers, poets from various centuries, and birds all have this awareness, it can be shared.”)①我想约翰·韦伦-布力治误读了史耐德的《峡谷鷦鷯》，史耐德不会因为“wren”与“人”字发音近似，而特意用“wren”。史耐德以“wren”为诗之主角，只是因为他的确确在史丹尼斯劳斯河上听见它的歌声，而不是其他鸟的歌声。况且像韦伦-布力治那样把鸟与人混为一谈，实有违史耐德《峡谷鷦鷯》一诗之原意。此诗正要破除人之执著，破除人狭隘的观念，应该把“人”给忘却，怎么可以又把人的观念扩充到鷦鷯身上呢？鷦鷯、流水、鱼类都是我们要摒除人的自我意识，努力去认识的对象。史耐德自己在一篇文章中就清楚地说过：

> 看见一只在树丛中的鷦鷯，说他叫“鷦鷯”，然后继续走，可以说是(自我膨胀地)什么也没有看见。看见一只鸟，停下来，观察、感觉、忘记你自己片刻，留在树林的阴影中，那才很可能你会感受到“鷦鷯”——即在扩大的片刻中参与这世界。
>
> To see a wren in a bush, call it “wren”, and go on walking is to have (self-importantly) seen nothing. To see a bird and stop, watch, feel, forget yourself for a moment, be in the bushy shadows, maybe then feel “wren”—that is to have joined in a larger moment with the world. ②

史耐德在这一段文字与《峡谷鷦鷯》一诗中都明显地采用了大乘佛教的众生平等观，采用了禅宗修行的功课以及天台宗有情、无情众生皆有知觉的观念，采用了禅宗专注冥想的练习方式。

---

① John Whalen-Bridge, Gary Snyder, Dōgen, and “The Canyon Wren”, in *Connotations*, Vol. 8, No. 1, 1998/99, p. 124.

② Gary Snyder, *A Place in Space: Ethics, Aesthetics, and Watersheds*, Washington, D.C., Counterpoint, 1995, p. 179.

第三节　采用中国诗格律入英诗之试验

一般读者会认为欧美诗人采用中国古典诗歌之意象、主题都是可行的，甚至效果非常好，但如果说在英诗中采用中国古典诗格律或中国文法，则大多会不以为然。但是史耐德在英诗中采用中文的文法模式是众所周知的事，连西方学者也曾深入探讨过，如哲迪·诺顿(Jody Norton)说以下的中文文法特色都被史耐德采用过：如唐诗中所用的"具体的"(concrete)名词，且没有"个体化"(individualized)，又如不采用定冠词或不定冠词等①。丹·麦克里欧也讨论到史耐德的省略句法②。我想史耐德曾使用过一些中文的文字特色与格律来进行英诗诗语的实验与改革，其目的是为现代英诗的诗语寻找新的出路。

有些学者认为中文是由单音节字组成的，换句话说，所有的中文字都只有一个音节，但是这种说法流于笼统。其实中文口语很多字都是多音节的(polysyllabic)，如"学校"(xuexiao)、"茄子"(qiezi)都是两个音节，也是意义上不能再分解的词素(morpheme)③。但是中文书写文字则是由方块字(character)组成，每一个方块字读起来都是一个音节，在这一点来说，中文是属单音节字之组织。尤其是就五言七言的律诗及绝句格律而言，诗中大抵可以说每一个字都分配到平音或仄音的位置，因而强调了其单音节字的特色，此外，因为全诗中每一个字都有其位，所以没有孰轻孰重之别，亦即没有重读(stressed)与轻读(unstressed)之别，也就是说，所有的字读起来在音量上是平等的等量音节(isosyllabic)。史耐德不仅在他的汉诗英译中试验单音节字的组织，也在他的诗创作中进行这种试验。

在他译的寒山诗("Cold Mountain Poem")④第六首里，整首诗的四十九个英文字中，有四十五个为单音节的英文字。因此这篇译文的单音节字

---

① Jody Norton, The Importance of Nothing: Absence and Its Origins in the Poetry of Gary Snyder, in *Critical Essays on Gary Snyder*, ed. by Patrick D. Murphy, Boston, G. K. Hall & Co., 1990, pp. 168—169.

② 盖瑞·史耐德：《禅在中国》，高寒梅译，载《当代》，1990年9月(53)，46—47页。

③ Charles N. Li and Sandra A. Thompson, *Mandarin Chinese: A Functional Reference Grammar*, Berkeley, University of California Press, 1981, p. 13.

④ 史耐德译的寒山诗首次出现于 *Evergreen Review*, Vol. 2, No. 6, 1958。其后收录在其著作 *A Range of Poems*, London, Fulcrum Press, 1966, pp. 31—41。

的比率为91.8%。本人曾由三本美国现代诗歌集中选择样本来计算单音节字在现代英美诗中出现的比率，此三本集子为《裸露的诗：开放形式的近期美国诗歌》(*Naked Poetry: Recent American Poetry in Open Forms*, 1969)，《当代美国诗人：一九四零以后的美国诗》(*The Contemporary American Poetry since 1940*, 1969)，及《当代美国诗》(*Contemporary American Poetry*, 1985)。结果是在美国现代诗中单音节字中出现的比率大约是在65%到85%之间。因此史耐德的《寒山诗》第六首中单音节字出现之比率可以说是异常之高。而此诗的中文原文及史耐德译文皆为八行，译文最后四行中单音节字的比率竟是百分之百，以下为此四行之中的英文对照：

似我何由届，与君心不同。
君心若似我，还得在其中。
How did I make it?
My heart's not the same as yours.
If your heart was like mine
You'd get it and be right here.

以上英文一连四行一个多音节的字都没有，史耐德之译文可以说是呈现一种乖离英文诗语准则的现象。当我大声朗读此四行英译文之时，它们的确产生等量音节的效果，我想这种效果是由三个原因造成的：第一是因为我预先假定(presuppose)此译文会有中文模式出现，第二是此诗行中没有一个多音节的字，因此不会自然地出现轻音的音节，第三是因为视觉上每个字之间都有空格，因此诵读的时候，在字与字之间会有短暂的间歇(pause)效果，所以会朗读出等量音节的效果。因此，史耐德的译文因为采用了中文文法模式的策略，故产生了特殊的韵律(rhythm)效果，一种特别轻巧的、活泼的韵律，并带点幽默的语调。奚密也注意到了史耐德寒山诗译文中"单音节字汇及两个以上连续重音节的使用"这一方法，故其诗的节奏感比英诗强①。

---

① 奚密：《寒山译诗与〈敲打集〉——一个文学典型的形成》，见郑树森编：《中美文学因缘》，189页，台北：东大出版社，1985。

史耐德的创作诗《松树梢》(*Pine Tree Tops*)[①]也采用了单音节字组织的模式，整首诗共有三十五个英文字，其中只有三个字是双音节(“into”，“starlight”，“rabbit”)，单音节的字占全诗数的 91.4%，亦为乖离准则的高比率典型作品。

in the blue night
frost haze, the sky glows
with the moon
pine tree tops bend snow-blue, fade
into sky, frost, starlight.
the creak of boots.
rabbit tracks, deer tracks,
what do we know.

史耐德于 1974 年在纽约州立大学艾伯尼校区应邀诵读自己作品时，本人在场，他声明那次专门朗诵的诗确是他在中国古典诗诗律影响下写的诗。当他读《松树梢》的时候，在读每一个字之后，他都微微停顿一下，当时我聆听的感受是每一个字本身都受了凸显的作用，也就是给“前景化”(foregrounded)了。而此诗中的“功能字”(functional words)，如冠词、介系词等特别少，意象词，如“blue haze”、“frost haze”、“glows”、“pine tree tops”等又特别多，有点类似中国五言、七言的山水诗所采用的词汇。我们可以举柳宗元的《江雪》为例：“千山鸟飞绝，万径人踪灭。孤舟蓑笠翁，独钓寒江雪”，意象名词很多，有“千山”、“鸟”、“万径”、“人”、“孤舟”、“蓑笠翁”、“寒江”、“雪”等。《松树梢》的策略似乎是试图在形式与字义两方面，建构一种异国情调的想象空间。那次他的朗诵演出非常成功，音调轻巧而活泼，听众皆听得眉飞色舞。对一位美国听众而言，他大概不但会明确地感受到美国西岸的山林意象，并且在声韵上享受到异国情调(exoticism)；而对一位多少通些中国文学传统韵律的听众而言，因为意外感受到中国山水的韵味，则会惊喜不已。

---

① Gary Snyder, *Turtle Island*, New York, New Directions, 1974, p. 33.

史耐德还试图采用中国古典诗的格律用在创作整首英诗上，听起来似乎是异想天开。他 1974 年在纽约州立大学的诗歌朗诵会上明言他有一首诗是五言诗，另一首是仿七言诗：即《致萝冰四首其一：某次于修斯洛森林野宿》(*Four Poems for Robin*：*Siwashing It out Once in Siuslaw Forest*)① 及《八月沙窦山上：迪克·布楼瓦来访》(*August on Surdough*，*a Visit from Dick Brewer*)②，前者用类似五言诗格律，后者用七个重读音的形式。以下列出这两首诗，诗行上的重读符号(/)为本人凭记忆中史耐德之朗读方式所加。

史耐德之《某次于修斯洛森林野宿》每一行可以读五个重读音：

I slept under　rhododendron
All night　blossoms fell
Shivering on　a sheet of cardboard
Feet stuck　in my pack
Hands deep　in my pockets
Barely able　to sleep.
I remembered　when we were in school
Sleeping together　in a big warm bed
We were　the youngest lovers
When we broke up　we were still nineteen.
Now our　friends are married
You teach　school back east
I don't mind　living this way
Green hills　the long blue beach

① Gary Snyder, *The Back Country*, New York, New Directions, 1968, p. 47.
② Gary Snyder, *The Back Country*, New York, New Directions, 1968, p. 19.

But sometimes　sleeping in the open
I think back　when I had you.

史耐德之《八月沙窦山上：迪克·布楼瓦来访》则每一行或每两行可以读七个重读音：

You hitched a thousand miles
　　　　north from San Francisco
Hiked up the mountainside　a mile in the air
The little cabin — one room —
　　　　walled in glass
Meadows and snowfields,　hundreds of peaks.
We lay in our sleeping bags
　　　　talking half the night;
Wind in the guy-cables　summer mountain rain.
Next morning I went with you
　　　　as far as the cliffs,
Loaned you my poncho— the rain across the shale —
You down the snowfield
　　　　Flapping in the wind
Waving a last goodbye　half hidden in the clouds
To go on hitching
　　　　clear to New York;
Me back to my mountain　and far, far, west.

就本人的重读音符号而论，前面两首诗每行或每两行皆有五个或七个重读音，这种读法与英诗传统的音步不同，即根本没有固定的抑扬或抑扬格等，只固定地算出五个或七个重读音。有趣的是其中一些行数全行只有五个音节，因此五个音全部是重读音，读起来有中文五言诗的效果。如“All night blossoms fell”以及“Feet stuck in my pack”。另一行虽说是六个字，但字义全属山水意象：“Green hills the long blue beach”，译为中文则为“碧峦长青滩”，其句型之深层结构完全切合中国古典诗的模式，如杜甫的“细草微风岸”①。杜甫的“细草微风岸”在句型的表层结构（surface structure）上是由两个名词词组（noun phrase）先后排列而成，即“细草”与“微风岸”，而这两个名词词组都属山水意象的词语，句中的名词放在第二个字及第五个字；以杜甫诗为例，名词是“草”及“岸”二字。而这中文句的表层结构即应是史耐德英文诗句“Green hills the lone blue beach”的深层结构（deep structure）。史耐德的英文句缺了动词，冒犯英文文法常规，在此他用中文诗歌语言模式来更新英文的策略的这一意图，非常明显。

如果不论本人所标之重读音符号，在书页的排列上，《某次于修斯洛森林野宿》全诗的形式结构本身就已经很整齐了，每一行的中间皆有停顿，以三格空白来显示此停顿。如果不是因为史耐德在纽约州立大学的朗诵会上明言，本人是不会发现此诗中用了五言诗的模式。而他五个重读音的排列也颇为用心。每行的停顿之前有两个重读音，停顿之后有三个（第六行除外）。中文的五言诗句大抵也是如此分法，如“细草微风岸”一句，“细草”两个字为一单元，“微风岸”三个字为一单元。记得聆听史耐德朗诵此诗时，效果颇为特别，与英诗传统常用的抑扬格五音步（pentameter）效果完全不同；他读起来，声调偏高，一连串的重读音，听来有如歌吟，又特别重读一些意象语的字，如“blossoms fell”、“big warm bed”、“long blue beach”等，特别凸显了这些意象语。

《八月沙窦山上：迪克·布楼瓦来访》也用行间三格空白，或用另起缩进排行来表现停顿；如第三行即用三格空白来表现停顿，第二行的“North from San Francisco”为一缩进排行，故第一行与第二行之间为一停顿。中文的七言诗句中也有停顿，如“孤帆远影碧空尽”一句，“孤帆远影”四个字

① 《旅夜书怀》，见《唐诗三百首》。

为一单元，“碧空尽”三个字为一单元，两个单元中间有一停顿；史耐德的《八月沙窦山上：迪克·布楼瓦来访》一诗亦用相类七言诗句的停顿法，每行在停顿之前有四个重读音，在之后有三个重读音。

《八月沙窦山上：迪克·布楼瓦来访》除了在格律上用了中文七言诗的模式，在其主题与叙述方式上也用了中国古典诗的模式。故友之重逢聚会是中国古典诗常描写的主题。叙述模式为：诗人本身往往是与会者之一，他以直接而深情流露的声音来说话，叙述的顺序如下，先是故友重逢的欢乐，然后是秉烛夜谈的契投，最后感叹明日不可避免之别离。杜甫的《赠卫八处士》是一典型的例子，下录的司空曙之《云馆与韩绅宿别》[1]亦表现此一主题与叙述方式：

故人江海别，几度隔山川。乍见翻疑梦，相悲各问年。孤灯寒照雨，深竹暗浮烟。更有明朝恨，离杯惜共传。

类似司空曙此诗，史耐德的《八月沙窦山上：迪克·布楼瓦来访》也有故人来相聚，有雨中夜谈，又山中相送，其主题与其叙述方式活脱是由唐诗中蜕化出来的。难怪本人自己初次读此诗时，总觉得似曾相识。这种似曾相识的感觉应是因为其主题与叙述方式与中国古典诗雷同，再加上一些类似中文词组的词语，如“summer mountain rain”。此英文词组平常会用介系词词组来表现，“summer rain in the mountain”。此处却用了中文词组的字序，即“夏日山雨”。这种似曾相识的感觉想与其采用七言诗格律的模式完全没有关系。此诗之采用七诗格律的模式是一种对英诗格律进行更新试验，而在美国诗坛上他这种试验前无古人，亦可能会没有后继者。但是纵观英美现代诗坛，《八月沙窦山上：迪克·布楼瓦来访》这一首英文诗，无论在形式上还是内容上，都中国化得非常彻底，鲜有匹敌。本人曾把此诗试用格律五言古诗体译为中文：

拦车行千里，北上别三藩。
跋涉缘山道，一里入云中。

① 《赠卫八处士》与《云馆与韩绅宿别》皆收在《唐诗三百首》中。

四面水晶墙，庐小亦足容。
草原连雪地，窗含无数峰。
拥被倾谈笑，不觉已三更。
夏夜山中雨，电缆戏清风。
明朝伴君行，至崖犹目送。
斜雨打峭壁，遗君一斗篷。
直趋下雪原，振衣万仞空。
挥手自兹去，云雾掩行踪。
君行江湖路，远赴龟岛东。
独自返空山，西域正鸿蒙。[1]

史耐德本人却认为，固然他对中文的单音特色很喜欢，但他好用单音字却传承自英国文学的传统，即古英文诗歌多采单音节的英文字，以下为1999年本人对他进行访谈时的对话，我们讨论他的诗《松树顶》的单音特色[2]：

史耐德：……当我开始读中国诗歌时，就是用中文来诵读中国诗歌，发现那种强而有力的单音节韵律，这特色令我着迷。那时我已读过盎格鲁萨克逊语[3]的作品以及艾兹拉·庞德的一些作品像是《水手》这首诗，一首很好的诗……你知道还有谁这么做吗？罗拔·佛洛斯特。……在一些诗中，他相当贴近地使用单音节。

Snyder：That was one of the things that's a charm to me about reading Chinese poetry in Chinese when I first started, was the discovery of that strong monosyllabic rhythm. But I've already been reading in Anglo-Saxon and some of Ezra Pound poems like

① 盖瑞·史耐德：《山即是心：史耐德诗文选》，107页，台北：联合文学出版社，1990。
② 史耐德单音节的诗不少，尚有"Bedrock"（Gary Snyder，*Turtle Island*，New York，New Directions，1974，p. 62）及"Eight Sandbars on the Tukano River"（Gary Snyder，*The Back Country*，New York，New Directions，1968，pp. 44—45）等。
③ 即"old English"，5世纪到12世纪之间在安格鲁萨克逊族用之语，与德语已较接近，在法语对其发生影响之前的语言。

"Seafarer" poem which is very good …. You know who also does this is Robert Frost …. He works very closely with monosyllables in some poems. [1]

此外，史耐德对英文进行实验时，常把一些中国诗的七言及五言的格律特色带进英诗格律之中。如有一首《沙宴山瞭望站留下的诗》("Poem Left in Sourdough Mountain Lookout")[2]即是几乎每一行都是七个音节，传统英诗多以十个音节为一行，也有六、八、十二音节为行的，以下即为史耐德这首"七言诗"(斜杠为本人所加)：

I/ the/ poet/ Ga/ry/ Sny/der
Stayed/ six/ weeks/ in/ fif/ty-/three
On/ this/ ridge/ and/ on/ this/ rock
& saw/ what/ ev/ery/ Look/out/ sees,
Saw/ these/ moun/tains/ shift/ ab/out
& end/ up/ on/ the/ o/cean/ floor
Saw/ the/ wind/ and/ wa/ters/ break
The/ branched/ deer, / the/ Ea/gle's/ eye,
& when/ pray/ tell, / shall/ Look/outs/ die?

在此诗及《八月沙宴山上：迪克·布楼瓦来访》(*August on Sourdough, a Visit from Dick Brewer*)与《某次修斯洛森林野宿》(*Siwashing It out Once in Siuslaw Forest*)[3]中，史耐德进行多方面的试验，包括"重音诗律"(accentual prosody)的试验、"顿法"(caesura)的试验、"排行"(lineation)的试验、以同音节数来排行、"行前留空格"(indentation)的试验等。史耐德这三首对英诗格律进行试验的诗，真是弥足珍贵。英美诗人中对中国古典诗有一点了解的人本来就不多，即使是艾兹拉·庞德、王红公与罗拔·布莱(Robert Bly)对中国古典诗都用过功，他们写的诗也采用一些中国诗的

---

① Gary Snyder, Personal Interview by Ling Chung, 21 July 1999.

② Gary Snyder, *Left Out in the Rain*, San Francisco, North Point Press, 1986, p. 42.

③ Gary Snyder, *The Back Country*, New York, New Directions, 1968, p. 19, p. 47.

模式，但大抵都是采用中国古典诗的内容或思维模式，几乎没有以中国古典诗格律来作试验，以改革英诗的格律的。据庞德自己的说法，他的名诗《在地下铁车站》(*In the Station of Metro*)是采用了日本俳句的诗法[①]，然而庞德采用的是俳句的思维方式，而非俳句十七音节(分为5、7、5三组)的格律。

而且史耐德采用中国诗律在方法上是多样的，也顾及英文本身的重音制度。我国新诗在发展阶段，也有诗人采用西方的格律，如20世纪中国诗人冯至写的十四行诗，应该也是诗律移植成功的一个案例。那么，这种格律之试验，是否仅只是形式上的求变呢？与整体诗观、美学有没有关系呢？提莫西·史提尔(Timothy Steele)认为作品的形式会反映最新的科技发展，如“自动自由诗”(automatic free verse)就反映弗洛伊德理论，以呈现潜意识活动[②]。我想同样地，作品的形式也会反映最新的文化思潮，如20世纪中叶美国西岸的旧金山文艺复兴及垮掉的一代等运动的思想，皆扬弃美国中产阶级价值观，吸收亚洲及印第安文化，因此史耐德用中国诗律来进行英诗之改革也是这场大文化思潮之产物。

---

① Ezra Pound, *Confucius: The Great Digest, the Unwobbling Pivot, the Analects*, New York, New Directions, 1951, p. 89.

② Timothy Steele, *Missing Measures: Modern Poetry and the Revolt against Meter*, Fayetteville, University Press of Arkansas, 1990, pp. 13—14.

第五章 史耐德翻译的中国古典诗

史耐德翻译的中国古典诗数目不算多，包括寒山诗二十四首及其他《唐诗三百首》中选译的十七首诗。但他译的寒山诗却在美国成为文学经典。此节先讨论他所译寒山诗及其他唐诗在翻译技巧上的特色，再探讨他译的寒山诗在美国成为经典的历史过程以及造成此经典化(canonization)的诸种原因。

第一节 译文的魅力与特色

史耐德所译的二十四首寒山诗之所以那么受欢迎，能成为经典，是与其善用“寒山”之心境的象征手法有关，也因为他所选的诗自有其特色，其选诗能在内容上自成一体，有吸引人的主题。奚密就认为这二十四首诗除了寒山这个象征，还有“道路”与“月亮”两个象征，她说：“‘寒山’同时意指山名、禅僧/诗僧，与诗人得道的境界。‘道路’在中西文学传统里均常被用作一象征，比喻精神上的摸索探求过程。”寒山诗中一再提到通往寒山路途之艰难(第一、三、六首)；“月亮”意象则指向人“生而俱有的佛性”及“空”的观念(第二十三首)。所以奚密说这二十四首诗整组“呈现了一具体而微的寒山的心路历程；从早年的沉迷红尘到中年后的悟道得道，以至得道后的静观自得、空寂无碍的超越境界。”①

---

① 奚密：《寒山译诗与〈敲打集〉——一个文学典型的形成》，见郑树森编：《中美文学因缘》，170—171页，台北：东大出版社，1985。

史耐德寒山诗英译的英文文字当然有无比的魅力，时而是简练、引人入胜，时而是用词精确，意象鲜明，时而是诠释真理、出人意表。史耐德在处理译文的语言时，有其独到的理论，他说既然寒山当时写诗的时候，采用了当代的口语，他译诗也可以采用英文的口语腔调[①]。当然寒山诗原文大量运用口语，乃其诗之一大特色。例如史耐德译诗之第十八首的中文原文就用了隋唐时期的口语，如“真意度”，“闲言语”，而史耐德的译文就采用朗朗上口的美国口语，如“real thought”与“silly talk”等：

多少天台人，不识寒山子。
莫知真意度，唤作闲言语。
Most T'ien-t'ai men
Don't know Han Shan
Don't know his real thought
And call it silly talk.

此外，在译诗第十九首的头两句中史耐德还采用了20世纪50年代“垮掉的一代”的俚语，“hung-up”(即指“心中有所悬挂”)：

一住寒山万事休，更无杂念挂心头。
Once at Cold Mountain，troubles cease
No more tangled，hung-up mind

下面第六首寒山诗之英文也深得口语之自然，尤其是最后四行：

Men ask the way to Cold Mountain.
Cold Mountain：there's no through trail.
In summer，ice doesn't melt
The rising sun blurs in swirling fog.
How did I make it?

---

① Herbert V. Fackler，Three English Versions of Han Shan's Cold Mountain Poems，in *Literature East & West*，Vol. 15，no. 2，1971，p. 276.

My heart's not the same as yours.
If your heart was like mine
You'd get it and be right here.

至于史耐德译文意象之鲜明活泼，真可说是随手拈来。如寒山诗第六首之“The rising sun blurs in swirling fog”之原文为“日出雾朦胧”，译文中“swirling”(成漩涡状打转)令此意象大有动感，而且“blur”字又与“swirling”字叠韵，为声色俱佳之句。至于把“钟鼎家”译为“families with silverware and cars”(用银餐具、备有轿车的家庭)(*Cold Mountain Poems* 第二首)是出人意表的故意误译，因为史耐德不想用注释来解释“钟鸣鼎食”的典故(古代富豪之家，人口众多，开饭的时候要敲钟，煮食要用大鼎)，更要呈现出具现代感的英文。他这种创意英译的例子，也很常见，后文中会讨论到，包括他译的孟浩然之《春晓》与王维之《鹿柴》。

林耀福则强调史耐德与大自然的融洽关系，这与寒山诗中表现的关系是相同的，他认为，正因为史耐德自己跟寒山一样，能完全融入高山上大自然的生活中去，所以他的寒山英译诗才能表现出那种“完全的自由”(complete freedom)。林耀福认为史耐德与寒山一样，能“进入大自然的心”(enter the mind of nature)；史耐德与寒山都是“大自然之生物”(creature of nature)，在大自然中享受“孤独感”(solitude)；能在大自然中，进行生动活泼的心理上与身体上的活动[①]。

史耐德译文的另一特色就是进行英文诗语的汉化实验。以下列出一首寒山诗原文[②]与史耐德译的寒山诗第九首[③]，并比对照。

杳杳寒山道，落落冷涧滨。啾啾常有鸟，寂寂更无人。
淅淅风吹面，纷纷雪积身，朝朝不见日，岁岁不知春。
Rough and dark—the Cold Mountain trail,
Sharp cobbles—the icy creek bank.

① Yau-fu Lin, The Mountains are Your Mind: Orientalism in the Poetry of Gary Snyder, in *Tamkang Review*, Vol. 7, No. 1, April, 1976, p. 369.

② 项楚：《寒山诗注：附拾得诗注》，031 首，86 页，北京：中华书局，2000。

③ Gary Snyder, *A Range of Poems*, London, Fulcrum Press, 1966, p. 47.

Yammering，chirping—always birds
Bleak，alone，not even a lone hiker.
Whip，whip—the wind slaps my face
Whirled and tumbled—snow piles on my back.
Morning after morning I don't see the sun
Year after year，not a sign of spring.

首先我们发现史耐德译文的八句英文之中有几句是不合英文文法的：除了第五、六、七行，其他五行没有一个句子有动词。反而中文原文中四句皆有及物动词："吹"、"积"、"见"、"知"；史耐德采用中文文法可省略动词的特色，且其及物动词比中文原文还要少。此外，史耐德英译文的字序基本上是依照中文原文，不只是把八句的叠字都译在每一行前面，英译诗每一个字的字序也都大抵依照中文的字序。例如史耐德的"Sharp cobbles—the icy creak bank"的字序就近似中文的"落落冷涧滨"的字序；如果译者用英文常用的句法，此句本应写成字序与上大不相同之英文："On the bank of the icy creek，there are sharp cobbles"。又如"Yammering，chirping—always birds"，以英文常用的句法应写成"The birds are always yammering and chirping"。史耐德似乎在试验中文的字序是否适用于英文。的确，这首英译诗无论是在纸上的文本或是朗读的听觉经验，都会因为过于工整，而有一点僵硬的感觉；这是因为采用了中文对句排比的字序之缘故。然而史耐德却在同中求异，在叠字的处理上力求变化[①]，英文文法有了变化，故有新颖之效果，同时减少僵硬之弊。且此诗之英译文亦可读为五个重音之格律，以呼应中文之五言格律，如头两行：

Róugh and dárk—the Cóld Móuntain tráil，
Shárp cóbbles—the ícy créek bánk.

① 只有"Morning after morning"与"Year after year"两者用同一文法模式；"Rough and dark"与"Whirled and tumbled"文法模式虽近似，但前者用形容词，后者用过去分词；其他"sharp cobbles"用了形容词与名词，"Yammering，chirping"为现在分词，"black，alone"为形容词；"whip，whip"是唯一的叠字，故变化颇多。

由以上史耐德英译文中动词之省略，还有对字序、叠字与音节之处理的情况可知，他相当了解中国诗之文法结构与诗律，并且敢大胆地在英译文之中采用。

史耐德的译文中，也出现过以五个英文字来译一句五言诗的例子。如《寒山诗》第四首：

High, low, old parapet-walls.
高 低 旧 雉 堞

这例子不但以五个英文字译五个汉字，而且逐字翻译，此外还用了与中文相同的字序。这译句没有动词，不合英文文法，呈冒犯英文准则的现象。

史耐德译寒山诗，有时明知故犯作了扭曲，背后彰显的却是西方的论述。在我以前所写的一篇英文论文《此山为何人之山？盖瑞·史耐德之寒山翻译》(*Whose Mountain is This? Gary Snyder's Translation of Han Shan*)[①]中，我先讨论史耐德如何扭曲了寒山原文的含义，最后给出结论，他仍持有西方传统的心态：

> 寒山诗的自然环境是崎岖而孤寂的，但绝对没有到敌意与暴力的程度，而史耐德诗中的自然却是严苛的，具侵略性的，及对人有敌意的……简而言之，史耐德把寒山安宁与镇静的心境换掉了，用一种人与大自然敌对的心境来取代，而这种心境必然是源自他自己在山中的经验。无论史耐德在20世纪50年代与禅宗有多深刻的呼应，他仍然有一种抗争的感觉，而这种感觉是源自西方传统的心态。
>
> Han Shan's natural surrounding is rugged and lonesome, but never to the extent of enmity and violence, while nature in Snyder is harsh, aggressive and hostile to man .... In a word, Snyder has substituted Han Shan's tranquil and composed mind with a mental state of antagonism between man and nature which he must have

① Ling Chung, Whose Mountain is This? Gary Snyder's Translation of Han Shan, in *Rendition*, Vol. 7, 1977, pp. 93—102.

> derived from his own life experience in the mountains. No matter how profoundly Snyder was in tune with Zen Buddhism in the 1950's, he still has a sense of contention which is derived from the mentality of Occidental traditions.

在1999年出版的《史耐德选读：散文、诗歌与翻译1952—1998》中，有一辑叫"十六首唐诗"(Sixteen T'ang Poems)，共收了十五首绝句及一首律诗的英译，作者包括孟浩然、王昌龄、王维、刘长卿、杜甫、王之涣、白居易、柳宗元、元稹、杜牧、张继等，后面还附一首盖瑞·史耐德自己写的唱和诗《在枫桥》；此外，还包括他译的白居易《长恨歌》[①]。他译的这十七首唐诗全属于《唐诗三百首》中选的诗。1953年到1955年他二十多岁时，在加州大学柏克莱校区东方语言学系做研究生，当时他在陈世骧教的"唐宋诗选读"这门课中已研读过以上这些诗，并在陈教授的指导下英译这些诗，但当时没有发表。直到三十多年之后，自己复习中文时，才把这些译诗加以修改润色。《长恨歌》译文于1986年完稿，"十六首唐诗"于1993年1月完稿，他把这些译诗献给他敬佩的陈世骧教授[②]。

比起这十七首诗，1955年他二十五岁时译的寒山诗可算是少作。这十七首唐诗英译是他五十六岁到六十三岁间才定稿的，所以有更多岁月的痕迹；也就是当他在润饰这十七首诗时，已有更丰富的人生经验、更成熟的诗艺，且对东方文化了解也更深刻，故能更确切地掌握中国诗歌形式及英文诗语。因此，本论文探讨的重点不在于他的翻译是否忠于唐诗的原文，而是要探讨他的英译文之诗歌形式与诗歌语言有何特色，并借着他对原文所做的一些扭曲及窜改，来探讨其背后可能存在之文化因素，包括他自己的诗观、他要表达的思想与生活经验等等。当然，前提是他应该对唐诗的原意有相当的了解，因为他当年受教于中国古典文学专家陈世骧，再加上这几十年来汉学学术界所出版唐诗的英译文很多，可供他参考，所以我假定他译文的扭曲部分全都是着意之举。

---

① Gary Snyder, *The Gary Snyder Reader: Prose, Poetry and Translations 1952—1998*, Washington, D. C., Counterpoint, 1999, pp. 538—554.

② Gary Snyder, *The Gary Snyder Reader: Prose, Poetry and Translations 1952—1998*, Washington, D. C., Counterpoint, 1999, p. 537.

这十七首唐诗译作比起他早年译的寒山诗，更彻底地借英文来呈现一些中国古典诗的特点，包括省略主词、省略冠词、省略动词，尽量用中文原文的字序、叠字，并试图呈现中国古典诗的顿法以及用创意的标点符号及空格来表现他所理解的原文之内涵。我们讨论的重点不是列举他采用了多少中国古典诗的语言模式，而是试图了解他这种充满中文模式的英译文所造成的效果是否是优美的英文诗语。换句话说，它们是否是成功的英文诗语之试验。

这十七首译作最明显的中文诗语模式为字序及顿法，可说比比皆是。以杜牧的《秋夕》为例，“天阶夜色凉如水，坐看牵牛织女星”两句，史耐德的译文如下：

On the stairs of heaven, night's color
　　cool as water;
She sits watching the Herd-boy,
　　the Weaving-girl, stars. ①

除了“天阶”顺应英文文法译为“the stairs of heaven”，其他的字序都按中文原文字序排列，真是亦步亦趋。如“夜色凉如水”译为“night's color / cool as water”。因为史耐德把“天阶”译为介系词词组，所以此子句之主词变成“night's color”(夜色)；中文原文则暧昧性较高，“凉如水”的可以是“天阶”，也可以是“夜色”，也可以是两者。而比较不同于英文惯用法(“the color of night”)的是“night's color”及把“stars”以同位语(apposition)放在最后，这两种英文用法都是因为模仿中文字序而产生的。“night's color”不同中文的含义，因原文“夜色”是指“夜景”；故“night's color”可说是扭曲，但也是还原。“夜色”为视觉意象，“凉”为感觉意象。此译文用了“五官联感”(synesthesia)，故颇有诗意。英文句子把“stars”放最后，画龙点睛，英语读者读到此字，才知他看的是两颗星，不是两个人；这是有力的结尾，而又不违背中文的原意。

史耐德的《长恨歌》也有不少地方采用了中文字序。如“蜀江水碧蜀山

① Gary Snyder, *The Gary Snyder Reader: Prose, Poetry and Translations 1952—1998*, Washington, D. C., Counterpoint, 1999, p. 541.

青”他译为“Shu river waters blue / Shu mountains green”，真的是文法字序按中文逐字译，没有动词，没有冠词，完全不顾虑到英文文法。如果全首《长恨歌》都如此翻译，结果一定不忍卒读。当然这种省略“be”动词的句型在他的诗创作中也常出现，幸亏这种一行七个字全照中文字序，连句法也模仿中文的句子仍在少数。有时七个字只有部分用中文的字序及文法，如“夕殿萤飞思悄然”就译为“Evening，palace，glow-worm flight / his thoughts were soundless”[①]；他把“夕殿萤飞”拆成四个名词顺原文字序来译，但“思悄然”就没有省略“be”动词，用了合英文文法的句子“his thoughts were soundless”；“Evening，palace，glow-worm flight”则变成悬吊字及悬吊词组（dangling word，dangling phrase），所以这一句七言诗字序虽说全顺着中文字序，其英文仍是合文法的。我想史耐德多少是借着译中国古典诗的机会，试验在英文中采用中文模式，推到极致，看其是否仍能为优美的英文句子。“his thoughts are soundless”是一种五官联感，把思想跟声觉联在一起，加上前一行的“Evening，palace，glow-worm flight”（夜、宫殿、萤飞）已堆砌出幽玄的气氛，故能营造寂寥的味道。

史耐德在这十七首诗中常常明确地采用中国古典诗的顿法。《长恨歌》的译文就由头到尾，每一行七言句子的英译文都拆成两行，按七言诗行前四后三的顿法模式。他在译诗的序言中如此介绍中国的七言诗句：“这首诗（指《长恨歌》）是七言诗，（在中文原文）其韵律大抵如此：冬冬 / 冬冬：冬冬冬。在我译文中，我尽量依循这种节奏。”[“This poem is in the seven character line，which gives it (in Chinese) the sort of rhythm：tum tum / tum tum：tum tum tum. I have tried to keep to this beat as far as possible in my translation.”][②]《长恨歌》的英译文把每个中文七言句子的前四个字排为一行，后三个字排成另一行，长诗全首皆如此分行。如“杨家有女初长成，养在深闺人未识”译为：

The Yang family had a girl

---

① Gary Snyder, *The Gary Snyder Reader: Prose, Poetry and Translations 1952—1998*, Washington, D.C., Counterpoint, 1999, pp. 551—552.

② Gary Snyder, *The Gary Snyder Reader: Prose, Poetry and Translations 1952—1998*, Washington, D.C., Counterpoint, 1999, p. 547.

　　just come grown;
Reared deep in the inner-apartments,
　　men didn't know of her. ①

在另外十六首翻译中，有时他没有用这种分行的方式，尤其是五言诗行较短，他会用行中添加空格来表现五言诗前二后三的顿法。如杜甫《春望》之"国破山河在，城春草木深"译为：

This nation is ruined,　　but mountains and rivers remain.
This spring the city　is deep in weeds and brush. ②

在诵读时，分行与加多空格都会延长停顿的时间，因此会有更强的顿感与节奏感。由于自 20 世纪初以来，英文诗歌格律以"自由体诗"(free verse)为主流，所以大胆试验不是史耐德独有的做法，威廉・卡洛士・威廉斯、康敏斯等的诗作皆以试验性著称，但像史耐德这般采用中文诗句的律法，则是独此一家。

他所译的寒山诗常保持中文叠字的特色，这十七首译诗也保留叠字的特色，然而他也会适可而止，如译《长恨歌》之"迟迟钟鼓初长夜，耿耿星河欲曙天"，他用了英文的叠字"slow，slow"来译"迟迟"，但"耿耿"则采用灵活的方式来呈现：

Slow, slow, the night bell
　　begins the long night,
Glimmering, fading, the Milky Way,
　　and day about to dawn③

① Gary Snyder, *The Gary Snyder Reader: Prose, Poetry and Translations 1952—1998*, Washington, D. C., Counterpoint, 1999, p. 549.

② Gary Snyder, *The Gary Snyder Reader: Prose, Poetry and Translations 1952—1998*, Washington, D. C., Counterpoint, 1999, p. 542.

③ Gary Snyder, *The Gary Snyder Reader: Prose, Poetry and Translations 1952—1998*, Washington, D. C., Counterpoint, 1999, p. 552.

如果他以"Glimmering，glimmering"来译"耿耿"，接连用两组叠字则英译文会嫌生硬，所以用"fading"来替代其中一个"耿"字，以表示天河的群星一明一灭，因为天快亮了。可见他用中文模式时，会考虑到英文诗句是否会单调生硬的问题，必要时会破解中文诗的叠字法。

这十七首译诗中也常用到省略主词、省略动词、不用冠词等中文文法模式，但因为他在译寒山诗及自己的创作中也经常用，所以在此不予讨论。然而他的译诗有时连标点符号与空格都充分地创意使用，以表现中文的模式与内涵。最突出的就是柳宗元之《江雪》后两句之译文：

孤舟蓑笠翁，独钓寒江雪。
A single boat—coat—hat—an old man!
Alone   fishing   chill   river   snow.[①]

这两行在字序上是完全依照原文的顺序，但加上标点符号与空格后，一下子语言就变得活灵活现。第一行一连三个长划符号，把"孤舟"、"蓑"、"笠"、"翁"变成读者视野中顺序出现的四个意象，先看到舟(boat)，再看到蓑(coat)，接着看到斗笠(hat)，最后才看到人；惊叹号引发读者心中的领悟："原来竟是个老渔人呢!"第二行每个英文字之间，空三个空格，这样在视觉上，在诵读的时间上，都有了间隔，每个字都会凝聚读者的想像力，有中文单音节字的效果。史耐德就说过"在纸页上安排字行与此行如何诵读，如何控制此行之时间，都有决定性的作用，字行的安排包括横向的白色空格，及直向的白色空格"。("The placement of the line on the page, the horizontal white spaces and vertical white spaces are all scoring for how it is to be read and how it is to be timed.")[②]他译作的十七首唐诗中，只有《江雪》这一行是如此使用空格，可见史耐德考量的是此诗的内容，前面以"these thousand peaks"(千山)与"all the trails"(万径)堆砌出气魄宏伟的山景，接着是发现竟然只是一个老渔人，最后一行可以说使用空

---

① Gary Snyder, *The Gary Snyder Reader: Prose, Poetry and Translations 1952—1998*, Washington, D.C., Counterpoint, 1999, p. 543.

② Gary Snyder, *The Real Work: Interviews and Talks, 1964—1979*, ed. by Wm. Scott McLean. New York, New Direction Pub. Corp., 1980, p. 31.

格呈现了一种渺小人类之孤绝感。

有时史耐德会故意更改原文之内涵，他说他对译作之中“偶尔的自由飞翔”(occasional free flight)要负全责[①]。他“自由飞翔”的例子不仅只“偶然”，其实数目不少，但大多背后有一定的原因，最常见的是借此强化诗的意象。例如说《长恨歌》中“宛转娥眉马前死”之“宛转”二字，是指女子“美好而轻扬貌”，间接描写贵妃临死时可怜的样子。他却用“writhing”(痛得扭动)与“twisting”(挣扎扭身)来强调贵妃绞死时的惨状，大概是史耐德在《麦氏汉英字典》(*Mathew's Chinese-English Dictionary*)中查到“宛”有“drop off in death”(宛其死矣)之定义，及“转”有“to toss to and fro”(转侧)之定义。所以史耐德把这一句译为“writhing，twisting，moth-eye brows / dies in front of the horses”[②](“痛得扭动，挣扎，娥眉 / 死于马前”)；此译作的意象比中文原文强烈，也比原文写实。

《长恨歌》译文中这类强化意象的精彩译作很多，可以称之为“诗意的再书写”(poetic revision)；例如“回眸一笑百媚生”的“百媚生”，原是描绘杨贵妃之千娇百媚，史耐德却改写为男性对杨贵妃着迷的反应：“A turn of the head，one smiled / hundred lusts were flamed”[③](“回头一笑 / 一百种欲念被点燃起来”)。在此史耐德似乎要与克里斯多弗·马洛(Christopher Marlowe，1564—1593)形容海伦(Helen)的名句比美：“Was this the face that launched a thousand ships，/ And burn the topless towers of Ilium?”[④](“就是这张脸发动了一千艘船，/ 烧毁了特洛伊城高不见顶的楼塔吗?”)“春从春游夜专夜”中的“专夜”，意指嫔妃或妻妾之中，有一位受到专宠，夜夜都由她一个人陪侍皇上。史耐德却采用“专”字的同义字“转”来译，还添加了旋风的意象：“Spring passed，spring dalliance，/ all in a whirl of nights”[⑤](“春天逝去，春日游宴 / 都在夜夜的一阵旋风之中”)。许多个夜晚

---

① Gary Snyder, *The Gary Snyder Reader: Prose, Poetry and Translations 1952—1998*, Washington, D.C., Counterpoint, 1999, p.548.

② Gary Snyder, *The Gary Snyder Reader: Prose, Poetry and Translations 1952—1998*, Washington, D.C., Counterpoint, 1999, p.550.

③ Gary Snyder, *The Gary Snyder Reader: Prose, Poetry and Translations 1952—1998*, Washington, D.C., Counterpoint, 1999, p.549.

④ Christopher Marlowe, *Doctor Faustus*, London, Methuen, 1962, p.1327.

⑤ Gary Snyder, *The Gary Snyder Reader: Prose, Poetry and Translations 1952—1998*, Washington, D.C., Counterpoint, 1999, p.548.

像旋风一样地转走，这个时间意象非常强烈，且具速度感。又如“一枝梨花春带雨”形容在仙境化为仙子的杨太真哭泣之模样，史耐德强调其悲戚，用了整个春天的雨量：“As though one branch of a blossoming pear / was holding the whole Spring's rain”[①]（“犹如一枝梨花 / 含了一春的雨”）。以上例子说明史耐德擅长于借扭曲原文来呈现强而具动感的意象。

用动感强烈的动词是史耐德译诗时常用的扭曲手法，也成功地造就他独特的英译风格。孟浩然的《宿建德江》中有“野旷天低树”一句，他译为“In these vast wilds the sky arches down to the trees”[②]。“arches”这个动词就很生动，史耐德的意象呈现天空主动朝树弯下身来，描写了自然界物与物之间的密切关系，这与他提倡的生态环保观有关。史耐德在译文中强化大自然意象的做法，在他早年译寒山诗时即充分使用，如他把“淅淅风吹面”[③]译为“Whip, whip——the wind slaps my face”[④]（“鞭笞、鞭笞——风掴打我的脸”），“slap”一字就是一种窜改，这种强化意象的手法使史耐德的诗意象更具动力和生机。

史耐德的《长恨歌》译文在叙述上和情节上都作了一些改写，所以杨贵妃的形象与有关唐玄宗的部分情节都与原文不同。这些也许是为了顺应西方的想像，更接近西方人心目中的中国人地事物。史耐德把杨贵妃描绘为娇小、典雅的美女，这与中国文化传统上环肥燕瘦的两种典型美人及白居易笔下丰腴的大唐美人，实不相符。如他把“天生丽质难自弃”的“丽质”改为“elegance”（典雅），把“玉容寂寞泪阑干”的“玉容寂寞”改写为“Her jade-like figure small and alone”[⑤]（“她如玉一般的身形娇小而孤寂”），因此特别把她改写成娇小及优雅的形象。呈现贵妃之丰腴的“温泉水滑洗凝脂”之“凝脂”则译为“her cold, glowing skin”[⑥]（“她凉凉的、发光的皮肤”），大大把惹祸美

---

① Gary Snyder, *The Gary Snyder Reader: Prose, Poetry and Translations 1952—1998*, Washington, D.C., Counterpoint, 1999, p. 553.

② Gary Snyder, *The Gary Snyder Reader: Prose, Poetry and Translations 1952—1998*, Washington, D.C., Counterpoint, 1999, p. 538.

③ 项楚：《寒山诗注：附拾得诗注》，031首，86页，北京：中华书局，2000。

④ Gary Snyder, *A Range of Poems*, London, Fulcrum Press, 1966, p. 37.

⑤ Gary Snyder, *The Gary Snyder Reader: Prose, Poetry and Translations 1952—1998*, Washington, D.C., Counterpoint, 1999, p. 553.

⑥ Gary Snyder, *The Gary Snyder Reader: Prose, Poetry and Translations 1952—1998*, Washington, D.C., Counterpoint, 1999, p. 549.

人降了温。而且此美女含蓄而内敛；在仙山上的杨太真对道士说话时“含情凝睇谢君王”，原文含意应是表现她诚心专注的样子，史耐德却把她改塑为天性能自制的女人“Restraining her feelings, cooling her look, / she told him to thank the Emperor”[1]（“控制自己的感情，沉静自己的面容，她叫他感谢君王”）。他故意把杨贵妃塑造为一位娇小、典雅、内敛的美女，应该因为这比较符合西方人心目中的东方美女。西方文学对东方美女的描绘可以用法国小说家福楼拜（Gustave Flaubert，1821—1880）所描写的一位著名埃及歌舞伎为例，她楚楚动人，如小鸟依人：

> ……看着那位美丽的姑娘酣睡着（她打着呼噜，头枕在我的肩膀上，我的食指搁在她的项链下面）……我想到了她，她的舞蹈，她那唱着无意义甚至难以分清字句的歌的声音。[2]

谈到西方人对东方女子的想像，在20世纪中叶好莱坞所拍西方人与东方人的爱情故事中可见端倪。电影《樱花恋》（*Sayonara Goodbye*，1957）叙述娇小美丽的日本女子爱上了高大英俊的美国白种人军官；《苏丝黄的世界》（*The World of Suzie Wong*，1960）则是一位香港妓女真情爱上了高大的美国白种人作家，女主角由只有五英尺高的华裔美国人关家倩（Nancy Kwan）担纲。而这两部电影的东方女主角都娇小、可怜、可爱，对白种人恋人都表现了无悔的深情。这种角色模式的背后显示了西方白种人对东方女子，或对东方的一种征服心态。史耐德重新为杨贵妃塑像时，似乎无法完全摆脱这种心态。

史耐德改造杨贵妃的另一个原因是，他在日本看过能剧《杨贵妃》（*Yōkihi*）。因为白居易的《长恨歌》传入日本，宫廷皇室与贵族都学过中文，《长恨歌》在古代日本人之间大为流行，日本小说《源氏物语》就多次用《长恨歌》的典故。能剧“杨贵妃”描写道士在仙山上找到了贵妃。史耐德1956

① Gary Snyder, *The Gary Snyder Reader: Prose, Poetry and Translations 1952—1998*, Washington, D.C., Counterpoint, 1999, p. 554.

② 此段福楼拜的文字为张京媛之译文（张京媛：《彼与此：爱德华·萨伊德的〈东方主义〉》，见张京媛编：《后殖民理论与文化认同》，45—46页，台北：麦田出版社，1995。）

年 9 月 30 日的日记[①]中描写他看能剧的经验："能剧杨贵妃——道士巫师访仙山玉境——他接受一个钗后，她开始跳舞。钗为金质地镶了珠宝，三角形的，有花状的垂饰：舞者不动它仍在微摇。"["Nō play Yang Kuei Fei/Yōkihi——the episode of the Shaman's visit to Hōrai (Jade nowhere Island place)——he receives a hairpin, then she dances. The headdress gold-jewelled triangles and floral danglers: quiver although the dancer is immobile."]可能日本能剧中杨贵妃的优雅形象先入为主，能剧内敛式之表演与舞蹈也影响到史耐德译《长恨歌》时重塑其相貌的过程。

安禄山之乱迫使唐玄宗逃离长安，当时仍然有大军护驾相随，故曰"千乘万骑西南行"。史耐德却译成军队全都散了："Thousand of chariots, ten thousand horsemen / scattered Southwest "("一千驾战车，一万名骑士 / 向西南方溃散")；玄宗到了四川，"峨嵋山下少人行"，应是指山径上除了他的军队之外没有什么旅人，史耐德却译成到达四川的护驾军队没剩下多少人，"Under Omei Shan / the last few came"("峨嵋山下 / 最后剩下的少数人到来")。他是借这些变更来强调玄宗情况之凄凉，如此后面所译的"行宫见月伤心色，夜雨闻铃肠断声"就更形可怜可叹了。史耐德这般改变唐玄宗的遭遇，会不会与他自己熟悉的西方历史有关呢？西方历史上，国王遭叛乱或兵败，被逐出皇宫，大多孤立无援、下场可怜。如法国路易十六上断头台，拿破仑老死于圣海伦娜孤岛上，苏格兰玛丽女王后半辈子被监禁于英国古堡。如此说来他改写唐玄宗的"时运"应该与迎合西方人的想像有关。史耐德的《长恨歌》大大改变了杨贵妃丰腴美人的形象，成为西方人心目中娇弱的典型东方美女，又把玄宗入蜀写得更为可怜无助，应该说是受了东方主义(Orientalism)的影响，即以西方对东方的固有定见，强加于东方事物之上。但整体来看史耐德的译作与创作，这种强加的东方主义例子并不多见。史耐德大多以认真谦虚的态度来了解东方的思想、诗学与作品，再试图明确地呈现在自己作品中。张京媛认为西方作家"在写东方问题时，必须正视写作策略：如何掌握和接近东方"[②]，这一点史耐德应

---

① Gary Snyder, *Earth House Hold: Technical Notes and Queries to Fellow Dharma Revolutionaries*, New York, New Directions, 1969, p. 36.

② 张京媛：《彼与此：爱德华·萨伊德的〈东方主义〉》，见张京媛编：《后殖民理论与文化认同》，41 页，台北：麦田出版社，1995。

该大抵做到了。

众所周知，文学翻译最难处理的是文化方面的习俗与文学典故，学术界翻译家多以作批注来解决这些问题。但诗人翻译的时候常会要求译文本身也是完整的诗歌，不容其依赖批注；故有时会以改变内容来解决这些问题。这些改动之处，反而是了解此作家把译文本土化的最佳切入点，因为他常会把他认为关要的本国文化特色添加进去，作为与本国读者沟通之桥梁。史耐德译的唐诗有时不只改写典故，化为较容易为英语读者接受的内容，而且还会以自己的生活体验入诗，尤其他自己在大自然山水中的生活经验。

这十七首诗中最令人争议的①是史耐德所译王维的《鹿柴》之“返景入深林，复照青苔上”这两句：

Returning sunlight
enters the dark woods;
Again shining
On green moss, above. ②

根据一般的理解，“青苔上”是指“照在青苔之上”，“上”是介系词，大多数英译家都译为“on the green moss”；如哲罗米·陈(Jerome Ch’en)与迈可·布洛克(Michael Bullock)就译为“Shine / upon the green moss”③。史耐德却把“上”字当副词：“Shining / on green moss, above”(上面照青苔)。当我在2001年7月18日到北加州奇奇地斯访问史耐德时，他说青苔长在树上是常见的现象，尤其是松树。的确，他家四周的原始森林中，许多树皮上就长了青苔，有的高高在三公尺之上。所以在此，他的生活经验进入了译文之中，改变了原文的涵义。甚至《鹿柴》之“柴”原意为“篱笆院落”，为隐士居住之处。其他译者有译为“thatch”(茅屋)、“hut”(小茅屋)，

① 本人于2001年7月8日在美国西岸做研究时，遇见的汉学家对史耐德“复照青苔上”之译文，多指摘为误译。

② Gary Snyder, *The Gary Snyder Reader: Prose, Poetry and Translations 1952—1998*, Washington, D.C., Counterpoint, 1999, p. 539.

③ John Minford and Joseph Lau ed., *An Anthology of Translations: Classical Chinese Literature*, Vol. 1, New York, Columbia University Press, 2000, p. 704.

哲罗米·陈与迈可·布洛克则译为“Deer Enclosure”(此“enclosure”指以篱围起来之地)[1]，但史耐德却译为“Dear Camp”。“Camp”意指营地，有时指可以随时拔营的帐篷，或临时性的小木屋。这是酷爱高山野营的史耐德生活之一部分，也是美国爱好在大自然中野营的人士所熟悉的临时性搭建，史耐德译为“camp”是一种去陌生化的手法。

史耐德译孟浩然之《春晓》时，在内容上作了大幅度的变动，原文为“春眠不觉晓，处处闻啼鸟，夜来风雨声，花落知多少。”史耐德译文如下：

Spring sleep, not yet awake to dawn,
I am full of birdsongs.
Throughout the night the sounds of wind and rain
Who knows what flowers fell. [2]

中文原文中的诗人应该已经醒了，所以才会听得见远远近近的鸟啼声：“处处闻啼鸟”。史耐德更改成诗人还没有睡醒，他英文译文的意思是“春眠，破晓了，却没醒 / 我(耳中)充满了鸟之鸣唱”；外在的鸟啼声在此内在化了，成为诗人内心境界的一部分，而且是他睡眠中的梦境，是他潜意识层的境界。西方世界 20 世纪所流行的心理学及心理分析之观念进入这首译作之中。

心理学的观念也出现在他译张继《枫桥夜泊》的译文中。“江枫渔火对愁眠”这一句一千年来常有争议；其字意表面看来就很暧昧：“江枫”是什么枫？江上何以有枫树？是指江边之枫吗？枫树又如何与渔火相对发愁而又入睡呢？是它们与诗人相对吗？有一说是“江枫”为“江村”之误；此说法是根据宋朝龚明之的《中吴纪闻》[3]及宋朝洪迈编撰、后由明朝赵宧光、黄习远整理的《万首唐人绝句》；如果是“江村”，则可解为“江村附近水上渔船的灯火相对”。另一种解释是张邦基《墨庄漫录》中说“江桥去城数里，距

---

① John Minford and Joseph Lau ed., *An Anthology of Translations: Classical Chinese Literature*, Vol. 1, New York, Columbia University Press, 2000, p. 704.

② Gary Snyder, *The Gary Snyder Reader: Prose, Poetry and Translations 1952—1998*, Washington, D. C., Counterpoint, 1999, p. 538.

③ 马孝义：《〈枫桥夜泊〉词语漫考》，载《新乡师范高等专科学校学报》，2000 年 2 月(14.1)，36 页。

诸山皆不远，书其实也”①，则可能指“江桥与枫桥两处之渔火相对”了。史耐德翻译这谜一样的句子时，应用了心理学的观念；他译为“river，maple，fishing-fires / cross my troubled sleep”（河流，枫树，渔火 / 都穿越我烦忧的睡梦）。因此，江河、枫树、渔火都成为诗人睡梦中潜意识层出现的事物；大自然的美景与人类潜意识层受压抑的烦恼相错交织。《春晓》一诗中之“花落知多少”，其含意是指不知道有多少花落了，质疑的是花的数量；史耐德的译文“Who knows what flowers fell”重点则转移到连自身是谁也不知道，更不知道落的是什么花。这么一改，颇添了禅味，人还未醒，而问的问题却是真正醒悟者会发的问题；也显示了史耐德对“我”之探究及对无情众生之关爱。他自 20 世纪 50 年代就深入学习禅，到为此译文定稿时，研究禅近半个世纪了，这些禅悟的观念在译作中出现是很自然的事。

又由于史耐德常在自己的诗创作中引用道家思想，所以即使在他译《长恨歌》这种伤感、怀旧的诗时，也会用一些道家的字眼。例如他把“侍儿扶起娇无力”的“娇无力”译为“languorous，effortless beauty”（疲倦无力，不需费力的美）②。“effortless”一字表示这种娇美是自然的，不必费力，不必刻意就会呈现，这个概念是原文所无；“effortless”此字呼应《道德经》中“自然”、“无为”、“不争”等观念。史耐德又把“一别音容两茫茫”译为“with that parting our two forms / were split by the world's vast shifting”③（自从那次分别 / 我们两人的身形被世界广大的变动所分开）。“茫茫”二字描写广大貌、远貌，并无“变化”、“变动”之意，史耐德则添加了“shifting”（变动）之概念。《道德经》亦有类似的变易观念，如第二十三章之“飘风不终朝，骤雨不终日”。

唐诗中有许多送别诗体现了一种唐朝生活的习俗，具体呈现一种文化内涵，而文化内涵是很难翻译的。唐代官场或文友送客，都送得很远，山上的徒步远送，陆路的骑马相送，水路的坐船相送，到了郊外还搭棚子，设宴饮酒饯别，叫“帐饮”。西方就没有这种送别习惯，所以当史耐德在译

---

① 余再山：《实境与诗境》，载《武汉交通科技大学学报》，2000 年 6 月（13.2），56 页。

② Gary Snyder，*The Gary Snyder Reader：Prose，Poetry and Translations 1952—1998*，Washington，D. C.，Counterpoint，1999，p. 549.

③ Gary Snyder，*The Gary Snyder Reader：Prose，Poetry and Translations 1952—1998*，Washington，D. C.，Counterpoint，1999，p. 554.

送别诗的时候，就会以变化方式来处理。如王维《送别》一诗的“山中相送罢，日暮掩柴扉”就涉及“相送”之举，史耐德改写为“Me in the mountains and now you've left/ sunset，I close the peelpole door”。[①]（我在山中，如今你已离去。/ 日落，我关上木板门。）省略“相送”之举不译，只写客人走后，诗人的孤独情景。史耐德就像他的前行诗人艾兹拉·庞德及王红公在译中国古典诗的时候一样，在必要时会根据西方的生活经验来作创意的英译。这种创意的英译文本的本身即具有多种文化的“混杂性”，它是亦中亦西的，也是一种桥梁。

1973 年史耐德接受访问时，谈到创作经验时曾说：“我会把整个经验在我脑中回放。我会把其在纸页上的样子全忘掉，与背后言辞成形之前的层次接触，然后借着努力再经验、回忆、具象化、再次具象化，我把整体再重头活过一次，试着把它再看清楚些。”（“I'll replay the whole experience again in my mind. I'll forget all about what's on the page and get in contact with the preverbal level behind it，and then by an effort of reexperiencing，recall，visualization，revisualization，I'll live through the whole thing again and try to see it more clearly.”）[②]史耐德表明他是用以上体验的方式来翻译诗歌的。他译寒山诗即如此，他会在脑中“具象化”文中所说之事物，捕捉诗背后的东西[③]。所以他的译文必然有主观的诠释，甚至注入他个人的生活经验。由于这类译诗有很大的创作成分，故可以不拿学术界翻译要求“信”的标准来衡量它，正如同我们不应完全以“信”来衡量庞德译的《古中国》，甚至当他在形式上模仿五言、七言诗的格律，其目的不只是显现中国古典诗之风貌，更是为了对英文诗语进行其极限度之试验及改革。如果我们由更广的文化层面来看，这些译诗是一种融合东西方文化的试验品；有时诗人在翻译时，运用他操纵母语的天赋，改写一些不太可能译出的文化内涵，化其为令人惊艳的意象诗语，如《长恨歌》中“云鬓花颜金步摇”的“金步摇”是一种金制的首饰，上有垂珠，走路时会摇晃。史耐德却译为

---

① Gary Snyder，*The Gary Snyder Reader*：*Prose*，*Poetry and Translations 1952—1998*，Washington，D. C.，Counterpoint，1999，p. 539.

② Gary Snyder，*The Real Work*：*Interviews and Talks*，*1964—1979*，ed. by Wm. Scott McLean. New York，New Direction Pub. Corp.，1980，p. 33.

③ Gary Snyder，*The Real Work*：*Interviews and Talks*，*1964—1979*，ed. by Wm. Scott McLean. New York，New Direction Pub. Corp.，1980，p. 39.

"Hair like a flooding cloud, flower face, / ripple of gold when she walked"①("头发像浮云，花容 / 她步行时，金的微波"），他根本不译"金步摇"这种首饰，而把它译为一种超乎现实的黄金水波意象"ripple of gold"（金的微波），以此来形容贵妃走路时流丽光辉的姿态，可谓神来之笔，是"诗意的再书写"之范例。

第二节　寒山诗译文的经典化过程

詹姆士·休伯(James Hulbert)说："我们在一个由文学经典所塑造的世界中生活、阅读和写作，而经典本身也不断重新被界定，的确在任何时刻经典都有多种版本。"("we live and read and write in a world shaped by literary canon. The canon itself is constantly undergoing redefinition and, indeed, exists in multiple versions at any one time.")②在 21 世纪初，寒山诗③的经典化就有跨国界的"多种版本"。在中国、台湾和香港，大学的古典诗歌课程中，一般而言寒山不在研读的重要诗人之列。然而，他却被列为一种较次要文学类别的重要人物，即释家诗类别。在日本和韩国他反而成为较受尊崇的主要诗人，而在美国，由于过去五十年经典化的过程，他稳坐中国重要诗人的地位。

具有讽刺意味的是，寒山在中国不能经典化的原因，也正巧是他在日本和韩国获得认同的因素：以中文为第二语言的日韩学者和贵族，较易明白他诗歌通俗的文字；此外，日本和韩国传统喜爱具佛家风味的诗歌，这也是寒山受欢迎的原因④。寒山在美国崛起是个异常的现象：他成为 20 世

---

① Gary Snyder, *The Gary Snyder Reader: Prose, Poetry and Translations 1952—1998*, Washington, D. C., Counterpoint, 1999, p. 549.

② James Hulbert, The Problems of Canon Formation and the "Example" of Sade: Orthodox Exclusion and Orthodox Inclusion, in *Modern Language Studies*, Vol. 18, No. 1, 1988, p. 120.

③ 寒山的身份和生卒年向来备受争议。根据普里布兰(E. G. Pulleyblank)的"Linguistic Evidence for the Date of Han Shan"一文，寒山的作品不只有一位原作者，他的生卒年介乎 7 至 9 世纪。为方便讨论起见，本论文视寒山为一位诗人。

④ 史耐德指出"日本过去五个世纪文学界对寒山的评价甚高。日本禅师选用寒山诗文本为禅修的正式功课(内容充满谜语和诗意)"["Japanese literary culture of the last five centuries has always held Han Shan (Kanzan) in high regard. Japanese Zen Masters have given formal training lectures (full of enigmas and poetry) on the Han Shan text"](Gary Snyder, Letter to Ling Chung, 12 January 2001)。此外，我在 1978 年访南韩时，拍到寺院柱上寒山诗句的照片(图 7)。

纪 50 年代末至 60 年代垮掉的一代和嬉皮(Hippies)的偶像，他还受到中国文学英译选集的译者和编者之喜爱。按格连·詹逊(Glen M. Johnson)所说，自从 20 世纪 70 年代起，美国学者所用的“经典”(canon)一词“意即那些被认为是‘文学’的作品，这些作品也因此给保存、用来教课、被评论，并受学术和批评活动所围绕，而上述活动令文学成为一门学问”(“come to denote those works *considered to be* ‘literature’, works for that reason preserved, taught, written about, and surrounded by the scholarly and critical activities that constitute literature as a field of study”)①。按此定义，在美国寒山诗的确已成为经典之一。

学校上课所采用的选集对一个作者的经典化可说是起最大的作用，而在选集这方面，寒山诗在美国表现特佳。盖瑞·史耐德所翻译的寒山诗入选白之(Cyril Birch)编的、由诺顿 Norton 出版社出版之《中国文学选集》(*Anthology of Chinese Literature*)，这本详尽的英译古今文学选集在 1965 年出版，其后至少有三十年，美国大学和大专的英译中国文学和英译亚洲文学等课程大多都用这本教科书。有趣的是，在这本选集中寒山所占的篇幅比其他唐代诗人多：李白诗只选了十一首，杜甫诗只有五首，寒山诗却有廿四首入选，而且还包括闾丘胤的序。寒山诗随后亦收入所有大部头的英译中国文学的常用教科书之中，例如：维克多·马亚(Victor H. Mair)编的《哥伦比亚传统中国文学选集》(*Columbia Anthology of Traditional Chinese Literature*, 1994)、史蒂芬·奥文(Steven Owen)编译的《中国文学选集：古代至 1911 年》(*Anthology of Chinese Literature, Beginnings to 1911*, 1996)和闵福德(John Minford)和刘绍铭编译的《古典中国文学：翻译选集，古代至唐代》(*Classical Chinese Literature: An Anthology of Translations, from Antiquity to the Tang Dynasty*, 2000)。寒山诗亦收入中国诗英译的大部头选集中，例如：柳无忌和罗郁正(Irving Lo)编的《葵晔集：历代诗词曲选集》(*Sunflower Splendor: Three Thousand Years of Chinese Poetry*, 1975)、白顿·华特生编译的《哥伦比亚中国诗集：古

---

① Glen M. Johnson, The Teaching Anthology and the Canon of American Literature: Some Notes on Theory in Practice, in *The Hospitable Canon: Essays on Literary Play, Scholarly Choice, and Popular Pressures*, Virgil Nemoianu and Robert Royal ed., Philadelphia and Amsterdam, John Benjamins Publishing, 1991, p. 111.

代至十三世纪》(*The Columbia Book of Chinese Poetry: From Early Times to the Thirteenth Century*, 1984)。

不仅是主要的英译选集都收了他的诗，英文、法文和荷兰文的翻译专书也出版了[①]。寒山的法文和荷兰文选集于20世纪70年代出版，其出版可说是受了美国逆向文化运动的冲击。美国翻译家和学者对寒山的兴趣持久不断。由1962年至2000年，共出版五种寒山诗的英译选集，其中只有一本是在北京出版的，其余四本都在美国出书。在英语世界，寒山确实比其他唐代诗人，如柳宗元、元稹和李商隐，更受注目。因此，寒山诗在西方的经典化是异常的，甚至可说是一种奇迹。

寒山诗经典化的原因错综复杂，经典化的因素更互相牵连，环环相扣。从广泛的角度来看，我们可以说在20世纪五六十年代，美国的社会、文化背景已可以接纳和吸收像寒山这类诗人了。同样不可或缺的原因是，富传奇色彩的寒山风可以用法兰克·万克(Frank J. Warnke)所说的"民族幻象"(the national mirage)[②]来解释[③]。换言之，寒山在狂野大自然中的适得其所与他掩藏在疯狂行径中的智慧，正符合20世纪中叶英美人士想像中的中国诗人形象。此外，必定有一连串环环相扣的事件令寒山诗得以经典化，白之的选集便是令其经典化的最重要事件。在此事件之前，又有两件相关的事件引发此经典化的过程，即史耐德翻译寒山诗和杰克·克洛厄的小

---

① 英文译本有白顿·华特生的 *Cold Mountain: 100 Poems by the T'ang Poet Han-shan* (1962)、亚瑟·汤比亚斯(Arthur Tobias)、詹姆士·山福特(James Sanford)和西顿(J. P. Seaton)的 *The view from cold Mountain: Poems of Handshan and shih-te* (1982)、罗拔·汉力(Robert Henrick)的 *The Poetry of Han Shan: A Complete, Annotated Translation of Cold Mountain* (1983)、彼得·史泰布拉(Peter Stambler)的 *Encounters with Cold Mountain — Poems byHan Shan* (1996)及红松的 *The Collected Songs of Cold Mountain* (2000)。法文译本 *Le Clodo du Dharma: 25 poemes de Han-shan* (1975)由泽克斯·彼班奴(Jacques Pimpaneau)翻译；荷兰文译本 *Hanshan Gedichten van de Koude Berg Zen-poezie* (1977)由艾迪马(W. L. Idema)翻译。

② Frank J. Warnke, The Comparatist's Canon: Some Observations, in *The Comparative Perspective on Literature: Approaches to Theory and Practice*, Clayton Koelb and Susan Noakes ed., New York, Cornell University Press, 1988, p. 50.

③ 法兰克·万克认为非西班牙裔与非葡萄牙裔的文学学者乐意接受菲德利可·哥西亚·罗卡(Federico Garcia Lorca)，乃因他的"作品常描写吉卜赛人、斗牛士和风情万种的女人，这正符合英美人士的想像之中的西班牙诗人会写的东西"("writing about gypsies and bullfighters and amorous ladies is what the Anglo-American imagination expects from a Spanish poet")(Frank J. Warnke, The Comparatist's Canon: Some Observations, in *The Comparative Perspective on Literature: Approaches to Theory and Practice*, ed. by Clayton Koelb and Susan Noakes, New York, Cornell University Press, 1988, p. 50)。

说《得道流浪汉》一书之出版。在《得》中，史耐德翻译寒山诗的经过成为一段重要的插曲，而寒山亦成为小说叙述者的偶像。《得》出版后，有两代青年均奉寒山为文化英雄，他们就是垮掉的一代和嬉皮。本文会探讨各事件和它们之间的关联以及其前因后果。究竟在美国有什么背景促成寒山在20世纪50年代至70年代偶像化和经典化呢？以下这些因素都是寒山崛起的原因：参与逆向文化运动青年们的信念和探索、佛教禅宗的流行、美国学术圈和大众对亚洲文化的浓厚兴趣。以下这事件是我亲身经历的，可以说明寒山在美国的流行程度，这是1968年我在美国威士康辛大学与一位貌似嬉皮学生的对话：

> "Have you read Cold Mountain's poems translated by Gary Snyder?"
>
> "Woo, yah."
>
> "Do you like Cold Mountain's poems?"
>
> "Yah, sure!"
>
> "Why?"
>
> "Why? Because he is beat, man!"

诗人和生态学家盖瑞·罗力士也说过："寒山诗英译本（指史耐德的译文）引领我们认识中国诗和日本诗。"（"The Han Shan translation led us on to Chinese and Japanese poetry."）① 为何这两代青年成为寒山神话萌芽的肥沃土壤呢？由东西方文化交流的角度来看，东尼·杰费（Tony Giffone）认为"在西方文学中，传统上呈现亚洲事物是最具异国情调、最神秘和最他者的"（"in Western literature, the Asiatic has traditionally been represented as that which is most exotic, most mysterious, the most Other"）②。在盖瑞·史耐德所译的闾丘胤的序里，与在《得》所描写的寒山形象之中，可以

---

① Gary Lawless, My Apprenticeship at Kitkitdizze: Summer of 1973, in *Gary Snyder: Dimensions of a Life*, ed. by Jon Halper, San Francisco, Sierra Club, 1991, p. 123.

② Tony Giffone, Disoriented in the Orient: The Representation of the Chinese in Two Contemporary Mystery Novels, in *Cultural Power / Cultural Literacy: Selected Papers from Fourteenth Annual Florida State University Conference on Literature and Film*, ed. by Bonnie Braendlin, Tallahassee, Florida: Florida State University Press, 1991, p. 144.

说是出现了一种“最具异国情调、最神秘和最他者的”的亚洲形象：这位住在蛮荒高山上的狂癫诗僧极具“异国情调”；寒山是文殊菩萨的转世，又能化身成流浪汉，这些都很富“神秘”色彩；寒山在美国人心中其实是古中国的一个幻影，也就是说，寒山是“他者”的一个范例。另一方面，寒山又能满足那两代人的梦想，他的外貌和生活方式吻合他们的口味，而且他像是他们传统中睿智的男巫(wizard)，成为他们渴望和模仿的典范。

这两代人背弃美国生活主流价值观和“美国中产阶级‘加入者’的心态”(“the ‘joineer’ mentality of middle America”)[①]，他们离开城市到处流浪，而寒山也背弃主流的儒家价值观，离开城市，隐身高山。美国青年穿着旧牛仔裤和状似破烂的衣服，而寒山以“桦皮为冠，布裘破弊”[②](“hat was made of birch bark”, “his clothes were ragged and worn out”)[③]。美国青年以疯狂之举与墨守成规的人划清界限，例如在正式的场所中脱光光[④]、夜晚在屋顶吸毒和大吼；寒山的行径也很古怪，“长廊徐行，叫唤快活，独言独笑”[⑤](“walking the long veranda, calling and shouting happily, talking and laughing to himself”)[⑥]。此外，寒山的心境似乎正是他们所追求的，因他的诗表现了一种“冷然”(cool)、平静和自足的心态，寒山之所以成为美国青年的偶像，主要就是因为以上原因。换言之，如约翰·舒特(John Suiter)所说：“盖瑞(史耐德)为现代的寒山创造了一种强韧、有洞察力和孤寂的人格面具”[“Gary (Snyder) created a tough, knowing, lonesome persona for a modern-day Han Shan”][⑦]。史耐德英译之寒山诗及诗序符合当代潮流以及克洛厄《得》一书中呈现现代化的寒山面貌，此二者深深吸引

---

① Michael Davidson, *The San Francisco Renaissance: Poetics and Community at Mid-century*, New York, Cambridge University Press, 1989, p. xi.

② 闾丘胤：《序》，见《寒山子诗集》，四部丛刊，第35册，1页，上海：商务印书馆，1929。

③ Gary Snyder, *A Range of Poems*, London, Fulcrum Press, 1966, p. 32.

④ 约翰·奇亚地(John Ciardi)说：“举个例子，在公众地方脱光衣服是垮掉者常用的恶作剧手法……艾伦·金士伯甚至曾在公开演讲时脱光光来强调这点”(“Shedding one's clothes in public, for example, is a well-established Beat prank … Allen Ginsberg has even made the point by stripping naked in the course of a public lecture”)(John Ciardi, Epitaph for the Dead Beats, in *A Casebook on the Beat*, ed. by Thomas Parkinson, New York, Thomas Y. Crowell Company, 1961, p. 261)。

⑤ 闾丘胤：《序》，见《寒山子诗集》，四部丛刊，第35册，1页，上海：商务印书馆，1929。

⑥ Gary Snyder, *A Range of Poems*, London, Fulcrum Press, 1966, p. 32.

⑦ John Suiter, *Poets on the Peaks: Gary Snyder, Philip Whalen & Jack Kerouac in the North Cascades*, Washington, D.C., Counterpoint, 2002, p. 163.

了美国两代青年。

美国的逆向文化运动反叛的是美国的主流信仰。佛教于20世纪50年代在美国大大流行，也是受到逆向文化之推动。约翰·何穆思(John Holmes)在1958年发表的文章《"垮掉的一代"的哲学》(*The Philosophy of the Beat Generation*)中认为垮掉的一代是"追求宗教的一代"(a religious generation)；他们反叛基督教、新教、天主教、犹太教这些教派，主要因为这些教派与美国中产阶级生活是密不可分的。正像19世纪的超越主义者一样，青年们不仅反叛那些"正统教派"(religious orthodoxies)，也向亚洲寻求"精神上的灵感"(spiritual inspiration)①。他们在宗教上的寻求得到了答案，即亚洲的佛教禅宗。艾伦·瓦兹和铃木大拙的著作是造成这一禅宗热的媒介。20世纪50年代后期和60年代出版的杂志可以证明禅宗广受欢迎的程度。在20世纪50年代末，单单一期《芝加哥评论》(*Chicago Review*)就刊登了十篇有关禅宗的论文及一首禅诗附禅画；《时代杂志》(*Time*)有一期刊登了一篇有关禅宗和艾伦·瓦兹的文章，他认为"佛教禅宗一分钟比一分钟时髦"("Zen Buddhism is growing more chic by the minutes")②。

然而，年轻一代对所谓"方正禅"(square Zen)并不感兴趣，方正禅要求严守戒律。而事实上那一代青年反对任何中规中矩或任何正统的事物。因此，《得》一书中及闾丘胤序中把寒山描写为禅癫就正对了美国青年的胃口。此外，禅癫的画像亦十分具吸引力，特别是寒山和拾得的画像，禅宗书籍和寒山诗译本的封面常采用两位狂癫诗僧的画像。艾伦·瓦兹也讨论过寒山拾得像，令英文读者理解其中国历史背景：

> 牧溪和梁楷(约13世纪)画了许多禅宗长老、大师的画像，他们大多把大师们画成放浪形骸的狂人，或瞪目怒视，或大叫大嚷，或闲游闲逛，或对纷飞落叶呵呵大笑。寒山与拾得两位疯癫的隐士成为他们喜爱采用的主题、禅的人物……
>
> Mu-ch'i and Liang-k'ai did many paintings of the Zen Patri-

---

① Stephen Prothero, Introduction, in *Big Sky Mind: Buddhism and The Beat Generation*, ed. by Carole Tonkinson, New York, Riverhead Books, 1995, pp. 6—7.

② Stephen Mahoney, The Prevalence of Zen, in *The Nation*, 1 November 1958, p. 311.

> archs and masters, whom they represented for the most part as abandoned lunatics, scowling, shouting, loafing around, or roaring with laughter at drifting leaves. As favorite themes they adopted, as Zen figures, the two crazy hermits Han-shan and Shih-te ...[①]

因此，在美国青年的眼中，寒山成为理想的禅癫和具有大智慧的禅宗流浪汉。不过，从寒山诗作品的内证看来，他在寒山上大部分时间非出家僧人，只是一位奉行道家和佛家学说的隐士，而且他定居在一特定的高山上，没有像流浪汉到处游荡。

在20世纪50年代，美国不少大学开始开设亚洲文化的课程，包括亚洲的文学、历史、艺术和宗教，部分大学亦开设有关亚洲研究的学系。这些新科目的设立，培养出一群有兴趣研读像寒山这样诗人的学者和学生。此外，寒山二字的意思指寒冷的山，是一种文学象征，这象征对西方的知识界来说是很具吸引力的。盖瑞·史耐德说："当他谈到寒山，指的是自己、他的家、他的心境。"（"When he talks about Cold Mountain he means himself, his home, his state of mind."）在"盛现代主义"（High Modernism）的作品中，有很多这类的象征，同时指涉人和其心境，或同时指涉某地点和主角的心境，例如艾略特的"荒原"、赫曼·何斯（Herman Hesse）的"荒野之狼"（Steppenwolf）和汤玛斯·曼（Thomas Mann）的"魔山"（the Magic Mountain）。杰佛雷·麦尔斯（Jeffrey Miles）对寒山的象征意义又做了延伸，它"可以视为一种精神的提升，或曰'顿悟'"（"can be read as a metaphor for spiritual elevation, *satori*, 'enlightenment'"）。里·巴特力特（Lee Bartlett）则认为，与亚瑟·韦理译的寒山诗比较，史耐德的翻译"似乎更直接出自大自然"（"seems more directly part of the natural world"），且"史耐德的翻译似乎把荒野的重要性与人心理状态连接起来"（"Snyder's translation seems to tie the importance of the wilderness to one's psychological states"）[②]。

寒山象征的吸引力历久不衰，史耐德的寒山诗译本出版之后三十九年，

---

① Alan W. Watts, *The Way of Zen*, New York, Pantheon Books, 1957, p. 175.

② Gary Snyder, *A Range of Poems*, London, Fulcrum Press, 1966, p. 31, p. 96, p. 110.

查尔斯·弗雷泽(Charles Frazier)的小说《寒山》(*Cold Mountain*)于 1997 年出版,并广受读者欢迎,亦获得评论界的赞许,还改编为电影。虽然弗雷泽的 *Cold Mountain* 是指位于美国北卡罗来纳州一座真实的山,然而他在序篇亦引用了两句英译的寒山诗。[①] 他引用的即是史耐德翻译的第六首诗头两行:"人问寒山道,寒山路不通。"("Men ask the way to Cold Mountain. / Cold Mountain: there's no through trail.")第六首诗其实是阐述寒山这个地点乃象征一种心境:"似我何由届,与君心不同,君心若似我,还得在其中。"[②]("How did I make it? / My heart's not the same as yours. / If your heart was like mine / You'd get it and be right here.")[③]弗雷泽呼应寒山的象征手法,他的寒山也可以解作小说中主角的家、他的心境和他的命运。可见史耐德译寒山诗能够不断吸引西方作家、评论家和读者,与他译的二十四首诗呈现了巧妙的寒山象征手法有关。

上面所讨论的大环境和社会文化背景应该就属法兰克·万克所说的"造成文学经典化的若有若无因素"("frivolous factors affecting literacy canonization"),包括"意识形态、政治和宗教"("ideology, politics, and religion")[④]。然而,寒山这种案例如此异常,如此凑巧,它必然有几个不可缺少的关键事件。我说过促成寒山诗之经典化有三个关键事件,发生前后过程有十一年:盖瑞·史耐德在 1955 年翻译寒山诗;杰克·克洛厄的小说《得道流浪汉》于 1958 年出版;白之将史耐德译的《寒山诗》(*Cold Mountain Poems*)收入《中国文学选集》,在 1965 年出版。

史耐德选择翻译寒山诗,主要是因为他对寒山诗里呈现的经验心有戚戚焉。史耐德在 1999 年写的一篇回顾中提到:

> 寒山世界的纯然具体面—寒冷、高度、孤立、群山等意象——是我们今天仍可以体验得到的:我长期逗留在山中,寒山的典型地貌令我感到舒服自在……我翻译的时候,多少就是靠回

---

① 谨在此感谢孙康宜教授提供此资料。

② 寒山:《寒山子诗集》,四部丛刊,第 35 册,3 页,上海:商务印书馆,1929。

③ Gary Snyder, *A Range of Poems*, London, Fulcrum Press, 1966, p. 36.

④ Frank J. Warnke, The Comparatist's Canon: Some Observations, in *The Comparative Perspective on Literature: Approaches to Theory and Practice*, ed. by Clayton Koelb and Susan Noakes, New York, Cornell University Press, 1988, p. 50.

忆亲身经历，在西野拉内华达山脉的经验，包括杰克松、白树皮松、花岗石悬崖和夏天都结冰的湖泊。

The purely physical side of the Han-shan world—the imagery of cold, height, isolation, mountains—is still available to our contemporary experience: I have spent much time in the mountains, and feel at home in the archetypal land of Han Shan… Part of my effort of translation was an almost physical recall of the ponderosa and whitebark pine, granite cliffs, and frozen summer lakes of my own Sierra Nevada experience. ①

另一方面，休·肯纳(Hugh Kenner)说翻译是一种"明确的尊崇"和"把一种以前不曾存在的东西注入语言之中"，史耐德翻译寒山的动机亦可作如是观：

由于这个时代的人都注重经典。其中一个打造经典的方式是明确的尊崇：即模仿、翻译。……诗人以翻译来把一种以前不曾存在的东西和新的可能性注入语言之中。在我们这个世纪[指20世纪]，他们特别喜欢在古代作者的作品中，感受沟通之激励，感受他者的激励：即感受到一种世界混成之感，这是我们及我们的文字[指英文]都未曾经历过的。

For our age has been canon-minded. One way to make a canon has been by explicit homages: imitation, translation … . Poets translate to get into the language something that was not there before, some new possibility. In our century they have been especially apt to be incited by a sense of communing, in an ancient author, with otherness: with a coherent sense of the world for which we and our words are unprepared. ②

① Gary Snyder, Reflections on My Translations of the T'ang Poet Han-shan, June 1999.

② Hugh Kenner, The Making of the Modernist Canon, in *Chicago Review*, Vol. 34, No. 2, 1984, p. 60.

但是，是谁把寒山诗介绍给史耐德的呢？是谁帮助他找到中文原典的呢？陈世骧教授是关键人物，他是著名汉学家，任教于加州大学柏克莱校区的亚洲语文系。在1955年秋季，盖瑞·史耐德第四次修读陈教授在研究所开的中国古典诗课程。因此，史已相当熟悉一些中国古典诗的原文了，当时在陈教授指导下他研读过《昭明文选》中的文章、《古诗源》和《唐诗三百首》的诗①。史耐德在1955年秋“刚去过约塞米蒂打暑期工，独自去西野拉山脉旅行回来”（“fresh from his solo trek in the Sierras and his summer job in the Yosemite”）②，史耐德向陈教授提出他想研读一位禅宗诗人，过了一阵子，陈教授问他对寒山诗有否兴趣，他回答有兴趣③。他读寒山诗，译寒山诗，其实是“他的功课”（“his class work”）之一部分④。陈教授教的是传统国学训练，他竟然派给史耐德这样的功课，实在令人难以想像。寒山肯定不在他课程原来的书目之中，他对史提议研究寒山，证明他的确博闻强记。他们用的寒山诗版本是在加大柏克莱“东亚图书馆找到的古版本”（“an old traditional style book from the East Asian library”）⑤。史耐德所用的版本应是于1926年开始印制的《择是居》丛书里的《寒山诗集》（第五十及五十一册），或商务印书馆于1929年出版的《四部丛书》里的《寒山子诗集》。

不过即使是在陈教授建议他研究寒山之前，史耐德已读过寒山诗的英译了。他可能读过亚瑟·韦理翻译的寒山诗二十七首，此翻译于1954年9月刊登在《相会》（*Encounter*）杂志上。史耐德的寒山诗手写原稿上，还打了韦理的英译，史耐德一定摘录自《相会》杂志⑥。贾可·李德认为“韦理的翻译应可视为史耐德翻译的原因之一，也许此译文既刺激起他翻译的兴趣，也引起他的不满”（“The Waley translation must be considered an impetus

---

① Gary Snyder, Letter to Ling Chung, 12 January 2001.

② John Suiter, *Poets on the Peaks*: *Gary Snyder*, *Philip Whalen & Jack Kerouac in the North Cascades*, Washington, D. C., Counterpoint, 2002, p. 161.

③ Gary Snyder, Letter to Ling Chung, 12 January 2001.

④ John Suiter, *Poets on the Peaks*: *Gary Snyder*, *Philip Whalen & Jack Kerouac in the North Cascades*, Washington, D. C., Counterpoint, 2002, pp. 161—162.

⑤ John Suiter, *Poets on the Peaks*: *Gary Snyder*, *Philip Whalen & Jack Kerouac in the North Cascades*, Washington, D. C., Counterpoint, 2002, p. 161.

⑥ Jacob Leed, Gary Snyder, Han Shan, and Jack Kerouac, in *Journal of Modern Literature*, Vol. 11, No. 1, March, 1984, pp. 189—190.

to Snyder's work, perhaps both stimulating his interest and provoking his dissatisfaction")①。但手稿上韦理的英译也可能是史耐德在初稿写成后才写上去的，因为史耐德本人提出与李德相反的说法：

> 我想我当时还没有读过韦理的翻译。我认识寒山是透过铃木大拙和布莱夫的书的。铃木大拙在《禅及其对日本文化之影响》中有好几次谈及寒山。书里有一幅十六世纪日本屏风的复制图，上面画寒山和拾得一边读卷轴一边嬉笑的样貌；另有一幅元代颜辉的寒山拾得像的复制图，此外还有几首[寒山]诗的翻译。这本书出版于1938年。
>
> I don't think I had read the Waley yet. I was acquainted with Han Shan from references in the writings of D. T. Suzuki and R. H. Blyth. In Suzuki's book *Zen and its Influence on Japanese Culture* he references Han Shan a number of times. There's a reproduction of a 16th century Japanese screen of Han Shan and Shi Te reading a scroll and laughing, and another reproduction of a painting of the two by Yen Hui of the Yüan dynasty. A few poems were translated as well. This book was published in 1938. ②

铃木大拙和布莱夫(R. H. Blyth, 1898—1964)的书的确提及寒山。铃木大拙的《禅及其对日本文化之影响》出版于1938年③，书中寒山被誉为"唐代最有名的诗癫"("the most famous poet-lunatics of the T'ang Dynasty")之一④。陈教授读过史耐德交给他的寒山诗翻译初稿，并就初稿里的"每一首诗都给他一些有用的指点"("useful small pointers with each po-

---

① Jacob Leed, Gary Snyder, Han Shan, and Jack Kerouac, in *Journal of Modern Literature*, Vol. 11, No. 1, March, 1984, p. 190.

② Gary Snyder, Letter to Ling Chung, 12 January 2001.

③ 这本书后来在1959年再版，新的书名是《禅与日本文化》(*Zen and Japanese Culture*)，书中第25、336、363、366及375页谈及寒山。布拉夫的《英国文学中的禅与东方经典》(*Zen in English Literature and Oriental Classics*)第266页讨论到寒山诗。史耐德寄了一幅颜辉(宋末元初)画的寒山拾得像的复印本给我，这幅画收在铃木大拙的《禅及其对日本文化之影响》里(图8)。

④ D. T. Suzuki, *Zen and Japanese Culture*, New York, Pantheon Books, 1959, p. 356.

em”)[1]。另一位重要的汉学家方志彤(Achilles Fang)亦看过他的手稿，并给予建议[2]。

史耐德的《寒山诗》于 1958 年在《常青评论》(*Evergreen Review*)上发表，这是史的译文首次面世，之后他把《寒山诗》收录在自己的诗集《砌石与寒山诗》(1965)及《诗的排列》(*A Range of Poems*，1966)之中。除了克洛厄的《得》使寒山偶像化及白之把寒山诗经典化外，史耐德的《寒山诗》还引起另一个连锁反应，因为《垮掉者的个案纪录》(*A Casebook on the Beat*，1961)[3]一书收了《寒山诗》。此书由汤玛斯·巴金森所编，除了收录了史译的寒山二十四首诗之外，亦辑了闾丘胤的序言和史耐德的注释。丹尼斯·马隆尼(Dennis Maloney)的话可以说明这个连锁反应：

> 很久以前在我念大学的时候，我刚刚开始写诗，在偶然的情况下，我首次看到《寒山诗》，是收在汤玛斯·巴金森编的《垮掉者的个案纪录》中，那是一本残破的旧书。里面有盖瑞·史耐德翻译的二十四首左右的寒山诗，令我印象深刻的是其直接的风格和灿烂的文采。这么多年来，寒山诗一直令我获益，带给我愉悦。
>
> Many years ago during my college days, when I was just beginning to write poems, I first came across the Cold Mountain Poems in a battered, used copy of Thomas Parkinson's A Casebook on the Beat. It contained Gary Snyder's translations of some 24 of the Han-shan poems which struck me with their direct and luminous qualities. The poems of Han-shan have continued to inform

---

① Gary Snyder, Letter to Ling Chung, 12 January 2001.

② Jacob Leed, Gary Snyder, Han Shan, and Jack Kerouac, in *Journal of Modern Literature*, Vol. 11, No. 1, March, 1984, p. 186.

③ 《垮掉者的个案纪录》一书分两部分：(1)一些疲惫求解脱作家的文章；(2)批评与评论。第一部分收了九位作者的作品：艾伦·金士堡、杰克·克洛厄、格里格利·柯索(Gregory Corso)、威廉·柏洛(William S. Burroughs)、劳伦斯·佛令格第(Lawrence Ferlinghetti)、盖瑞·史耐德、菲力普·华伦(Philip Whalen)、麦可·麦克洛(Michael McClure)和约翰·维恩纳斯(John Wieners)。盖瑞·史耐德的作品包括两首自己的诗、二十四首寒山诗的英译(包括序和附注)和两篇文章。

and delight over these many years. [①]

二十多年后，汤玛斯·巴金森对寒山的兴趣终于开花结果。上文是引自他为一本寒山诗英译本所写的序，这书出版于1982年，是亚瑟·汤比亚斯(Arthur Tobias)、詹姆士·山福特(James Sanford)和西顿(J. P. Seaton)译的《寒山上的景观：寒山拾得诗》(*The View from Cold Mountain*: *Poems of Han-shan and Shih-te*)。

为什么克洛厄的《得道流浪汉》对美国的寒山崇拜潮会有这么大的推动力呢？这部小说写明是献给寒山的，此举一定会引发读者的好奇心。然而，这部小说之所以流行的主要原因是因为其极具吸引力的双重英雄(double hero)——即主角雷·史密斯(Ray Smith)心目中的英雄，此英雄是两个传奇诗人的结合体——古代中国诗人寒山和20世纪美国西岸人史耐德。由于小说里用了这种双重人物手法，这位英雄得以超越时间限制和国家界限。虽然克洛厄把这部小说献给寒山，但实际上是献给这位双重英雄的。纵观全书寒山与杰费·莱德二人是分不开的，而杰费·莱德其实就是盖瑞·史耐德的化身[②]。小说的叙述者雷·史密斯(即克洛厄的化身)用杰费与雷的对话指出寒山与杰费·莱德(史耐德)之间的相似的地方：

"你知道吗？寒山是一位中国学者，他对大城市与尘世感到厌倦，就脱身藏在深山。"

"其实，听起来很像是你！"

……

"还有他是一个好孤独的人，他可以一个人自己离开人群，过单纯的对自己来说更真实的生活。"

"这听起来也像是你。"

"Han Shan you see was a Chinese scholar who got sick of the big city and the world and took off to hide in the mountains."

---

① Thomas Parkinson, Forward, in *A Casebook on the Beat*, ed. by Thomas Parkinson, New York, Thomas Y. Crowell Company, 1961.

② 1957年8月克洛厄在佛罗里达州计划写一本书，书名为《盖瑞的观想》(*Visions of Gary*)。同年11月他完成撰写《得道流浪汉》(Jacob Leed, Gary Snyder, Han Shan, and Jack Kerouac, in *Journal of Modern Literature*, Vol. 11, No. 1, March, 1984, p. 191)。

"Say, that sounds like you."

...

"And he was a man of solitude who could take off by himself and live purely and true to himself."

"That sounds like you too."[①]

此外雷·史密斯认为莱德有"奇异的东方容貌"("strangely Oriental-looking")[②]，而且他看来"完全像在我们幻想中出现的、中国古代在荒野中的禅宗大师"("exactly like the vision I had of the old Zen Masters of China out in the wilderness")[③]。小说尾声，史密斯独自在孤寂峰(Desolation Peak)上时，终于在幻觉中看见这位双重英雄，并得到顿悟：

忽然我似乎看见那难以想像的小个子中国流浪汉站在那里，在雾中，在他风霜刻痕的脸上，有一种不动表情的幽默。那不是真实生活中的杰费……而是我梦中比生活更真实的杰费……是那位劝我来这里的杰费……他似乎是站在孤寂峰上，站在长在岩石上的弯曲老树旁，保证这里的一切，证实这里的一切。

And suddenly it seemed I saw that unimaginable little Chinese bum standing there, in the fog, with that expressionless humour on his seamed face. It wasn't the real-life Japhy ... it was the realer-than-life Japhy of my dreams.... It was Japhy who had advised me to come here and now ... he seemed to be standing on Desolation Peak by the gnarled old rocky trees certifying and justifying all that was here.[④]

这位双重英雄包括那个以唐朝诗人寒山的形象为版本"难以想像的小个子中国流浪汉"("that unimaginable little Chinese bum")与以史耐德为版

① Jack Kerouac, *The Dharma Bums*, New York, New American Library, 1959, p. 18, p. 20.
② Jack Kerouac, *The Dharma Bums*, New York, New American Library, 1959, p. 10.
③ Jack Kerouac, *The Dharma Bums*, New York, New American Library, 1959, p. 60.
④ Jack Kerouac, *The Dharma Bums*, New York, New American Library, 1959, p. 191.

本的"比生活更真实的杰费"("the realer-than-life Japhy")，是两者的混合体，这个英雄变成克洛厄的典范，随后也变成垮掉者与嬉皮的偶像。

这部小说被视为克洛厄的自传，克洛厄很可能是根据"真实年表"("real-life chronology")写的[①]。那么，小说中莱德译寒山的日期是否与史耐德在加大译寒山的日期相符呢？莱德是在六画廊朗诵会之后一个星期给史密斯看他译的寒山诗。该朗诵会则是一件真实的历史事件，在1955年10月13日于旧金山举行，因此，根据小说推算，史耐德很可能在1955年10月20日给克洛厄看他译的寒山诗。此外，贾可·李德观察到"克洛厄引用的诗句有些不同的地方，引文不是用最后的定稿……克洛厄所引用的其他诗句亦是用定稿之前的第二稿"("the text of Kerouac's quotation of the poem has some peculiarities. It does not come from the final revision…. The texts of the other poems that Kerouac quotes also derive from the second version before the final revision")[②]。因为史耐德在1955年的秋季学期上陈教授的课读寒山诗，小说推论出来的10月20日应与事实吻合，因为在学期中期他可能仍在改译文。有趣的是《得》一书不只引用寒山的译文，而且还凸显了史耐德如何睿智地诠释寒山诗句以及寒山如何传播禅宗的智慧。从1958年《得》首次发行以来，印刷了许多版本，亦可见其流行程度。

格连·詹逊说过："虽然大家都说'选集之编纂'是经典化的重要因素，但很少人对实际的编纂过程进行研究。"("Although 'the compiling of anthologies' gets mentioned as an important factor in canonizing, studies of the actual compilations have been rare.")[③]我想这种研究少，或多或少与编纂过程的资料不易获得有关。我很侥幸能得到白之复信，讲述他编纂《中国文学选集》时收录寒山诗的情况。詹姆士·休伯认为"有些人着意地主动地建立经典和重新塑造经典……认为经典不单只属有用的(和不能避免的)词汇……他们更主张如果要把作品收为永久的经典，必要有合理而可行的

---

① Jacob Leed, Gary Snyder, Han Shan, and Jack Kerouac, in *Journal of Modern Literature*, Vol. 11, No. 1, March, 1984, p. 191.

② Jacob Leed, Gary Snyder, Han Shan, and Jack Kerouac, in *Journal of Modern Literature*, Vol. 11, No. 1, March, 1984, p. 192.

③ Glen M. Johnson, The Teaching Anthology and the Canon of American Literature: Some Notes on Theory in Practice, in *The Hospitable Canon: Essays on Literary Play, Scholarly Choice, and Popular Pressures*, ed. by Virgil Nemoianu and Robert Royal, Philadelphia and Amsterdam, John Benjamins Publishing, 1991, p. 112.

标准”（“Those who consciously and actively form and reshape canon …who see canon as more than mere useful (and inevitable) vocabulary, argue … for the validity and viability of *criteria* for permanent inclusion in the canon”）①。那么，白之选择中国文学作品时，他“合理而可行的标准”又是什么呢？白之 2004 年 2 月 23 日给我的来信谈到他和当奴·肯（Donald Keene）两人负责拣选作品和编辑工作时有几项“运作原则”（“operating principles”），就是：以他们“个人品味为依归”（“own personal tastes predominated”），同时他们尝试“选拔出影响到（中国）文化，以及（中国）文化界特别赞赏的作品”（“to represent works that had shaped and been especially prized by the culture”），而最重要的是，“译本是可接受的英语文学作品”（“the translations had to be ‘acceptable as works of literature in English.’”）。如白之或肯任何一方认为“作品沉闷、平凡或琐碎”（“felt it was dull, pedestrian or trivial”），此作品便通不过“最后的拣选过程”（“final selection”）。根据以上的标准，寒山诗显然没有达到“文化界特别赞赏的作品”这一项，因为寒山一千多年来在中国文学史上并没有得到正统的位置；而史耐德的翻译肯定符合“可接受的英语文学作品”这一项。白之还接受了史耐德译文的现代篡改：“以‘轿车与银餐具’②作为唐代中国中产阶层的标志，我可要挣扎一番才能习惯这个想法，此外还有几个地方令我受到小小冲击……”（“The idea of ‘cars and silverware’ as markers of the bourgeoisie in Tang China took some getting used to, and there were a few other minor shocks …”）白之又相信寒山不但对 60 年代初期的美国有其意义，而且还能代表中国的归隐诗：

> 我首次认识寒山诗，是透过盖瑞·史耐德的译文，而当我将他的译文与原文相比，我觉得史耐德将寒山视为一位中国中世纪货真价实的嬉皮是完全合理的——这是 60 年代初期世界的一个适时的发现……我觉得没有什么比这些诗更能代表归隐诗了。

---

① James Hulbert, The Problems of Canon Formation and the “Example” of Sade: Orthodox Exclusion and Orthodox Inclusion, in *Modern Language Studies*, Vol. 18, No. 1, 1988, p. 121.

② 此语出自“寄语钟鼎家，虚名定无益”（项楚：《寒山诗注：附拾得诗注》，19—20 页，002 首，北京：中华书局，2000。）（“Go tell families with silverware and cars /‘What's the use of all that noise and money?’”）（Gary Snyder, *A Range of Poems*, London, Fulcrum Press, 1966, p. 35）。

> Gary Snyder's translations were my first acquaintance with Han Shan, and when I compared them with the original texts I felt sure Snyder was completely justified in recognizing Han Shan as an authentic medieval Chinese hippie — a timely discovery for the world of the early '60s…as a representative sample of recluse poetry I felt these poems could hardly be bettered.[①]

1965 年白之在柏克莱见到史耐德时，曾获得对方亲自同意，将寒山诗编入选集[②]。

一位作家如能被收入像白之所编这样重要的选集，他长远的文学地位可谓稳如泰山。艾伦·高丁（Alan C. Golding）研究两个世纪的美国诗选，他指出"只要一个作家被收入选集，他或她很少会被完全排除在外"[③]。白之的选集出版后，寒山便出现在所有主要的中国文学英译选集和中国古典诗的英译选集之中，而且几十年间不断有人翻译，译者至少有十三人[④]。大部分选集编者都视寒山为一位重要的诗隐，地位与王维和孟浩然不相上下。只有一位选集编者为收录寒山作品而致歉：白顿·华特生在《哥伦比亚中国诗集》(1984)一书中如此说："读者可能会感到奇怪，为何会把寒山诗编进主要唐代诗人一章之中。有人一定会质疑他是否真的应被视为当时的主要诗人，另有些人甚至会根本不赞成把他视为'一位诗人'"("It may strike readers as odd to find the poems of Han-shan included in a chapter entitled Major T'ang Poets. Some would no doubt question whether he is in fact to be regarded as a major poet of the period, while others might object to his being treated as 'a poet' at all")[⑤]。或许华特生感到自己失了分寸，

---

① Cyril Birch, Letter to Ling Chung, 23 February 2004.

② Gary Snyder, Letter to Ling Chung, 12 January 2001.

③ Glen M. Johnson, The Teaching Anthology and the Canon of American Literature: Some Notes on Theory in Practice, in *The Hospitable Canon*: *Essays on Literary Play*, *Scholarly Choice*, *and Popular Pressures*, ed. by Virgil Nemoianu and Robert Royal, Philadelphia and Amsterdam, John Benjamins Publishing, 1991, p. 125.

④ 他们包括亚瑟·韦理、盖瑞·史耐德、白顿·华特生、爱德华·沙弗、欧阳桢、柳无忌、亚瑟·汤比亚斯、詹姆士·山福特、西顿、罗拔·汉力、红松、彼得·史泰布拉、史蒂芬·奥文等。

⑤ Burton Watson ed. and trans., *The Columbia Book of Chinese Poetry*: *From Early Times to the Thirteenth Century*, New York, Columbia University Press, 1984, p. 259.

因他只收录十九首李白诗；十八首杜甫诗，却收录了二十五首寒山诗。在闵福德和刘绍铭编的《古典中国文学：翻译集，辑一》(*Classical Chinese Literature*: *An Anthology of Translations I*, 2000)中，寒山与王梵志(唐代)和皎然(730—799)一同出现在“禅宗与道家诗歌”类别的第二十六章中。闵福德和刘绍铭的分类是根据中国古典时期编文学选集的方式，即道教的道士和佛教僧人与一般的诗人分列在不同的组别。[①]

如果由后殖民主义的角度来看寒山诗在西方经典化的现象，那又有什么意义呢？垮掉的一代和嬉皮大多是白种人，却崇拜一位亚洲禅僧，他们是出于什么心态呢？由于这两代人背弃西方传统的宗教信仰，所以他们需要填补心灵的空缺，非西方的“他者”宗教人物如寒山，便恰巧能适时满足其需要。此外，异国情调也起了重大的作用：17、18、19 世纪欧洲流行中国文物，并推崇中国为圣贤君主统治的国家，寒山可视为西方人心目中圣贤的继承人。事实上在 20 世纪 60 年代和 70 年代，美国很多亚裔的宗教大师都成为狂热崇拜的对象。在 70 年代早期，印度教的马哈拉及大师(Guru Maharaj Ji)就有十万个信徒追随，而日莲宗(Japanese Nicherin Buddhism)亦有信众十万人，而其他在美国有众多信徒的印度教宗派大师还有哈利・克里斯那(Hare Krishna)、马哈里奇大师(Maharishi Mahesh Yogi)和拉马・克里斯马(Rama Krishma)[②]。因此，寒山狂热潮是整个风潮的一部分而已。

此外，史耐德、克洛厄所呈现的寒山时代性和白之所强调的寒山的时代性，都有助于形成寒山潮。事实上，史耐德与克洛厄视寒山为禅癫是一种错误诠释和一种错误的造型。如上文所说，根据寒山诗内容的证据，寒山到了晚年很老才出家，他主要是奉行佛家和道家思想的一位隐士。他在西方的禅癫形象很大程度上是源自闾丘胤序言中对他怪诞举止之描写，这篇序言本身之真伪备受质疑。他的形象在美国如此流行，铃木大拙和艾伦・瓦兹推广禅宗也有推波助澜之效。另外，许多寒山译者都翻译寒山描写在山中生活的诗篇，他们较少翻译其量甚多的打油诗和禅偈。然而，西方这种错误的诠释和错误的造型其实也错有错着，如果不是犯这些错误，寒山诗又怎会

---

① 在历代正史的“传”部分，道教的道士和佛教僧人与一般有身份地位的男士分列不同的组别。文学选集的分类亦一样，《全唐诗》第 806 至 851 卷是佛教僧人写的诗；而第 852 至 855 卷是道士写的诗。

② Harrison Pope Jr., *The Road East*: *America's New Discovery of Eastern Wisdom*, Boston: Beacon Press, 1974, pp. 16—17.

有这么多西方读者呢？

寒山在西方的经典化无疑是一种有趣而独特的文化现象。我曾指出任何这样的现象背后都会有其复杂而环环相扣的因素。当地要具有乐意接纳这样一个外来诗人的社会、政治、意识形态和宗教的背景；诗人要符合几代人幻想的自我形象及符合他们的想象。更重要的是，必然要有一连串互相关联、环环相扣的事件，最后才能导致一经典化的主要事件。换言之，史耐德翻译寒山诗和杰克·克洛厄的《得道流浪汉》出版这两件环环相扣的事件发生，导致白之收寒山入选集这个主要事件，即经典化现象之出现。寒山一旦经典化，他的名声和作品便长久流传，广为人知。

寒山在西方的经典化竟然导致他的作品在20世纪70年代初期回归台湾，钟玲的文章《寒山在东西方的文学地位》[①]（*The Literary Position of Han Shan in the East and the West*）展开了这股热潮。1970年此文出版后有关寒山的学术研究在台湾如雨后春笋，也有几种寒山诗的版本出版。不过几年后这个热潮便减退了。在80年代后期，又意外地出现一次逆转。一位美国诗人兼学者发觉自己竟然把寒山带回给中国人。在台湾任教的容·史高伦（Ron Scollon）描述有一次他给几个研究生看史耐德的诗和他英译的寒山诗，以下是他描写与学生的对话：

> “史耐德所写的‘寒山’是谁？”
>
> 诚然，这些学生学的是西方文学，而不是中国文学，但我很惊讶，经过我作有关寒山的解释后，他们竟这般响应：“你肯定这位是中国诗人吗？”“他怎会是唐代诗人呢？我们都读过李白和杜甫，不知道谁是寒山。”……
>
> 一两个星期之后，其中一个学生终于找到证明寒山身份的证据，他找到一篇学术研究文章，文中引了几首寒山诗（甚至提及史耐德的翻译），他还找到一本研究寒山的专书。寒山的存在得到确认，他的唐代诗人身份也名正言顺了。
>
> “Who is this ‘Cold Mountain’ Snyder writes about?”
>
> Now, true enough, these were students of Western litera-

① 载于《中央日报》，1970年3月8日至12日。

ture, not Chinese literature, but I was dumbfounded to find my explanations about Han Shan turned back with "Are you sure this is a Chinese poet?" and "How can this be a T'ang Dynasty poet? We know Li Po and Tu Fu, not Han Shan." ...

Finally a week or two later, one of the students had succeeded in turning up evidence of the poet in the form of one scholarly study which included a few of his poems (and even mentioned Snyder's translations) and another full book study of Han Shan. His existence had been ratified and his position among the poets of T'ang legitimated. ①

尽管这次寒山回归故国可能只是几圈涟漪而已，但这可以意味寒山诗在西方的经典化后，传播如此之广阔，其影响已远达自己的根源之地。

① Ron Scollon, Going Home to Find Yourself: Han Shan Goes Home to China, in *Redneck Review of Literature*, Vol. 21, Fall, 1991, p. 8.

第六章　史耐德与中国书画

2001年7月我到北加州史耐德奇奇地斯山居，去探访他，并做访问[①]，当时我送给他的小礼物包括一套大、中、小楷三支毛笔，收到礼物他喜形于色地说："我好一阵子没有写毛笔字了，要再开始练了。"他的太太卡萝·国田在一旁凑趣说："我也要练。"史耐德对中国山水画更是一往情深，十岁、十一岁就受到中国山水画的震撼。中国书画对他的作品有很深的影响，以下将分节讨论他对书画的认识与了解以及中国书法与中国山水画如何影响到他的诗创作。

第一节　对中国书画之认识与了解

他对中国书画的爱好应该是他十岁、十一岁就开始了，始于在西雅图的博物馆跟清朝的山水画面对面的那一刻。那五幅画每幅画面上都有题字或署名，因此当时他对书法与中国文字必然非常好奇。在他于李德学院上大学时，除了广泛阅读亚洲文化经典著作之英译本外，还跟一位同学学中国书法，即第二次世界大战退伍的华裔美国人查理·梁，他对篆刻图章也有初步的认识，因为梁同学精于刻图章。此外史耐德还读到厄尼斯特·佛纳罗沙的《中国与日本艺术世纪》(*Epochs of Chinese and Japanese Art*)，

① 此访问已整理出版，为《盖瑞·史耐德访谈录：美国西岸文化意识与亚洲文明》，载《中外文学》，2002年12月(31.7)，200—225页。

所以对中国书画有了初步的了解[①]。1952 年他大学毕业第二年夏天，一个人在两千多米的克雷特山(Crater Mountain)山顶上任山火瞭望员，他就带着笔、墨、砚台上山，用毛笔来画日本俳画[②]。他说中国书法是"最高超的图像艺术"("The highest of the graphic arts")[③]。他在《毛笔》[④]一文中，以英文详细介绍过文房四宝及其用法。

1953 年他在加大柏克莱校区当研究生，除了选陈世骧的课，还到艺术系选了一门日本老师千浦小畑(Chiura Obata)教的日本水墨画(*sumi*)课。他跟老师学到如何研墨，如何选用大、中、小的毛笔画笔。他跟老师学画松针、竹竿、尤加利树叶等。史耐德说："虽然我没有天分，但是由于我练习过用油烟墨，练习过毛笔，因此我看画时眼睛会看得更仔细。"("Though I lacked talent, my practice with soot-black ink and brush tuned my eye for looking more closely at paintings.")[⑤]

然后他 1956 到 1968 年间多次长住在日本，常参访京都各佛教寺院，尤其是在大德寺(Daitoku-ji)学禅，逗留很久，他欣赏到各寺收藏的中国山水画与日本水墨画。1969 年回美国后几十年间，由于声名渐隆，常被邀到美国各地以及世界各地去朗诵自己的诗歌及演讲。他就乘机到各地的博物馆中去看中国山水画和名家书法。他看过的博物馆包括旧金山的亚洲艺术博物馆(The Asian Art Museum)、克里夫兰博物馆、波士顿美术馆(the Boston Museum of Fine Arts)、英国的大英博物馆(the British Museum)、瑞典的斯德哥尔摩国家博物馆(the Stockholm National Museum)、北京的故宫博物院及台北的故宫博物院等等。在台北故宫博物院，他看见苏轼手写的书法真迹而"深深感动"("deeply moved")；他又说观赏中国山水画时，"凝望这许多画，每次都是一种神秘之扩大经验"("Gazing at these many

---

① Gary Snyder, *Mountains and Rivers without End*, Washington, D. C., Counterpoint, 1996, p. 153.

② Gary Snyder, *Earth House Hold: Technical Notes and Queries to Fellow Dharma Revolutionaries*, New York, New Directions, 1969, p. 8.

③ Gary Snyder, *The Gary Snyder Reader: Prose, Poetry and Translations 1952—1998*, Washington, D. C., Counterpoint, 1999, p. 315.

④ Gary Snyder, *The Gary Snyder Reader: Prose, Poetry and Translations 1952—1998*, Washington, D. C., Counterpoint, 1999, pp. 413—418.

⑤ Gary Snyder, *Mountains and Rivers without End*, Washington, D. C., Counterpoint, 1996, p. 153.

paintings was each time a mysterious enlarging experience")①。可见中国山水画对他有扩大视野、丰富神秘经验、提高精神境界的作用。

他除了研究过中国绘画史，还把中国山水画与中国大陆的动植物生态史放在一起对照研究。他说：

> 中国画中出现群山、树林景象为时很早，是画在丝帛上，或涂了灰泥的墙上，但画中出现很多鹿及其他动物或神兽，或人类，或某种[人与神兽]之组合。大幅山水景物的画到第10世纪才出现。这是黄河长江诸盆地的文明经历了两千五百年的自觉过程才产生的。它们[山水画]的高峰期由宋朝中期一直延续到元朝及明朝初期——这期间也正是中国大部分森林遭砍伐的时期。
>
> There are very early scenes of hills and woods in China, on silk or plastered walls, but they were full of deer and other animals, or dream creatures, or people, or some combination. Paintings of large vistas did not appear until around the 10th century. This was after two and a half millennia of self-aware civilization in the basins of the Ho and Chiang. They are at the most vigorous from mid Sung through the Yüan and early Ming—exactly when much of China was becoming deforested. ②

因为他是位生态环境保护者，所以观看山水画中的大自然，也由生态的角度来考察，探索山林被破坏的程度。

他对中国山水画背后的人生哲学也很用心地揣摩，他说："东亚画家的世界里，其中有一重要部分是云雾的能量，纯白色水的能量，山石的能量，气旋的能量——是一个混乱的宇宙，但其中一切都各在其位。"("the energies of mist, white water, rock formation, air swirls—chaotic universe where everything is in place—are so much a part of the East Asian painter's

---

① Gary Snyder, *Mountains and Rivers without End*, Washington, D. C., Counterpoint, 1996, pp. 156—157.

② Gary Snyder, *Mountains and Rivers without End*, Washington, D. C., Counterpoint, 1996, p. 159.

world.")[①]当然他观察到"混乱"，但也观察到"各在其位"。这种二元对立观念大约与他本身的西方思维传统有关，但这种庄严的万物各在其位之观想，则反而与他的禅宗修养与华严宗的影响有密切关系。

史耐德也了解中国山水画的背后是道家出世的观念，那与儒家的入世观是不同的。道家的隐于山水的心灵境界，更与官僚追逐名利成就的生活成为两个对立的世界，他说："大自然及其山水景物可以视为纯洁的，与无私之美与秩序的领域，与以下纠葛的生活成一强烈的对比，即腐化的，常常是残酷的政治纠葛，任何活跃的中国官员都不能避免这种生活。"("Nature and its landscapes were seen as realms of purity and selfless beauty and order, in vivid contrast to the corrupt and often brutal entanglements of politics that no active Chinese official could avoid.")[②]他又强调大自然的持久性与永恒性，相对于人类的浮躁易变："山的范畴呈现给我们这样一个生气蓬勃的世界，有清澈的水，坚忍的岩石，极度专注的树木，活泼的卷云与旋雾，这些令我们感受到这一切自然的运行似乎远在人类浮躁易变之上高翔。"("The mountain horizons were a reminder of the vivid world of clear water, patient rocks, intensely focused trees, lively coiling clouds and mists—all the spontaneous processes that seemed to soar above human fickleness.")[③]

史耐德认为中国山水画呈现了中国原始状态的地理面貌，也呈现跟儒家入世观对立的道家出世观，更呈现永恒的大自然。此外，还呈现道家"气"的观念。因为史耐德是学人类学的，他倒是把"气"的观念与远古时代世界各地宗教中的万物有灵论(animism)联想在一起，并引用研究中国科技史的大汉学家李约瑟的看法："气的观念是古代东亚万物有灵论之精致成熟的思想，是一个内涵丰富的专有名词，可译为内化的能量、呼吸与精神。李约瑟称之为'物能'，并视之为初期的科学名词。"("The concept of ch'i—a rich term that translates as indwelling energy, breath, and spirit—

① Gary Snyder, *Mountains and Rivers without End*, Washington, D. C., Counterpoint, 1996, p. 153.

② Gary Snyder, *The Gary Snyder Reader: Prose, Poetry and Translations 1952—1998*, Washington, D. C., Counterpoint, 1999, p. 313.

③ Gary Snyder, *The Gary Snyder Reader: Prose, Poetry and Translations 1952—1998*, Washington, D. C., Counterpoint, 1999, p. 313.

is a rich sophistication of archaic East Asian animism. Joseph Needham calls it 'matter-energy' and treats it as a proto-scientific term.")[①]

史耐德举例说明气的观念如何演变成螺旋型、涡型的母题，再演变成中国画中的山势、水势和云雾，他说螺形是远古的艺术之中最常用的抽象几何图形，包括在面颊上的刺花，或在大峡谷上的岩石雕刻。中国古代的艺术家就描绘这种物能所呈现的螺形线条，他们"观察到的以下诸物能量流动的线条，包括呈现图案的云、流水、雾、升起的烟，卷须植物之生长，山石之形成以及光线的各种效果"("the lines of energy flow as observed in the clouds, running water, mist and rising smoke, plant growth—tendrils, rock formations, and various effects of light, in their patterns")[②]。因此，他说，在早期中国画中已出现"气"的涡形图案了，接着他引述中国艺术史家麦可·苏立文(Michael Sullivan)[③]的话，说中国画家以涡形图案来捕捉"气"，先画神兽、仙人，最后形成山水画中山脉的线条："他们后来又画形状神妙的动物形象及表现能量的大自然仙人形象，这为基型的有生命者过渡到基型的地形提供一座桥梁。这些线条最后再弯曲发展成山脉。"("They went on … to draw images of fantastically formed animal / energy-bodied nature spirits, and this provided a main bridge from archetypal being to archetypal landform. The lines finally twisted themselves into ranges of mountains.")[④]在他的观念中，中国山水画的山脉、水脉、云脉、皆气韵生动，所以史耐德为这种气韵追根溯源到远古时代的宗教信仰，尤其是万物之神灵的图案，因此中国山水画多添了宗教的、神灵的向度。

在《毛笔》一文中，他说最喜欢的中国画家包括宋朝的郭熙(1023—约1085)、范宽(约950—1027)、夏圭(活动于1180—1230年间)、牧溪(约1210—1270)、梁楷及黄公望(1269—?)。他对中国山水画之中人类的地位

---

① Gary Snyder, *The Gary Snyder Reader: Prose, Poetry and Translations 1952—1998*, Washington, D.C., Counterpoint, 1999, p. 314.

② Gary Snyder, *The Gary Snyder Reader: Prose, Poetry and Translations 1952—1998*, Washington, D.C., Counterpoint, 1999, p. 314.

③ Michael Sullivan, On the Origins of Landscape Representation in Chinese Art, in *Archives of the Chinese Art Society of America*, Vol. 7, 1953, pp. 61—62.

④ Gary Snyder, *The Gary Snyder Reader: Prose, Poetry and Translations 1952—1998*, Washington, D.C., Counterpoint, 1999, p. 314.

与角色非常关注，因为这与他的生态主义有关，他特别赞赏中国山水画中呈现的人与自然之和谐关系。他说宋人山水画之中视野扩充了，空间变得非常广大、慑人，但仍是人可以亲近、可以悠游其中之山与水，他说，宋朝的画“开启向广大空间。层层山石，植物树木，河与溪的水脉，贯穿各种空间的转换，而这些转换则如魔术般地写实”（“open out to great space. The rock formations, plants, and trees, river and stream systems, flow through magically realistic spatial transitions”）[1]。而在广大的山水空间，人虽渺小，但在其中却充分地自在，他说中国山水画中：“人很细小，但灌注了爱来处理，他们做应当做的工作，或斜倚着欣赏他们的世界”（“People are small but are lovingly rendered, doing righteous tasks or reclining and enjoying their world”）[2]。史耐德“做应当做的工作”应该是指书童、牧童、渔夫、樵夫等，“斜倚”的欣赏者，则应该是指文人、雅士、隐士。上段文字中史耐德把渔樵、书童、牧童一类人放在文人之前，应该是受大乘佛教众生平等观念之影响。

此外，本身好爬山的史耐德，在他爬山过程中一定一路走一路细细品味山水之美，当他发现中国山水画之中的人，不论是爬山或是泛舟，也跟他一样细细品味山水，一定是既兴奋，又感动，令他更加认同中国山水画。他说宋朝的画家与画论家郭熙就提醒我们“the mountains change their appearance at every step you take”[3]，原文出自郭思论及他父亲郭熙的山水及山水画论，即《林泉高致集》：“所谓山形步步移也”，郭思接着说：“山正面如此，侧面又如此，背面又如此，每看每异，所谓山形面面看也，如此是一山而兼数十百山之形状，可得不悉乎？”[4]随着登山者行走在不同的位置，同一座山会有千百种不同的面貌。郭熙看山的方式一定令史耐德心有戚戚焉。他还探讨范宽著名的“溪山行旅图”（图 9）：

---

① Gary Snyder, *The Gary Snyder Reader: Prose, Poetry and Translations 1952—1998*, Washington, D.C., Counterpoint, 1999, p. 315.

② Gary Snyder, *The Gary Snyder Reader: Prose, Poetry and Translations 1952—1998*, Washington, D.C., Counterpoint, 1999, p. 315.

③ Gary Snyder, *The Gary Snyder Reader: Prose, Poetry and Translations 1952—1998*, Washington, D.C., Counterpoint, 1999, p. 315.

④ 郭思编：《林泉高致集》，景印文渊阁四库全书，第 812 册，576 页，台北：商务印书馆，1985。

宋朝的山水画有遥远的感觉。然而却都是可以行走其中的。登山者则近距离地观赏山脉，并具体想像如何接近这山脉，及攀登这山脉的路径。从远处望那些迎面的山崖似乎是垂直的，但事实并非如此；看起来无法攀越的，以透视法画的支脉山脊，或小峡谷，其实是有斜坡、缺口和突出壁架的，是我们可以试行攀登的，训练有素的眼睛就看得见它们。范宽的“溪山行旅图”（公元1000年左右）是一幅七英尺高的画轴，仔细观察你会发现在瀑布左边的山缝中，有一条可能攀爬的路径。

The mountains and rivers of the Sung dynasty paintings are remote. Yet they could be walked. Climbers takes pleasure in gazing on ranges from a near distance and visualizing the ways to approach and ascend. Faces that seem perpendicular from afar are in fact not, and impossible-looking foreshortened spurridges or gullies have slopes, notches, ledges, that one can negotiate—a trained eye can see them. Study Fan K'uan's "Travellers among Streams and Mountains" (about A. D. 1000)—a hanging scroll seven feet tall—one can discern a possible climbing route up the chimneys to the left of the waterfall. ①

史耐德的观画角度在此异于一般观画者，当然，他也像大家一样会观赏山势、水流、山水中渺小而自在的人畜以及构图、画法、笔法等等，但他看范宽的画，专心注意的竟然是如何爬上占画面大半分、慑人的巨形山峰，研究如何攀登绝顶，大概是因为他自幼是登山能手的缘故。也亏他观察入微，我在画册上看过范宽此画之复制品，瀑布旁由上到下垂直的山缝，黑黑的，实在看不出有什么山径，我想史耐德一定是在台北故宫博物馆亲身细细鉴赏过这幅画的真迹，才有此发现，这也可以印证史耐德与古代画家如范宽等是心灵相通的，他们都攀登过高山，真正体验过狂野的大山。中国画有这一种写实面是令史耐德感动的主要原因之一。

史耐德赞赏中国山水画中人与大自然融为一体的特色，不管是旅人或

① Gary Snyder, *The Gary Snyder Reader: Prose, Poetry and Translations 1952—1998*, Washington, D.C., Counterpoint, 1999, p. 316.

是亭台，都已变成大自然的一部分。当他 1970 年在加州西野拉山脉的圣璜山脊(San Juan Ridge)建设他的家园奇奇地斯时，他的主屋盖在树林中的一片平地，但是他的独立小书房却盖在一个俯瞰无尽山景的山崖之上，1976 年我曾探访过他的山居，爬到山崖上到过这个书房，我在《群山呼唤我》一文中如此描写这个精致的小房子：

> 这房间三面都是书架，整整齐齐地放满了书，剩下一面是一个大玻璃窗。地板亮得像镜子。房中放着几个档案柜和一个当书桌用的矮几。我们两个盘膝坐下……回头看他，他正望着大玻璃窗外，眼睛像是投入无穷远的空间。他正在入定。我也朝窗外望去：真怪不得他把书房盖在这里。这小屋正像中国山水画里悬崖绝顶上的小楼。大玻璃窗摄入西野山脉无尽的群山，起伏的山峰，海浪般的直推到西天，衔接上漫天红艳的晚霞。我生平没见过比这更壮丽的窗景。在这里就是不写诗，也会满怀诗情。①

我们不能说史耐德是仿照中国山水画来盖他的小书斋，但是他由少年时期开始就观赏中国画，包括他在西雅图博物馆看的挂轴，这些画中一定有很多都画了深山中的小亭或小屋，这可能给了他在悬崖上盖这个小书房的灵感。于是他在自己的生活中实践了中国山水画的意境。

对史耐德而言，中国山水画也是一种曼荼罗，能产生类似宗教圣物的功能，令人增进修养，他说：

> 北印度与西藏的佛教传统制作曼荼罗——彩绘或素描的图画，意识的各种位置以及因果关系——以作为他们视觉上的教材，且容我大胆地假设，中国禅宗(尤其在南宋)的山水画有类似的作用。如果我们把一卷画轴当作一种中国式的曼荼罗，那么其中所有的角色，都是我们各种小我，而悬崖、树林、瀑布、云都是我们的变化与状态。
>
> While the Buddhist tradition of North India and Tibet made

① 钟玲：《群山呼唤我》，见《群山呼唤我》，19 页，台北：远景出版事业公司，1981。

the mandala—painted or drawn charts of the positions of consciousness and cause-and-effect chains—their visual teaching aids, the Chan tradition of China (especially the Southern Song) did something similar (I will venture to suggest) with landscape painting. If a scroll is taken as a kind of Chinese mandala, then all the characters in it are our various little selves, and the cliffs, trees, waterfalls, and clouds are our own changes and stations.[①]

史耐德的说法有几分真实：古代中国画家绘画山水画的时候，或我们这些观画人看山水画的时候，除了美学上的享受，山水画表现之空灵与气韵更有陶冶性情之功能，因为山水画也具体呈现了画家在精神上的修养层次，因此像曼荼罗一样也会提升观画人的精神层次。而且不像西方油画常以人物为中心，中国传统山水画中的人物绝非主角，而是融入山、溪、树、岩，成为其中之一分子，有些山水画甚至是画中无人，只有山水之形象与气韵，用心的观画人可说是已经投身入山水之中观想，以之为曼荼罗，可也。

第二节　印在书中的中国书法与水墨画

史耐德在李德学院念大学的时候(1947—1951)，就开始学写毛笔字了，所以他是先学书法，再学水墨画的，教他书法的是他的同学华裔美国人查理·梁，年龄应比他稍大。但我们要注意的是，史耐德同时也学西方的花体手写字(lettering)。他是跟李德学院的教授李欧德·雷诺兹(Lloyd Reynolds)学的，雷诺兹精通的是文艺复兴时期的意大利花体手写字[②]。所以我们可以想见之后史耐德会把中西之书法作一汇融。到1954年左右当他在加大柏克莱校区选研究所的课的时候，他选了日本书画家千浦小畑的课，他是正规地学习源自中国画的日本水墨画，正规学了怎样使用文房四

---

① Gary Snyder, *The Practice of the Wild*, Washington, D.C., Shoemaker & Hoard, 2003, p.115.

② Gary Snyder, *Mountains and Rivers without End*, Washington, D.C., Counterpoint, 1996, p.153.

宝。史耐德如此描绘他如何摹临老师的画："我们努力模仿学习他有力的、快速的笔画，在他笔下松针、竹茎，尤加利树叶犹如变魔术一样出现在白纸上。"("We learned by trying to match his fierce, swift strokes that made pine needles, bamboo stalks, eucalyptus leaves appear as if by magic on the white paper.")①

史耐德对书画的兴趣终身不减，有机会就看画，有时间就写毛笔字。他把所学的远东书画实际使用印在他的诗集之中，有些是他自己写的书画，有些是他请书画家作画，有时他翻印中国印刷字体或古代的山水画。在他下列诗集之中不少版本都有远东书画的痕迹：《砌石与寒山诗》、《神话与文本》(1960)、《诗的排列》(1966)、《后面的国度》(1967)、《龟岛》(1974)、《山河无尽》(1996)。以下分别探讨史耐德诗集中采用的中文书法，中英文结合的书法，以毛笔写的英文书法，水墨写意画，英文书法与水墨写意画的结合，活字版汉字以及古今画家的山水画等。

在他1966年版收在《诗的排列》的"The Back Country"部分，其中几个辑的页面上，他都自己亲自写的中文书法(图10、11、12及13)。这些字体看来不很成熟，后来他大概也觉得不够悦目，1967年版本《后面的国度》的单行本上他改写三个辑首页上的字，改成书画合并，既有水墨写意画又有水墨英文的意味，此容后再讨论。《诗的排列》中他为日本诗人宫泽贤治(Miyazawa Kenji，1896—1933)的名字所写的汉字倒是在后来《后面的国度》单行的版本中保留下来(图14)，就书法水准而言，程度还是不够好。在1966年版的《诗的排列》中，有史耐德书写的寒山二字的书法(图15)，有中文，也有英文。虽然"寒"字写得不够好，"山"字却中规中矩，他又用中文书法的手法来写英文"Cold Mountain"，英文变得有顿有挫，别具风格，他更别开生面地把中英文字错开，构成中英文对角的图形。

在《诗的排列》中效果最好的书法应该是他用毛笔所写的花体英文字。如"Riprap"(砌石)(图16)。他把字斜排，颇有爬山坡的意味，两个"R"也对映成趣。他以毛笔写的"Myths & Texts"(神话与文本)(图17)，有毛笔的趣味，又有西方花体字的俏皮，他把"X"的斜体拉长，与第一行的"Y"呼应。他为"Myths and Texts"第三辑以毛笔所写的题目"burning"(图18)则

① Gary Snyder, *Mountains and Rivers without End*, Washington, D.C., Counterpoint, 1996, p. 153.

很有创意，把“burning”的字分两行写“burn/ing”，在粗体字下又有细体字，颇有山火乱窜的意味。最有创意的是 1967 年版的《后面的国度》之中，书的第四辑题目是“Back”(背面，背后)，他用毛笔书写“back”(图 19)，字体却是反过来的。因此呈现出来字的图形是其反面，与字意“back”相通，颇有谐趣。在技术上应该是采用宣纸来写，墨渗透到背面去，就用背面渗出来的字体做版，充分利用了水墨与宣纸的特色。

在他 1966 年出的《诗的排列》一书中，他也试图把自己的简单的水墨画印在诗行之中。在“Myths and Texts”的诗句中印了他写意画的鸟(图 20)与他画的鹿(图 21)。而这两幅小画皆能呼应文字之文义。如他的鸟画就嵌在下列诗句之中：

这首诗为众鸟而写

气旋中的鸟飘向屋顶
如风筝般降落，摇晃地飞向
海滩旋舞的雾团：空中的点，一行变成另一行，
　　　　未来界定了。

把眼中的雾气擦去，
　　　　心中的尘擦去。
以老鹰羽翼的扇子
一只秃鹰翔入远空。
……

this poem is for birds

Birds in a whirl, drift to the rooftops
Kite dip, swing to the seabank fogroll
Form: dots in air changing line from line,
　　　　The future defined.

Brush back smoke from the eyes,
        dust from the mind,
With the wing-feather fan of an eagle.
A hawk drifts into the far sky.
…①

这是“Myths and Texts”中第二辑“打猎”(Hunting)的第三首，秃鹰之后又写了许多种鸟，因此史耐德所画的鸟是一种鸟的原型，鸟的综合体，有冠，有尖喙，又有一般鸟的体型。有趣的是诗句中描写鸟的形状用了“dots”(点)与“line”(行)等字眼，暗示了毛笔的笔法。

史耐德的鹿印在《诗的排列》一书中“神话与文本”部分“打猎”一辑的第八首，这首是专为鹿写的。这只鹿形状很奇怪，可以是一只作人状站立起来的鹿，也可能是躺在地上的鹿。他可能是诗中那位巫师正在跳鹿神之巫舞，故是一只直立的跳巫舞的鹿。诗的开头就有鹿神之歌：

我在五座山上所有的山头
跳舞，我有我跳舞之处
当他们对我开枪，我就
跑向我五座山
I dance on all the mountains
On five mountains, I have a dancing place
When they shoot at me I run
To my five mountains. ②

然而在鹿画之前那一段描写的却是在公路上一只鹿遭驾车人射杀身亡的事。

晚上回家
        醉眼

① Gary Snyder, *A Range of Poems*, London, Fulcrum Press, 1966, p. 61.
② Gary Snyder, *A Range of Poems*, London, Fulcrum Press, 1966, p. 66.

仍然能认出金牛星座
　　在低空，渐渐升高：
　　　　四足落地的雄鹿
在前灯的光圈中跳舞
　　　　在孤寂的路上跳舞
在过了磨坊池塘一里路的地方。
把车停下，射杀
那只愚蠢、盲目的野兽。
用没有戴手套、粗糙的手
　　　　放下发热的枪
当夜霜冷冻他的舌头、眼睛
　　和寒凉的鹿角心。
猎户星座的腰带
　　　　低垂空中
车尾箱中暖暖的血。
鹿的味道，
　　　　舌头无生气地垂着。

Home by night
　　　　Drunken eye
Still picks out Taurus
Low, and growing high:
　　Four-point buck
Dancing in the headlights
　　On the lonely road
A mile past the mill-pond,
With the car stopped, shot
That wild silly blinded creature down.

Pull out the hot guts
　　　　with hard bare hands
While night-frost chills the tongue
　　　　and eye
The cold horn-bones.
The hunter's belt
　　　　Just below the sky
Warm blood in the car trunk.

Deer-smell,
    the limp tongue. [①]

这段文字描绘出一个醉酒驾车的人，对动物不仅毫无爱心，而且视之“愚蠢、盲目”，无情地射杀它，放在自己后车厢中，带回去做战利品。而这只鹿对人类却毫无机心，在人类面前跳舞。史耐德的鹿画也可以视之为鹿的尸体，用以谴责人类对动物无情、无必要之杀戮，这是他的深层生态学思想中最反对的事。

史耐德最具特色的水墨画插画则是毛笔的英文书写与写意水墨二者的结合。早期的是在《诗的排列》一书“神话与文本”中第一辑“伐木”(logging)的题目(图 22)。英文题目“logging”是用毛笔写的字，其下的一点一横书法，其实是表现伐木，即那斜斜的一横表现被砍断的树干，那一点是砍余的木桩，树正在倒下，虽然简单却正中要点。

在单行本的《后面的国度》中，其每一辑题目页之插画又与《诗的排列》中的“后面的国度”不同。后者只是简单用书法写汉字“一”、“二”、“三”，单行本中却用了他自己画的水墨插图。第一辑“Far West”(远西)的插图(图23)是用水墨写英文，加上写意的水墨画：压得低低的一个墨黑的圆，在横线之上，犹如在美国西部大草原上看见的一轮落日。第二辑“Far East”(远东)(图 24)就图文并茂，“Far”字的英文书法就有行草的意味，R 字的一捺颇有力度。中间的水墨写意画犹如一个旋转中的太极，这幅插图相当有创意，《后面的国度》第三辑的插画也是以毛笔写英文“KALI”，其下有一简单的写意画(图 25)。“Kali”为印度教的女神“时母”，此女神主动而活跃，能毁灭恶魔，象征强大和新生。因此其下之写意可视之为女体股部及阴毛，或是勾画一长发飞扬之女神上半身。

艾兹拉·庞德常把版印的汉字直接移植到他英诗的文本之中。众所周知的例子就是他在《诗章》(*Cantos*)中，把版印汉字排在英文文本旁边，甚至还有排在正文之中的。又如在《孔子》(*Confucius*)一书中，他对版印汉字的迷恋可说到了极致，除了在英文正文旁边加印个别汉字，还在对开整页

① Gary Snyder, *A Range of Poems*, London, Fulcrum Press, 1966, pp. 66—67.

上印出唐朝拓本的《大学》与《中庸》[1]，汉字所占的空间竟比英文文本还要多[2]，可见庞德对汉字之推崇与迷恋。但是，我想对于不识中文的英语读者而言，出现在庞德书上的汉字，可能不具什么意义，大约只有异国情调的装饰作用。

版印汉字出现在史耐德的诗歌文本之中，则具有更丰富的意义。汉字不再只是说明，只是插图，而是文本中重要的一部分，负担对话的责任，甚至会有画龙点睛的作用。他在《光的用处》[3]一诗中，就在英文诗正文下排了一个版印汉字“禅”，字体相当大，可跨越四行英文。《光的用处》英文分五段，其实“禅”一个字应该就是此诗的第六段，每一段都是表现一层“境界”：

它温暖了我的骨骼
　　　　石头如此说

我把它吸入身体中，生长
群树这么说
上面是叶子
下面是根

一大片朦胧的白色
把我由黑夜引了出来
那是飞蛾在他的逃逸中——

我闻到的东西
我听见的东西
而且我看见有东西在动

---

① Ezra Pound, *Confucius: The Great Digest, the Unwobbling Pivot, the Analects*, New York, New Directions, 1951, p. 12.

② Ezra Pound, *Confucius: The Great Digest, the Unwobbling Pivot, the Analects*, New York, New Directions, 1951, pp. 46—47.

③ Gary Snyder, The Uses of Lights, in *Turtle Island*, New York, New Directions, 1974, p. 39.

那只鹿这么说——

高楼
在一片大平原上
如上
一层楼
可穷千里目

禅

It warms my bones
　　　　Say the stones

I take it into me and grow
Say the trees
Leaves above
Roots below

A vast vague white
Draws me out of the night
Says the moth in his flight—

Some things I smell
Some things I hear
And I see things move
Says the deer—

A high tower
on a wide plain.
If you climb up
One floor
You'll see a thousand miles more.

禅

这首诗排出光所影响的六种境界，应该是越到后来，境界一层比一层高。对石头而言，只是身体温差的感觉；对树而言，是身体生长变化的感受；对蛾而言，是一种直觉的反应；对鹿而言，是感觉的开窍；对人而言，是视野的拓广，他引用了唐诗人王之涣的句子“欲穷千里目，更上一层楼”；那么第六段的一个“禅”字是什么境界呢？是心中一片光明，顿悟的境界，是知觉的最高境界。如果中英文俱通的读者读到这首诗时，最后这个“禅”字就是这首诗的高潮，如果是不识中文的读者，这首诗就少了一种最高层次的意义。史耐德可以说已把中文文字变成英诗传统中的一部分。在英诗传统中出现拉丁文、法文，是很平常的事，艾略特的《荒原》有大量的例子，浪漫诗人济慈（Keats）有一首名诗，即以法文为题的《无情的美女》（*La Belle Dame sans Merci*）。史耐德在《光的用处》一诗中没用英文的 Zen 字，而用汉字的“禅”，应是他化汉字为英文诗语一种策略，总的来说，这呼应他的诗歌广为吸收中国及日文传统文化的策略。

史耐德另外一个版印的汉字“心”（图 26），出现在《母亲大地：她的鲸鱼们》（*Mother Earth：Her Whales*）一诗中。这个“心”字下有莲座，上有火焰，是一个佛教的图像，修炼的图像，意指人类要修心，要对地球上被人类消灭的动物物种同情，并拯救它们。史耐德还吸取了日本能剧的美学，即幽玄之美，他在《同样的另一个》（*Another for the Same*）[1]一诗中，谈到一位能剧女主角的美是潜藏的，就在英文中加插了一个汉字“幽”：

一剪芦笛飞声
像是某位小町女士
比我更有智慧
你的美丽之最优胜之处

往往是潜藏的，yū　　幽

① Gary Snyder, *The Back Country*, New York, New Directions, 1968, p. 79.

在你灰色的双眼中
“在黑暗树林中红叶的闪烁”

a cut reed floating
a sort of Lady Komachi
wiser than me
the best of your beauty

always hidden，yū　　幽

“a glow of red leaves in dark woods”
in your gray eyes.

这首诗大概是史耐德在日本观赏能剧“卒塔婆小町”(Sotoba Komachi)，其中描写日本女诗人小野小町(Ono No Komachi，834—880)年老时与僧人斗智的故事。她在年轻时为宫廷第一才女，美貌无双，恃才傲物，风靡朝廷，许多王公拜倒她裙下，她伤了许多人的心，到年老时却成为一个流浪天涯的老太婆。史耐德这首诗就描绘她不被时光磨灭的美丽与智慧。在此诗之文中，“幽”用很小的字体，放在其罗马字发音之后，似乎企图把此汉字融入英文文本之中，表现小町的幽玄之美。

当然史耐德也会找擅长水墨画的画家来插画，像是1960年图腾出版社(Totem Press)出的《神话与文本》就是请威・彼得森(Will Peterson)插画。彼得森的孤松插画(图27)笔画简单，颇有写意山水画淡雅的味道[1]。《神话与文本》一书中“打猎”一辑彼得森的插图(图28)只是简单的、有一点转折的一笔，也能画出一只飞翔的大鸟来。

第三节　以中国画为主题的诗歌

1996年史耐德出的一本诗集《山河无尽》可以说是他毕生的力作，他写

① Gary Snyder, *Myths and Texts*, New York, Totem Press, 1960.

这本诗集主要是因为横轴手卷中国山水画给了他灵感，所以本节会探讨这本诗集与中国山水画之间的关系。何以说是他毕生力作呢？他二十五六岁时在一本介绍中国画的书上看到介绍一幅“山河无尽”（“Mountains and Rivers without End”）的手卷（即横轴），“山河无尽”一词深深印在他心中①。所以当时就决心要写一本诗集，以此为名，他也陆陆续续一首一首地写。1970 年他四十岁的时候，出版了一本诗集叫《山河无尽之六节》（*Six Sections from Mountains and Rivers without End*），收了七首诗。到 1996 年他六十六岁，才把《山河无尽之六节》中大部分，与他另写的二十二首诗整合，出版了结构完整、诗与画兼备的《山河无尽》诗集。构思与写作四十年，故称之毕生力作不为过也。

小说家杰克·克洛厄是史耐德的好友，1955—1956 年他们两人都在旧金山，也就是史耐德二十五六岁时，史耐德于 1956 年去日本之前两人过从甚密，一起爬山，常常深谈，有段时间还住在一起。克洛厄写了一本自传小说《得道流浪汉》主要就是描写他们两人之间的友谊以及他由史耐德身上学到的人生哲学、爬山经验、禅宗及中国古典诗。因为是自传性，我们可以把此小说之内容作为传记资料看。以下一段引自《得道流浪汉》小说中的杰费（即盖瑞·史耐德的化身），在 1956 年跟叙述者说他将要写一本叫“河山无尽”的诗集，当时他们正在旧金山城外以北爬山。

> 你知道我要做什么？我要写一首新的长诗，叫《河山无尽》，就在一幅横轴画面上一直写、一直写这首诗，画轴不断卷开，有新的惊奇，前面看过的总会忘记，知道吗，像一条河，或者像一个真正的中国长画轴，画在丝绢上，其中有两个很小的人在无尽的山水中行走，有扭曲的老树，还有群山，山高到融入绢空白的云雾之中。我会花三千年来写它，它将充满以下知识：土壤保养、田纳西山谷局、天文、地质学、玄奘的旅程、中国画论、重新造林、海生态学和食物链。
>
> Know what I'm gonna do? I'll do a new poem called 'Rivers and Mountains without End' and write it on and on on a scroll

① Gary Snyder, *Mountains and Rivers without End*, Washington, D.C., Counterpoint, 1996, p. 153.

> and unfold on and on with new surprises and always what went before forgotten, see, like a river, or like one of them real long Chinese silk paintings that show two little men hiking in an endless landscape of gnarled old trees and mountains so high they merge with the fog in the upper silk void. I'll spend three thousand years writing it, it'll be packed full of information on soil conservation, the Tennessee Valley Authority, astronomy, geology, Hsuan Tsung's travels, Chinese painting theory, reforestation, Oceanic ecology and food chains. ①

史耐德有坚强的毅力，果然四十年后出版了这本诗集，集中把他二十五岁时发愿要写的内容大多包括进去了。显而易见，史耐德要写这首长诗的灵感来自中国山水画的横轴。就观赏横轴而言，观画者至少要两个人，一人卷开，一人卷起，在同一时间只看一部分山水，通常画中人也一面走一面看眼前山水。那么史耐德的中国山水画横轴的灵感又来自何处呢？我们都知道他十岁、十一岁到西雅图博物馆，惊艳于大幅中国山水画之美与真实感，但2001年我一一看过那些画，全是立轴，没有一幅是横轴。不过二十六岁的史耐德肯定是看过不少横轴山水画的，他1953年起在旧金山就住了三年，一定去过旧金山的博物馆。他加大柏克莱的老师，包括陈世骧与千浦小畑，很可能给他看过他们收藏的横轴。

至于史耐德"山河无尽"的观念则必然来自中国画"山水"之概念。他在《毛笔》②一文中由汉赋中的山水观念，探讨到山水画之形成，然后一直探讨到明朝画中的山水不再是大山大水，而是"石、树、水"("rock-and-tree-and-water")③了。他认为中国古代山水画家真正地熟悉高山，他们不只登山，也在山中生活，因此他们画的山不是想象中的山，而是写实的山。他说宋人的画中，北方的山"比较广大，比较干燥"("wider, drier")，南方的

① Jack Kerouac, *The Dharma Bums*, New York, New American Library, 1959, p. 157.

② Gary Snyder, *The Gary Snyder Reader: Prose, Poetry and Translations 1952—1998*, Washington, D.C., Counterpoint, 1999, pp. 313—318.

③ Gary Snyder, *The Gary Snyder Reader: Prose, Poetry and Translations 1952—1998*, Washington, D.C., Counterpoint, 1999, pp. 316.

山谷则“比较瘦缩、比较湿润、比较多雾”（“tighter, wetter, mistier”）[1]，画轴之中那些“看来最怪诞的山峰”（“the most fantastic-looking peaks”）其实有其所本，他说，那就是广西水蚀石灰岩的尖峰（作者注：即桂林山水）；画中所见的“多雾的悬崖与扭曲贴地的松树”（“misty cliffs and clinging pines”）是安徽南部山脉的特色（作者注：即黄山一带）；他又说《芥子园画谱》（“Mustard-Seed Garden Guide to Painting”，著于1679年左右）中，示范各种山石的形状，并提供范本，指导如何用毛笔来画这些山、石；史耐德又引用李约瑟的话，说李曾考据出各种画法是有其科学依据的、有其地理依据的[2]。

但是史耐德更重视的是山水画流露的中国道家之大自然观念，即大自然山水是道之体现，他引用汉赋作家孙绰（301—380左右）的话：“When the Dao dissolves, it becomes rivers, when it coagulates it becomes mountains.”[3]，此段英文之中文原文为孙绰之《游天台山赋并序》中之“融而为川渎，结而为山阜”[4]，这两句话的主词是前面“太虚辽阔而无阂”的“太虚”，即全宇宙之意，也即是“道”。史耐德也引用非常爱游山的画家宗炳（375—443）的话：“Landscapes exist in the material world yet soar in the realms of the spirit ... The Saint interprets the Way as Law through his spiritual insight, and so the wise man comes to an understanding of it. Landscape pays homage to the Way through the Form, and so the virtuous man comes to delight in it.”[5]这一段应引用宗炳的《画山水》：“至于山水，质而有灵趣……夫圣人以神法道，而贤者通；山水以形媚道，而仁者乐。”[6]“山水以形媚道”一句可以证明在宗炳眼中，山水的形状是近乎道家

---

① Gary Snyder, *The Gary Snyder Reader: Prose, Poetry and Translations 1952—1998*, Washington, D.C., Counterpoint, 1999, p. 315.

② Gary Snyder, *The Gary Snyder Reader: Prose, Poetry and Translations 1952—1998*, Washington, D.C., Counterpoint, 1999, p. 317.

③ Gary Snyder, *The Gary Snyder Reader: Prose, Poetry and Translations 1952—1998*, Washington, D.C., Counterpoint, 1999, p. 313.

④ 孙绰：《游天台山赋并序》，见马清福编：《昭明文选》，上册，230页，沈阳，春风文艺出版社，1995。

⑤ Gary Snyder, *The Gary Snyder Reader: Prose, Poetry and Translations 1952—1998*, Washington, D.C., Counterpoint, 1999, p. 314.

⑥ 宗炳：《画山水序》，见宗柄、王微原：《画山水序，叙画》，陈传席译解，1页，北京：人民美术出版社，1985。

至高无上之真理——道。早在唐朝以前中国山水画中的道家观念已经成形了。史耐德认为到宋朝已经发展出大幅山水画的基型："这些广阔的景物，却有叶片渔人小舟，几个小茅舍——小山居——背着背包的旅者——这些变成了想像中的永恒大地，即高山岩石，云雾之气与宁静的远景。"("These vast scenes, with a few small fishing boats, little huts—cottages—travellers with pack stock—become visionary timeless lands of mountain-rocks and air-mist-breath and far calm vistas.")①

史耐德对宋朝画家常画的山水横轴主题，"溪山无尽"("Streams and Mountains without End")，特别有兴趣。这些画不一定肖真，有很大的想象成分及约定俗成的画法，他说这些画家笔下的高山"违反地心吸力，违反地形学，它们好像在云雾中飘浮"("dofied gravity and geomorphology, that seemed to float in mist")。但他认为这种画却真实地表现了我们"生物圈的有机生命和能量循环"("organic life and the energy cycles of the biosphere.")因此，史耐德是用这种画来印证他的生态学观念。他的生态观念是："微气候和大气候的气旋和盘旋上升气流('热带热发动机'就是大气候的例子)其实是由各种生命有机体所产生的；整个大气层其实是植物的呼吸，此气在地球之上滚动，受热力学的影响，以优雅的、回馈的螺旋动作来滚动……"["The swirls and spirals of micro-and macroclimate ('the tropical heat engine' for example] are all creations of living organisms; the whole atmosphere is a breath of plants, writhing over the planet in elegant feedback coils instructed by thermodynamics")②。他用以上生物圈的生态观念，即气以旋形垂直上下进行循环，来理解"溪山无尽"图中的大自然，他说：

> 这些画展现给我们看，地面其实是一种生命体的一部分，在地面上，水、云、岩及植物之生长全都穿越彼此流动——岩石在水流的底下，瀑布来自云层上面，树木在空气中欣欣向荣。
>
> The paintings show us the earth surface as part of a living being, on which water, cloud, rock, and plant growth all stream

① Gary Snyder, *The Gary Snyder Reader*: *Prose*, *Poetry and Translations 1952—1998*, Washington, D. C., Counterpoint, 1999, p. 315.

② Gary Snyder, *The Gary Snyder Reader*: *Prose*, *Poetry and Translations 1952—1998*, Washington, D. C., Counterpoint, 1999, p. 316.

through each other—the rocks under water, waterfalls coming down from above clouds, trees flourishing in air. ①

1996 年出版的《山河无尽》诗集中共收了三十九首诗，这三十九首中与中国山水画有直接关系的是第一首及最后一首。第一首《溪山无尽》②的主题就是描绘一幅以"溪山无尽"为题的北宋无名氏的横轴山水画。最后一首题目是《在心中寻找空间》(*Finding the Space in the Heart*)，描绘诗人由 60 年代到 90 年代在美洲大陆驾车或行走，游山玩水的情形，诗结尾处描写如何用毛笔写出最后一笔，作为结束。另外三十七首诗中有两首用了中国古典诗的典故，两首都是与苏轼有关的山水诗，在《峡谷鳴鹅》③一诗中引用了苏轼《百步洪》二首并序④之第一首；史耐德之诗《我们在此水中洗我们的碗》(*We Wash Our Bowls in This Water*)⑤引用了苏轼的七绝禅偈《赠东林总长老》，"溪声便是广长舌，山色岂非清静身，夜来八万四千偈，他日如何举似人"⑥。《驼背的吹笛者》⑦，则描绘玄奘的印度之旅，但路上之山水风景并非其主题，宗教智慧才是它的主题。

然而，整本诗集名为《山河无尽》有其道理，诗人在此诗集许多首诗中都有类似《溪山无尽》一诗中画里旅人的经验，他或坐船、或坐车、或徒步，穿越美洲的山水、或亚洲的山水。他身心愉悦地徜徉于大自然之中。《溪山无尽》一诗中画里的人与观画的人都是在小舟上，舟在水上移动，人的视野也跟着移动，每一时刻都看不同的山水；同样地，在此诗集的《峡谷鳴鹅》中，诗人及其友人在急流的舟中欣赏景物，聆听鸟的歌声；在此

---

① Gary Snyder, *The Gary Snyder Reader: Prose, Poetry and Translations 1952—1998*, Washington, D.C., Counterpoint, 1999, p. 316.

② Gary Snyder, *Mountains and Rivers without End*, Washington, D.C., Counterpoint, 1996, pp. 5—9.

③ Gary Snyder, *Mountains and Rivers without End*, Washington, D.C., Counterpoint, 1996, pp. 90—91.

④ 苏轼：《苏轼诗集》，第 3 册，891—892 页，北京：中华书局，1982。

⑤ Gary Snyder, *Mountains and Rivers without End*, Washington, D.C., Counterpoint, 1996, pp. 137—138.

⑥ 苏轼：《苏轼诗集》，第 4 册，1218 页，北京：中华书局，1982。

⑦ Gary Snyder, *Mountains and Rivers without End*, Washington, D.C., Counterpoint, 1996, pp. 79—82.

诗集另一首诗《水上漂》(*Afloat*)[①]中则描写诗人与爱人在美洲西北端近海的河中划一艘爱斯基摩人的独木舟，欣赏原始冰川的风景。还有许多描绘在北美爬高山的经验，与动物、植物共享大自然的经验，诗中也会写城镇污染的环境或人污染的心境，相对而言，更衬托出大自然经验之纯净与美妙。以下的诗都描写高山上的庄严感受，包括：《巴布斯溪剪头发》[②]，《旅程》[③]，《铺满地面》(*Covers the Ground*)[④]，《绕行塔玛巴斯山》(*The Circumambulation of Mt. Tamalpais*)[⑤]，《黑鸦喙河其尽头》(*Raven's Beak River at the End*)[⑥]等。所以广义地说，《山河无尽》中大部分诗都是描写诗人经验到如诗如画的大地山河，如同观山水画轴者，亦如同山水画轴画面上的旅人。

史耐德在《山河无尽》诗集的前面几页，复印了不少远东的山水画。封面是近代日本画家千浦小畑在1930年所画的“约塞米蒂瀑布”(“Yosemite Waterfall”)(图29)[⑦]；千浦小畑为史耐德二十多岁在加大柏克莱校区念研究所时的书画老师，可见史耐德为人相当念旧；这张千浦小畑的版画，不论是其山石、松树及瀑布的线条都很刚硬，与中国山水画之意境不同，与日本水墨画也不同。书中复制的山水画轴则翻印美国克里夫兰艺术博物馆收藏的一幅北宋的“溪山无尽”图，只印出此手卷之部分，分印在六页上，书中还有一页是把六页中第三页的部分加以放大。此放大的图像内容充分显示史耐德所相信中国山水画背后刚柔并济之道家观念以及人与大自然的关系；背后耸立的方形顶高山有阳刚的特色，中间的云气以及蜿蜒而下的溪流却非常阴柔；骑驴过桥的人与侍者，只是大自然山水中极渺小的一个成分而已。

---

① Gary Snyder, *Mountains and Rivers without End*, Washington, D.C., Counterpoint, 1996, pp. 130—132.

② Gary Snyder, *Mountains and Rivers without End*, Washington, D.C., Counterpoint, 1996, pp. 33—38.

③ Gary Snyder, *Mountains and Rivers without End*, Washington, D.C., Counterpoint, 1996, pp. 52—56.

④ Gary Snyder, *Mountains and Rivers without End*, Washington, D.C., Counterpoint, 1996, pp. 65—67.

⑤ Gary Snyder, *Mountains and Rivers without End*, Washington, D.C., Counterpoint, 1996, pp. 85—89.

⑥ Gary Snyder, *Mountains and Rivers without End*, Washington, D.C., Counterpoint, 1996, pp. 122—124.

⑦ 美国加州中部约瑟米蒂国家公园内之著名瀑布，为世界上落差(2425英尺)最大的瀑布之一。

《山河无尽》之第一首为《溪山无尽》[①]，这首诗的结构与内容深受中国山水画之影响；《溪山无尽》是受藏于美国克里夫兰艺术博物馆的北宋“溪山无尽”横轴手卷之启迪，此手卷亦为此诗之蓝图。根据安东尼·韩特的考据，史耐德写这本诗集其实是受了两张中国山水画的启迪。其一是首都华盛顿佛叶画廊(Freer Gallery)收藏的一幅清朝画家陆沅(Lu Yüan)的手卷，另一幅即是克里夫兰艺术博物馆所收藏宋朝无名氏的“溪山无尽”图；安东尼·韩特认为史耐德采用克里夫兰艺术博物馆那幅作《溪山无尽》一诗之题材及这本书中采用克里夫兰艺术博物馆那一幅来复印，一方面是因为那幅画已有不少学者研究过，史耐德也研读过这些文章；另一方面是因为克里夫兰艺术博物馆的手卷长度比较短，华盛顿那张比较长(十六英尺)，故前者比较容易加以描写入诗[②]。众所周知，中国山水画的意境其实是画家心境的显现，史耐德必然深知这个道理，故史耐德观画是以自己的心境映照之，史耐德诗中描绘的山水画也是他自己心境之反射。

在《溪山无尽》一诗中，诗人顺着把画轴卷开看画的顺序来描写画的内容：先是把右方的山水及山水中的人物一一描写，可以说是用英文文字来再现中国山水画的形象，及再现画之意境。这首诗，其实是用了多重观点，诗中史耐德亲自去俄亥俄州(Ohio)的克里夫兰艺术博物馆看这幅画，因为诗人看完画，说“——我走出博物馆——灰云低低压在湖上[③]——三月寒冷的微风”(“—I walk out of the museum—low gray clouds over the lake—chill March breeze”)[④]。诗人观宋人的横轴山水画时，除了观画中的山水，还观画中体型渺小的人类，史耐德描写了小舟上的文人和舟子，也描写在山上观风景的文人，还有在路上行走或骑马的旅人。诗人的视线似乎是随着小舟上的观者而移动，因此诗人不只有从画外观画的角度，又有进入画之中与舟上人一同观山水的角度，诗人说：

---

① Gary Snyder, *Mountains and Rivers without End*, Washington, D.C., Counterpoint, 1996, pp. 5—9.

② Anthony Hunt, Singing the Dyads: The Chinese Landscape Scroll and Gary Snyder's Mountains and Rivers without End, in *Journal of Modern Literature*, Vol. 23, No. 1, 1999, pp. 9—10.

③ 此博物馆在俄亥俄州的克里福兰市，位于依利湖(Lake Erie)边。

④ Gary Snyder, *Mountains and Rivers without End*, Washington, D.C., Counterpoint, 1996, p. 8.

清净了我的心，滑入
　　那创造出来的空间，
流水的网在众石之上泻下，
空气雾蒙蒙，但没下雨，
　　由湖上小舟观看此大地
　　或在宽阔缓流的河上
　　滑过。
Clearing the mind and sliding in
　　to that created space,
a web of waters streaming over rocks,
air misty but not raining,
　　seeing this land from a boat on a lake
　　or a broad slow river,
　　coasting by. ①

这是此诗的第一段，舟上的人可能在湖上，也可能在河上，也可能此舟在空间上已经由湖上划行到河上了，甚至物我的界限也是可以打破的，这湖也可能是博物馆附近的伊利湖，诗人也可以想像他自己在伊利湖上泛舟看风景。

诗人随着想像中滑行的小舟，观看及描写岸上之山水风景与人物，看到画的尽头，诗人的小舟滑出了画面：

几条河川之外众山，浅滩上一些柳树，
一柔和的峡谷伸向远处的内陆。
观看的船已经飘到画页之外。

Hills beyond rivers, willows in a swamp,
a gentle valley reaching far inland.

---

① Gary Snyder, *Mountains and Rivers without End*, Washington, D.C., Counterpoint, 1996, p. 5.

The watching boat has floated off the page.①

有趣的是，画看完了，在时间上画与诗都还没有结束，因为中国山水画有一传统的习俗，藏画的人会在原画面上，或在画旁加绢或加纸来留下自己的痕迹，有人写下收藏的经过，有人为画题一首诗，林林总总不一，也有人只盖上自己印章。史耐德在小舟滑出画面后，又把一些历代收藏家及鉴赏者的名字、时代及他们所写的题诗、题字加以描述，因此增加了时间的、历史的层面，包括 13 世纪到 17 世纪五位收藏家及鉴赏家题的字。安东尼·韩特很有见地地指出史耐德由在原画上题字的九位鉴赏家中挑出五位，挑出他们一些“相当世俗性的评语”（“rather mundane comments”），如其连襟亲戚的生活细节等，此幽默笔触可让我们在严肃的精神领域放松一下②。

史耐德还详述清朝与民国年间这幅画曾数易其主，包括清朝大学士、工诗词之梁清标(1620—1691)及 20 世纪大画家张大千(1899—1983)，而且还把时间衔接到他在克里夫兰观画的那一刻。诗人说：“在 1949 年张大千把它卖了。现在它在克里夫兰艺术博物馆中，馆坐落在高地上俯瞰伊里湖的湖水。”(“Chang Ta-ch'ien sold it in 1949. Now it's at the Cleveland Art Museum, which sits on a rise that looks out toward the waters of Lake Erie.”)③史耐德自己就在此馆中观此画。

有趣的是史耐德在诗结尾处，自己也写了两段诗，犹如那些收藏家在画上题诗题字一样，于是一位美国诗人加入了这幅宋画的鉴赏者行列，承继了那些鉴赏者的传统。

《溪山无尽》的最后一段诗如下：

古老的山灵山脉，沉落的河流，又出现
　　靠墙而立，诉说它们的故事，

---

① Gary Snyder, *Mountains and Rivers without End*, Washington, D.C., Counterpoint, 1996, p.6.

② Anthony Hunt, Singing the Dyads: The Chinese Landscape Scroll and Gary Snyder's Mountains and Rivers without End, in *Journal of Modern Literature*, Vol.23, No.1, 1999, p.31.

③ Gary Snyder, *Mountains and Rivers without End*, Washington, D.C., Counterpoint, 1996, p.8.

走这条山径，坐在这阵阵雨中
磨那支墨，沾那支毛笔，卷开那
　　广阔的白色空间：

拉出笔尾尖端
润而黑的一笔。

行行重行行
　　足之下　大地旋

溪山向来不曾一成不变

Old ghost ranges, sunken rivers, come again
　　stand by the wall and tell their tale,
walk the path, sit the rains,
grind the ink, wet the brush , unroll the
　　broad white space:

lead out and tip
the moist black line.

Walking on walking ,
　　　　under foot　earth turns.

Streams and mountains never stay the same. ①

在这一段里书写之中又有书写，诗中的诗人叙述者先变成画中人——走那条小径，坐那阵阵雨中——然后再跳出画来，磨墨沾笔，写下他的诗，即原诗的斜体部分。在此，诗人跨越九百年，充分地参与此宋人山水画之创作本身。

---

① Gary Snyder, *Mountains and Rivers without End*, Washington, D.C., Counterpoint, 1996, p. 9.

安东尼·韩特又由《山河无尽》全部三十九首组诗来看中国山水画对此书的影响，他认为此书"相当名符其实地，是一幅扩充了的、文字的山水画"("quite literally, an extended verbal landscape painting")，这三十九首组诗，"看来像是水平卷开来之互相关联的延长"("appear as an interconnected extension of that horizontal turning")①；他更指出在整体结构上，史耐德的组诗与克里夫兰艺术博物馆的画是呼应的，史耐德的组诗每一首都可以独立欣赏，结构上又分成几大部分，宋朝山水手卷的结构是一样的，画面上可以分成几大部分。

诗集最后一首诗《在心中寻找空间》的结尾手法也用了毛笔意象。韩特说全诗集的结尾"地理上铺平为'大盆地'干盐湖床水平的空间，并且在诗的张力方面松弛下来，肯定正如同克里夫兰手卷最后一部分在视觉上归于平面"("flattens out geographically into the horizontal space of a Great Basin playa and drops off in poetic intensity, just as surely as the last section of the Cleveland scroll levels out visually")②。

现在我们回过头来看史耐德诗集的结尾，即最后一首诗《在心中寻找空间》，在本诗集最后三页，诗人到美国西部沙漠的干盐湖床，但他不是孤独的独行者，周围有妻子、朋友同吃野餐——吃沙漠区的零食，炸蚱蜢：

> 现在于九十年代的沙漠之夜
> 　　——我的爱即我的妻——
> 老友们，旧卡车，围在一起；
> 圈外黑暗中孩子骑单车扇成大弧形
> ……
> 　　他们都像从上蜂拥而至——
> 　　儿子们与女儿们围成圈
> 　　吃蚱蜢，笑咧开嘴，

① Anthony Hunt. Singing the Dyads: The Chinese Landscape Scroll and Gary Snyder's Mountains and Rivers without End, in *Journal of Modern Literature*, Vol. 23, No. 1, 1999, p. 7.

② Anthony Hunt. Singing the Dyads: The Chinese Landscape Scroll and Gary Snyder's Mountains and Rivers without End, in *Journal of Modern Literature*, Vol. 23, No. 1, 1999, p. 17.

在荒野中诵昆虫之佛咒
……

Now in the nineties desert night
　　—my lover's my wife—
old friends, old trucks, drawn around;
great arcs of kids on bikes out there in darkness
….
　　They all somehow swarm down here—
　　Sons and daughters in the circle
　　eating grasshoppers grimacing,

singing sūtras of the insects in the wilderness
….[①]

这两段诗不只描绘地形，由山脉到沙漠最低处——盐湖床——而且表现人类与生物正进行原始的仪式，食者与被食者亲密而神圣的食物链关系，透过黑色的幽默（即吃蚱蜢及诵昆虫之咒）来表现了他的深层生态学与佛教思想。但全书之结尾四行却表现纯粹中国式的艺术风味和技巧：

空间延展。
但是沾了墨的湿毛笔
笔尖拉剩一个点
　　　提了起来。
The space goes on.
But the wet black brush
tip drawn to a point,
　　　lifts away.[②]

这是描写毛笔最后一画提起来的情况，凝神专注，小心翼翼，绝非安东尼·

---

① Gary Snyder, *Mountains and Rivers without End*, Washington, D.C., Counterpoint, 1996, pp. 151—152.

② Gary Snyder, *Mountains and Rivers without End*, Washington, D.C., Counterpoint, 1996, p. 152.

韩特所说的“在张力方面松弛下来”。我想练书法多年的史耐德一定知道，画家画完一幅画提起笔的那一刹那，心境的呈现完成，但全部张力仍在笔尖，仍在心头。

在《山河无尽》诗集中，一幅流落海外的宋人横轴山水画变成了主角。史耐德不仅欣赏及描绘这幅画，还投身入中国的山水画大传统之中，参与藏画家的题款。在这本诗集中，史耐德化身于画中人，行走美国与亚洲美丽如画的山河中。在这本诗集中，第一首以水墨画展开，最后一首以水墨画的最后一笔结束。

结　语

美国文学吸收中国文化自成一个小传统，因 20 世纪有不少美国重要作家承继 19 世纪的先行者，继续在这方面努力。盖瑞·史耐德在这个小传统中占什么地位呢？当然我们要先探讨的是这个传统的内涵。文学传统应该是有开创者，随后有几代的承继者、追随者，或受影响者，在文学题材、文化思想或文化模式上有所传承，才谓之传统。美国文学中的确有吸收中国文化的传统，其吸收中国文化内涵可以说有三种不同的关注，第一是以华工、唐人街或遥远的中国为题材，即中国形象之呈现。第二是吸收中国文化思想与文化模式，以丰富美国文学之内涵。第三为美国的华裔作家以寻根与身份认同为主题的文学。第三种之华裔作家作品非本书所讨论的范畴，故不论之。

第一种为以华工、唐人街、遥远的中国、中国文物、中国人物为题材的文学作品，许多美国作家的作品中都曾出现这种关注，但他们大多对中国文化没有很深的认识，中国人物、事物只是一种异国情调。如马克·吐温(Mark Twain，1835—1910)19 世纪 60 年代曾住在旧金山，那时就为唐人街受欺凌的华人在报上写文章呼吁过①，瓦勒斯·史蒂芬斯、玛丽安·莫②与威廉·卡洛士·威廉斯的诗中都出现过中国事物、中国人物。威廉

---

① Stephen Schwartz，*From West to East*：*California and the Making of the American Mind*，New York：Free Press，1998，p. 84.

② 史蒂芬斯与莫诗中之中国事物见 David Happell Hsin-fu Wand，*Cathy Revisited*：*The Chinese Tradition in the Poetry of Ezra Pound and Gary Snyder*，p. 12，pp. 22—23.

斯有一首诗《致一位中国女子》(*To a Chinese Woman*)①中，一位中国女子之出现就很富异国情调：

> 她经过我在郊区房子
> 致一位经过的女人。致亚洲
> 经过我郊区房子的亚洲。
> 致中国。致月亮。致
> 星星。致五月。致
> 下地狱罢——快追
> 她！——吓一吓那些花朵！
> Passing my house in the suburbs
> To a woman passing. To Asia
> passing my house in the suburbs.
> To China. To the moon. To the
> stars. To the month of May. To
> hell with this—After
> her! —startling the flowers!

在这诗中看不出威廉斯对中国文化有什么了解。威廉斯身为医生，住在郊区的高级独幢住宅之中，那位出现此区的中国女人只是叙述者追求的亚洲美、异性对象，只是一种异国情调。这一类的诗歌，即以华工、唐人街、遥远的中国、中国人物、事物为题材的作品，本书亦不再探讨。

本书所探讨第二种文化现象，即美国文学吸收中国文化传统的现象，也就是美国作品中如何吸收中国文化思想与文学模式。这个传统始于19世纪超越主义(Transcendentalism)的主要作家爱默森与梭罗，他们吸收了中国儒家思想。到了20世纪，研究中国文化思想、中国文学模式，并取用之入诗的美国作家就很多了，尤其是诗人。他们包括艾兹拉·庞德、艾蜜·罗威尔(Amy Lowell)、赛珍珠(Pearl Buck，1892—1973)、王红公、卢·韦曲、菲利普·华伦(Philip Whalen，1923—2002)、嘉露莲·凯莎(Car-

① William Carlos Williams，*The Collected Poems of William Carlos Williams*，ed. by A. Walton Litz and Christopher MacGowan，Vol. 2，New York，New Directions，1986，p. 28.

olyn Kizer，1925—　）、杰克·克洛厄、罗拔·布莱、詹姆斯·乌莱特(James Wright，1927—1980)、查尔斯·乌来特(Charles Wright，1935—　)、劳伦斯·佛令格第(Lawrence Ferlinghetti，1919—　)、豪威·聂莫洛夫(Howard Nemerov，1920—1991)与珍·贺淑菲特等。

下面将由以下三方面，探索史耐德在这个传统中的地位：第一是中国文化儒、道、释三种思想的吸收及其对美国作家作品的影响，第二是中国诗歌传统之吸收及如何将之融入自己的作品，第三是对中国艺术、文物传统之吸收及其影响。

在儒、道、释三家思想之中，美国作家吸收最多，最深入学习的是道家思想。最显著的是王红公与罗拔·布莱。但史耐德与他们两位相比较，实不遑多让，王红公推崇道家思想中的阴阳二种能量之互换交流观念、道家的大自然宇宙观。王红公又认为《道德经》保留了母系社会与女神崇拜的特点。这些思想史耐德全都接收。布莱则注重道家"无为"的观念，如布莱有一首《一首无为的诗》("A Doing Nothing Poem"，*Jumping Out of Bed*)：

整个下午走来走去
光着脚，在我的小屋内，
我变长，变透明了……
像那只海参
它无为地活着
活了一千八百年。
After walking about all afternoon
barefoot, in my shack,
I have grown long and transparent ….
like the sea slug
who has lived along doing nothing
for eighteen thousand years.

布莱在此诗中表现了《道德经》的"守柔曰强"(第五十二章)，"物壮则老"(第三十章)、"道常无为"(第三十七章)等观念。但史耐德却很少采用道家无为思想，因为他是位积极入世的诗人。

大力吸收儒家思想的美国作家并不多，只有庞德与史耐德两人。但两人吸收的重点不同。庞德对儒家思想的忠君思想、王道思想、“正名”观念、轻商观念都非常推崇，这些思想变成他作品的思想骨干。

史耐德对儒家思想的吸收则偏重读书人的弘毅精神和修齐治平思想，家族的孝悌、礼乐教育等观念，除了在作品中表现这些思想，并且依据这些观念去身体力行。

由于在1950年以后大乘佛教——如佛教之禅宗及西藏密宗——在美国大为流行，深入学习及在作品中采用佛教思想的作家甚多，如卢·韦曲、菲利普·华伦、艾伦·金士柏、杰克·克洛厄、珍·贺淑菲特等。但是他们之中没有一位像史耐德一样下了那么多时间和工夫。菲利普·华伦也去过日本禅寺学禅，但时间没有史耐德在日本十年那么久。珍·贺淑菲特在旧金山禅中心(San Francisco Zen Center)的塔沙贾拉(Tassajara)分院修行七年，但她离开修院后只努力于个人之修行，不像史耐德在美国成立道场，支持禅堂，推广佛教。在他们作品中所渗透的佛教思想之浓度这一点而言，菲利普·华伦，贺淑菲特与史耐德是不相上下的。然而，我们要注意的是在美国传布的佛教，大抵上是日本临济宗与曹洞宗，由日本去的禅师，或在日本学禅的美国人来推行。上述的诗人之中真正钻研中国禅宗思想与公案，中日禅宗的关系等，也只有史耐德一人而已。

我们可以说，在吸纳中国文化儒、释、道三家思想方面，不少作家只对三者之一有兴趣，且涉猎不深。比较深入了解中国文化思想的美国作家有以下三位：庞德、王红公、史耐德。而在三位之中只有史耐德一个人是广为吸收儒、释、道三家思想。庞德独对儒家思想有兴趣，但对释、道思想则无意吸收。王红公方好相反，在作品中大量吸收释、道二家思想，但对儒家思想，尤其是其后形成之官僚制度，非常厌恶，因为王红公本身信奉无政府主义(anarchism)，但由于他尊崇杜甫，故对杜甫之忠君思想及入世报国的心愿则没有什么批评。史耐德则对三家思想都撷取精华，不但表现在作品中，并且也在生活中实践，可以说是在吸收三家思想的全面性这方面，美国文学史上无出其右者。当然，他只吸收三家思想中适合他自己思想体系与自己性情的部分，有时甚至会刻意扭曲原来的观念作为已用。

在吸收中国文学模式方面，就美国诗歌史而论，人数可谓不少，比较重要的有庞德、艾蜜·罗威尔、王红公、菲利普·华伦、嘉露莲·凯莎、史耐德、罗拔·布莱、詹姆斯·乌莱特、查尔斯·乌来特、詹姆斯·狄奇(James Dickey，1923—1997)与珍·贺淑菲特等。他们在自己的诗歌中主要采用了两种文学模式，第一种表现了中国式的诗情，如以大自然意象为诗之主体，又如模仿中国诗隐在大自然中的心情与感受；第二种文学模式就是中国古典诗歌中赠友诗的诗体，美国诗人采用这种模式与自己的美国文友对话，甚至与中国古代诗人对话，对话对象包括陶潜、李白、杜甫等①，史耐德也写了不少这类诗。史耐德可以说是这个传统中重要的一分子。但是史耐德更进一步，为此传统添增了许多新的方向，包括进行英诗创新语言的试验，采用中国单音节的特色入英诗，模仿中国古典诗之七言体与五言体入英诗，采用中国文法中省略主词的模式入英诗等，其尝试之大胆，前无古人。此外他多次采用中国古典文学的典故入诗，试图把中国古典诗文融入英诗的传统之中。他用的典故，如苏轼的诗句，每每能画龙点睛，令自己的诗增加深度和广度。这是因为他曾脚踏实地学习中国古典诗，这一点是其他美国诗人没有做到的。他还深入研究中国古代的山水画，把山水画、水墨画的美学观念与习俗使用在他自己的英诗创作之中，在美国众诗人中可谓独树一帜。

如上所言，史耐德在其吸收中国文化思想的全面性这一点，在美国文学史上可谓开创先河。他应用中国诗歌模式，不但吸收其内容，而且在用中国典故上敢于创新。他吸收中国诗歌之格律、形式，甚至中国文字、文法的特色，并熔铸中国之古典诗学、中国艺术之美学入英文诗歌之中。

以上这些都是他在融合中西文化与中国文化方面的大成就。但我们也要知道，在吸收中国文化与文学模式的时候，他并非全盘接受，如他对中国古代之滥垦森林、野兽物种之消灭以及中国人挟文化自大的想法，曾数次强烈地抨击："即使佛教徒实践吃素，对动物仁慈，但中国于5世纪至15世纪之间，大自然里也还是有许多动物都灭种了，森林大片大片地流失。"("Even as the Buddhists were practicing vegetarianism and kindness to creatures, wild nature in China suffered significant species extinction and

---

① 见钟玲：《美国诗与中国梦：美国现代诗里的中国文化模式》第四章第三节"中国式的物我关系"及第五章第一节"中国诗隐与美国诗人之自我寻求"及第三节"诗友的语调"。

wholesale deforestation between the fifth and the fifteenth centuries A. D. ")[①]。

在他一首诗《母亲大地：她的鲸鱼们》[②]中就抨击中国对大自然的破坏，抨击中国现代工业文明之发展，如林地变成了停车场：

> 洛阳一带的树林，在公元一千二百年前
> 就被砍伐殆尽，淤泥和沙全往下流。
> ……
> 中国啊，老虎们、野猪们、猴子们
> 　　都去了哪里？
> 　　　　像去年的积雪
> 在雾中，在闪光中消失，干硬的土地
> 现在则是五万辆卡车的停车场。
> The forests of Lo-yang were logged and all the silt &
> sand flowed down, and gone, by 1200 AD—
> …
> Ah China, where are the tigers, the wild boars,
> 　　the monkeys
> 　　　　like the snows of yesterday
> Gone in a mist, a flash, and the dry hard ground
> Is parking space for fifty thousand trucks. [③]

史耐德说中国历代皇帝会因天灾而罪己，但"他们从来没想到对野生动物居地的破坏，或对野兽和人的性命的浪费，或者毁灭树林，是否也是一种对上天力量的冒犯"[④]。在这些批评的背后，其实是史耐德坚信的生态思想，这思想他自幼就已形成，到了21世纪的今天仍然奉行。同样地，他自

① Gary Snyder, *A Place in Space: Ethics, Aesthetics, and Watersheds*, Washington, D. C., Counterpoint, 1995, p. 73.

② Gary Snyder, *Turtle Island*, New York, New Directions, 1974, pp. 47—49.

③ Gary Snyder, *Turtle Island*, New York, New Directions, 1974, pp. 47—48.

④ 史耐德·盖瑞：《野在中国》，见《山即是心：史耐德诗文选》，302页，台北：联合文学出版社，1990。

幼推崇印第安文化思想，再加上他在大学学的是人类学，因此他会认为许多原始文化之信仰与其神话都是人类文明的宝藏，尤其是他们的万物有灵论、人与大自然的情况关系的观念、食物链观念等，因此他会为古代中国周围的少数民族打抱不平，因为这些民族文化中保存了不少萨满传统，也因为他们备受汉人的歧视，还因为他们的文化保有原始文化的特色。有关中国历史上的官僚制度，史耐德却明言他不敢苟同之处，因为他认为历朝的官僚制度造成中国人挟文明而自大，造成中国人轻视原始文化的心态。他说：

> 中国有地球上历史最久的、中央集权最盛、最为官僚、文明最进步的文化；无疑的，因此其对内与对外都会有许多损失。因此而失去各种多元面貌。以前的中国对少数民族，或原始民族并不欣赏，也许现在仍如此。多少个世纪以来，他们瞧不起他们的边疆民族……
>
> China has been the most centralized, bureaucratic, civilized culture on earth for the longest time; unquestionably because of that, much was lost within and without. Much diversity was lost. The Chinese in the past, and probably still, don't have an appreciation for the ethnic or the primitive. For centuries, they have been looking down on their own border people ...①

汉民族的确自古有文化优越感，对边疆民族的称谓就是明显的例证，如“蛮”、“夷”、“寇”等。

我们应该知道，对史耐德而言，最重要的思想不是中国文化思想，也不是印第安、日本、印度、西藏文化思想，最重要的是他自己自幼发展出来的一些主要观念，如深层生态学思想，萨满教思想以及融合中国禅、日本禅、西藏密宗的佛教信仰。这些发展出来的主要观念与中国文化思想与文学模式是相辅相成的。也就是说他由中国文化思想中选择一些观念作为他主要思想的骨干，而他也为自己的主要思想采用中国文化的一些观念作

---

① Gary Snyder, *The Real Work: Interviews and Talks, 1964—1979*, ed. Wm. Scott McLean. New York, New Direction Pub. Corp., 1980, pp. 127—128.

为论证。在本书第二章第一节中就讨论过他如何采用《道德经》中的大自然看法作为他生态观的基础。以他的原始萨满教思想为例，其中一个重要的概念就是他与众不同有关神的观念。他认为侧重在性别上分男神与女神是有局限的、僵硬的，因为宇宙的力量既可以二分，又可以混同为一，或是分了再互相调换，其实他采用这种道家的阴阳观念作为他萨满教思想的骨干。他的主要观念，都是建立在世界各文明的证据上，中国文化的传统与习俗常被用为例证。例如他在生态学上就提出过以中国佛教的华严宗观念为例证；此外印第安文化中有关动物、植物的想法以及西藏密宗的曼荼罗图像皆被他举为例证。他就用华严宗之因陀罗神之网的比喻来强调"生态系统"之中每一个生物之重要性。

至于如何为史耐德在后殖民主义论述中定位，则是一个比较复杂的问题。艾德华·赛义德在基本上持反帝国主义的立场，把叙述的声音或文学声音分为两类，一是帝国主义殖民者的声音，一是被殖民者的声音，他举的其中一个例子如下：1878 年拿破仑率法军攻占埃及，随军学者所写的《拿破仑在埃及》就属帝国主义殖民者的声音；而针对同一侵略事件，埃及作家阿卜德·拉赫曼·贾巴提（Abd al-Rahman al-Jabarti）所写的 *Aja'ib al-Athar* 则是被殖民者的声音。前者"用欧洲存在之文化势力范围"（"the cultural orbit of European existence"）的立场"为外来征服定位，落地生根，及合理化"（"the placing, the grounding, the normalizing of foreign conquest"）；而后者的声音则是"针对征服一系列痛苦的、敏锐的沉思"（"a series of anguished and perceptive reflections on the conquest."）[①]。到了 20 世纪后殖民地时期，原殖民者的心态仍然持续着，赛义德认为殖民者仍有两种想法，"一是强权势力有权保护它远方的利益，甚至会用军事侵略的方式；二是弱势者，即力量比较小的民族，其权利上的道德上的，需要也比较少"。（"one was the great power's right to safeguard its distant interests ever to the point of military invasion; the second was that lesser powers were also lesser peoples, with lesser rights, morals, claims".）[②]贺米·

① Edward Said, Discrepant Experiences, in *Postcolonial Discourses: An Anthology*, ed. by Gregory Castle, Oxford and Malden, Massachusetts, Blackwell Publishers, 2001, p. 29.

② Edward Said, Discrepant Experiences, in *Postcolonial Discourses: An Anthology*, ed. by Gregory Castle, Oxford and Malden, Massachusetts, Blackwell Publishers, 2001, p. 31.

巴巴(Homi K. Bhabha)在20世纪90年代初期也认为“在国际外交语言之中，一种新的盎格鲁-美国民族主义正在急剧增长，这种民族主义逐渐在政治行动中施展其经济与政治势力，这些行动表现生了一种新的帝国主义，忽视第三世界民族与地方之独立与自主。”(“in the language of international diplomacy, there is a sharp growth in a new Anglo-American nationalism which increasingly articulates its economic and military power in political acts that express a neo-imperialist disregard for the independence and autonomy of peoples and places in the Third World.”)①

那么我们如何为史耐德在前面两位学者那一类的后殖民主义论述中定位呢？他既不属于赛义德的帝国主义殖民者的声音，也不属于巴巴所谓“新的盎格鲁-美国民族主义”的声音，因为他虽然血统上是白种人，但他对帝国主义不仅持批判的态度，且完全不予认同，他常站在被灭族、被灭者的印第安人一边，为他们说话。而他的声音也不属于被殖民者，因为他仍是从白种人的立场来看事情，例如他曾说：“有一件事像强酸一样一直蚀着美国人的心：就是我们知道我们对我们的大陆做了什么，我们对印第安人做了什么。”(“Something is always eating at the American heart like acid: it is the knowledge of what we have done to our continent, and to the American Indian.”)②他是由外来者的角度来学习，来吸收亚洲文化及印第安文化。史提芬·史宁门(Stephan Slemon)概括地把贺米·巴巴的研究方向作一总结，我认为巴巴的立论方向比赛义德的较全面。史提芬·史宁门如此作总结：

> 巴巴试图转移我们理论上的重点，即我们原先重视的是文化方面庞大的建筑巨石——民族、种族、阶级、殖民者、被殖民者，他要移向对“二者之间”的空间作解读，即在社会及文化差异各部分总和以外的空间。因此，大家认为他把自己的研究方法与各种群体的需求同步化，即当代后殖民世界中各种“二者之间”的

---

① Homi K. Bhabha, *The Location of Culture*, London and New York, Routledge, 1994, p. 20.

② Gary Snyder, *Earth House Hold: Technical Notes and Queries to Fellow Dharma Revolutionaries*, New York, New Directions, 1969, p. 119.

> 群体——如离散的社团与少数族裔社团，移居的个人和群体，原住民社团……而社会理论与批评理论一定要发掘新的方法，以清楚表达的方法来如实呈现他们过去与现在的经验；并必须要避免擅自挪用那些经验到其他人的故事之中……
>
> Bhabha attempts to shift our theoretical concern away from the monolithic building blocks of culture — nation, race, class, colonizer, colonized — towards a reading of the "in-between" spaces, the spaces in excess of the sum of the parts of social and cultural differences. In doing so he can be seen to be aligning his critical method with the demand now being made by all kinds of "in-between" groups in the contemporary post-colonial world — diasporic and minority communities, migrant individuals and groups, aboriginal communities ... that social and critical theory must discover new and articulate ways to come to terms with their experiences, past and present, that it must do so in a way that avoids appropriating those experiences into someone else's story ...①

虽说巴巴的论述扩充到后殖民时代各种"二者之间"的群体，如少数族裔社团、移居的个人和群体等，但基本上他研究的"二者之间"的对象是在后殖民时代受压迫的群体，处理的是"从属的族群"(subordinated peoples)及他们"本土的文化传统"(indigenous cultural traditions)②。在族裔上，史耐德可说属于"新帝国主义"的盎格鲁-美国白种人；他祖上有欧洲人，也有英国人，如他的曾祖父有德国血统，曾祖母有苏格兰、爱尔兰血统③，他外祖父有爱尔兰血统④，所以他属广义的盎格鲁-美国族裔。但巴巴不曾研究过"新帝国主义"内部史耐德这一种若即若离的"他者"，这一种在边缘上又非边缘上的文化声音。然而，巴巴的一些研究方法却可以用于对史耐德

① Stephan Slemon, Post-colonial Critical Theories, in *Postcolonial Discourses: An Anthology*, ed. by Gregory Castle, Oxford and Malden, Massachusetts, Blackwell Publishers, 2001, p. 114.

② Homi K. Bhabha, *The Location of Culture*, London and New York, Routledge, 1994, p. 9.

③ Gary Snyder, *The Old Ways*, San Francisco, City Lights Bookstore, 1977, p. 16.

④ Bert Almon, *Gary Snyder*, Boise, Boise State University, 1979, p. 6.

文化身份认同的探讨上。

广义地说，史耐德的声音也属“二者之间”(in-between)者。他的声音既不属于殖民者，也不属于被殖民者，但又不属于任何美国的少数族裔。他是与美国主流文化对抗，但同时又被主流文化接纳的人。因为美国文坛已接纳及推崇他的作品。美国文化与学术界经典化的“霸权”重镇、诺顿(Norton)出版社的美国文学选集，早在20世纪60年代的版本中就收了他的诗。还有，以他为题目的硕士、博士论文，到21世纪初已数以百计，故他与美国主流文化有“矛盾暧昧”(ambivalent)的关系。由50年代起他就被认为是各种“逆向文化”(counter-cultures)的领袖人物，包括垮掉的一代、美国佛教禅宗、花孩(Flower Child)、生态诗(eco-poetry)等。但是他却认为自己是美国主流文化的他者。在生活上是个“移居的个人”(migrant individual)，自我流放到北加州蛮荒的山野之中开辟家园，并与志同道合的远近邻居共同经营他们的社群，是属美国中产社会之外的离散社群。他在文化观上，则是一位不折不扣实行混杂(hybridization)的人。他企图颠覆以新英格兰文化圈为重心的欧陆传统美国文学。混杂性(hybridity)是一种“效仿”(mimicry)，在其深处具有“暴动性”(insurrectionary)，并常有“东拉西扯之上下文”(discursive contexts)的特色①。然而史耐德的景况不像被殖民者处于不能发声的困境，他不需要效仿帝国主义的声音，不需要东拉西扯，他可以公然地采用并融汇前被殖民者的思想，包括印第安文化思想及亚洲文化思想，以与主流思想抗衡。我们可以称他为帝国主义者内部的离散声音，其文学作品呈现一种混杂性，公然持抗衡的姿态。如巴巴所说少数族裔进行的是一种“复杂的、进行中的谈判，为在历史转变的时刻出现的各混杂性，以寻求这种各种文化混杂性的授权”(“a complex, on-going negotiation that seeks to authorize cultural hybridities that emerge in moments of historical transformation”)②。在文化史上而言，史耐德的文学作品就是他进行这种类似谈判(“negotiation”)的见证。

后殖民主义学者研究的对象常以社群或民族(nation)为单位。艾内斯特·勒南(Ernest Renan)认为“民族是一个灵魂，一种精神的原则……其一

---

① Gregory Castle, ed., *Postcolonial Discourses: An Anthology*, Oxford and Malden, Massachusetts, Blackwell Publishers, 2001, p. 505.

② Homi K. Bhabha, *The Location of Culture*, London and New York, Routledge, 1994, p. 2.

存在于过去，另一个在现在……因此，一个民族为一大规模的团结，受一种牺牲的感觉所支撑，过去有人为之牺牲，将来也有人愿意为之献身”。（“A nation is soul, a spiritual principle.... One lies in the past, one in the present.... A nation is therefore a large-scale solidarity, constituted by the feeling of the sacrifices that one has made in the past and of those that one is prepared to make in the future”.）①

史耐德在其抗衡帝国主义主流价值观的过程中，虽非单打独斗，然而也没有一“民族”(nation)与之共同奋斗，但是我想他的确心有建国之想，由他的诗集名字《龟岛》(*Turtle Island*)就可以知道，他试图建立一个生态环保的新美国，故采用重生态环境平衡的印第安人对美洲大地之称——“龟岛”一词，以代替“美利坚合众国”(the United States)。

我对龟岛
　　的土地发誓，
　　多种多样的
　　一种生态制度
　　在阳光之下
万物以愉悦贯穿彼此。
I pledge allegiance to the soil
　　of Turtle Island,
　　one ecosystem
　　in diversity
　　under the sun
With joyful interpenetration for all. ②

虽说史耐德自认不属于特定的民族，但他有其社群，而且不止一个，其中有生活的社群，也有文化的社群。他的小型生活社群是他在北加州住家所在圣璜(Suan Juan)山区的居民，他们合作透过区议会为社区立法来办教

① Ernest Renan, What is a Nation? in *Nation and Narration*, ed. by Homi K. Bhabha, London and New York, Routledge, 1990, p. 19.

② Gary Snyder, *Axe Handles*: *Poems*, San Francisco, North Point Press, 1983, pp. 113—114.

育，来实施环保。他大型的社群是美国西北岸山区生态地区（bioregion）的居民。他也有文化上的、精神上的社群，而且有很多个，包括生态环保的运动者及文学作者群，美国的禅修社群及融汇亚洲文化的美国作者群。而因为此精神上的社群，联系不够紧密，所以缺乏艾内斯特·勒南所说的“大规模的团结”，无法形成一种民族。但他们肯定形成了社群，或形成了一种传统。

以上所说的四个社群中，融汇亚洲文化的作家社群肯定与本书的主题有密切关系。这些作家包括20世纪前半叶单打独斗的艾兹拉·庞德与王红公以及20世纪中叶为数相当多的作家，如艾伦·金士伯、菲利普·华伦、卢·韦曲、茱安·凯葛、麦可·麦克洛，以至到20世纪末叶崛起的珍·贺淑菲特与罗拔·哈斯（Robert Hass）等的作家，他们都向亚洲文化吸收养分，中国及日本的古典诗人的英译作品是他们学习的对象，他们都赞同在自己作品中呈现亚洲的思想及诗学，他们阅读前行者美国作家的作品。史耐德与上述的美国作家之间，除了艾兹拉·庞德外，许多人彼此认识，并常通讯，形成一个精神的、文化的网络。相信这种认同和吸收亚洲文化的趋向，会随东西方之密切接触，在21世纪加速发展，虽不能成为民族，但像贺米·巴巴所言“作为一个具文化含义的系统”（as a system of cultural signification）是有可能出现的，我们可以说有一个新的、大规模的、以融汇东西方文化为旨趣的社群“正在成形”（coming into being）①，正在壮大。

在亚洲与西方的文化交流方面，20世纪已经与17、18、19世纪那三百年大不相同。不但在交通上，飞机与铁路系统令交流的步骤加快，而且外贸的热络，跨国企业的全球化，电影、资讯媒体的交流之频繁，这一切都加速中西文化之交流。一直到20世纪中叶前后西方的经济、政治、军事势力仍为一面倒的强势，但到20世纪末，中国经济实力的兴起，太平洋周边经济力量的兴起，已是不争的事实。文化的强势背后必有强大的经济与政治力量之支持。很有可能到了21世纪中叶、末叶，中国文化会成为风行全世界的强势文化，中文会成为国际语言，西方文学、艺术会大量吸纳、采用中国文化的模式。其实在大众文化的层次，20世纪末及21世纪初中国文化打入西方世界已有实例，中国的演员成龙、李连杰、周润发等已成

---

① Homi K. Bhabha, Introduction: Narrating the Nation, in *Nation and Narration*, ed. by Homi K. Bhabha, London and New York, Routledge, 1990, p. 1.

为好莱坞偶像级明星，导演李安、吴宇森已成为国际级的好莱坞商业片导演。史耐德在中西文化的交流和融合上的努力走在时代之先，几乎是先行了一百年。他在20世纪50年代就深入学习、研究中国文化，并把中国文化融入自己的作品中，这种做法，有可能是到了21世纪中叶大部分西方作家才会做的事，其风行犹如20世纪中国在五四运动之后，作家、艺术家没有不采用西方文化模式的。因此史耐德在中西文化交流史上是一位先知、先行者。

总而言之，中国文化思想并非在史耐德思想体系中另成立一系统，而可以说是无间地融入他的主要观念之中，并与他吸收的其他文化思想交错印证。因此在文化思想方面，他是一位主动的集大成融合者。在文学模式方面，他以高超的手法把中国诗学、中国诗情、中国文字及格律特色、中国书画美学，融入英文诗歌之中，企图在西方文学脉络中，融入新的中国文学模式。故在中西文学交流史上，他也是一位主动的、成功的融合者。就他中国文化与文学模式的吸收而言，其全面性及其透彻性是前无古人的。在中西文化交流史上，盖瑞·史耐德是先驱，是楷模，他的成就已成为一个里程碑。

附录　图辑

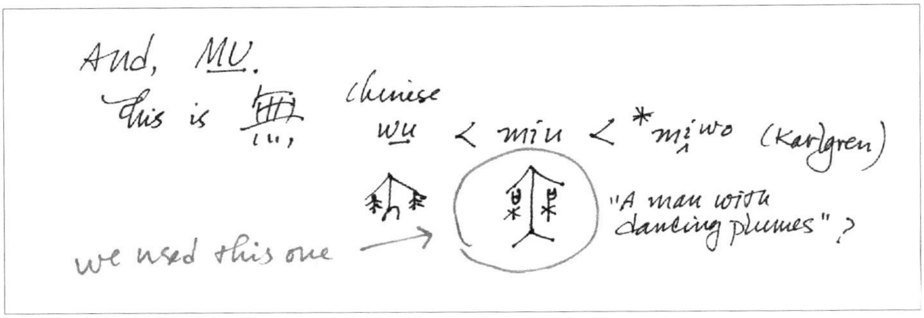

图 1　史耐德亲笔解释“无”字

图 2　史耐德站在骨圈禅堂内，2001 年(钟玲摄)

图 3 史耐德站在骨圈禅堂外，2001 年(钟玲摄)

图 4 玄奘及其竹背包

图 5　可可比列的素像图，《山河无尽》，230

图 6　西藏的阿弥陀佛曼荼罗

图 7　南韩白羊寺柱上的寒山诗句“今日岩前坐，坐久烟云收”（1978 年钟玲摄）

图 8　《禅及其对日本文化之影响》中的寒山拾得像

图 9 《溪山行旅图》

图 10 《诗的排列》，232 页

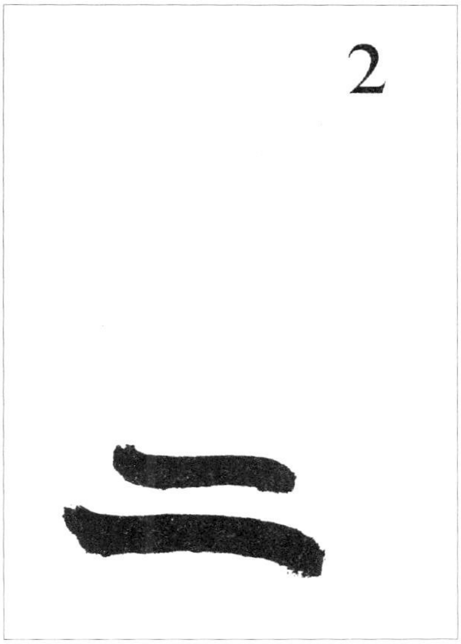

图 11　《诗的排列》，233 页

图 12　《诗的排列》，233 页

图 13 《诗的排列》，234 页

图 14 《后面的国度》，234 页

图 15 《诗的排列》，235 页

图 16 《诗的排列》，235 页

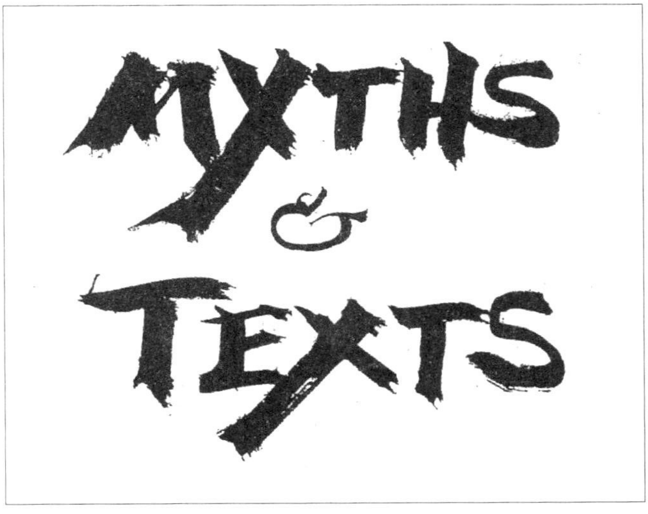

图 17 《诗的排列》，235 页

图 18 《诗的排列》，236 页

图 19 《后面的国度》，236 页

图 20 《诗的排列》，237 页

图 21 《诗的排列》，237 页

图 22 《诗的排列》，238 页

图 23 《后面的国度》，238 页

图 24　《后面的国度》，239 页

图 25　《后面的国度》，239 页

图 26 《龟岛》，240 页

图 27 《神话与文本》，240 页

图 28 《神话与文本》，241 页

图 29 “约塞米蒂瀑布”，《山河无尽》封面

参考文献

(一)中文部分

1. 玄奘译．成唯识论．台北：老古出版社，1990.

2. 蓝吉富编．禅宗全书．第 86 册．从容录．台北：文殊文化有限公司，1988.

3. 大藏经．续诸宗部十三．第 82 册．道元．正法眼藏．北投：中华佛教教文化馆影印大藏经委员会，1959.

4. 杜顺．大藏经．华严五教止观．台北：新文丰出版公司，1981.

5. 房玄龄等．晋书．第 3 册．第 60 卷．北京：中华书局，1974.

6. 大藏经．第 17 册．佛说无常经．台北：新文丰出版公司，1973.

7. 高明．帛书老子校注．北京：中华书局，1996.

8. 龚明之．中吴纪闻．上海：商务印书馆，1936.

9. 郭思编．景印文渊阁四库全书．第 812 册．林泉高致集．台北：商务印书馆，1985.

10. 哈佛燕京大学图书馆引得编纂处．杜诗引得．北平：哈佛燕京学社，1940.

11. 四部丛刊．第 35 册．寒山子诗集．上海：商务印书馆，1929.

12. 洪迈编．万首唐人绝句．台北：商务印书馆，1985.

13. 大藏经．第 48 册．六祖师法宝坛经．台北：新文丰出版公司，1973.

14. 金性尧注．唐诗三百首新注．上海：上海古籍出版社，1980.

15. 瞿汝稷，聂先编．指月录，续指月录．台北：新文丰出版公司，1980.

16. 凯鲁亚克，杰克．达摩流浪者．梁永安译．台北：商务印书馆，2001.

17. 坎伯，乔瑟夫著．神话．朱侃如译．台北：立绪文化事业有限公司，1995.

18. 莱・马利林(Maryline M. Rhie)．慈悲与智慧：藏传摩教艺术大展画集．台北：时广企业有限公司，1998.

19. 王弼注．景印摛藻堂四库全书荟要．第 275 册．道德经．台北：世界书局，1988.

20. 林耀福．文学与文化．台北：源成文化图书供应社，1977.

21. 卢育三．老子释义．天津：天津古籍出版社，1987.

22. 杨明撰．文赋诗品译注．上海：上海古籍出版社，1999.

23. 中国文心雕龙学会编．论刘勰及其文心雕龙．北京：学苑出版社，2000.

24. 何晏注，邢邴疏．四部备要．第 41 册．论语注疏二十卷．据台湾中华书局聚珍仿宋版影印，台北：中华书局，1972.

25. 马清福编．昭明文选．沈阳：春风文艺出版社，1995.

26. 沈约．宋书．第 3 册．北京：中华书局，1974.

27. 盖瑞•史耐德．山即是心：史耐德诗文选．林耀福，梁秉钧编选．台北：联合文学出版社，1990.

28. 蓝吉富编．禅宗全书．第 2 册．景德传灯录．台北：文殊出版公司，1988.

29. 苏轼．苏轼诗集．王文诰辑注．第 1，3，4 册．北京：中华书局，1982.

30. 苏轼．苏文忠公诗合注．冯星实辑订．京都：中文出版社，1979.

31. 唐圭璋编．全宋词．第 1 册．北京：中华书局，1965.

32. 文楚安．"垮掉一代"及其他．成都：四川大学出版社，2002.

33. 项楚．寒山诗注：附拾得诗注．北京：中华书局，2000.

34. 萧兵，叶舒宪．老子的文化解读．武汉：湖北人民出版社，1993.

35. 郑玄注．续修四库全书．第 151 册．孝经一卷．上海：上海古籍出版社，1995.

36. 刘殿爵，陈方正，何志华编．谢灵运集逐字索引．香港：中文大学出版社，1999.

37. 玄奘译．成唯识论．台北：老古出版社，1990.

38. 杨明．文赋诗品译注．上海：上海古籍出版社，1999.

39. 叶维廉．饮之太和：叶维廉文学论文二集．台北：时报文化出版事业有限公司，1980.

40. 赞宁．宋高僧传．上册．北京：中华书局，1987.

41. 湛然．金刚錍．王志远释译．台北：佛光文化事业有限公司，1998.

42. 张京媛编．后殖民理论与文化认同．台北：麦田出版社，1995.

43. 郑树森编．中美文学因缘．台北：东大出版社，1985.

44. 钟玲．美国诗人史耐德与亚洲文化：西方吸纳东方传统的范例．台北：联经出版社，2003.

45. 钟玲．美国诗与中国梦：美国现代诗中的中国文化模式．台北：麦田出版社，1996.

46. 钟玲．群山呼唤我．台北：远景出版事业公司，1981.

47. 周敦颐．太极图说．上海：上海古籍出版社，1992.

48. 朱棣集注．金刚经集注．上海：上海古籍出版社，1995.

49. 朱熹．景印文渊阁四库全书．第 12 册．原本周易本义．台北：商务印书馆，1983.

50. 郭象注．四部备要．第 342 册．珍仿宋版印．台北：中华书局，1965.

51. 宗柄，王微．画山水序，叙画．陈传席译解．北京：人民美术出版社，1985.

(二)外文部分

1. Almon, Bert. Gary Snyder. Boise: Boise State University, 1979.

2. Bhabha, Homi K., ed. Nation and Narration. London and New York: Routledge, 1990.

3. Bhabha, Homi K. The Location of Culture. London and New York: Routledge, 1994.

4. Birch, Cyril, ed. Anthology of Chinese Literature. New York: Grove Press, 1965.

5. Bloom, Harold. A Map of Misreading. New York: Oxford University Press, 1980.

6. Bly, Robert. Jumping Out of Bed. New York: White Pine Press, 1987.

7. Blyth, R. H. Zen in English Literature and Oriental Classics. Tokyo: Hokuseido Press, 1942.

8. Braendlin, Bonnie, ed. Cultural Power / Cultural Literacy: Selected Papers from Fourteenth Annual Florida State University Conference on Literature and Film. Tallahassee, Florida: Florida State University Press, 1991.

9. Campbell, Joseph and Bill Moyers. The Power of Myths. Ed. by Betty Sue Flowers. New York: Doubleday, 1988.

10. Castle, Gregory, ed. Postcolonial Discourses: An Anthology. Oxford and Malden, Massachusetts: Blackwell Publishers, 2001.

11. Davidson, Michael. The San Francisco Renaissance: Poetics and Community at Mid-century. New York: Cambridge University Press, 1989.

12. Eliade, Mircea, Iaon P. Couliano and Hillary S. Wiesner. The Eliade Guide to World Religions. San Francisco: Harper San Francisco, 1991.

13. Eliot, T. S. The Waste Land and Other Poems. London: Faber and Faber, 1972.

14. Ellwood, Robert S., ed. Discovering the Other: Humanities East and West. Malibu: Undena, 1984.

15. Frazier, Charles. Cold Mountain. New York: Atlantics Monthly Press, 1997.

16. Goddard, Dwight, ed. A Buddhist Bible. Thetford, Vermont: the editor, 1932.

17. Graham, Dom Aelred. Conversations: Christian and Buddhist. New York: Har-

court, Brace and World, 1968.

18. Halper, Jon, ed. Gary Snyder: Dimensions of a Life. San Francisco: Sierra Club, 1991.

19. Honour, Hugh. Chinoiserie: The Vision of Cathay. New York: Harper & Row, 1961.

20. Kerouac, Jack. The Dharma Bums. New York: New American Library, 1959.

21. Koelb, Clayton and Susan Noakes, ed. The Comparative Perspective on Literature: Approaches to Theory and Practice. New York: Cornell University Press, 1988.

22. Li, Charles N. and Sandra A. Thompson. Mandarin Chinese: A Functional Reference Grammar. Berkeley: University of California Press, 1981.

23. Lowell, Robert. Robert Lowell: Selected Poems. London: Faber and Faber, 1965.

24. Maloney, Dennis, trans. The View from Cold Mountain: Poems of Han-shan and Shih-te. Ed. by Arthur Tobias, James Sanford and J. P. Seaton. New York: White Pine Press, 1982.

25. Marlowe, Christopher. Doctor Faustus. London: Methuen, 1962.

26. Miao, Ronald C., ed. Studies in Chinese Poetry and Poetics. Vol. 1. San Francisco: Chinese Materials Center, 1978.

27. Minford, John and Joseph Lau, ed. Classical Chinese Literature: An Anthology of Translations. Vol. 1. New York: Columbia University Press, 2000.

28. Murphy, Patrick D., ed. Critical Essays on Gary Snyder. Boston: G. K. Hall & Co., 1990.

29. Murphy, Patrick D. Understanding Gary Snyder. Columbia, S. C.: University of South Carolina Press, 1992.

30. Nemoianu, Virgil and Robert Royal, ed. The Hospitable Canon: Essays on Literary Play, Scholarly Choice, and Popular Pressures. Philadelphia and Amsterdam, John Benjamins Publishing, 1991.

31. Owen, Steven, ed. and trans. An Anthology of Chinese Literature: Beginnings to 1911. New York: W. W. Norton & Company, 1996.

32. Palmer, Clare. Environmental Ethics. Santa Barbara, California: ABC-CLIO, 1997.

33. Parkinson, Thomas, ed. A Casebook on the Beat. New York: Thomas Y. Crowell Company, 1961.

34. Pope Jr., Harrison. The Road East: America's New Discovery of Eastern Wis-

dom. Boston：Beacon Press，1974.

35. Pound，Ezra. Confucius：The Great Digest，the Unwobbling Pivot，the Analects. New York：New Directions，1951.

36. Pound，Ezra. The Cantos of Ezra Pound. New York：New Directions，1970.

37. Pound，Ezra. The Translations of Ezra Pound. New York：New Directions，1963.

38. Red Pine，trans. The Collected Songs of Cold Mountain. Port Townsend，Washington：Copper Canyon Press，2000.

39. Rexroth，Kenneth. The Heart's Garden，the Garden's Heart. Cambridge，Massachusetts：Pym-Randall Press，1967.

40. Said，Edward W. The World，the Text，and the Critic：Cambridge，Massachusetts：Harvard University Press，1983.

41. Sakaki，Nanao. Break the Mirror. San Francisco：North Point Press，1987.

42. Schafer，Edward H. The Divine Woman：Dragon Ladies and Rain Maidens in T'ang Literature. Berkeley and Los Angeles：University of California Press，1973.

43. Schwartz，Stephen. From West to East：California and the Making of the American Mind. New York：Free Press，1998.

44. Shi，Daoyuan. Original Teachings of Chan Buddhism：Selected from the Transmission of the Lamp. Trans. by Chung-yüan Chang. New York：Pantheon Books，1969.

45. Singer，Armand E.，ed. Essays on the Literature of Mountaineering. Morgantown：West Virginia University Press，1982.

46. Snyder，Gary. A Place in Space：Ethics，Aesthetics，and Watersheds. Washington，D. C.：Counterpoint，1995.

47. Snyder，Gary. A Range of Poems. London：Fulcrum Press，1966.

48. Snyder，Gary. Axe Handles：Poems. San Francisco：North Point Press，1983.

49. Snyder，Gary. Earth House Hold：Technical Notes and Queries To Fellow Dharma Revolutionaries. New York：New Directions，1969.

50. Snyder，Gary. Left Out in the Rain. San Francisco：North Point Press，1986.

51. Snyder，Gary. Mountains and Rivers without End. Washington，D. C.：Counterpoint，1996.

52. Snyder，Gary. Myths and Texts. New York：Totem Press，1960；New York：New Directions，1977.

53. Snyder，Gary. No Nature：New and Selected Poems. New York：Pantheon Books，1992.

54. Snyder, Gary. Passage Through India. San Francisco: Grey Fox Press, 1983.

55. Snyder, Gary. Regarding Wave. New York: New Directions, 1970.

56. Snyder, Gary. Riprap and Cold Mountain Poems. New York: North Point, 1999.

57. Snyder, Gary. Six Sections from Mountains and Rivers without End. San Francisco: Four Seasons Foundation, 1970.

58. Snyder, Gary. The Back Country. New York: New Directions, 1967.

59. Snyder, Gary. The Gary Snyder Reader: Prose, Poetry and Translations 1952—1998. Washington D. C. : Counterpoint, 1999.

60. Snyder, Gary. The Old Ways. San Francisco: City Lights Bookstore, 1977.

61. Snyder, Gary. The Practice of the Wild. New York: North Point Press, 1990.

62. Snyder, Gary. The Real Work: Interviews & Talks, 1964—1979. Ed. by Wm. Scott McLean. New York: New Direction Pub. Corp. , 1980.

63. Snyder, Gary. Turtle Island. New York: New Directions, 1974.

64. Stambler, Peter, trans. Encounters with Cold Mountain — Poems of Han Shan. Beijing: Chinese Literature Press, 1996.

65. Steele, Timothy. Missing Measures: Modern Poetry and the Revolt against Meter. Fayetteville: University Press of Arkansas, 1990.

66. Suiter, John. Poets on the Peaks: Gary Snyder, Philip Whalen & Jack Kerouac in the North Cascades. Washington, D. C. : Counterpoint, 2002.

67. Suzuki, D. T. Zen and Japanese Culture. New York: Pantheon Books, 1959.

68. Todorov, Tzvetan. Mikhail Baktin: the Dialogical Principle. Trans. by Wlad Gadzich. Minneapolis: University of Minnesota Press, 1984.

69. Tonkinson, Carol, ed. Big Sky Mind: Buddhism and the Beat Generation. New York: Riverhead Books, 1995.

70. Tucker, Mary Evelyn and Duncan Ryūken Williams, ed. Buddhism and Ecology: The Interconnection of Dharma and Deeds. Cambridge, Massachusetts: Harvard University Press, 1997.

71. Waley, Arthur. The Way and Its Power: A Study of the Tao Te Ching and Its Place in Chinese Thought. New York: Grove Press, 1958.

72. Wand, David Happell Hsin-fu. Cathy Revisited: The Chinese Tradition in the Poetry of Ezra Pound and Gary Snyder. Ann Arbor, Michigan: University Microfilms International, 1986.

73. Watson, Burton, ed. and trans. The Columbia Book of Chinese Poetry: From Early Times to the Thirteenth Century. New York: Columbia University Press, 1984.

74. Watson，Burton，trans. Chuang Tzu：Basic Writings. New York：Columbia University Press，1964.

75. Watts，Alan W. The Way of Zen. New York：Pantheon Books，1957.

76. Williams，William Carlos. The Collected Poems of William Carlos Williams. Ed. by A. Walton Litz and Christopher MacGowan. Vol. 2. New York：New Directions，1986.

77. Yamazato，Katsunori. Seeking a Fulcrum：Gary Snyder and Japan（1956—1975）. Dissertation，University of California，Davis，1967.